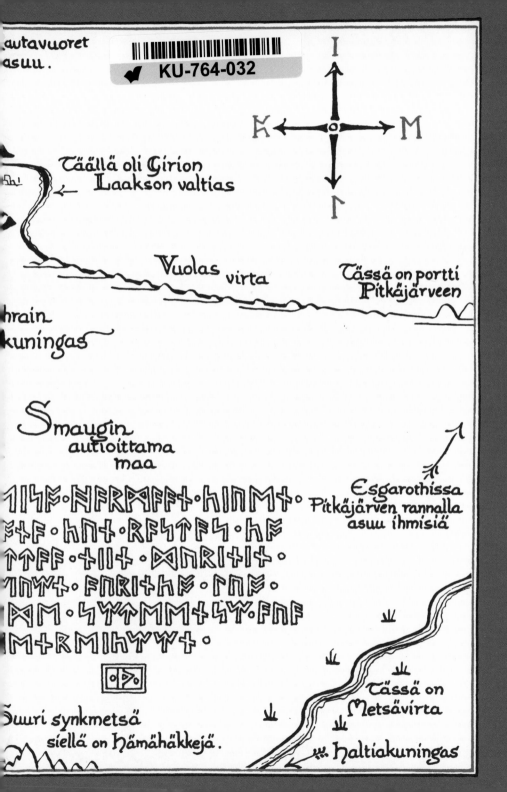

autavuoret
asuu.

I

K ←—○—→ M

⌐

Täällä oli Girion
Laakson valtias
←

Vuolas virta

Tässä on portti
Pitkäjärveen

hrain
kuningas

Smaugin
autioittama
maa

ᛁᛁᛋᚠ᛫ᚾᚠᚱᛗᚠᚠᛏ᛫ᚺᛁᚾᛗᛏ᛫
ᛋᛏᚠ᛫ᚺᚾᛏ᛫ᚱᚠᛋᛏᚠᛋ᛫ᚺᚠ
ᛏᚠᚠ᛫ᛏᛁᛁᛏ᛫ᛞᚾᚱᛁᛏᛁᛏ᛫
ᛁᚾᚤᛏ᛫ᚠᚾᚱᛁᛏᚺᚠ᛫ᚱᚾᚠ᛫
ᛞᛗ᛫ᛋᚤᛏᛗᛗᛏᛋᚤ᛫ᚠᚾᚠ
ᛁᛗᛏᚱᛗᛁᚺᚤᚤᛏ᛫

Esgarothissa
Pitkäjärven rannalla
asuu ihmisiä

Suuri synkmetsä
siellä on hämähäkkejä.

Tässä on
Metsävirta

haltiakuningas

Rakastettu satuklassikko ja itsenäinen alkusoitto
Tarulle Sormusten herrasta

Kolossa maan sisällä asuu huolettomista elonpäivistään nautiskeleva hobitti nimeltä Bilbo Reppuli, jolla ei yleensä ole tapana matkustaa ruokakomeroaan kauemmas. Mutta kun velho Gandalf valitsee Bilbon mukaansa retkelle »sinne ja takaisin», edessä onkin lähtö vaarallisille poluille: takaisin pitäisi saada lohikäärme Smaugin ammoin varastama kääpiöiden aarre. Vaikka vaaroja matkalla riittää, haasteiden keskellä pienestä ja pelokkaasta mutta tavattoman sinnikkäästä hobitista kasvaa todellinen sankari.

J. R. R. Tolkien kertoi ja kuvitti *Hobitin* tarinan alun perin omille lapsilleen. Romaani saavutti suuren suosion heti ilmestyttyään 1937, ja siitä on tehty mm. Peter Jacksonin elokuvatrilogia ja balettisovitus Suomen Kansallisbaletissa.

»Täydellinen mestariteos.»
— The Times

»Hienosti kirjoitettu saaga kääpiöistä ja haltioista, kammottavista hiisistä ja peikoista – – jännittävä matkakertomus ja maaginen seikkailu, joka tihenee kohti mahtavaa loppuhuipennusta.»
— The Observer

RIVENDELL

The hill : hobbiton~across~the Water~

Kukkula: Hobittila Virran tuolla puolen

HOBITTI

eli

SINNE JA TAKAISIN

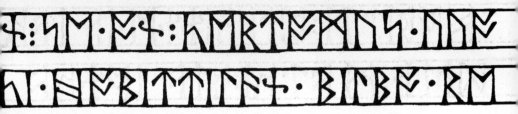

J. R. R. TOLKIEN

HOBITTI

eli

SINNE JA TAKAISIN

Tekijän kuvittama

Suomentanut KERSTI JUVA

Runot suomentanut PANU PEKKANEN

WERNER SÖDERSTRÖM OSAKEYHTIÖ ··· *Helsinki*

Kolmas, tarkistettu laitos (2006)
Uudistettu oikeinkirjoitus
Suomennoksen ensimmäinen painos ilmestyi 1985

Englanninkielinen alkuteos
The Hobbit or There and Back Again

Originally published in English by
HarperCollins*Publishers* Ltd under the title:
··· THE HOBBIT ···

Nimiösivujen riimujen suomennos Alice Martin, kalligrafia Heikki Kalliomaa

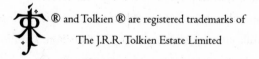
ISBN 978-951-0-46852-4

PAINETTU EU:ssa

ᚺᛖᛒᛁᛏᛏᛁ

ᛗᚾ

ᛋᛁᛏᛏᛖ·ᛁᚠ·ᛏᚨᚺᚢᛏᛁᛋᛁᛏ

Tämä TARINA KERTOO kaukaisista ajoista. Ennen vanhaan kielet ja kirjaimet olivat aivan erilaisia kuin ne joita me nykyään käytämme. Tässä kirjassa suomen kieli korvaa nuo kielet. Yksi seikka on kuitenkin otettava huomioon. *Örkki* ei ole suomalainen sana. Se esiintyy kirjassa pari kertaa, mutta yleensä se on suomennettu sanalla *hiisi* (tai isommista puhuttaessa *hirmu*). *Örkki* on hobittien muoto nimestä jolla noita otuksia kutsuttiin tarinamme aikoihin.

Riimut ovat vanhoja kirjoitusmerkkejä jotka piirrettiin puuhun, kiveen tai metalliin leikkaamalla tai raaputtamalla ja jotka olivat sen vuoksi ohuita ja kulmikkaita. Tämän tarinan aikoihin niitä käyttivät jatkuvasti enää kääpiöt, erityisesti henkilökohtaisissa tai salaisissa kirjoituksissa. Heidän riimujensa tilalla on tässä kirjassa käytetty germaanisia riimuja, joita harvat enää tuntevat. Jos vertaat Throrin kartan riimuja transkriptioihin jotka löytyvät tekstistä, voit ottaa selville riimuaakkoset, jotka on muokattu suomen kieleen sopiviksi, ja niiden avulla voit myös lukea tämän sivun otsikon. Tavallisimmat riimut löytyvät kartasta mutta siitä puuttuu ᛜ (Ö) sekä ᛒ (B), ᚴ (C), ᚠ (F), ᚷ (G), ᛈ (W) ja ᛣ (X). Riimuaakkosiin ei kuulunut Q:n (voi käyttää KV:ta) eikä Z:n merkkiä (tarpeen tullen voi lainata kääpiöiltä riimua ᚼ). Lisäksi oli muutamia riimuja, jotka merkitsivät kahden kirjaimen yhdistelmää: ᚦ(th) ja ᛝ(ng). Salaoven kohdalla luki O ᚩ. Sitä osoitti kartan reunasta sormi, jonka alla luki:

ᚩᚢᛁ·ᚳᚪᚳᛋᛁ·ᛁᚪ·ᛕᚢᚩᛚᛁ·ᚳᚣᚣᚾᛉᚱᛉᛉ·ᛁᚪ·ᚳᚩᛚᛗᛖ·ᚢᚩᛁ·ᚳᛉᚣᛞᛉ·
ᚱᛁᚾᚾᚪᚾ:ᚦ.ᚦ.

Viimeiset kaksi riimua ovat Throrin ja Thrainin nimikirjaimet.

Kuuriimut jotka Elrond luki olivat:

ᛋᛖᛁᛋᚩ·ᚻᚪᚱᛗᚪᚪᚾ·ᚳᛁᚢᛖᚾ·ᛚᚢᚩᚾᚪ·ᚳᚢᚾ·ᚱᚪᛋᛏᚪᛋ·ᚳᚩᛕᚢᛏᛏᚪᚪ·
ᚾᛁᛁᚾ·ᛞᚢᚱᛁᚾᛁᚾ·ᛕᛉᛁᚢᛉᚾ·ᚪᚢᚱᛁᚾᚳᚩ·ᛚᚢᚩ·ᚢᛁᛁᛗᛖ·ᛋᛉᛏᛖᛖᚾᛋᛉ·
ᚪᚢᚪᛁᛗᛖᚾᚱᛖᛁᚳᛉᛉᚾ

Kartassa on ilmansuunnat merkitty myös riimulla niin että itä on ylhäällä kuten tavallisesti kääpiökartoissa, ja siitä myötäpäivään voidaan lukea I(tä), E(telä), L(änsi), P(ohjoinen).

Ensimmäinen luku

··· ODOTTAMATON JUHLA ···

KOLOSSA MAAN SISÄLLÄ asui hobitti. Kolo ei ollut niitä inhottavia likaisia ja märkiä koloja jotka ovat täynnä madonpäitä ja haisevat ummehtuneelta, eikä myöskään kuiva, paljas hiekkainen kolo jossa ei ole paikkaa missä istua eikä mitään mitä syödä. Sanalla sanoen, se oli hobitinkolo, mikä merkitsee mukavuutta.

Kolon ovi oli pyöreä kuin laivanikkuna ja vihreäksi maalattu, ja täsmälleen keskellä ovea oli kiiltävä keltainen messinkinuppi. Ovi aukesi putkenmuotoiseen tunnelimaiseen eteiseen, huomattavan kodikkaaseen savuttomaan eteiskäytävään, jossa oli paneloidut seinät, matto laattalattialla, seinustoilla puleerattuja tuoleja ja seinässä liuta nauloja hatuille ja takeille – hobitti näet piti vieraista. Käytävä kiemurteli yhä syvemmälle mäenkylkeen – niillä main mäkeä kutsuttiin Kukkulaksi monen virstan säteellä – ja sen seinissä oli monia pieniä pyöreitä ovia, ensin toisella ja sitten toisella puolella. Hobitin kodissa ei ollut portaita; makuukamarit, kylpyhuoneet, kellarit ja ruokakomerot (joita oli monta), vaatevarastot (hänellä oli kokonaisia huoneita pelkästään vaatteiden säilyttämistä varten), keittiöt ja ruokasalit sijaitsivat kaikki samassa kerroksessa, suorastaan saman käytävän varrella. Parhaat huoneet olivat kaikki vasemmalla (ulkoa tultaessa), sillä vain sen puolen huoneissa oli ikkunat, syvät pyöreät ikkunat joista näki puutarhaan ja sen taakse joelle viettäville laitumille.

Tämä nimenomainen hobitti oli varsin vauras hobitti ja hänen nimensä oli Reppuli. Reppulit olivat asuneet Kukkulan tienoilla ylimuistoisista ajoista ja heitä pidettiin hyvin kunnianarvoisana väkenä, ei vain siksi että useimmat olivat rikkaita vaan myös siksi että he eivät koskaan joutuneet mihinkään seikkailuihin eikä heille tapahtunut mitään odottamatonta – ilman kysymisen vaivaakin saattoi tietää mitä joku Reppuli johonkin kysymykseen vastasi. Tämä on kertomus siitä kuinka eräs Reppuli joutui seikkailuun ja yllätti itsensä sanomasta ja tekemästä ties mitä kerrassaan odottamatonta. Ehkä hän menetti naapuriensa kunnioituksen, mutta hän saavutti – no, saatte nähdä saavuttiko hän loppujen lopuksi mitään.

Tämän hobitin äiti – mikä on hobitti? Taitaa olla niin että tätä nykyä täytyy selittää minkälaisia hobitit ovat sillä he ovat käyneet harvinaisiksi ja karttavat Isoja ihmisiä, niin kuin he meitä kutsuvat. He ovat (tai olivat) pienikokoinen kansa, siinä puolet meidän pituudestamme, pienempiä kuin parrakas kääpiöitten suku. Hobiteilla ei ole partaa. He ovat tekemisissä taikuuden kanssa vain vähän jos ollenkaan, mikäli ei oteta lukuun arkipäiväistä taikuutta jonka avulla he osaavat kadota hiljaa ja joutuisasti, kun sellaiset isot ja tyhmät otukset kuin te ja minä tallustamme heitä kohti melskaten kuin elefantit niin että he kuulevat tulomme virstojen päähän. Heillä on taipumusta lihomiseen, he pukeutuvat kirkkaisiin väreihin (pääasiallisesti vihreään ja keltaiseen), kenkiä he eivät käytä koska heidän jalkapohjissaan on luonnostaan paksut anturat ja päältä heidän jalkojaan peittää tuuhea lämmin ruskea tukankaltainen karva (tukka heillä on kihara), heillä on pitkät näppärät ruskeat sormet, hyväntahtoiset kasvot ja he nauravat syvältä ja mehevästi (etenkin päivällisen jälkeen, jota he nauttivat kahdesti päivässä milloin se vain käy päinsä). Nyt tiedätte sen verran että voimme jatkaa. Kuten sanoin, tämän hobitin äiti – siis Bilbo Reppulin äiti – oli kuuluisa Belladonna Tuk, yksi Vanhan Tukin kolmesta huomattavasta tyttärestä.

Vanha Tuk oli ollut Kukkulan juurella virtaavan, Virraksi kutsutun, joen toisella puolella asuvien hobittien päämies. Usein väitettiin (muiden sukujen piirissä) että kauan sitten joku Tukien esi-isä olisi ottanut puolisokseen haltian. Väite oli tietenkin vailla päätä tai häntää, mutta on totta että Tukeissa oli jotakin visusti epähobittimaista, ja joskus jotkut Tuk-klaanin jäsenet lähtivät seikkailuun. He hävisivät huomiota herättämättä ja suku painoi asian villaisella, mutta tosiasiaksi jää että Tukit eivät olleet yhtä kunniallista väkeä kuin Reppulit, vaikka he olivat ilman muuta rikkaampia.

Ei niin että Belladonna Tukilla olisi ollut mitään seikkailuja sen jälkeen kun hänestä tuli Bungo Reppulin vaimo. Bungo, joka oli Bilbon isä, rakensi vaimolleen (osittain hänen rahoillaan) hienoimman hobitinkolon mitä Kukkulan yllä tai alla tai Virran takana oli koskaan nähty, ja siellä he asuivat päiviensä päähän. Mutta on silti todennäköistä että heidän ainoa poikansa Bilbo, joka näytti aivan kunnollisen ja mutkattoman isänsä kopiolta ja käyttäytyi täysin hänen laillaan, oli sittenkin perinyt jotakin omituista Tukien puolelta, jotakin joka vain odotti tilaisuutta päästä esiin. Tilaisuutta ei tullut ennen kuin Bilbo oli täysikasvuinen, siinä viisissäkymmenissä, ja asui isänsä rakentamassa kauniissa hobitinkolossa jonka olen juuri teille kuvaillut, ei ennen kuin hän näytti tosiaan asettuneen peruuttamattomasti aloilleen.

Jonkin merkillisen sattuman oikusta, eräänä aamuna kauan sitten, kun maailma oli hiljaisempi, melua oli vähemmän ja vihreyttä oli enemmän ja hobitteja oli vielä paljon ja heillä oli kaikkea yllin kyllin, Bilbo Reppuli seisoi ovensa edustalla aamiaisen jälkeen ja poltteli valtaavaa puista piippua joka ulottui melkein hänen karvaisiin varpaisiinsa saakka (jotka hän oli siististi kammannut) – kun ohitse kulki Gandalf. Gandalf! Jos olisitte kuulleet neljäsosankaan siitä mitä minä olen hänestä kuullut ja minä olen kuullut kaikesta vain murto-osan, tietäisitte nyt varautua mitä merkillisimpään tarinaan. Tarinoita ja seikkailuja syntyi kuin sieniä sateella missä ikinä hän liikkui. Hän ei ollut käynyt täällä Kukkulalla päin moneen aikaan, itse asiassa ei sen jälkeen kun Vanha Tuk oli kuollut; ja hobitit olivat melkein unohtaneet miltä hän näytti. Hän oli ollut omilla asioillaan Kukkulan takana ja Virran tuolla puolen siitä asti kun he olivat olleet pieniä hobittipoikia ja hobittityttöjä.

Bilbo, joka ei osannut epäillä mitään, näki vain vanhan miehen jolla oli sauva. Miehellä oli suippo sininen hattu, pitkä harmaa kaapu, hopeanvärinen huivi jonka päällä pitkä valkoinen parta ulottui vyötäisille saakka, sekä isot mustat saappaat.

»Hyvät huomenet!» sanoi Bilbo ja tarkoitti mitä sanoi. Aurinko paistoi ja ruoho oli vihreä. Mutta Gandalf katsoi häneen tuuheiden kulmakarvojen alta jotka olivat niin pitkät että ne ulottuivat varjostavan hatunlierin yli.

»Mitä tarkoitatte?» hän kysyi. »Toivotatteko minulle hyvää huomenta vai tahdotteko sanoa että huomenet ovat hyvät riippumatta siitä mitä mieltä minä olen, vaiko että teillä on hyvä olo näinä huomenina vai kenties että huomenna sopii olla hyvä?»

»Kaikkea samalla kertaa», sanoi Bilbo. »Ja kaupan päälle huomen on hyvä piipullisen polttamiseen ulkosalla. Jos teillä on piippu mukana, istukaa ja täyttäkää se massistani! Kiirettä ei ole, meillä on koko päivä edessä!» ja Bilbo istui penkille ovensa viereen, pani sääret ristiin ja puhalsi ilmoille upean harmaan savurenkaan joka leijaili ilmaan rikkoutumatta ja purjehti Kukkulan yli.

»Oikein soma», sanoi Gandalf. »Mutta minulla ei ole aikaa puhaltaa savurenkaita tänä aamuna. Minä etsin jotakuta mukaan seikkailuun jota olen järjestämässä, eikä ketään tahdo löytyä.»

»Ei varmaan hevin löydykään täältä meiltäpäin! Me olemme yksinkertaista hiljaista väkeä eivätkä seikkailut ole minua varten. Ikäviä ja epämukavia hankkeita joista on vain häiriötä. Hyvässä lykyssä myöhästyy päivälliseltä. En käsitä mitä kukaan niissä näkee», sanoi herra Reppulimme ja työnsi peukalon olkaimen alle ja puhalsi ilmoille uuden entistä isomman savurenkaan. Sitten hän otti esiin aamun kirjeet ja ryhtyi lukemaan niitä eikä ollut huomaavinaan vanhusta. Hän oli päättänyt, ettei Gandalf ollut sellaista seuraa jota hän kaipasi ja hän toivoi tämän lähtevän. Mutta vanhus ei liikahtanutkaan. Hän istui nojaten sauvaansa ja tuijotti hobittia sanomatta mitään, kunnes Bilbo kiusaantui ja häntä alkoi jopa vähän suututtaa.

»Hyvä herra!» hän sanoi viimein. »Täällä ei tarvita mitään seikkailuja, kiitos vain! Voitte yrittää jos Kukkulan ja Virran tuolla puolen onnestaisi. Hyvästi.» Tällä hän tarkoitti että keskustelu oli päättynyt.

»Sanotte 'hyvä herra' ja 'hyvästi', mutta ette tarkoita hyvää!» sanoi Gandalf. »Tarkoitatte että tahdotte päästä minusta eroon ja että minun olisi parasta jatkaa matkaa.»

»En toki, en toki, hyvä herra! Kuulkaa, minä en taida tietää teidän nimeänne.»

»Kyllä vain – ja minä tiedän sinun nimesi, Bilbo Reppuli. Ja sinä tiedät minun nimeni vaikka et muista että se on minun nimeni. Minä olen Gandalf ja Gandalf on yhtä kuin minä! Ajatella että saan nähdä sen päivän jolloin Belladonna Tukin poika hätistelee minua oveltaan kuin mitäkin nappikauppiasta!»

»Gandalf! Ai että Gandalf! Voi hyvänen aika! Et kai sinä ole se vaelteleva velho joka antoi Vanhalle Tukille taikakalvosinnapit jotka kiinnittyivät itsestään eivätkä irronneet ennen kuin käskystä? Et kai sinä ole se ihmemies joka kertoi juhlissa uskomattomia tarinoita, lohikäärmeistä ja hiisistä ja jättiläisistä ja prinsessoiden pelastamisesta ja lesken pojan hyvästä onnesta? Et kai se mies joka osasi järjestää aivan erinomaisen upeita ilotulituksia? Ne minä muistan! Vanha Tuk tilasi niitä aina keskikesän aatoksi. Ne olivat upeita! Ilmassa säkenöi suuria liljoja ja leijonankitoja ja kultasateita jotka viipyivät tummenevalla taivaalla koko pitkän illan!» Huomaatte jo että herra Reppuli ei ollut aivan niin proosallinen kuin hän tahtoi itse uskoa ja että hän piti kovasti kukista. »Voi hyvänen aika!» hän jatkoi. »Et kai sinä ole se Gandalf jonka ansiosta moni hiljainen tyttö ja poika katosi tietymättömiin lähdettyään hullujen seikkailujen perään. Mitä kaikkea – puihin kiipeilyä, tapaamisia haltioiden kanssa, jopa vesillä purjehtimista, aina kaukorannoille saakka! Niin niin, elämä oli aika vaih-...tarkoitan että sinä kyllä sait aikaan melkoista hämminkiä täällä meilläpäin yhteen aikaan. Pyydän anteeksi, en tiennyt että olet yhä hommissa.»

»Kuinka en olisi», velho sanoi. »Niin tai näin, on mukava huomata että et ole unohtanut minua kokonaan. Vaikuttaa siltä että muistat hyvällä ilotulituksiani, jos et muuta, ja se antaa toivoa. Isoisäsi Tukin ja Belladonna-ressun tähden minä todellakin annan sinulle sen mitä pyydät.»

»Pyydän anteeksi, en ole pyytänyt mitään!»

»Oletpas! Jo kahdesti. Olet pyytänyt anteeksi. Minä annan. Itse asiassa menen niin pitkälle että lähetän sinut tälle seikkailulle. Se huvittaa minua ja sinulle se tekee hyvää – ja hyötyäkin sinulle siitä on jos koskaan toivut.»

»Vahinko vain että minä en tahdo mitään seikkailuja. Kiitos ei. Ei tänään. Hyvästi! Mutta tule teelle – milloin vain sinulle sopii. Vaikka huomenna. Tule huomenna! Näkemiin!» Tämän sanottuaan hobitti kääntyi ja kiiruhti sisään pyöreästä vihreästä ovestaan ja sulki sen niin nopeasti kuin kehtasi. Velhot ovat sentään velhoja.

»Minkä ihmeen takia minä pyysin hänet teelle?» hän sanoi itsekseen mennessään ruokakomeroon. Hän oli vastikään syönyt aamiaista mutta arveli ettei kakkupala tai kaksi ja jotakin juotavaa sen päälle olisi pahitteeksi mokoman säikähdyksen jälkeen.

Samaan aikaan seisoi Gandalf yhä oven edessä ja nauroi hartaasti mutta hiljaa. Hetken kuluttua hän astui askelen ja raapusti sauvansa terävällä kärjellä kummallisen merkin hobitin kauniiseen vihreään ulko-oveen. Hän lähti kävelemään pois juuri samoihin aikoihin kuin Bilbo lopetteli toista kakkupalaa tuumien mielessään että oli onnistunut välttämään hyvin kaikki seikkailut.

Seuraavana päivänä Bilbo oli melkein unohtanut Gandalfin. Hänen muistinsa ei ollut niitä parhaita ja hän joutui aina kirjoittamaan kaiken seinälle olevaan tauluun, tähän tapaan: *Gandalf tee keskiviikko.* Hän oli ollut edellisenä päivänä niin kiihtynyt että ei ollut muistanut kirjoittaa tauluun mitään.

Juuri ennen teeaikaa soida rämisi ulko-oven kello ja silloin hän muisti! Hän ryntäsi panemaan pannun tulelle, kattoi pöytään toisen kupin ja lautasen, lisäsi pari ylimääräistä kakkupalaa ja juoksi ovelle.

Hän oli aikeissa sanoa: »Anteeksi että jouduit odottamaan!» mutta sitten hän näki ettei tulija ollut ollenkaan Gandalf. Ovella seisoi kääpiö jonka sininen parta oli työnnetty kultaisen vyön alle ja jonka kirkkaat silmät loistivat tummanvihreän huppulakin reunan alta. Heti Bilbon avattua oven kääpiö tunkeutui sisään kuin odotettu vieras.

Hän ripusti hupullisen viittansa lähimpään naulaan ja sanoi kumartaen syvään: »Dwalin palveluksessanne!»

»Bilbo Reppuli teidän palveluksessanne!» sanoi hobitti, joka oli niin hämmästynyt ettei osannut juuri nyt kysyä mitään. Kun seurannut hiljaisuus oli muuttunut kiusalliseksi hän lisäsi: »Minä olin juuri aikeissa juoda teetä, tule sisään ja juo kanssani.» Ehkä hän ilmaisi asian kankeasti, mutta sävy oli ehdottomasti ystävällinen. Mitä itse tekisitte jos ovestanne tunkeutuisi sisään kutsumaton kääpiö ja ripustaisi viittansa eteisen naulaan ilman selityksen sanaa?

He eivät olleet istuneet pöydässä kauankaan, itse asiassa he olivat tuskin ehtineet kolmanteen kakkupalaan kun ovikelloa soitettiin taas ja entistä rivakammin.

»Anteeksi, menen avaamaan», sanoi hobitti ja meni.

»No, vihdoin olet täällä!» hän aikoi sanoa Gandalfille tällä kertaa. Mutta tulija ei ollut Gandalf. Velhon sijaan ovella seisoi kääpiö joka näytti hyvin vanhalta, hänellä oli valkoinen parta ja kirkkaanpunainen huppulakki, ja hänkin änkesi sisään heti kun ovi oli auki ikään kuin hänet olisi kutsuttu.

»Heitä on siis alkanut tulla», hän sanoi huomatessaan Dwalinin viitan joka roikkui naulassa. Hän ripusti oman punaisen viittansa sen viereen, painoi käden rinnalle ja sanoi: »Balin palveluksessanne!»

»Kiitos!» sanoi Bilbo henkeä haukkoen. Vastaus ei ollut etiketin mukainen mutta *heitä on siis alkanut tulla* oli järkyttänyt hänet perin juurin. Hän piti vieraista, mutta mieluiten hän tunsi vieraat etukäteen ja jos mahdollista kutsui heidät itse. Hänen päähänsä pälkähti kauhea ajatus että kakku saattaisi loppua kesken ja silloin hänen — hänhän oli isäntä ja tiesi velvollisuutensa ja piti niistä kiinni millä hinnalla hyvänsä — hänen itsensä olisi ehkä jäätävä ilman.

»Tulkaa sisään, tee on katettu!» hän sai sanotuksi vedettyään ensin pitkään henkeä.

»Ottaisin mieluummin olutta, jos se on teille sama, hyvä herra», sanoi valkopartainen Balin. »Mutta kakku käy hyvin — onko siemenkakkua?»

»Vaikka kuinka», kuuli Bilbo vastaavansa omaksi hämmästyksekseen, ja saman hämmästyksen vallassa hän seurasi omaa kiiruhtamistaan kellariin täyttämään oluttuoppia ja sitten ruokakomeroon noutamaan kahta kaunista siemenkakkua, jotka hän oli leiponut samana iltapäivänä illallisen jälkeistä napostelua varten.

Kun hän palasi, Balin ja Dwalin juttelivat kuin vanhat ystävät (itse asiassa he olivat veljeksiä). Bilbo pamautti oluen ja kakun pöytään heidän eteensä kun ovikello soida rämisi kerran ja sitten toisen.

»Nyt se on Gandalf», hän ajatteli kiiruhtaessaan läähättäen käytävää myöten ovelle. Mutta ei. Sieltä tuli kaksi kääpiötä lisää, molemmilla oli sininen huppulakki, hopeinen vyö ja kellertävä parta ja kummankin olalla oli työkalupussi ja lapio. He hypähtivät sisään heti kun ovi oli auki – eikä Bilbo hämmästynyt juuri lainkaan.

»Miten voin palvella teitä, hyvät kääpiöt?» hän kysyi.

»Kili palveluksessanne!» sanoi toinen. »Ynnä Fili!» lisäsi toinen, ja kumpainenkin tempaisi lakin päästä ja kumarsi.

»Teidän ja sukunne palveluksessa!» vastasi Bilbo joka tällä kertaa jo muisti hyvät tavat.

»Dwalin ja Balin ovat näemmä jo täällä», sanoi Kili. »Liitytään sakkiin.»

»Sakkiin», ajatteli herra Reppuli. »En pidä sanan kaiusta. Täytyy istua hetki ja koota ajatukset ja hulauttaa jotain kurkkuun.» Hän oli vasta ehtinyt siemaista tuopista kerran – hän seisoi nurkassa kun taas kääpiöt istuivat pöydän ääressä ja puhuivat kaivoksista ja kullasta ja kahnauksista hiisien kanssa ja lohikäärmeiden rosvoretkistä ynnä kaikenlaisista muista asioista joita hän ei ymmärtänyt eikä halunnutkaan ymmärtää koska ne kuulostivat liikaa seikkailulta – kun hänen ovikellonsa jälleen soi *ding-dong-pling-plong* ikään kuin joku tuhma hobittiviikari olisi yrittänyt kiskoa kellonnyöriä irti.

»Ovella on joku!» Bilbo sanoi räpytellen silmiään.

»Monta jokua, äänestä päätellen neljä», Fili sanoi. »Sitä paitsi me näimme heidät kaukana jäljessämme.»

Hobittiressu istuutui eteisen penkille ja painoi pään käsiin ja mietti mitä oli tapahtunut ja mitä vielä tapahtuisi ja jäisikö koko joukko illalliselle. Ovikello soi entistäkin rämäkämmin ja hän sai juosta ovelle. Tulijoita ei kuitenkaan ollut neljä, heitä oli VIISI. Seuraan oli liittynyt vielä yksi sillä aikaa kun hän ihmetteli eteisessä. Tuskin hän oli kääntänyt ovennuppia kun kaikki olivat jo sisällä ja sanoivat toinen toisensa perään: »Palveluksessanne.» Dori, Nori, Ori, Oin ja Gloin olivat heidän nimensä ja kohta riippui eteisen nauloissa kaksi sinipunaista huppulakkia, yksi harmaa, yksi ruskea ja yksi valkoinen, ja kääpiöt marssivat leveät kämmenet hopea- ja kultavöiden alla muiden luo. Seurue muistutti jo sakkia. Jotkut pyysivät olutta, toiset portteria, yksi kahvia ja kaikki kakkua, ja hobitilla riitti kiireistä touhua vähäksi aikaa.

Iso kahvipannu oli juuri laskettu takankulmalle, siemenkakut oli popsittu ja kääpiöt olivat aloittamassa seuraavaa kierrosta (voilla voideltuja teeleipiä), kun kuului — luja koputus. Ovikello ei soinut vaan joku paukutti hobitin sievää vihreää ovea lujaa ja — kepillä!

Bilbo ryntäsi eteiskäytävää myöten ovelle ja nyt hän oli vihainen ja aivan poissa tolaltaan — näin tuskastuttavaa keskiviikkoa hän ei muistanut eläissään kokeneensa. Hän nykäisi oven auki ja koko joukko tuupertui sisään toinen toistensa päälle. Lisää kääpiöitä, neljä lisää! Ja heidän takanaan Gandalf joka nojasi sauvaansa ja nauroi. Hän oli tehnyt melkoisen kolhun hobitin kauniiseen oveen ja oli samalla sattumoisin poistanut siitä salaisen merkin jonka hän oli siihen piirtänyt edellisenä aamuna.

»Rauhallisesti, rauhallisesti!» hän sanoi. »Ei ole ollenkaan sinun tapaistasi, Bilbo, pitää vieraita odottamassa ja pamauttaa ovi auki kuin korkkipyssyn korkki. Saanko esitellä: Bifur, Bofur, Bombur ja ennen muuta Thorin!»

»Palveluksessanne!» sanoivat Bifur, Bofur ja Bombur seisten rinta rinnan. Sitten he ripustivat naulaan kaksi keltaista huppulakkia ja yhden vaalenvihreän sekä myös taivaansinisen, jossa oli pitkä hopeatupsu. Tämä viimeksimainittu kuului Thorinille joka oli erinomaisen tärkeä kääpiö – jos totta puhutaan hän oli itse suuri Thorin Tammikilpi jota ei ollenkaan miellyttänyt kupsahtaa Bilbon ovimatolle Bifurin, Bofurin ja Bomburin alle. Kaiken kukkuraksi Bombur oli valtavan paksu ja painava. Thorin käyttäytyikin suorastaan koppavasti eikä puhunut palvelemisesta mitään, mutta herra Reppuliraukka pyyteli anteeksi niin monta kertaa että Thorin murahti viimein: »Mitäpä tuosta» ja hänen julmistunut ilmeensä silisi.

»Nyt olemme täällä kaikki», sanoi Gandalf katsoen kolmentoista lakin riviä – irrotettavia juhlahuppuja parasta laatua – ja omaa lakkiaan, jotka kaikki riippuivat eteisen nauloissa. »Vaikuttaa hilpeältä! Toivottavasti mattimyöhäisille on jäänyt jotakin syötävää ja juotavaa! Mikä tuo on? Teetäkö? Ei kiitos! Minä taidan ottaa punaviiniä.»

»Samoin minä», sanoi Thorin.

»Ja vadelmahilloa ja omenapiirakkaa», sanoi Bifur.

»Ja täytetorttuja ja juustoa», sanoi Bofur.

»Ja lihapaistosta ja salaattia», sanoi Bombur.

»Ja lisää kakkua – ja olutta – ja kahvia, jos sopii», huusivat muut kääpiöt oven takaa.

»Pane pari munaa kiehumaan, ole hyvä!» huusi Gandalf hobitin perään hänen tallustellessaan ruokakomeroille päin. »Ja tuo myös kylmää kanaa ja etikkasäilykkeitä!»

»Näyttää tuntevan ruokavarastoni yhtä hyvin kuin minä!» tuumi herra Reppuli joka oli kerrassaan pyörällä päästään ja aprikoi jo oliko jokin onneton seikkailu tunkeutunut hänen kotinsa seinien sisäpuolelle. Saatuaan kaikki pullot ja ruokavadit ja veitset ja haarukat ja lasit ja lautaset ja lusikat ynnä muut lastatuiksi isoille tarjottimille hänen tuli kuuma, hänen naamansa punotti ja häntä rupesi suututtamaan.

»Voi peijoona ja jukranpujut näitä kääpiöitä!» hän sanoi ääneen.

»Voisivat vähän auttaa!» Ja ihme ja kumma! Siinä seisoivat Balin ja Dwalin keittiön ovella ja Fili ja Kili heidän takanaan, ja ennen kuin Bilbo oli saanut sanaa suustaan, he olivat kiikuttaneet tarjottimet ja pari pientä pöytää saliin ja kattaneet kaiken sievästi.

Gandalf istui arvopaikalla ja kolmetoista kääpiötä hänen ympärillään, Bilbo istui jakkaralla takan edessä nakertaen korppua (hänen ruokahalunsa oli tipotiessään) ja yritti näyttää siltä kuin tämä kaikki olisi ollut aivan tavanomaista eikä missään tekemisissä minkään seikkailun kanssa. Kääpiöt söivät ja söivät ja puhuivat ja puhuivat ja aika kului. Viimein he työnsivät tuolinsa taakse ja Bilbo nousi kootakseen lautaset ja lasit.

»Te kai jäätte kaikki illalliselle?» hän sanoi kaikkein kohteliaimmalla ja mitäänilmaisemattomimmalla äänellään.

»Tottakai!» sanoi Thorin. »Ja pitempäänkin. Meiltä menee rutkasti aikaa ennen kuin asiat on selvitetty, ja sitä ennen pitää saada musiikkia. Pöytä puhtaaksi.»

Siinä samassa kaksitoista kääpiötä – Thorin ei mennyt mukaan, hän oli liian tärkeä henkilö sellaiseen, hän jäi juttelemaan Gandalfin kanssa – hyppäsi jaloilleen, ja he kokosivat lautaset korkeiksi pinoiksi. Odottamatta tarjottimia he suunnistivat saman tien keittiöön kummassakin kädessä huojuva lautaspino jonka päällä keikkui pullo ja hobitti juoksi heidän perässään melkein vikisten säikähdyksestä: »Varokaa hyvät kääpiöt!» ja »Älkää nyt! Kyllä minä selviän tästä yksinkin.» Mutta kääpiöt eivät olleet moksiskaan vaan alkoivat laulaa:

Lasit, lautaset rikki, ne roskiin saa viedä!
Veitset ja haarukat väännelkää!
Sitä ei Bilbo Reppuli siedä —
pullotkin murskaksi iskekää!

Repikää liina ja tallokaa rasvaa!
Kaatakaa maitoa lattialle!
Matolle antakaa luukasan kasvaa!
Viiniä roiskikaa kaikkialle!

Mättäkää ruukut kiehuvaan pataan,
survokaa niitä petkelellä;
jos jokin ei murene siruun sataan
sitä eteisen seinään voi mätkäytellä!

Sitä ei Bilbo Reppuli siedä!
Siis varoen lautaset pois pitää viedä!

Eivätkä he tietenkään tehneet mitään sinne päinkään vaan kaikki pestiin ja pantiin paikoilleen varmasti ja vauhdikkaasti hobitin pyörähdellessä keskellä keittiön lattiaa ja yrittäessä seurata mitä kukin teki. Sitten he menivät takaisin ja tapasivat Thorinin istumasta jalat takansuojuksella piippua polttamassa. Hän puhalteli suunnattoman suuria savurenkaita ja minne hän tahtoi renkaan menevän, se meni, savupiipusta ylös tai kellon tai takanreunan taakse tai pöydän alle tai pyörimään katonrajaan mutta meni rengas minne tahansa, Gandalfia se ei päässyt pakoon. Gandalf pölläytti – puh! – pienemmän savurenkaan lyhyestä savipiipustaan jokikisen Thorinin ison renkaan lävitse. Tempun tehtyään Gandalfin rengas muuttui vihreäksi ja palasi velhon pään päälle leijumaan. Niitä leijui hänen yläpuolellaan jo iso pilvi ja illan hämärässä vaikutelma oli outo ja noitamainen. Bilbo juuttui katselemaan – hän piti tavattomasti savurenkaista – ja sitten hän punastui muistaessaan miten ylpeä hän oli eilen aamulla ollut savurenkaista jotka hän oli puhaltanut vastatuuleen Kukkulan yli.

»Nyt musiikkia!» sanoi Thorin. »Soittopelit esiin!»

Kili ja Fili kiiruhtivat pusseilleen ja toivat tullessaan pienet viulut, Dori, Nori ja Ori vetivät nuttujensa kätköistä esiin huilut, Bombur toi eteisestä rummun ja Bifur ja Bofurkin poistuivat huoneesta ja palasivat mukanaan klarinetit jotka he olivat jättäneet matkasauvojen viereen. Dwalin ja Balin sanoivat: »Meidän pelimme taisivat jäädä kuistille.» »Tuokaa tullessanne sitten minunkin!» sanoi Thorin. Palatessaan heillä oli mukanaan kääpiönkokoiset violat sekä vihreään kankaaseen käärittynä Thorinin harppu. Harppu oli siro ja kultainen ja kun Thorin näpäytti ensimmäisen soinnun, alkoi soitanto siinä samassa, niin äkkiä ja niin kauniina että Bilbo unohti kaiken muun ja tempautui musiikin mukana öisille maille vieraiden kuiden alle kauas Virran tuolle puolen ja matkojen päähän tästä mäenalaisesta hobittikolosta.

Pimeä hiipi huoneeseen pienestä ikkunasta joka avautui Kukkulan rinteeseen, takkatuli lepatti – oli huhtikuu – Gandalfin parran varjo huojui seinällä, ja yhä kääpiöt soittivat.

Pimeä täytti koko huoneen ja tuli sammui ja varjot katosivat ja yhä kääpiöt soittivat. Ja heidän siinä soittaessaan aloitti yksi laulun johon kohta yhtyi toinen, he lauloivat niin kuin kääpiöt laulavat

Odottamaton juhla

syvältä kurkusta muinaisten kotiensa uumenissa, ja tältä se kuulosti
jos siitä nyt voi mitään kuvaa saada ilman soittoa:

Yli sumuisten kylmien vuorien noiden,
syvyyksiin ikiluolien, onkaloiden
matka jatkua saa, ennen kuin sarastaa,
luokse lumotun kullan kammioiden.

Muinoin kääpiöt laativat taikojaan,
soi moukarin kalke alla maan
jopa kuiluissa, joissa päivänvalosta poissa
nukkui mustia varjoja koloissaan.

Kuninkaille ja haltiaherroille oivat
he kultaiset aarteet vasaroivat
hyvin takojan taidoin, jalokivin aidoin
he miekankahvankin koristaa voivat.

Hopeaisiin käätyihin tähtien palon
he yhdistivät, ja kruunuihin jalon
tulen lohikäärmeen, liki niiden päärmeen
he punoivat kuun ja auringon valon.

Yli sumuisten kylmien vuorien noiden,
syvyyksiin ikiluolien, onkaloiden
matka jatkua saa, ennen kuin sarastaa,
matka kadonneen kullan vaatijoiden.

He takoivat kullasta maljojansa
ja harppujaan – pian sen unohti kansa,
ja laulua monta, muille tuntematonta
he lauloivat pimeissä piiloissansa.

Kävi kohina harjun hongikossa
ja tuuli ujelsi yössä, jossa
tulen puna hohti, lieskat leimusi kohti,
puut säihkyivät soihtuina aarniossa.

Soi laaksossa moikina kellojen
ja ihmiset katsoivat kalveten:
nyt näki likeltä ihan lohikäärmeen vihan,
se kylän tornit sorti ja talot sen.

Vuori sauhusi mustana alla kuun tylyn,
ja kääpiöt kuulivat tuomion jylyn.
He luoliin pakenivat, vaan heidät tuhosivat
lohikäärmeen lieskat alla kuun tylyn.

Yli sumuisten, julmien vuorien,
syvyyksiin ikiluolien pimeiden
käy meidän tiemme, ja varmasti viemme
pois harppumme, kultamme hallusta sen.

Heidän laulaessaan hobitissa liikahti rakkaus esineisiin jotka olivat käsien, taidon tai taian tekoa, ja kauniita, se oli raju ja omaansa vartioiva rakkaus, halu joka paloi kääpiöiden sydämessä. Silloin hänessä ailahti jotakin tukilaista ja hänen teki mieli näkemään suuria vuoria ja kuulemaan mäntyjen ja vesiputousten huminaa ja tutkimaan luolia ja puristamaan kädessä miekkaa kävelykepin sijaan. Hän katsoi ulos ikkunasta. Tähdet loistivat tummalla taivaalla puiden latvojen yllä. Hän ajatteli kääpiöiden jalokiviä jotka kimaltelivat pimeissä luolissa. Äkkiä leimahti metsässä Virran takana liekki – joku varmaan sytytti nuotion – ja hän ajatteli rosvoavia lohikäärmeitä ja että sellainen saattaisi tulla hänen hiljaiselle Kukkulalleen ja sytyttää sen tuleen. Hän värähti, ja ykskaks hän oli jälleen pelkkä Alismäen Repunpään herra Reppuli.

Hän nousi vavisten seisomaan. Hän aikoi lähteä hakemaan lamppua, tai ehkä hän aikoi teeskennellä että hän lähtisi hakemaan lamppua mutta menisikin kellariin oluttynnyreiden taakse piiloon odottamaan että viimeinenkin kääpiö oli lähtenyt talosta. Äkkiä hän käsitti että laulu ja soitto olivat loppuneet ja että kaikki katsoivat häneen silmät pimeässä kiiluen.

»Minne olette menossa?» kysyi Thorin äänellä josta saattoi päätellä että hän arvasi sekä sen että hobitti oli menossa hakemaan lamppua että sen että hän ei ollut.

»Jos menisin hakemaan valoa», sanoi Bilbo hiukan anteeksipyytävästi.

»Meitä miellyttää pimeä», sanoivat kääpiöt. »Pimeässä pimeät tuumat puidaan! Aamunkoittoon on vielä monta tuntia.»

»Niin aivan», sanoi Bilbo ja istuutui kiireimmiten. Hän ei osunut jakkaraan vaan istahti verkkosuojuksen päälle ja kaatoi hiilihangon ja tuhkalapion niin että kolina kävi.

»Shh», sanoi Gandalf. »Annetaan Thorinin puhua!» Ja näin aloitti Thorin:

»Gandalf, kääpiöt, herra Reppuli! Me olemme kokoontuneet yhteen ystävän ja salaliittolaisen luo, tämän erinomaisen ja uskaliaan hobitin kotiin – älkööt hänen varpaansa ikänä kaljuuntuko! kiitetty olkoon hänen oluensa ja viininsä!» –Thorin vaikeni vetääkseen henkeä ja antaakseen hobitille tilaisuuden lausua kiitoksen sanoja mutta onnettomalta Bilbo Reppulilta olivat kohteliaisuudet menneet ohi korvien ja hän aukoi suutaan vastustaakseen sellaisia ilmauksia kuin *uskalias* ja mikä pahempaa *salaliittolainen,* joskaan suusta ei tullut ääntä koska hän oli niin poissa raiteiltaan. Niin Thorin jatkoi:

»Olemme kokoontuneet keskustelemaan suunnitelmista, menetelmistä, menettelytavoista, tarkoitusperistä ja keinoista. Ennen kuin sarastaa me aloitamme pitkän matkamme, matkan jolta jotkut meistä tai kenties kaikki (lukuun ottamatta ystäväämme ja neuvonantajaamme, tietäväistä velhoamme Gandalfia) voivat jäädä palaamatta. Tämä on juhlallinen hetki. Tarkoituksemme on, niin oletan, kaikkien tiedossa. Arvon herra Reppulille ja kukaties joillekin nuorille kääpiöille (tässä yhteydessä voinen mainita ainakin Kilin ja Filin) lienee kuitenkin tarpeen selvittää hiukan tarkemmin tilannetta jossa tällä nimenomaisella hetkellä olemme –»

Sellainen oli Thorinin tyyli. Hän oli tärkeä kääpiö. Jos hänen olisi sallittu, hän olisi varmaan jatkanut tähän tapaan hengästyksiin asti sanomatta mitään mitä kaikki eivät olisi jo tienneet. Mutta hänet keskeytettiin kylmästi. Bilbo-ressu ei kestänyt enää. Kuullessaan sanat *voivat jäädä palaamatta* hän tunsi että huuto teki tuloaan hänen sisällään ja purkautui sitten ilmoille kuin veturin vihellys tunnelista päästyä. Kääpiöt ponkaisivat pystyyn ja pöytä kaatui. Gandalf iski sinisen liekin taikasauvansa kärkeen ja sen valossa voitiin nähdä onneton hobitti polvillaan takanedusmatolla vapisemassa kuin mikäkin hyytelö. Sitten hän heittäytyi pitkälleen lattialle ja huusi kerran toisensa perään »salama löi, salama löi!» eivätkä he saaneet hänestä muuta irti pitkään aikaan. He nostivat hänet lattialta ja panivat lepäämään olohuoneen sohvalle ja jättivät juotavaa hänen ulottuvilleen ja menivät takaisin puimaan pimeitä tuumiaan.

»Pikku kaveri kiihtyy helposti», sanoi Gandalf kun he istuutuivat jälleen. »Hän saa kohtauksia, mutta hän on omaa luokkaansa, omaa luokkaansa – hurja kuin lohikäärme tiukan paikan tullen.»

Jos olette joskus sattuneet näkemään lohikäärmeen tiukan paikan tullen, ymmärrätte ettei mokoma väite voi olla muuta kuin runollista liioittelua kenestäkään hobitista puhuttaessa, vaikka se hobitti olisi ollut Vanhan Tukin isoisosetä Härkäräikkä joka oli niin isokokoinen (hobitiksi) että hän saattoi ratsastaa hevosella. Viherkenttien taistelussa hän kävi Gramin vuorilta tulleiden hiisien rivistöjä vastaan ja hakkasi niiden kuninkaalta Golfimbulilta pään irti puunuijalla. Pää lensi ilmassa puolen vakomitan matkan ja putosi kaniininkoloon, ja näin oli voitettu taistelu ja keksitty samalla peli nimeltä golf.

Paraikaa toipui kuitenkin omassa olohuoneessaan Härkäräikän jälkeläinen lauhkeammassa polvessa. Puolisen tuntia ja kunnon kulausta myöhemmin hän hiipi hermostuneena salin ovelle. Ja tähän tapaan siellä puhuttiin. Gloin sanoi: »Hrrm» (siis tuhahti). »Onko hänestä siihen, mitä arvelette? Kyllä Gandalf voi kehua että hobitti on hurja, mutta ei tarvitse kirkua kiihdyksissään kuin kerran tuolla tavalla väärällä hetkellä, niin siihen herää lohikäärme ja koko sen suku ja me saamme surmamme joka sorkka. Minusta se kuulosti enemmän pelästyneen kuin kiihtyneen henkilön huudolta. Minä sanon että jos ovessa ei olisi ollut merkkiä, olisin ollut varma että olemme tulleet väärään taloon. Kun tartuin matolla huohottavaan ja hytkyvään pikku ukkeliin minulla oli omat epäilykseni. Minusta hän on enemmän kauppiaan kuin voron näköinen!»

Silloin herra Reppuli väänsi ovenkahvaa ja astui sisään. Tukin puoli oli voittanut. Hänestä tuntui äkkiä että hän voisi tulla toimeen ilman vuodetta ja aamiaista kunhan häntä pidettäisiin hurjana. Mitä tulee sanoihin matolla hytkyvään pikku ukkeliin, ne saivat hänet toden totta hurjistumaan. Monesti jälkeenpäin katui reppulipuoli hänessä sitä mitä hän silloin meni tekemään, ja hän sanoi itselleen: »Bilbo, sinä olit hölmö, sinä lampsit siihen soppaan omin jaloin.»

»Suokaa anteeksi», hän sanoi, »jos on käynyt niin että olen kuullut sellaista mikä ei ollut minulle tarkoitettu. En teeskentele ymmärtäväni mistä on kysymys, tai mitä puhe vorosta tarkoittaa, mutta kuulostaa siltä» (tätä hän itse kutsui arvokkuuden säilyttämiseksi) »että teidän mielestänne minä en kelpaa mihinkään. Minäpä näytän teille. Minun ovessani ei ole mitään merkkejä – se on maalattu viikko sitten – ja olen varma että olette erehtyneet talosta. Kun näin ovellani teidän hassut naamanne, minulla oli heti omat epäilykseni. Mutta olkaa kuin talo olisi oikea. Sanokaa mitä on tehtävä, niin minä yritän, vaikka minun olisi käveltävä täältä Idän ääreen ja taisteltava viimeisessä erämaassa hirmukäärmeitä vastaan. Minulla oli isoisoisosetä nimeltä Härkäräikkä ja –»

»Oli toki, mutta siitä on aikaa», Gloin sanoi. »Minä puhuin nyt teistä. Ja ovessanne on kuin onkin merkki – vakiomerkki joka ainakin ennen oli yleinen. *Voro etsii kunnon työtä, jännitys ja kohtuullinen palkkio edellytyksenä*, niin se yleensä luetaan. *Voro* on mahdollista korvata sanoilla *ammattitaitoinen aarteenmetsästäjä*. Toiset lukevat sen niin. Meille se on se ja sama. Gandalf kertoi että näillä kulmilla olisi sellainen mies tarjolla ja että hän oli sopinut tapaamisesta keskiviikkona teeaikaan.»

»Tottakai ovessa on merkki», Gandalf sanoi. »Minä panin sen siihen itse. Minulla oli siihen hyvät syyt. Te pyysitte minua etsimään neljännentoista miehen retkikuntaan ja minä valitsin herra Reppulin. Jos joku sanoo että valitsin väärän miehen tai väärän talon niin te voitte kaikessa rauhassa lähteä kolmeentoista pekkaan ja vetää päällenne niin paljon huonoa onnea kuin mieli tekee, tai vaikka painua takaisin louhimaan hiiltä.»

Hän mulkaisi Gloiniin niin ankarasti että kääpiö kyyristyi takaisin tuoliinsa, ja kun Bilbo yritti avata suunsa kysyäkseen jotakin, Gandalf kääntyi häneen päin ja kurtisti kulmiaan niin että kulmakarvat sojottivat ja Bilbo sulki sukkelasti suunsa. »No niin», sanoi Gandalf. »Niin sitä pitää. Eipäs enää riidellä. Minä olen valinnut herra Reppulin ja sen luulisi riittävän teille kaikille. Jos minä sanon että hän on voro, niin hän on voro tai hänestä tulee sellainen kun aika koittaa. Hänessä on paljon enemmän ainesta kuin osaatte arvatakaan ja yhtä ja toista sellaista mistä hänellä itselläänkään ei ole aavistusta. Voi olla että te jonakin päivänä vielä kiitätte minua — jos saatte elää. No niin, Bilbo poikaseni, hae lamppu niin valaistaan vähän asiaa!»

Bilbo toi ison lampun, jossa oli punainen varjostin, ja sen valossa Gandalf levitti pöydälle kartantapaisen pergamentinpalan.

»Tämän on laatinut sinun isoisäsi Thror, Thorin», hän sanoi vastauksena kääpiöiden kiihtyneisiin kysymyksiin. »Se on Vuoren kartta.»

»Minä en käsitä mitä apua tästä voi meille olla», sanoi Thorin pettyneenä vilkaistuaan piirrosta. »Minä muistan kyllä tarpeeksi hyvin Vuoren ja sitä ympäröivät maat. Ja minä tiedän missä Synkmetsä on samoin kuin Kulottunut nummi, jossa suuret lohikäärmeet sikisivät.»

»Vuoreen on punaisella merkitty lohikäärme, mutta sen löydämme helposti ilmankin jos joskus pääsemme niin pitkälle», sanoi Balin.

»Yhtä kohtaa te ette huomanneet. Se on salainen sisäänkäynti. Näettekö yksinäisen riimun Vuoren länsipuolella ja nämä riimut ja käden joka osoittaa sitä? Siitä alkaa salakäytävä Ala-Saleihin.» (Jos katsotte tämän kirjan alussa olevaa karttaa niin näette mainitut riimut.)

»Käytävä on joskus voinut olla salainen, mutta mistä me tiedämme että se on salainen yhä?» kysyi Thorin. »Vanha Smaug on asunut Vuoressa niin kauan että sillä on ollut aikaa saada selville kaikki tietämisen arvoinen noista luolista.»

»Se on mahdollista — mutta lohikäärme ei ole voinut käyttää sitä moneen moneen vuoteen.»

»Miksi ei?»

»Koska se on liian ahdas. 'Ovi kaksi ja puoli kyynärää ja kolme voi käydä rinnan' sanovat riimut, eikä Smaug mahdu sen kokoiseen koloon, ei mahtunut edes nuorena lohikäärmeenä, saati sitten ahmittuaan sellaisen määrän kääpiöitä ja Laakson ihmisiä.»

»Minusta se kuulostaa aika isolta kololta», vinkaisi Bilbo (jolla ei ollut kokemusta lohikäärmeistä vaan pelkästään hobitinkoloista). Hän alkoi taas innostua ja unohti pitää suunsa kiinni. Hän piti kovasti kartoista ja hänen eteisessään roikkui iso lähitienoita esittävä kartta johon oli punaisella musteella merkitty hänen rakkaimmat kävelyreittinsä. »Miten mokoman ison oven voi pitää piilossa keneltäkään, jos jätetään lohikäärme sikseen?» hän kysyi. Teidän täytyy muistaa että hän oli vain pikkuinen hobitti.

»Siihen on monia keinoja», vastasi Gandalf. »Mutta me emme voi tietää miten tämä on kätketty menemättä katsomaan. Kartasta voisi päätellä että käytävän suulla on suljettu ovi joka sulautuu täydellisesti vuoren kylkeen. Se on kääpiöiden yleinen menetelmä — onko käsitykseni oikea?»

»On», sanoi Thorin.

»Sitä paitsi», sanoi Gandalf, »unohdin mainita että kartan mukaan kuuluu avain, pieni ja merkillinen. Se on tässä!» hän sanoi ja ojensi Thorinille hopeasta tehdyn avaimen jossa oli pitkä varsi ja monimutkainen loveus. »Pidä se hyvin tallessa!»

»Kyllä totisesti pidän», Thorin sanoi ja ripusti avaimen ohueen ketjuun joka oli hänen kaulassaan nutun alla. »Nyt rupeaa toivo pilkottamaan. Tämä tieto on oleellinen. Tähän asti meillä ei ole ollut selvää käsitystä mitä pitäisi tehdä. Aikomus oli kulkea itää kohti niin huomaamatta ja varovasti kuin mahdollista aina Pitkäjärvelle saakka, jonka jälkeen olisi odotettavissa vaikeuksia –»

»Jo paljon ennen sitä, mikäli minä tiedän mitään itään vievistä teistä», keskeytti Gandalf.

»Sieltä voisimme jatkaa vaikka Vuolaan virran yläjuoksulle», jatkoi Thorin kiinnittämättä huomiota hänen sanoihinsa, »Laakson raunioille – se on vanha kaupunki Vuoren varjossa. Mutta pääportti ei houkutellut meistä ketään. Portti on paksussa kalliossa Vuoren eteläpuolella ja joki virtaa siitä ulos, ja siitä kulkee myös lohikäärme – sitä paitsi turhan usein, ellei ole muuttanut tapojaan.»

»Pääportille ei ole asiaa», velho sanoi, »ellei mukana ole mahtavaa soturia, suorastaan urhoa. Minä yritin löytää sellaisen, mutta sotureilla on täysi työ sotia keskenään kaukaisilla mailla. Näillä seuduin ovat urhot harvassa, elleivät kerrassaan loppuneet. Miekat ovat täälläpäin enimmäkseen tylsiä ja kirveitä käytetään puiden kaatamiseen, kilpiä kehtoina tai tarjoiluastian kansina; lohikäärmeet ovat sopivan kaukana (ja sen tähden niihin uskotaan vain puoliksi). Niin minä tyydyin viekkaaseen voroon – päätöstä vahvisti se että muistin sivuoven olemassaolon. Tässä on siis pikkuinen ystävämme Bilbo Reppuli, meidän voromme, valittu ja valikoitu. Ryhtykäämme suunnitelmien tekoon.»

»Hyvä on», sanoi Thorin, »ehkäpä tämä asiansa osaava voro esittää meille ajatuksia ja ehdotuksia.» Hän kääntyi muka kohteliaasti Bilboon päin.

»Aluksi tahtoisin tietää vähän enemmän», Bilbo sanoi vähän hämmentyneenä ja poissa tolaltaan mutta edelleen täynnä tukinpuhtia ja valmiina jatkamaan. »Siis kullasta ja lohikäärmeestä ja koko jutusta ja miten kulta joutui sinne ja kenen se on ja niin edelleen.»

»No mutta!» Thorin sanoi. »Teillähän on kartta nenän edessä! Ettekö te kuullut lauluamme? Tässähän on puhuttu samasta asiasta tuntikausia!»

»Vaikka niin, mutta minä tahdon täyden selvyyden», Bilbo intti virallisella äänellään (jota hän yleensä käytti puhuessaan henkilöille jotka tahtoivat lainata häneltä rahaa) ja yritti parhaan kykynsä mukaan vaikuttaa viisaalta ja harkitsevalta ja ammattimaiselta ja täyttää Gandalfin suosituksen mitat. »Ja tahtoisin myös tietää mitkä ovat vaarat, mitä kuluja tulee, paljonko aikaa menee sekä minkälainen on palkkio ja niin edespäin –» millä hän tarkoitti: »Mitä minä siitä hyödyn? Ja tulenko takaisin hengissä?»

»Minä selitän», sanoi Thorin. »Kauan sitten isoisäni Throrin aikaan sukumme ajettiin pois kaukaisesta pohjolasta ja kääpiöt muuttivat kaikkine rikkauksineen ja työkaluineen takaisin tähän Vuoreen joka kartassa näkyy. Kaukainen esi-isäni Thrain Vanha oli aikoinaan löytänyt sen, mutta nyt kääpiöt louhivat ja kaivoivat ja laativat suuremmat salit ja isommat työpajat – ja minä luulen että he samalla löysivät melko lailla kultaa ja runsaasti jalokiviä. He siis rikastuivat ja heidän maineensa levisi laajalle ja minun isoisäni hallitsi jälleen Vuorenalaisena kuninkaana ja häntä kohtelivat kunnioittaen myös kuolevaiset ihmiset, joita asui etelässä ja joita levittäytyi hitaasti Vuolasta virtaa ylös aina vuoren varjoon saakka. He rakensivat sinne Laakson iloisen kaupungin siihen aikaan. Kuninkailla oli tapana lähettää hakemaan meiltä seppiä ja maksaa runsaat palkkiot taitamattomillekin. Isät pyysivät että ottaisimme heidän poikiaan oppiin ja maksoivat avokätisesti etenkin ruokapalkkaa, kääpiöt kun eivät itse ikinä jaksaneet sitä kasvattaa tai etsiskellä. Kaiken kaikkiaan ne olivat hyviä aikoja ja köyhimmälläkin oli rahaa tuhlattavaksi ja lainattavaksi, ja oli yllin kyllin aikaa tehdä kauniita esineitä ihan huvin vuoksi puhumattakaan ihmeellisistä taikaleluista jollaisia ei enää tähän maailmanaikaan missään tapaa. Niin täyttyivät isoisäni salit sotisovista ja jalokivistä ja koruesineistä ja maljoista ja Laakson lelumarkkinat olivat koko Pohjolan ihme.

Rikkaus se epäilemättä toi lohikäärmeen paikalle. Lohikäärmeet rosvoavat kultaa ja hopeaa, kuten tiedätte, ihmisiltä ja haltioilta ja kääpiöiltä, mistä ikinä aarteita löytävät, ja ne vartioivat saalistaan koko elämänsä (ja ne elävät käytännöllisesti katsoen ikuisesti ellei niitä tapeta) osaamatta nauttia ensimmäisestäkään vaskisormuksesta. Ne eivät juuri erota hyvää työtä huonosta, vaikka niillä kyllä yleensä on hyvä haju kulloisenkin hetken markkina-arvosta, eivätkä ne osaa valmistaa mitään itse, eivät edes korjata repsottavaa suomua. Noihin aikoihin pohjoisessa oli paljon lohikäärmeitä ja kulta lienee ollut käymässä harvinaiseksi; kääpiöistä ne jotka eivät saaneet surmaansa pakenivat etelään ja lohikäärmeiden tuottama tihu ja tuho ja yleinen hävitys paheni pahenemistaan. Siellä eli silloin yksi erityisen ahne, vahva ja ilkeä käärme nimeltään Smaug. Eräänä päivänä se nousi siivilleen ja lensi etelään. Ensiksi me kuulimme kuin pyörremyrskyn äänen pohjoisesta ja Vuoren männyt nitisivät ja katkeilivat tuulessa. Jotkut kääpiöt jotka sattuivat olemaan ulkosalla (onnekseni olin yksi heistä – minä olin siihen aikaan seikkailunhaluinen ja reipas kääpiönkloppi ja aina omilla teilläni, mikä pelasti henkeni tuona päivänä) – me siis näimme hyvän matkan päästä kuinka lohikäärme laskeutui Vuorellemme tulisuihkun keskellä. Sitten se vyöryi rinnettä alas ja sen päästyä metsään syttyivät puut tuleen. Silloin soivat jo kaikki kellot Laaksossa ja soturit astuivat aseisiin. Kääpiöt purkautuivat ulos suuresta portista, mutta lohikäärme odotti heitä. Yksikään ei päässyt pakoon tuona päivänä. Joesta nousi sankka huuru ja Laakson ylle laskeutui sumu ja sumun turvin lohikäärme tuli kaupunkiin ja surmasi suurimman osan sotureista – tämä on se tavallinen tarina joka oli valitettavan yleinen siihen aikaan. Sitten Smaug meni takaisin ja ryömi sisään Pääportista ja penkoi kaikki salit, väylät, käytävät, tunnelit, kellarit, kammiot ja kulkutiet. Sen jälkeen ei vuoren sisään jäänyt eloon yhtäkään kääpiötä ja lohikäärme otti kaikki rikkaudet itselleen. Varmaan se on kasannut kaiken isoksi keoksi syvälle vuoren uumeniin, sillä se on lohikäärmeitten tapa, ja käyttää kekoa vuoteenaan. Myöhemmin sillä oli tapana ryömiä ulos suuresta portista ja saapua Laaksoon öiseen aikaan ja raahata sieltä mukaansa ihmisiä, etenkin nuoria neitoja syödäksensä ne, ja tätä jatkui kunnes Laakso lakkasi olemasta eikä sinne jäänyt ketään, koska ihmiset olivat joko kuolleet tai lähteneet pois. En osaa varmasti sanoa mitä siellä nykyään tapahtuu, mutta en usko että kukaan asuu Pitkäjärven vastarantaa lähempänä Vuorta.

Ne muutamat meistä, jotka olimme ulkona matkan päässä, piileksimme ja itkimme ja kirosimme Smaugia, ja yllättäen joukkoomme liittyivät parta käryten isäni ja isoisäni. Heidän muotonsa oli synkkä ja he puhuivat vain vähän. Kun kysyin miten he olivat päässeet pakoon, he käskivät minun pitää suuni kiinni ja sanoivat että aikanani saisin kyllä tietää. Sen jälkeen lähdimme pois ja jouduimme ansaitsemaan elantomme miten kykenimme kulkiessamme pitkin ja poikin maita, ja välistä vajosimme niin alas että teimme karkeissepän töitä, jopa louhimme hiiltä. Mutta koskaan emme ole unohtaneet aarretta joka meiltä varastettiin. Ja jopa nyt, kun minun on myönnettävä että meillä on jo yhtä ja toista syrjään pantuna emmekä ole enää varattomia» – tässä kohden Thorin silitti kaulassaan roikkuvaa kultaketjua –»meillä on yhä aikomuksenamme saada aarre takaisin ja kostaa Smaugille – jos vain ikinä voimme.

Olen usein ihmetellyt isäni ja isoisäni pakoa. Nyt käsitän että he ovat käyttäneet sivuovea josta kukaan muu ei tiennyt mitään. Nähtävästi he olivat laatineet alueesta kartan ja minä tahtoisin tietää miten Gandalf on hankkinut sen käsiinsä ja miksi se ei ole minulla, joka olen laillinen perijä.»

»Minä en hankkinut sitä käsiini, se annettiin minulle», velho sanoi. »Sinun isoisäsi Thror sai surmansa Azog-hiiden kädestä Morian kaivoksissa kuten muistat.»

»Kirottu olkoon Azogin nimi, niin sai», Thorin sanoi.

»Ja isäsi Thrain lähti teilleen huhtikuun kahdentenakymmenentenäensimmäisenä päivänä, josta tuli kuluneeksi tasan sata vuotta viime torstaina, etkä sinä ole nähnyt häntä sen päivän jälkeen –»

»Totta, totta on», Thorin sanoi.

»No, isäsi antoi tämän minulle annettavaksi sinulle, ja minä olen valinnut hetken ja tavan jolla sen teen, mistä sinun tuskin kannattaa minua syyttää, kun ottaa huomioon minkämoinen vaiva sinua oli löytää. Omaa nimeään isäsi ei muistanut kun hän antoi paperin minulle ja sinun nimesi hän ei maininnut, kaiken kaikkiaan minä ansaitsen omasta mielestäni kiitokset! Tässä se nyt on», hän sanoi ja ojensi kartan Thorinille.

»Minä en ymmärrä», Thorin sanoi ja Bilbon teki mieli sanoa samaa. Selitys ei tuntunut selittävän mitään.

»Sinun isoisäsi antoi kartan pojalleen tallessa pidettäväksi ennen astumistaan Morian kaivoksiin», sanoi Gandalf hitaasti ja synkeästi.

»Isoisäsi kuoltua isäsi lähti koettamaan onneaan kartan avulla ja joutui toinen toistaan ikävämpiin seikkailuihin pääsemättä silti lähellekään Vuorta. Minä löysin hänet Noidan tyrmästä jossa hän virui vankina.»

»Mitä ihmettä sinä siellä teit?» kysyi Thorin, jota puistatti, ja kaikki muutkin kääpiöt kavahtivat.

»Ei sillä väliä. Olin tapani mukaan ottamassa asioista selvää ja sepä olikin ilkeää ja vaarallista työtä. Vähältä piti ettei itse Gandalf jäänyt loukkuun. Minä yritin pelastaa isäsi mutta se oli liian myöhäistä. Hänen järkensä oli sumennut ja hänen aivoituksensa harhailivat eikä hänen päässään ollut juuri mitään kartan ja avaimen lisäksi.»

»Me olemme aikaa sitten kostaneet Morian hiisille», sanoi Thorin, »on aika ryhtyä miettimään mitä tehdä Noidalle.»

»Älä ole hullu! Sen vihollisen mahti ylittää roimasti maailman kaikkien kääpiöiden yhteisvoiman vaikka joku saisi heidät kokoon maailman neljältä kulmalta. Isäsi ei toivonut muuta kuin että hänen poikansa lukisi karttaa ja käyttäisi avainta. Lohikäärmeessä ja Vuoressa on teille tehtävää enemmän kuin kyllin!»

»Kuulkaa, kuulkaa», sanoi Bilbo ja vahingossa ääneen.

»Kuulkaa mitä?» he kysyivät kaikki ja kääntyivät häneen päin ja hän meni niin sekaisin että vastasi: »Kuulkaa mitä minulla on sanottavana.»

»Mitä?» he kysyivät.

»Minusta näyttää siltä että teidän kannattaisi matkata itään ja katsoa miltä siellä näyttää. Kun siellä on se sivuovi ja kaikki ja joskus kai lohikäärmeetkin nukkuvat. Jos kökötätte kuistilla tarpeeksi kauan, veikkaan että keksitte lopulta jotain. Ja emmekö me teistäkin ole jo puhuneet tarpeeksi yhden illan osalle jos ymmärrätte

mitä tarkoitan. Kuinka olisi jos menisitte nyt yöpuulle ja lähtisitte matkaan virkkuina aamuvarhaisella. Minä tarjoan hyvän aamiaisen.»
»Tarkoititte kai sanoa että me lähtisimme», Thorin korjasi. »Ettekö te ole voro? Eikö kuistilla kököttäminen ole teidän työtänne, jos jätetään puhumatta siitä kuka ovesta menee sisään? Mutta yöpuulle menosta ja aamiaisesta olen samaa mieltä. Minulle kuusi munaa kinkun kanssa, kiitos, näin ennen matkaa, ja paistettuna, ei upotettuna, ja varokaakin rikkomasta keltuaisia.»

Kun koko muu joukko oli tilannut aamiaisen yhtä komentelevaan sävyyn (mikä suuresti harmitti Bilboa) kaikki nousivat pystyyn. Hobitin oli löydettävä kaikille yösija; kaikki vierashuoneet olivat pian tupaten täynnä ja hän sijasi vuoteita tuoleille ja sohville ennen kuin hän oli saanut kaikki sijoitetuksi ja sitten hän meni omaan pikku vuoteeseensa väsyneenä, eikä kaikin puolin tyytyväisenä. Yhden asian hän päätti: että hän ei vaivautuisi heräämään aikaisin valmistamaan aamiaista kaiken maailman kääpiöille. Tukinpuhti oli haihtumaan päin, ja hän epäili suuresti lähtisikö hän millekään matkalle seuraavana päivänä.

Maatessaan sängyssä hän kuuli Thorinin yhä hyräilevän itsekseen parhaassa vierashuoneessa isännän makuukamarin vieressä:

> *Yli sumuisten kylmien vuorien noiden,*
> *syvyyksiin ikiluolien, onkaloiden*
> *matka jatkua saa ennen kuin sarastaa,*
> *sinne tie käy kultamme hakijoiden.*

Bilbo nukahti tämä laulu korvissaan ja se aiheutti hänelle epämiellyttäviä unia. Hän heräsi vasta pitkälti sarastuksen jälkeen.

Toinen luku

··· LAMMASPAISTIA ···

BILBO PONKAISI YLÖS vuoteesta, pani aamutakin ylleen ja meni ruokasaliin. Hän ei nähnyt siellä ketään, mutta sen sijaan siellä oli runsaan kiireesti nautitun aamiaisen jäljet. Huone oli kamalassa siivossa ja keittiössä oli pinokaupalla pesemättömiä astioita. Hyvä ettei jokaista pannua ja pataa, jonka hän omisti, ollut käytetty. Tiskivuori oli niin tyrmäävän todellinen että Bilbon oli pakko uskoa, ettei edellisen illan juhla ollut unta, niin kuin hän oli vähän toivonut. Totta puhuen hän oli helpottunut tajutessaan että kääpiöt olivat lähteneet keskenään viitsimättä edes herättää häntä (»mutta vaivautumatta myöskään kiittämään», hän totesi), mutta toisaalta hän ei mahtanut myöskään mitään pienelle pettymyksen kaiherrukselle. Tämä tunne hämmästytti häntä.

»Älä ole hölmö, Bilbo Reppuli!» hän sanoi itselleen. »Mitä sinä uhraat ajatuksiasi lohikäärmeille ynnä muulle turhanaikaiselle hölynpölylle tässä iässä!» Ja hän pani esiliinan vyötäisilleen, viritti valkeat, keitti vettä ja pesi astiat. Sitten hän söi keittiössä kodikkaan ja vaatimattoman aamiaisen ennen kuin rupesi siivoamaan ruokasalia. Aamiaisen päättyessä aurinko paistoi jo täydeltä terältä, ulko-ovi oli auki ja siitä henki sisään lämmin kevättuulahdus. Bilbo vihelteli reippaasti ja edellinen ilta rupesi unohtumaan. Hän oli juuri aikeissa ryhtyä nauttimaan toista kodikasta vaatimatonta aamiaista ruokasalissa avoimen ikkunan ääressä kun sisään asteli Gandalf.

»Ystävä hyvä», sanoi Gandalf, »milloin sinä oikein aiot tulla?

Sitä piti lähteä virkkuna aamuvarhaisella! Täällä sinä syöt aamiaista vai lieneekö lounas, vaikka kello on puoli yksitoista! Kääpiöt jättivät sinulle viestin koska heillä ei ollut aikaa jäädä odottamaan.»

»Minkä viestin?» sanoi Bilbo-parka pyörällä päästään.

»Voi norsun kärsä!» sanoi Gandalf. »Sinä et ole oma itsesi tänä aamuna – et ole pyyhkinyt pölyjä takanreunalta!»

»Mitä se tähän kuuluu? Minulla oli tarpeeksi tekemistä kun pesin neljäntoista ruokailijan astiat!»

»Jos olisit pyyhkinyt pölyt takanreunalta, olisit löytänyt kellon alta tämän», sanoi Gandalf ja ojensi Bilbolle viestin (joka oli tietenkin kirjoitettu Bilbon omalle muistipaperille).

Näin siinä luki:

»Thorin tovereineen tervehtii Bilbo Reppulia! Kiitämme vilpittömästi vieraanvaraisuudestanne ja tarjouksestanne antaa meille ammattiapua jonka kiitollisena otamme vastaan. Ehdot nämä: Palkkio tavaran toimitushetkellä käteisenä, enintään neljästoistaosa koko hyödystä (mikäli sitä saadaan); kaikki matkakustannukset korvataan joka tapauksessa; hautajaiskustannukset voidaan periä meiltä tai edustajiltamme mikäli tarvetta ilmenee eikä asia muuten tule hoidetuksi.

Koska katsomme tarpeettomaksi häiritä kunnioitettavaa lepoanne olemme lähteneet edeltä suorittamaan tarpeen vaatimia toimenpiteitä ja odotamme teidän kunnioitettavaa persoonaanne Vihreän lohikäärmeen majatalossa Virranvarressa tasan kello 11. Luottaen *täsmällisyyteenne,*

Meillä on kunnia sulkeutua suosioonne

teidän

Thorin & kumppanit»

»Mikä merkitsee että sinulla on aikaa tasan kymmenen minuuttia.
Saat juosta», Gandalf sanoi.

»Mutta —» sanoi Bilbo.

»Ei ole aikaa —» velho sanoi.

»Mutta —» sanoi Bilbo jälleen.

»Ei siihenkään! Mars matkaan!»

Elämänsä loppuun asti Bilbolle jäi epäselväksi miten hän tuli
lähteneeksi ulos ilman hattua, kävelykeppiä ja rahaa tai ylipäänsä
mitään mitä hän aina otti mukaansa ulos lähtiessään, jättäneeksi jäl-
keensä vain puoliksi syödyn aamiaisen numero kaksi ja kasan pese-
mättömiä astioita, kuinka hän vain työnsi avaimet Gandalfin kou-
raan ja juoksi niin nopeasti kuin karvaisilta jaloiltaan pääsi Kukku-
laa alas, myllyn ohi, Virran yli ja toista virstaa tietä pitkin.

Hän saapui Virranvarteen perusteellisesti hengästyneenä kellon
lyödessä yhtätoista ja huomasi lähteneensä ilman nenäliinaa!

»Loistavaa!» sanoi Balin joka seisoi majatalon ovella tähyillen
hänen tuloaan.

Juuri silloin kääntyivät muut kääpiöt tien mutkasta kylän suun-
nalta. He ratsastivat poneilla ja kunkin ponin selkään oli lastattu
kaikenmoista nyyttiä ja nyssäkkää ja kassia ja pussia. Yksi poni oli
paljon muita pienempi, ilmeisesti se oli tarkoitettu Bilbolle.

»Ratsaille siitä kumpainenkin, niin päästään matkaan!» Thorin
sanoi.

»Olen kovin pahoillani», sanoi Bilbo, »mutta olen tullut ilman
hattua ja nenäliina on unohtunut kotiin eikä minulla ole yhtään
rahaa mukana. En saanut viestiänne ennen kuin varsin myöhään,
kello 10.45, tarkalleen ottaen.»

»Tarkkuus ei ole tarpeen», Dwalin sanoi. »Äläkä hätäile! Saat
luvan tulla toimeen ilman nenäliinoja ja yhtä ja toista muutakin

ennen kuin matka päättyy. Mitä hattuun tulee, minulla on matkata-
varoiden joukossa ylimääräinen viitta ja huppulakki.»

Niin he lähtivät ravaamaan raskaasti lastatuilla poneilla majata-
lon edestä eräänä päivänä juuri ennen toukokuun alkua; ja Bilbolla
oli päässä tummanvihreä (vähän haalistunut) huppulakki ja tum-
manvihreä viitta, jotka hän oli lainannut Dwalinilta. Vaatteet olivat
hänelle liian väljät ja hän oli aika hassun näköinen. En uskalla kuvi-
tellakaan mitä hänen isänsä Bungo olisi hänestä ajatellut. Hänen
ainoa lohtunsa oli ettei häntä voinut luulla kääpiöksi koska hänellä
ei ollut partaa.

He eivät olleet ehtineet ratsastaa kauankaan kun Gandalf otti
heidät kiinni. Hän ratsasti upealla valkoisella hevosella ja toi ison
nipun nenäliinoja ja Bilbon piipun ja tupakkaa. Pian sen jälkeen
kävi kulku hauskaksi, he lauloivat lauluja ja kertoivat tarinoita ja rat-
sastivat koko pitkän päivän lukuun ottamatta tietenkin ruoka-aikoja
jolloin he pysähtyivät syömään. Sitä ei tapahtunut ihan niin usein
kuin Bilbo olisi toivonut mutta hänestä rupesi silti tuntumaan ettei
seikkailuissa ehkä sittenkään ollut mitään vikaa.

Aluksi he matkasivat hobittimailla, halki laajojen säädyllis-
ten seutujen joilla asui kunnon väkeä: tiet olivat siellä hyvät ja nii-
den varrella oli majataloja ja silloin tällöin tuli vastaan kääpiö tai
talonisäntä astellen rauhallisesti omilla asioillaan. Mutta sitten
kävi puhe oudoksi Bilbon korvissa ja hän kuuli lauluja jotka oli-
vat hänelle tuiki tuntemattomia. Sitten he tulivat Yksinäisille mail-
le, eikä siellä asunut ketään, ei ollut majataloja ja tiet kävivät kaiken
aikaa huonommiksi. Heidän edessään kohosi lohduttomia mustan
metsän peittämiä mäkiä yhä korkeammalle, eivätkä ne olleet kovin
kaukana. Ylhäällä erottui vanhoja linnoja joiden luotaantyöntäväs-
tä näöstä saattoi päätellä etteivät ne olleet mukavan väen rakenta-

mia. Kaikki vaikutti ylen synkältä koska sää oli sinä päivänä kääntynyt huonompaan. Siihen asti oli enimmäkseen ollut niin kaunista ettei toukokuussa ole kauniimpaa tarinoissakaan, mutta nyt oli ilma kylmä ja märkä. Yksinäisillä mailla heidän oli ollut pakko leiriytyä ulos, mutta kuivaa oli kumminkin ollut.

»Kukapa uskoisi että kohta on kesäkuu», valitti Bilbo ponin läpsytellessä muiden perässä mutaisella tiellä. Teeaika oli jo ohi, vettä satoi kaatamalla ja oli satanut koko päivän, hänen huppulakistaan tipahteli vettä silmille, viitta oli kosteudesta raskas, poni oli väsynyt ja kompuroi kiviin ja muut olivat niin pahalla päällä etteivät sanoneet mitään. »Ja varmaan vesi on päässyt kuiviin vaatteisiin ja ruokapusseihin», tuumi Bilbo. »Joutavaa touhua tämä vorohomma ja mikä siihen liittyy! Olisinpa kotona mukavassa kolossani takan edessä odottamassa vesipannun vihellystä!» Eikä hän toivonut sitä viimeistä kertaa!

Mutta kääpiöt ravasivat eteenpäin kääntymättä kertaakaan katsomaan tai kiinnittämättä muutenkaan huomiota hobittiin. Jossakin harmaiden pilvien takana meni aurinko mailleen, sillä heidän laskeutuessaan syvään laaksoon, jonka pohjalla virtasi joki, alkoi tulla pimeä. Tuuli nousi ja rannan raidat taipuivat ja huokailivat. Onneksi joen yli vei vanha kivisilta, sillä sateen jäljiltä joki ryöppysi vuolaana alas pohjoisen vuorilta ja kukkuloilta.

Oli jo melkein yö kun he pääsivät virran yli. Tuuli hajotti harmaat pilvet ja liehuvien riekaleiden välissä kukkuloiden yläpuolella vilahteli kuu. Silloin he pysähtyivät ja Thorin mutisi jotakin illallisesta ja sanoi: »Ja mistä me löydämme kuivan paikan missä yöpyä?»

Vasta silloin he huomasivat että Gandalf puuttui. Tähän asti hän oli kulkenut koko ajan heidän mukanaan kertomatta koskaan aikoiko hän ottaa osaa seikkailuretkeen vai pitikö hän vain heille seuraa jonkin matkaa. Hän oli syönyt eniten, puhunut eniten, nauranut eniten. Mutta nyt häntä ei ollut mailla halmeilla!

»Nyt kun velholla olisi ollut virkaa jos koska», murisivat Dori ja Nori (joilla oli hobitin kanssa sama käsitys aterioista, että niiden piti olla säännöllisiä ja runsaita ja että niitä piti olla usein).

Lopulta he päättivät leiriytyä siihen missä olivat. He menivät läheisten puiden luo ja vaikka niiden alla oli kuivempaa, tuuli ravisti sadevettä lehdiltä ja loputon tipahtelu oli viedä heiltä hermot. Märkyys haittasi tulentekoakin. Kääpiöt osaavat sytyttää tulen melkein missä vain ja melkein mistä vain tuulella ja tyynellä, mutta sinä iltana he eivät siihen pystyneet, eivät edes Oin ja Gloin jotka olivat siinä puuhassa erityisen taitavia.

Sitten yksi poni säikähti tyhjästä ja karkasi. Se ehti jokeen asti ennen kuin he saivat sen kiinni, ja ennen kuin se oli saatu ylös olivat Fili ja Kili vähällä hukkua ja kaikki ponin kantamukset huuhtoutuivat veteen. Tietenkin sen ponin lastina oli ollut ruokaa ja illalliseksi jäi varsin vähän syötävää ja aamiaiseksi vielä vähemmän.

He kököttivät puiden alla nyrpeinä, märkinä ja nuristen Oinin ja Gloinin yrittäessä sytyttää tulta ja riidellessä asiasta keskenään. Bilbo totesi surukseen ettei seikkailu ole pelkkää poniratsastusta toukokuun auringon paisteessa, kun vakituinen vartiomies Balin huusi: »Tuolla on valoa!» Vähän matkan päässä kohosi kukkula jolla kasvoi puita paikoitellen varsin tiheässä. Tumman puuseinämän raoista he näkivät nyt valon pilkottavan — punertavan, kodikkaannäköisen valon jonka lähteenä saattoi olla nuotio tai soihtu.

Katseltuaan vähän aikaa he rupesivat riitelemään. Jotkut sanoivat että mennään ja toiset että ei. Jotkut sanoivat että ainoa järkevä teko oli mennä katsomaan ja että mikä tahansa voitti niukan illallisen, vielä niukemman aamiaisen ja yön märissä vaatteissa.

HOBITTI ELI SINNE JA TAKAISIN

Toiset sanoivat: »Näitä seutuja ei tunneta turhan hyvin ja me olemme kovin lähellä vuoria. Matkalaisia tulee tänne nykyään harvoin. Vanhoista kartoista ei ole apua: asiat ovat huonommalla mallilla kuin ennen eikä kukaan vartioi tietä. Näillä tienoin ei ole usein kuninkaasta kuultukaan ja se, joka ei ole liian utelias, välttää varmimmin ikävyydet.» Toiset sanoivat: »Onhan meitä sentään neljätoista.» Ja kaikki järjestään kysyivät: »Mihin Gandalf on joutunut?» Sitten alkoi sataa entistä rankemmin ja Oin ja Gloin rupesivat tappelemaan.

Se ratkaisi asian. »Onhan meillä voro matkassa», kääpiöt sanoivat, ja niin he lähtivät ponejaan taluttaen (kaikkia asianmukaisia varokeinoja noudattaen) hiipimään kohti valoa. He tulivat kukkulan juurelle ja pian he olivat metsässä. He kulkivat mäkeä ylös, mutta he eivät havainneet mitään kunnon polkua joka olisi johtanut talolle tai tilalle, ja vaikka he kuinka yrittivät olla hiljaa, aiheutti heidän kulkunsa kuitenkin melkoista kahinaa ja ritinää ja rapsetta (ja murinaa ja äyskettä) heidän kulkiessaan puiden lomassa pilkkopimeässä.

Äkkiä loisti punainen valo kirkkaasti puiden välistä varsin läheltä.

»Nyt tuli voron vuoro», sanoivat he ja tarkoittivat Bilboa. »Menet nyt ja otat selville kaiken minkä voit, mikä tuo valo on ja voiko sen lähelle turvassa mennä», sanoi Thorin hobitille. »Kipitä jo, ja tule äkkiä takaisin jos kaikki on hyvin. Jos ei ole, tule takaisin jos voit. Jos et voi, matki kahdesti tornipöllöä ja kerran lehtopöllöä niin me teemme voitavamme.»

Bilbo sai lähteä ennen kuin hän ehti sanoa ettei hän osannut matkia edes yhtä kertaa ensimmäistäkään pöllöä sen enempää kuin lentää lepakon lailla. Sen sijaan hobitit osaavat liikkua hiljaa metsässä, täysin äänettömästi. He ovat taidostaan ylpeitä ja Bilbo oli tuhah-

tanut matkan varrella useammin kuin kerran sille mitä hän nimitti
»kääpiöiden melskaamiseksi», jos kohta tuulisena yönä te tai minä
emme olisi kuulleet yhtään mitään vaikka koko konkkaronkka oli-
si taivaltanut ohi kyynärän päässä. Mutta kun Bilbo asteli reippaas-
ti kohti punaista valoa, en usko että kärppäkään olisi lotkauttanut
viiksikarvojaan hänen suuntaansa. Niinpä hän pääsi huomaamatta
aivan nuotiolle asti – sillä nuotio se oli – kenenkään häiriintymättä.
Ja häntä kohtasi tällainen näky:

Suuren pyökkipuurovion äärellä istui kolme isokokoista henkilöä.
Ne paahtoivat lampaanlihaa pitkien puukeppien nenässä ja nuolivat
rasvaa sormistaan. Ilmassa leijui ruoan tuoksu. Maassa oli myös tyn-
nyri oivaa palanpainiketta jota ne joivat kannuista. Mutta ne olivat
peikkoja. Ei epäilystäkään: peikkoja. Jopa Bilbo, joka oli viettänyt
suojattua elämää, käsitti keitä ne olivat nähdessään niiden raskaste-
koiset isot naamat ja suuret ruhot ja valtavat koivet, puhumattakaan
niiden käyttämästä kielestä joka ei olisi sopinut ollenkaan olohuo-
neeseen, ei ollenkaan.

»Lammasta eilen, himskatti, lammasta tänäpänä, ja tietty lam-
masta huomennakin», sanoi yksi peikko.

»Ei ole nähty palan palaa ihmisenlihaa ties kuinka pitkään
aikaan», sanoi toinen. »Mitä hemmettiä varten Viljami meidät tän-
ne toi, minä en kyllä käsitä – ja juomatkin kohta loppuu», se sanoi
ja tönäisi Viljamin kyynärpäätä kun tämä otti kulauksen hänen kan-
nustaan.

Viljamilta meni olvi väärään kurkkuun. »Pää kiinni», se sanoi
heti kun pystyi. »Turha luulla että porukat pysähtyy tässä vain että
sinä ja Bertti saisitte syödä ne. Te olette hotkineet jo puolitoista
kylällistä sen jälkeen kun tultiin alas vuorilta. Paljonko pitäisi vielä
saada? On eletty semmoisiakin aikoja että te olisitte sanoneet 'Kiitti

Ville' tämmöisestä lihavasta laakson lampaasta.» Se haukkasi reilusti lampaanviulusta jota paistoi ja pyyhki suun hihaansa.

Niin, pahoin pelkään että peikot käyttäytyvät tällä tavalla, nekin joilla on vain yksi pää kullakin. Näiden puheiden jälkeen Bilbon olisi pitänyt toimia heti. Joko hänen olisi pitänyt mennä hiljaa takaisin ja varoittaa tovereitaan että lähettyvillä oli kolme reilunkokoista peikkoa jotka olivat pahalla päällä ja valmiita maistamaan kääpiöpaistia tai jopa paahdettua ponia vaihtelun vuoksi, tai sitten hänen olisi pitänyt antaa nopea näyte voron kyvyistään. Ensiluokkainen ja maineensa veroinen voro olisi tässä tilanteessa tyhjentänyt peikkojen taskut – tämä toimenpide kannattaa melkein aina mikäli onnistuu – sekä pihistänyt lampaan tikusta, vohkinut oluen ja tallustellut tiehensä peikkojen huomaamatta. Joku käytännöllisempi voro, joka ei olisi yhtä arka ammattikunniastaan, olisi ehkä iskenyt liukkaasti tikarin joka peikkoon. Sen jälkeen olisi ilta voitu viettää rattoisasti.

Tämän Bilbo tiesi. Hänen lukeneisuutensa piiriin kuului paljon sellaista mitä hän ei ollut koskaan nähnyt. Hän oli järkyttynyt sen lisäksi että häntä inhotti ja mieluiten hän olisi ollut sadan virstan päässä, mutta silti – silti hän ei jostakin syystä osannut lähteä tyhjin käsin takaisin kääpiöiden luo. Hän seisoi pimennossa ja epäröi. Eri voropuuhista, joista hän oli kuullut, peikkojen taskujen tyhjentäminen vaikutti vähiten vaikealta ja niin hän viimein hiipi aivan Viljamin takana olevan puun taakse.

Bertti ja Tom menivät tynnyrille. Viljami ryyppäsi kannusta. Silloin Bilbo kokosi rohkeutensa ja työnsi pikkuisen kätensä Viljamin valtavaan taskuun. Siellä oli kukkaro joka Bilbon näkökulmasta oli kassin kokoinen. »Haa!» tuumi hän ja rupesi jo pitämään uudesta ammatistaan hivuttaessaan kukkaroa varovasti esiin, »mikä alku!»

Ja se olikin vasta alkua! Peikkojen kukkarot eivät ole mitä tahansa rahapusseja, eikä tämä ollut poikkeus. »Hei, kukas sinä olet?» vinkaisi se tullessaan esiin taskusta, ja Viljami kääntyi saman tien ja nappasi Bilboa niskasta ennen kuin hän ehti piiloon puun taakse.

»Hiiskatti, Bertti, katso mitä minä sain kiinni!» Viljami sanoi.

»Mikä se on?» kysyivät muut ja tulivat lähemmäksi.

»Mistä minä tiedän? Mikä sinä olet?»

»Bilbo Reppuli, vo – hobitti», sanoi Bilbo-raukka vapisten kauttaaltaan ja miettien miten hän saisi matkituksi pöllöä ennen kuin peikot kuristaisivat hänet.

»Vohobitti?» toistivat peikot hiukan hämmentyneinä. Peikkojen äly on hitaanlainen ja ne epäilevät kovasti kaikkea mikä on niille uutta.

»Mitä tekemistä vohobitilla on minun taskussani, kysyn vaan», kysyi Viljami.

»Ja voiko niitä syödä?» kysyi Tom.

»Aina voi yrittää», sanoi Tom ja otti esiin vartaan.

»Ei siitä saa kuin ehkä yhden suupalan», sanoi Viljami joka oli jo syönyt hyvän illallisen, »meinaan kun sen on nylkenyt ja ruotinut.»

»Jos niitä on enempi täällä lähistöllä, niistä voisi tehdä piirakan», sanoi Bertti. »Kuulepa, onko täällä metsässä sinunlaisiasi hiiviskelijöitä enempikin, mokoma vompatti», se sanoi nyrpistellen hobitin karvaisille jaloille, ja nosti Bilbon varpaista ilmaan ja pudisteli häntä.

»On monta», sanoi Bilbo ennen kuin ehti ajatella ettei hän saisi antaa tovereitaan ilmi. »Ei yhtään, ei ketään», hän sanoi heti perään.

»Mitäs sillä meinaat?» kysyi Bertti roikottaen häntä oikein päin ja tällä kertaa tukasta.

»Sitä mitä sanon», huohotti Bilbo. »Ja kiltit sedät, älkää tehkö minusta ruokaa! Minä olen itse hyvä kokki ja olen tavallaan parempi keittäjä kuin keitto. Minä teen teille hyvää ruokaa, valmistan teille upean aamiaisen kunhan ette syö minua illalliseksi.»

»Pikku räkänokka», Viljami sanoi. Se oli jo syönyt niin paljon illallista kuin maha veti ja juonut lisäksi kannukaupalla olutta. »Pikku räkänokka ressu. Päästetään se menemään!»

»Ei ennen kuin se selittää mitä se tarkoittaa kun se sanoo *monta* ja *ei yhtään*», sanoi Bertti. »En tahdo että minulta katkaistaan kurkku nukkuessa! Pidelkää sen varpaita tulessa kunnes se puhuu!»

»Minä en suostu», Viljami sanoi. »Minä sen pyydystin, sitä paitsi.»

»Sinä olet tyhmä läski, Viljami», Bertti sanoi. »Minä sanoin sen jo kerran tänä iltana.»

»Ja sinä olet tollo.»

»Tuota minä en sinulta niele, Vili Vellilä», sanoi Bertti ja työnsi nyrkkinsä Viljamin silmään.

Siitä syntyi lihava riita. Bilbolla oli juuri sen verran älliä jäljellä kun Bertti pudotti hänet maahan, että hän kompuroi pois peikkojen jaloista ennen kuin ne alkoivat tapella kuin rakkikoirat ja sättiä toisiaan suureen ääneen erilaisilla sattuvilla haukkumanimillä. Pian oli käynnissä käsirysy, Bertti ja Viljami sätkivät ja potkivat – hyvä etteivät kierineet tuleen – ja Tom huiski niitä risulla ajaakseen niihin vähän järkeä – mistä ne tietenkin kimpaantuivat entistä enemmän.

Sillä hetkellä Bilbo olisi voinut häipyä. Mutta Bertin koura oli rutistanut hänen jalkojaan pahan kerran, henki ei kulkenut ja päässä pyöri, ja hän jäi makaamaan ja huohottamaan vähäksi aikaa maahan juuri ja juuri nuotion valopiirin ulkopuolelle.

Keskelle tappelua ilmaantui Balin. Kääpiöt olivat kuulleet ääniä hyvän matkan päähän ja odotettuaan jonkin aikaa että Bilbo joko palaisi tai matkisi pöllöä he rupesivat yksi kerrallaan hiipimään kohti valoa niin hiljaa kuin osasivat. Tuskin oli Tom nähnyt Balinin ilmaantuvan valopiiriin kun se päästi kauhean ulvaisun. Peikkoja inhottaa kääpiöiden näkeminenkin (keittämättömänä). Bertti ja Vili lakkasivat heti tappelemasta ja sanoivat: »Äkkiä, Tom, säkki!» Balin seisoi ja ihmetteli missä kaiken tämän mylläkän keskellä oli Bilbo, ja ennen kuin hän tiesi mitä tapahtui, hänen päänsä yli oli pujotettu säkki ja hänet oli tuupattu kumoon.

»Lisää on tulossa», sanoi Tom, »ellen vallan erehdy. Monta ja ei yhtään, nimittäin», se sanoi. »Ei yhtään vohobittia mutta monta kääpiötä. Siltä se minusta näyttää!»

»Taidat olla oikeassa», sanoi Bertti, »paras kun mennään pois valosta.»

Ne tekivät työtä käskettyä. Ne odottivat pimennossa käsissään lampaanlihan ja muun ryöstösaaliin kantamiseen tarkoitetut säkit. Kun kääpiö kerrallaan tuli ja katsoi nuotiota ja kaatuneita kannuja ja kaluttua lampaanlihaa niin hänen suureksi yllätyksekseen – pläts! – läjähti ilkeä haiseva säkki hänen päänsä yli ja hänet kellistettiin kumoon. Pian oli Dwalin paiskattu Balinin viereen, Fili ja Kili niputettu yhteen, Dori ja Nori ja Ori viskattu samaan kasaan ja Oin ja Gloin ja Bifur ja Bofur ja Bombur pinottu tukalasti toistensa päälle nuotion viereen.

»Saivatpa opetuksen», sanoi Tom, sillä Bifurista ja Bomburista oli ollut paljon harmia kun he olivat tapelleet kuin hullut niin kuin kääpiöt tekevät ahtaalle joutuessaan.

Viimeisenä tuli Thorin – eikä häntä yllätetty. Hän tuli aavistaen pahaa eikä hänen tarvinnut nähdä tovereittensa jalkoja jotka pistivät säkkien suista ulos ennen kuin hän jo tiesi että kaikki ei ollut kohdallaan. Hän seisoi varjossa vähän matkan päässä ja sanoi: »Mitä tämä meteli merkitsee? Onko joku kohdellut kaltoin kansaani?»

Peikot

»Peikot!» sanoi Bilbo puun takaa. Peikot olivat unohtaneet hänet. »Ne piileskelevät pusikossa säkit kädessä», hän sanoi.

»Vai niin!» sanoi Thorin ja loikkasi nuotion luo ennen kuin peikot ehtivät hänen kimppuunsa. Hän tarttui isoon oksaan joka roihusi toisesta päästä ilmiliekeissä ja Bertti sai sen pään silmäänsä ennen kuin ehti astua sivuun. Bertti oli poissa pelistä vähäksi aikaa. Bilbokin teki parhaansa. Hän tarttui Tomia jalasta – vaikka se oli paksu kuin nuoren puun runko – sillä seurauksella että hän lensi kieppuen pensaikkoon Tomin potkaistessa kipunoita Thorinin naamalle.

Tom sai oksanpäästä suulleen siitä hyvästä ja menetti yhden etuhampaan. Siltä pääsi melkoinen ulvahdus. Mutta juuri sillä hetkellä tuli Viljami Thorinin takaa ja sujautti säkin hänen päänsä yli varpaisiin saakka. Ja niin päättyi taistelu. Olivatpa kääpiöt nyt somassa jamassa: kaikki siististi säkissä ympärillään kolme kiukkuista peikkoa (joista kahdella oli kalavelkoja). Peikot riitelivät siitä pitäisikö niiden paahtaa kääpiöt hitaasti vai jauhaa heidät hienoksi ja keittää vaiko vain istua heidän päälleen ja tehdä heistä sosetta, ja Bilbo keikkui peloissaan pensaassa vaatteet rikki ja iho naarmuilla uskaltamatta liikahtaakaan, koska peikot saattaisivat kuulla.

Juuri sillä hetkellä Gandalf palasi. Mutta kukaan ei nähnyt häntä. Peikot olivat juuri päättäneet paahtaa kääpiöt heti ja syödä myöhemmin – se oli Bertin ajatus ja pitkän kinastelun jälkeen muut olivat suostuneet tuumaan.

»Ei niitä kannata ruveta nyt paahtamaan, siihen menee koko yö», sanoi ääni, Bertti luuli että puhuja oli Viljami.

»Älä sinä Vili ala riitaa taas alusta», se sanoi, »tai muuten *siihen* menee koko yö.»

»Kuka täällä riitelee?» kysyi Viljami joka luuli että puhuja oli ollut Bertti.

»Sinä», sanoi Bertti.

»Valehtelet», sanoi Viljami ja niin alkoi kina uudestaan. Sen päätteeksi peikot sopivat että kääpiöt jauhettaisiin hienoksi ja keitettäisiin. Ne ottivat esiin ison mustan padan ja paljastivat veitsensä.

»Ei niitä kannata keittää! Meillä ei ole vettä ja kaivolle on matkaa», sanoi ääni. Bertti ja Viljami luulivat että puhuja oli Tom.

»Pää kiinni!» ne sanoivat, »taikka tästä ei tule ikinä valmista. Saat itse noutaa vettä jos vielä avaat suusi.»

»Sulje oma suusi», sanoi Tom joka luuli että ääni oli ollut Viljamin. »Kuka täällä riitelee sinun lisäksesi, olisi hauska tietää.»

»Sinä olet pölhö», Viljami sanoi.

»Itse olet pölhö», sanoi Tom.

Ja niin riita alkoi taas kerran alusta ja kävi entistä kuumempana kunnes peikot viimein päättivät istua säkeille yksi kerrallaan ja likistää kääpiöt nyt ja keittää ne myöhemmin.

»Kenen päälle istutaan ensiksi?» kysyi ääni.

»Istutaan ensin viimeksi tulleen päälle», sanoi Bertti jonka silmään Thorinin oksa oli osunut. Se luuli Tomin puhuneen.

»Mitä sinä itsellesi puhut!» sanoi Tom. »Mutta mikä siinä, jos tahdot istua viimeksi tulleen päälle, senkun. Mikä se näistä on?»

»Se jolla on keltaiset sukat», sanoi Bertti.

»Höpö höpö, se on se jolla on harmaat sukat», sanoi ääni joka muistutti Viljamin ääntä.

»Minä tarkistin, oli ne keltaiset», sanoi Bertti.

»Keltaiset olivat», sanoi Viljami.

»Minkä tähden sinä sitten sanoit että ne ovat harmaat?» kysyi Bertti.

»En minä sanonut. Tom sanoi.»

»Muuten en!» sanoi Tom. »Sinä sen sanoit.»

»Kaksi yhtä vastaan. Pää kiinni», sanoi Bertti.

»Kenelle sinä oikein puhut?» kysyi Viljami.

»Lopettakaa!» sanoivat Tom ja Bertti yhtaikaa. »Yö kuluu ja kohta on aamu. Ryhdytään toimeen!»

»Aamu koittaa, kiveksi muuttaa», sanoi ääni joka kuulosti Viljamilta. Mutta se ei ollut Viljamin ääni. Sillä juuri sillä hetkellä pilkahti valo kukkulan harjan takaa ja oksistossa alkoi lintujen kuoro.

Viljami ei sanonut mitään, sillä se oli kumartuessaan muuttunut kiveksi ja Tom ja Bertti seisoivat jähmeinä kuin kalliot sitä tuijottaen. Ja siinä ne kolme seisovat vielä tänäkin päivänä aivan yksinään, milloin jokin lintu ei istahda niiden päälle, sillä peikkojen, kuten varmaan tiedätte, tulee olla maan alla ennen aamunkoittoa tai niistä tulee vuorenkiveä, josta ne on tehty, eivätkä ne enää liikahda. Niin kävi Bertille ja Tomille ja Viljamille.

»Erinomaista!» Gandalf sanoi astuessaan esiin puun takaa ja auttoi Bilbon alas piikkipensaasta. Silloin Bilbo käsitti. Velhon ääni oli pitänyt peikot riidoissa keskenään siihen asti kunnes aamunkoiton valo teki niistä lopun.

Seuraavaksi oli avattava säkinsuut ja päästettävä kääpiöt pois. He olivat henkihieverissä ja äkäisiä kuin mitkä, heistä ei ollut ollut ollenkaan hauskaa maata siinä kuuntelemassa kuinka peikot suunnittelivat paahtavansa heidät ja likistävänsä heidät ja jauhavansa heidät. He tahtoivat kuulla Bilbon tarinan kahteen kertaan ennen kuin olivat tyytyväisiä.

»Valitsit sinäkin ajan ruveta näpistelemään ja tyhjentämään taskuja, kun me emme muuta kaivanneet kuin nuotiota ja ruokaa», Bombur sanoi.

»Mutta niitäpä juuri te ette olisi näiltä kavereilta saaneet taistelutta missään tapauksessa», Gandalf sanoi. »Ja sitä paitsi hukkaatte vain aikaanne. Ettekö käsitä että peikoilla on varmasti jossakin lähistöllä luola tai maakolo jonne mennä aurinkoa pakoon? Asia on tutkittava.»

He tutkivat maastoa ja löysivät pian peikkojen kivisaappaitten jälkiä puiden lomassa. He seurasivat niitä mäkeä ylös kunnes tulivat pensaitten kätkemälle luolan ovelle. Mutta he eivät saaneet sitä auki vaikka kaikki työnsivät yhdessä ja Gandalf kokeili erilaisia loitsuja.

»Olisiko tästä mitään apua?» sanoi Bilbo kun kaikkia alkoi jo väsyttää ja suututtaa. »Löytyi maasta siitä missä peikot tappelivat.» Hän nosti ilmaan isonlaista avainta, vaikka Viljamin silmissä se on varmaan ollut pikkuinen ja salainen. Se lienee kaikeksi onneksi pudonnut Viljamin taskusta ennen kuin peikko muuttui kiveksi.

»Miksi et sanonut mitään aikaisemmin?» he huusivat. Gandalf koppasi avaimen ja sovitti sen avaimenreikään. Ovi painui sisään yhdellä työnnöllä ja kaikki menivät sisään. Lattialla oli luita ja ilma haisi ilkeältä, mutta hyllyillä ja maassa oli huolimattomasti varastoituna melkoinen määrä ruokaa epäsiististi sinne tänne heitellyn ryöstösaaliin seassa; saalis koostui kaikesta mahdollisesta alkaen vaskinapeista ja päätyen nurkassa nököttäviin astioihin jotka olivat täynnä kolikoita. Seinillä riippui melko lailla vaatteita – ne olivat peikoille liian pieniä ja pahoin pelkään että ne olivat kuuluneet uhreille – ja vaatteiden vieressä oli useita eri tavoin tehtyjä, erimuotoisia ja erikokoisia miekkoja. Kaksi niistä pisti erityisesti silmään kauniiden huotriensa ja jalokivin koristeltujen kahvojensa ansiosta.

Gandalf otti toisen ja Thorin toisen ja Bilbo otti tupella varustetun veitsen. Peikolle se ei olisi ollut taskuveistä kummempi, mutta hobitille se kävi lyhyestä miekasta.

»Hyvännäköiset», velho sanoi vetäen terät puoliksi ulos ja tutkien niitä uteliaana. »Näitä ei ole peikko tehnyt, eikä kukaan ihmisten seppä täälläpäin maailmaa tänä nykyisenä aikana, mutta kunhan pääsemme lukemaan riimut saamme tietää niistä enemmän.»

»Mennään ulos, täällä haisee!» Fili sanoi. Niin he kantoivat ulos kolikkoastiat ja ne syötäväksi kelpaavat koskemattomat ruokatavarat sekä yhden täysinäisen oluttynnyrin. Sitten heidän rupesikin tekemään mieli aamiaista, ja koska heillä oli huutava nälkä, he eivät nyrpistäneet nenäänsä peikkojen antimille. Heidän omat muonavaransa olivat varsin niukat. Nyt heillä oli leipää, juustoa ja paljon olutta, ja pekonia jota paahtaa nuotion hiilloksella.

Koska yöuni oli jäänyt vajaaksi, he nukkuivat ja laiskottelivat pitkälle iltapäivään. Sitten he hakivat ponit ylös ja lastasivat niiden selkään kolikkoastiat ja kuljettivat ne salaiseen paikkaan lähelle joenviertä kulkevaa tietä, hautasivat ne maahan ja lausuttuaan monet taiat jättivät ne odottamaan mahdollista paluutaan. Kun tämä oli tehty, he nousivat jälleen ratsujensa selkään ja lähtivät hölkkäämään polkua myöten itää kohti.

»Minne sinä hävisit, jos saan kysyä?» kysyi Thorin Gandalfilta heidän ratsastaessaan.

»Ratsastin katsomaan edelle», Gandalf vastasi.

»Ja mikä sai sinut palaamaan viime hetkellä?»

»Tulin katsomaan jälkeen», hän vastasi.

»Selitä nyt vähän tarkemmin!» sanoi Thorin.

»Menin tutkimaan edessä olevaa tietä. Se käy piakkoin vaaralliseksi ja vaikeaksi. Ja minulla oli huoli huvenneiden ruokavarojemme täydentämisestä. En ehtinyt kauaskaan kun kohtasin pari ystävääni Rivendellistä.»

»Missä se on?» kysyi Bilbo.

»Älä keskeytä!» Gandalf sanoi. »Pääset sinne muutaman päivän kuluttua jos sinulla on onnea ja saat silloin tietää siitä kaiken. Kuten sanoin, tapasin Elrondin väkeä. He liikkuivat liukkaasti peikkojen pelossa. He minulle kertoivat että kolme peikkoa oli tullut vuorilta ja asettunut metsään vähän matkan päähän tieltä, että ne olivat pelottaneet pois kaikki lähitienoilta ja hyökkäilivät muukalaisten kimppuun.

Heti minulle tuli tunne että minua kaivattiin. Katsoin taakseni ja näin etäällä tulen ja lähdin sitä kohti. Nyt siis tiedätte. Olkaa varovaisempia ensi kerralla tai matkasta ei tule mitään!»

»Kiitos vaan», sanoi Thorin.

Kolmas luku

··· LYHYT LEPO ···

Sinä päivänä matkamiehet eivät laulaneet eivätkä kertoneet tarinoita vaikka sää oli suotuisampi, eivätkä seuraavana päivänä eivätkä sitä seuraavana. Heistä oli ruvennut tuntumaan että vaara vaani lähellä tien molemmin puolin. He leiriytyivät tähtitaivaan alle ja ratsuilla oli enemmän syötävää kuin heillä itsellään, sillä ruohoa kasvoi siellä paljon, kun heidän pussinsa puolestaan olivat melkein tyhjät, vaikka he olivat saaneet täydennystä peikkojen varastoista. Eräänä aamuna he kahlasivat yli leveän joen. Kivet kolisivat ja vaahto sihisi ylityspaikassa ja vastaranta oli jyrkkä ja liukas. Rämmittyään sen harjalle ponejaan taluttaen he näkivät että suuret vuoret olivat tulleet alas ja lähelle. Näytti siltä että lähimmän vuoren juurelle oli enää yhden päivän helppo matka. Vuori vaikutti tummalta ja synkältä vaikka sen ruskeissa rinteissä oli auringonpaisteisia läiskiä, ja sen harjanteiden takana kimmelsivät lumipeitteiset huiput.

»Onko tuo se Vuori?» Bilbo kysyi juhlallisesti katsellen sitä ymmyrkäisin silmin. Hän ei ollut eläissään nähnyt mitään niin suurta.

»Ei tietenkään!» Balin sanoi. »Olemme vasta Sumuvuorten reunalla ja meidän on päästävä niiden läpi tai yli tai ali jollakin keinolla ennen kuin olemme niiden takana aukeavassa Erämaassa, ja sieltäkin on vielä melkoinen matka Idän Yksinäiselle vuorelle jonka uumenissa Smaug makaa aarteemme päällä.»

»Ai!» sanoi Bilbo ja äkkiä häntä väsytti, väsytti enemmän kuin koskaan elämässään. Hän ajatteli jälleen mukavaa tuoliaan takan edessä kotikolon mieluisimmassa oleskeluhuoneessa ja sitä miten vesipannu lauloi kiehuessaan. Eikä ajatellut viimeistä kertaa!

Gandalf kulki nyt edellä. »On osuttava oikealle tielle tai olemme mennyttä», hän sanoi. »Ensinnäkin ruoasta on pula ja toisekseen lepopaikka ei saa olla liian vaarallinen – ja sitä paitsi Sumuvuorilla on kuljettava oikeilla poluilla, muuten eksyy ja saa palata takaisin ja aloittaa alusta (mikäli pääsee takaisin).»

He kysyivät häneltä mihin hän oli menossa ja hän vastasi: »Tästä alkaa korpi kuten jotkut teistä tietävät. Jossakin tuolla ylhäällä on kätkössä Rivendellin kaunis laakso jossa asuu Elrond Viimeisessä kodossa. Lähetin viestin ystävieni mukana ja meitä odotetaan.»

Se oli lohdullinen tieto, mutta vielä ei oltu siellä eikä ole yhtä helppoa kuin miltä kuulostaa löytää tuota Viimeistä kotoa Vuorten länsipuolelta. Edessä ei näkynyt puita, laaksoja eikä nyppylöitä rikkomassa tasaisesti nousevaa rinnettä joka johti vuoren juurelle, he näkivät vain lavean maaston jonka kanervan ja murenevan kiven väriseen pintaan piirtyi ruohonvihreitä ja sammalenvihreitä viiruja paikkoihin joissa kukaties oli vettä.

Aamupäivä kului, puolipäivä meni, mutta hiljaisessa autiossa maassa ei näkynyt merkkiäkään asutuksesta. Heitä rupesi huolettamaan, sillä he käsittivät nyt että talo saattoi olla kätkettynä lähes mihin tahansa heidän ja vuorten väliin. He tupsahtivat odottamatta kapeisiin ja jyrkkärinteisiin laaksoihin, jotka äkkiä ammottivat heidän jalkojensa juuressa, ja katsoessaan alas he näkivät hämmästykseksen puita ja virtaavaa vettä. Heidän eteensä aukeni halkeamia joiden yli olisi melkein voinut hypätä ja joissa kohisi syvällä vesiputouksia. Siellä oli pimeitä rotkoja jotka olivat halkeamia leveämpiä mutta niin jyrkkiä ettei niihin voinut laskeutua. Oli soita joiden vihreys ja kirkasväriset korkeat kukat olivat ilo silmälle, mutta kuormaa kantava poni ei olisi niiltä palannut.

Kahlaamolta vuorille oli todellakin paljon pitempi matka kuin kukaan olisi osannut arvata. Bilbo oli ihmeissään. Ainoa polku oli merkitty valkoisilla kivillä joista jotkut olivat pieniä ja osa puoliksi sammalen tai kanervan peitossa. Kaiken kaikkiaan polun seuraaminen kävi hitaasti vaikka oppaana oli Gandalf, joka näytti tuntevan tien melkoisen hyvin.

Pää ja parta keikkuivat kun Gandalf etsi katseellaan kiviä; muut seurasivat häntä mutta päivän kallistuessa illaksi tuntui että he eivät olleet yhtään lähempänä päämääräänsä. Teeaika oli jo takana ja vaikutti siltä että illallisaikakin menisi ohi. Heidän ympärillään lepatti yöperhosia ja ilta pimeni pimenemistään sillä kuu ei ollut noussut. Bilbon poni rupesi kompastelemaan juuriin ja kiviin. He tulivat jyrkän pudotuksen reunalle niin äkkiä, että Gandalfin hevonen oli vähällä lähteä liukumaan rinnettä alas.

»Perillä ollaan, vihdoin ja viimein!» hän huusi, ja muut kerääntyivät hänen ympärilleen ja katsoivat alas. Siellä näkyi kaukana laakso. He kuulivat vuolaan virran kohisevan kivisessä uomassa laakson pohjalla ja ilmassa tuntui puiden tuoksu ja laakson rinteessä joen toisella puolella loisti valo.

Bilbo ei ikinä unohtanut sitä miten he illan hämyssä liukastelivat ja lipsuivat alas ristiin rastiin kiemurtelevaa polkua Rivendellin salaiseen laaksoon. Ilma lämpeni sitä mukaa kun he laskeutuivat ja mäntyjen tuoksu nukutti niin että Bilbon pää nuokahti vähän väliä ja hän oli pudota ponin selästä tai löi nenänsä sen niskaan. Mieliala nousi mitä alemmaksi he tulivat. Männyt vaihtuivat pyökeiksi ja tammiksi ja hämärässä oli turvallinen tunnelma. Ruoho oli jo melkein mustaa pimeässä, kun he viimein tulivat aukiolle joka ei ollut kaukana jokirannasta.

»Hmmm! Tuoksuu haltioilta!» ajatteli Bilbo ja katsoi ylös tähtiin. Ne loistivat sinisinä ja kirkkaina. Juuri silloin alkoi puista kuulua laulua joka helkkyi kuin nauru.

Hoi! Mitähän asioitte,
ja mikä on matkanne pää?
Te poninne kengittää voitte!
Joen virta ryöppyää!
  Hoi! Tra-la-rallatamme
    täällä laaksossamme!

Hoi! Löytyykö etsimänne,
mihin askelenne vievät?
Käry soihtujen tuntuu jo tänne,
ja paistuvat ohrarievät!
  Hoi! Tri-li-lillalla,
    laakso hauska on illalla!
      Ha! Ha!

Hoi! Minne on matka teillä,
kun parrat noin vipattaa?
Ei ole tietoa meillä,
mikä Reppulin tänne saa,
  ja Balinin, Dwalininkin
    laaksoomme tänne
      kesäsäällä.
        Ha! Ha!

Hoi! Jäättekö hetkeksi taloon,
vai tekeekö kiire tenää?
Poninne eksyvät saloon!
Valo päivän ei loista enää!
Se hupsu ken kiirehtää,
se iloinen joka jää,
ja kuuntelee jatkuvasti
pimeän loppuun asti
sävelmäämme täällä.
Ha! Ha!

Niin he nauroivat ja lauloivat puissa ja te varmaan olette sitä mieltä että jopa oli hölynpölyä. Mutta he eivät siitä piittaisi, nauraisivat vain lisää jos sanoisitte sen heille. *He* olivat tietenkin haltioita. Pian kun pimeys syveni, Bilbo erotti heistä vilauksia. Hän rakasti haltioita vaikka hän tapasi heitä harvoin, mutta hän pelkäsi heitä myös hiukan. Kääpiöt eivät tule heidän kanssaan hyvin toimeen. Jopa kunnon kääpiöt, sellaiset kuin Thorin ja hänen toverinsa, pitävät haltioita tyhjänpäiväisinä (mikä on hyvin tyhmästi ajateltu) ja haltiat ärsyttävät heitä. Sillä toisinaan haltiat nauravat heille ja kiusoittelevat heitä etenkin partojen takia.

»Kas kas!» sanoi ääni. »Katsokaa! Bilbo-hobitti ponin selässä! Voi ihmettä, eikö ole näky!»

»Ihmeellistä, ällistyttävää!»

Sitten he aloittivat toisen laulun ja se oli yhtä hassu kuin ensimmäinen, jonka olen kirjoittanut tähän kokonaisuudessaan. Viimein heistä yksi, pitkä nuori mies, tuli alas puusta ja kumarsi Gandalfille ja Thorinille.

»Tervetuloa laaksoon!» hän sanoi.

»Kiitos!» sanoi Thorin hiukan äksysti, mutta Gandalf oli jo laskeutunut hevosen selästä ja seisoi haltioiden keskellä jutellen iloisesti heidän kanssaan.

»Olette vähän sivussa», haltia sanoi, »mikäli pyritte sille polulle joka vie joen yli taloon. Me ohjaamme teidät oikealle tielle, mutta teidän on viisainta kulkea jalan kunnes olette päässeet sillan yli. Jäättekö vähäksi aikaa laulamaan kanssamme vai jatkatteko matkaa saman tien? Tuolla valmistuu juuri illallinen», hän sanoi. »Tunnen nenässäni keittonuotion tuoksun.»

Vaikka Bilbo olikin väsynyt, hänen olisi tehnyt mieli jäädä vähäksi aikaa. Haltialaulu on kuulemisen arvoista kesäkuussa tähtitaivaan alla, jos sattuu sellaisesta pitämään. Sitä paitsi hän olisi mielellään vaihtanut kaikessa rauhassa pari sanaa näiden olentojen kanssa, jotka näyttivät tietävän hänen nimensä ja tuntevan hänet, vaikka hän ei ollut koskaan tavannut heitä. Haltioiden mielipide meneillään olevasta seikkailusta saattaisi olla kiinnostava. Haltiat tietävät paljon ja ovat uteliaita kuulemaan lisää ja uutiset siitä mitä eri kansoille eri puolilla tapahtuu tavoittavat heidät yhtä nopeasti kuin vesi virtaa tai pikemminkin.

Mutta kääpiöitä kiinnosti vain illallinen, he halusivat päästä syömään mahdollisimman pian eikä heidän tehnyt mieli jäädä. Niin kaikki jatkoivat matkaa taluttaen ponejaan kunnes pääsivät hyvälle polulle ja sitä myöten joen rantaan. Se virtasi vuolaana ja kohisten niin kuin vuoristovirrat aina kesäiltaisin kun aurinko on koko päivän sulattanut ylärinteiden lunta. Joen yli vei vain kapea kivisilta jossa ei ollut kaidetta ja jolla mahtuu kulkemaan poni kerrallaan. Yli oli mentävä ja yksitellen he taluttivat kukin oman poninsa suitsista vastarannalle. Haltiat olivat tuoneet rantaan kirkkaita lyhtyjä ja he lauloivat iloisia lauluja seurueen ylittäessä jokea.

»Varo ettei parta kastu, isi!» he huusivat Thorinille joka kulki melkein kontillaan. »Siinä on tarpeeksi pituutta kastelemattakin!» »Katsokaa ettei Bilbo syö kaikkia kakkuja!» he huusivat. »Hän on niin paksu ettei hänestä ole avaimenrei'istä menijäksi!» »Hys hys! Kiitos teille! Ja hyvää yötä!» sanoi Gandalf joka kulki viimeisenä. »Laaksoilla on korvat ja joillakin haltioilla on liian kerkeät kielet. Hyvää yötä!»

Ja niin he viimein saapuivat Viimeiseen kotoon joka odotti heitä avoimin ovin.

Merkillistä mutta totta on, että äkkiä on kerrottu tarinat hyvistä asioista ja hauskoista päivistä eikä niissä ole paljon kuuntelemista, kun taas kaikesta siitä mikä on hankalaa, pelottavaa tai suorastaan surullista tulee hyvä tarina, tai jos ei muuta niin ainakin pitkä. He viipyivät kauan tuossa vieraanvaraisessa talossa, ainakin kaksi viikkoa, ja heidän oli vaikea lähteä. Bilbo olisi jäänyt sinne vaikka iäksi – siinäkin tapauksessa että toive olisi voinut kiidättää hänet ilman matkan vaivoja takaisin omaan hobittikoloonsa. Mutta tuosta ajasta on silti hyvin vähän kerrottavaa.

Talon isäntä oli haltiamieli – niitä joiden isät ovat olleet mukana ihmeellisissä tarinoissa jo ennen historian alkua, ennen sotia joita ilkeät hiidet kävivät haltioita ja ensimmäisiä pohjoisen ihmisiä vastaan. Niihin aikoihin, joista tarinamme kertoo, eli maailmassa yhä niitä joiden esi-isien joukossa oli sekä haltioita että pohjoisen sankareita, ja heidän päämiehensä oli tuon talon isäntä Elrond.

Hän oli ylhäinen ja kaunis kasvoiltaan kuin haltiaruhtinas, väkevä kuin soturi, viisas kuin velho, kunnianarvoisa kuin kääpiökuningas ja lämmin kuin kesäinen päivä. Hän kuuluu mukaan moneen taruun, mutta hänen osuutensa Bilbon suuressa seikkailussa on pieni vaikka tärkeä, kuten tulette huomaamaan, jos koskaan pääsemme sen loppuun asti. Hänen talonsa oli vertaansa vailla pitipä vieras sitten ruoasta, unesta, työstä, tarinain kertomisesta, laulamisesta tai pohdiskelusta, tai jos häntä miellyttivät nämä kaikki sopivassa suhteessa. Siihen laaksoon ei pahalla ollut pääsyä.

Olisipa minulla aikaa kertoa teille muutama niistä tarinoista joita he kuulivat tuossa talossa, tai toistaa parin laulun sanat. He kaikki virkistyivät ja vahvistuivat muutamassa päivässä, ponit mukaan lukien. Vaatteet korjattiin ja vammat hoidettiin, heidän mielensä rohkaistuivat ja toivo syttyi taas. Haltiat sulloivat heidän pussinsa täyteen muonaa jota oli kevyt kantaa mutta joka oli niin tuhtia että se veisi heidät yli vuorisolien. Suunnitelmat selkisivät heidän saatuaan niin hyviä neuvoja ettei paremmasta väliä. Ja niin koitti lopulta keskikesän aatto ja viimeinen ilta ennen lähtöä.

Elrond oli riimujen tuntija. Sinä päivänä hän tutki miekkoja jotka he olivat ottaneet omikseen peikkojen luolasta ja hän sanoi: »Nämä eivät ole peikkojen tekoa. Nämä ovat vanhoja miekkoja, ikivanhoja aseita joita ovat käyttäneet sukulaiseni lännen suurhaltiat. Ne on taottu Gondolinissa hiisisotia varten. Ne lienevät peräisin jonkun lohikäärmeen pesästä elleivät ole hiisien ryöstösaalista; lohikäärmeet ja hiidet tuhosivat nimittäin tuon kaupungin aikaa sitten. Thorin, miekkasi nimi on riimujen mukaan Orkrist, se on Gondolinin muinaista kieltä ja tarkoittaa Hiidensurma – se oli kerran kuulu miekka. Ja Gandalf, tämä on Glamdring, Vainovasara, jota kerran kantoi Gondolinin kuningas. Pitäkää niitä hyvin!»

»Mistä ihmeestä peikot olivat ne saaneet?» ihmetteli Thorin ja katseli miekkaansa hyvin kiinnostuneena.

»En osaa sanoa varmasti», vastasi Elrond, »mutta arvata saattaa että peikot olivat rosvonneet rosvoilta taikka sitten sattumalta löytäneet vanhan ryöstösaaliin jäännökset jostakin entisaikojen vuoriluolasta. Olen kuullut että Morian hylätyistä saleista voi vielä löytää unohtuneita aarteita kääpiöiden ja hiisien välisen sodan ajoilta.»

Thorin pohti näitä sanoja. »Minä pidän tämän miekan kunnossa», hän sanoi. »Surmatkoon se taas pian hiisiä!»

»Toiveesi toteutunee vuorilla piankin!» Elrond sanoi. »Mutta näyttäkää minulle nyt karttaanne!»

Elrond otti kartan ja katsoi sitä pitkään ja pudisti päätään, sillä jos kohta hän ei täydestä sydämestä rakastanut kääpiöitä eikä pitänyt heidän kullanhimostaan, vihasi hän lohikäärmeitä ja niiden julmuutta ja pahuutta, ja häntä suretti kun hän muisti hävitettyä Laakson kaupunkia, jonka iloiset kellot olivat vaienneet, ja kirkasvetisen Vuolaan virran poltettuja rantoja. Kuu loisti taivaalla leveänä hopeisena sirppinä. Hän piti karttaa ilmassa ja valkoinen valo hohti sen läpi. »No mutta», hän sanoi. »Kartassa on kuukirjaimia tavallisten riimujen lisäksi joilla tähän on kirjoitettu 'ovi kaksi ja puoli kyynärää ja kolme voi käydä rinnan'.»

»Mitä ovat kuukirjaimet?» kysyi hobitti täynnä intoa. Hän piti kovasti kartoista, kuten olen jo kertonut, ja häntä kiinnostivat myös riimut ja kirjaimet ja kaikenlainen salakirjoitus, vaikka hänen oma käsialansa oli jokseenkin ohutta ja horjuvaa.

»Kuukirjaimet ovat riimuja mutta niitä ei voi nähdä», Elrond selitti, »nimittäin paljaalla silmällä. Ne erottuvat vain kun niiden takaa paistaa kuu ja on sellaisiakin että kuun on oltava samassa vaiheessa ja vuodenajan on oltava sama kuin sinä päivänä jolloin riimut on kirjoitettu. Kääpiöt ovat keksineet ne ja he kirjoittivat niitä hopeakynillä, minkä ystäväsi osaisivat sinulle kyllä kertoa. Nämä on nähtävästi pantu pergamentille keskikesän aattona kuunsirpin aikaan kauan kauan sitten.»

»Mitä siinä lukee?» kysyivät Gandalf ja Thorin yhdestä suusta, kumpikin vähän harmissaan siitä että Elrond oli keksinyt asian ennen heitä, vaikka eihän heillä ollut ollut siihen mitään mahdollisuutta – ja kuka tietää milloin seuraava tilaisuus olisi tullut.

»Seiso harmaan kiven luona kun rastas koputtaa», luki Elrond, »niin Durinin päivän aurinko luo avaimenreikään viime säteensä.»

»Durin! Durin!» huudahti Thorin. »Hän oli Pitkäpartojen kääpiöistä vanhimpien isien isä, minun ensimmäinen esi-isäni. Minä olen hänen perijänsä.»

»Mikä sitten on Durinin päivä?» kysyi Elrond.

»Kuten kaikkien tulisi tietää, kääpiöiden uuden vuoden päivä on syksyn viimeisen kuun ensimmäinen päivä talven kynnyksellä», Thorin sanoi. »Me nimitämme sitä yhä Durinin päiväksi silloin kun aurinko ja syksyn viimeinen kuu ovat taivaalla yhtaikaa. Mutta tiedosta ei ole meille nyt paljon apua, pahoin pelkään, koska nykyään me emme enää osaa sanoa milloin sellainen hetki taas on tulossa.»

»Se nähdään», Gandalf sanoi. »Onko kirjoitusta enemmän?»

»Ei sellaista minkä tämä kuu paljastaisi», Elrond sanoi ja antoi kartan takaisin Thorinille ja sitten he menivät joen rantaan katsomaan kuinka haltiat tanssivat ja lauloivat keskikesän aattona.

Seuraavana aamuna oli keskikesän päivä ja niin kaunis ja raikas kuin toivoa saattaa: taivas oli sininen ja täysin pilvetön ja aurinko tanssi joen aalloilla. He ratsastivat pois hyvää vauhtia jäähyväislaulujen saattelemana, he olivat valmiita uusiin seikkailuihin ja tiesivät mikä tie veisi heidät Sumuvuorten yli niiden takaisille maille.

Neljäs luku

··· VUOREN ALLA JA PÄÄLLÄ ···

NOILLE VUORILLE JOHTI monta polkua ja niiden yli vei monta solaa. Mutta useimmat polut olivat pelkkää petosta ja lumetta ja loppuivat kesken kaiken tai veivät jyrkänteille, ja useimmissa solissa vaanivat vaarat ja kaikenlaiset pahalaiset. Elrondin neuvot ja Gandalfin tiedot ja muisti johdattivat kääpiöt ja hobitin oikealle polulle ja oikeaan solaan.

Polku vei yhä ylemmäksi monta pitkää päivää sen jälkeen kun he olivat kavunneet ylös laaksosta ja Viimeinen koto oli jäänyt taakse virstojen päähän. Se oli vaikeakulkuinen ja vaarallinen, kiemurteleva, yksinäinen, pitkä polku. Nyt he saattoivat nähdä taakse jääneiden maiden levittäytyvän alhaalla. Bilbo tiesi että kaukana kaukana lännessä, missä kaikki oli epäselvää ja sinistä, oli hänen oma maansa, jossa elämä oli mutkatonta ja turvallista, ja jossakin siellä oli hänen pieni hobitinkolonsa. Häntä puistatti. Ylhäällä alkoi olla hyytävän kylmä ja tuuli vinkui kallioiden koloissa. Vuorta alas poukkoili silloin tällöin lohkareita jotka keskipäivän auringon sulattama lumi oli päästänyt valloilleen; osa vieri ohi (onneksi) ja osa huristi päiden päältä (hui!). Yöt olivat kylmiä ja tukalia eivätkä he uskaltaneet laulaa eivätkä puhua kovaa sillä kaiut olivat arvaamattomia ja oli kuin hiljaisuus itse olisi tahtonut säilyä rikkumattomana — se sieti vain veden kohinaa ja tuulen ulinaa ja kivien paukahtelua.

»Alhaalla on kesä», ajatteli Bilbo, »heinää tehdään ja huviretkillä käydään. Muut korjaavat eloa ja käyvät marjassa ennen kuin me pääsemme edes toisen puolen alamäen alkuun jos tätä menoa jat-

kuu.» Ja muut hautoivat yhtä synkkiä aatoksia, vaikka hyvästelles-
sään Elrondin keskikesän aamun toiveikkaissa tunnelmissa he oli-
vat jutelleet hilpeästi vuorten ylittämisestä ja siitä kuinka he rat-
sastaa viilettäisivät vuorten takana aukeavien maiden halki. He oli-
vat arvelleet ehtivänsä Yksinäisen vuoren kätketylle ovelle jo syksyn
ensimmäisen kuun aikaan »ja ehkä silloin on Durinin päivä», he oli-
vat sanoneet. Vain Gandalf oli pudistanut päätään eikä ollut sano-
nut mitään. Kääpiöt eivät olleet kulkeneet tätä reittiä moneen vuo-
teen, mutta Gandalf oli, ja hän tiesi kuinka vaino ja vaarat olivat
lisääntyneet lisääntymistään Erämaassa sen jälkeen kun lohikäär-
meet olivat ajaneet ihmiset pois ja hiidet olivat salaa levittäytyneet
sinne Morian kaivosten taistelujen jälkeen. Jopa viisaiden velhojen,
sellaisten kuin Gandalf, ja Elrondin laisten hyvien ystävien suunni-
telmat voivat mennä myttyyn kun ollaan vaarallisilla retkillä Erä-
maassa, ja Gandalf oli sen verran viisas velho että tiesi sen.

Hän tiesi että jotakin odottamatonta saattaisi sattua ja hän uskal-
si tuskin toivoa että he ylittäisivät kaikki vaarat välttäen nuo kau-
heat korkeat vuoret, niiden jylhät huiput ja laaksot joissa ei kukaan
kuningas hallinnut. Pelko oli aiheellinen. Kaikki meni hyvin kun-
nes eräänä päivänä heidät yllätti kamala sää – se oli pahempi kuin
ukonilma, se oli ukkosmyrsky. Paha ukonilma voi olla hirmuinen
alamailla ja jokilaaksoissa, etenkin kun kaksi myrskyä kohtaa ja tör-
mää toisiinsa. Paljon kauheampaa on ukkosen jyly ja salamointi yöl-
lä vuorilla kun toinen myrsky tulee idästä ja toinen lännestä ja ne
käyvät sotaa toisiaan vastaan. Salamat särähtävät vuorenhuippuihin,
kalliot vapisevat, ilmaa halkovat korviahuumaavat jyrähdykset jotka
tunkeutuvat joka koloon ja painanteeseen, ja pimeyden täyttävät hil-
litön melske ja äkilliset leimaukset.

Vuoripolku

Bilbo ei ollut ikinä nähnyt tai kuvitellut mitään sen kaltaista. Myrsky kävi heidän kimppuunsa ylhäällä kapeikossa jonka toisella laidalla avautui pelottava pudotus hämärään laaksoon. He olivat hakeneet yöksi suojaa kallionulkoneman alta ja Bilbo makasi huovan peitossa vavisten päästä jalkoihin. Kun hän kurkisti huovan alta, hän näki salaman leimausten valossa että laakson toisella puolella olivat kivijättiläiset liikkeellä: ne heittelivät järkäleitä toisiaan kohti pilan päiten ja ottivat koppeja ja viskoivat kiviä pimeyteen missä ne jossakin alhaalla rysähtivät puiden sekaan tai särkyivät pieniksi siruiksi hirveästi pamahtaen. Sitten nousi tuuli ja alkoi sataa ja tuuli painoi vettä ja rakeita niin ettei kallionkielekkeestä ollut mitään suojaa. Pian he olivat läpimärkiä ja ponit kyhjöttivät heidän vieressään päätään riiputtaen ja häntä jalkojen välissä ja jotkut niistä ääntelivät peloissaan. He kuulivat jättiläisten hohotusta ja huutoja joka puolelta.

»Tämä ei vetele!» sanoi Thorin. »Jos tuuli ei lennätä meitä alas, emmekä huku vedenpaljouteen taikka saa salamaa niskaamme, niin joku jättiläinen tulee ja potkaisee meidät taivaisiin potkupallonaan!»

»Jos tiedät jonkun paremman paikan, saat viedä meidät sinne vaikka heti», sanoi Gandalf joka oli pahalla päällä ja jota itseäänkin jättiläiset huolettivat.

Kina päättyi niin että he lähettivät Filin ja Kilin etsimään parempaa suojaa. Filillä ja Kilillä oli tarkat silmät ja koska he olivat viitisenkymmentä vuotta nuorempia kuin muut kääpiöt, heille yleensä työnnettiin tämänkaltaiset tehtävät (kaikki käsittivät että Bilboa oli hyödytöntä lähettää yhtään mihinkään). Etsiminen on verraton keino löytää (sanoi Thorin nuorille kääpiöille). Aina sitä yleensä jotakin löytää kun hakee, mutta harvemmin sitä mikä oli mielessä. Niin kävi tälläkin kertaa.

Fili ja Kili ryömivät pian takaisin ottaen kivistä tukea kovassa tuulessa. »Me löysimme kuivan luolan», he sanoivat, »eikä se ole kaukana, käytännöllisesti katsoen mutkan takana, ja sinne mahtuvat ponit ja kaikki.»

»Oletteko tarkastaneet sen perin pohjin?» kysyi velho joka tiesi että vuorien luolat harvoin olivat asumattomia.

»Olemme, tottakai!» he vakuuttivat vaikka kaikki tiesivät etteivät he olleet voineet uhrata tutkimiseen paljon aikaa koska he olivat palanneet varsin pian. »Ei se niin mahdottoman iso ole, eikä syvä.»

Siinä juuri luolien pulma, koskaan ei tiedä kuinka syvälle luola jatkuu tai minne sen perältä alkava käytävä vie, eikä mitä missäkin odottaa. Mutta Filin ja Kilin tuomat tiedot vaikuttivat lupaavilta. Kaikki nousivat siis ja valmistautuivat lähtöön. Tuuli ulvoi ja ukkonen jylisi yhä eikä kulku ponien kanssa ollut helppoa. Matka ei kuitenkaan ollut pitkä ja kohta he saapuivat isolle kivelle joka osittain tukki polun. Sen takana oli matala aukko vuoren kyljessä. Leveyttä oli juuri sen verran että he saivat hivutetuksi ponit sisään purettuaan ensin niiden lastin ja riisuttuaan niiltä satulat. Kun he olivat päässeet sisään, tuntui hyvältä kuulla kuinka tuuli ja sade riehuivat matkan päässä ja tietää että he olivat jättiläisten ja niiden viskomien kivien ulottumattomissa. Mutta velho ei halunnut vaarantaa mitään. Hän iski tulen sauvansa kärkeen – niin kuin Bilbon ruokasalissa sinä päivänä josta tuntui olevan kauan, kauan, mikäli muistatte – ja tutki sauvan valossa koko luolan päästä päähän.

Se vaikutti melko suurelta mutta se ei ollut liian suuri tutkittavaksi. Siinä oli kuiva lattia ja muutamia mukavia syvennyksiä. Yhdessä päässä oli tilaa poneille ja siellä ne seisoivat (erinomaisen tyytyväisinä asioiden saamaan käänteeseen) höyryten ja mutustellen rehupussien sisältöä. Oin ja Gloin olisivat halunneet sytyttää nuotion oviaukon eteen vaatteiden kuivaamiseksi mutta Gandalf kielsi sen ehdottomasti. Niin he levittivät märät tamineensa lattialle ja ottivat pakkauksista kuivat vaatteet, sitten he asettelivat huovat mukavasti, ottivat piiput esiin ja puhaltelivat savurenkaita joita Gandalf muutti eri värisiksi ja tanssitti katonrajaan huvittaakseen heitä. He puhuivat niitä näitä ja unohtivat myrskyn ja keskustelivat siitä mitä kukin tekisi omalla osuudellaan aarteesta (kun se oli saatu takaisin, mikä ei sillä hetkellä tuntunut mitenkään mahdottomalta), ja sitten he vaipuivat uneen kukin vuorollaan. Eivätkä he sen jälkeen enää käyttäneet ponejaan, pakkauksiaan, varusteitaan, työkalujaan eivätkä muita kamppeita, joita he olivat tuoneet mukanaan.

Sinä yönä osoittautui että pikku Bilbon mukaan ottaminen oli ollut hyvä ajatus. Sillä jostakin syystä hänen oli vaikea saada unta ja kun hän viimein nukahti hän näki pahoja unia. Hän uneksi että luolan seinässä oleva halkeama suureni suurenemistaan ja leveni levenemistään ja häntä pelotti kovin, mutta hän ei voinut muuta kuin maata aloillaan ja katsella. Sitten hän uneksi että luolan lattia antoi myöten ja että hän liukui – melkein putosi, alas, alas, kohti ties mitä.

Silloin hän heräsi hätkähtäen ja havaitsi että osa hänen unestaan oli totta. Luolan takaosaan oli auennut halkeama joka oli jo leveä käytävä. Hän ehti juuri ja juuri nähdä viimeisen ponin hännän vilahtavan sisään. Tietenkin hän karjaisi heti kovalla äänellä niin kovaa kuin hobitista lähtee ja se on enemmän kuin kokoon nähden voisi luulla.

Esiin hyppäsi hiisiä, isoja hiisiä, suuria rumia hiisiä, liuta inhottavia hiisiä nopeammin kuin kukaan ehtii sanoa *kivi ja kanto*. Niitä oli vähintään kuusi yhtä kääpiötä kohti ja Bilbonkin kimpussa oli kaksi ja ne tarttuivat heihin ja raahasivat heidät seinänrakoon pikemmin kuin kukaan ehti sanoa *taula ja tulikivi.* Mutta Gandalfia ne eivät saaneet. Sen verran oli Bilbon huudosta ollut apua. Se oli havahduttanut velhon täysin valveille ja kun hiidet yrittivät käydä häneen käsiksi, leimahti luolassa sähähtävä salama, nenään pisti ruudin käry ja monta hiittä kaatui kuoliaana maahan.

Halkeama sulkeutui kolahtaen ja Bilbo ja kääpiöt olivat sen väärällä puolella! Missä Gandalf oli? Siitä ei ollut sen paremmin heillä kuin hiisillä aavistustakaan, eivätkä hiidet jääneet ottamaan selvää. Ne tarttuivat Bilboon ja kääpiöihin ja tönivät heitä kiireesti eteenpäin. Tie vei syvälle, syvälle, pimeään, missä eteensä näkivät vain hiidet jotka asuvat vuoren uumenissa. Käytävät risteilivät ja mutkittelivat joka suuntaan mutta hiidet tunsivat tien niin kuin te tunnette tien lähimpään kauppaan, ja se vei yhä alemmaksi ja oli kammottavan tunkkainen. Hiidet olivat rajuja otteissaan, ne puristivat heitä kipeästi ja hekottivat ja nauroivat hirveillä kolkoilla äänillään ja Bilbon olo oli kurjempi kuin silloin kun peikko nosti hänet varpaista ilmaan. Hän toivoi toivomasta päästyään, että olisi ollut kotona valoisassa hobitinkolossaan. Eikä toivonut viimeistä kertaa.

Nyt alkoi edessä häämöttää punertavaa valoa. Hiidet alkoivat laulaa tai pikemmin raakkua, ne löivät latuskajaloillaan tahtia ja ravistelivat vankejaan.

Lyökää, lätkikää, mätkikää,
kuristakaa, puristakaa, purkaa vaan!
Alas, alas hiisien kaupunkiin
lähdet poika marssimaan!

Läiskis mäiskis räiskis näin!
Vasara ja tongit! Nuijat ja gongit!

Paiskis näin, yhä alaspäin!
Hohoo, poika, alle maan!

Lyökää ja lätkikää! Ruoskalla mätkikää!
Iskuja naamaan olet ansainnut saamaan!
Työtä, työtä! Ei jouten yhtään yötä!
Vain hiidet nauravat, hiidet juovat,
kun he maan uumeniin teidät tuovat.
Alaspäin, poika, siitä vaan!

Se kuulosti todella pelottavalta. Seinät raikuivat kun ne huusivat *lyökää, lätkikää, mätkikää* ja *kuristakaa, puristakaa, purkaa vaan* ja nauroivat iljettävästi *hohoo, poika, alle maan!* Laulun sanoma oli turhankin selvä: nyt hiidet ottivat esiin piiskat ja mätkivät heitä ruoskalla *läiskis mäiskis* ja panivat heidät juoksemaan edellään niin kovaa kuin jaloista lähti, ja useampi kuin yksi kääpiö vikisi ja voivotti jo kun he tupsahtivat viimein isoon luolaan.

Sitä valaisivat keskilattialla palava punainen rovio sekä seinustoilla roihuavat soihdut, ja se oli täynnä hiisiä. Kaikki nauroivat ja tömistelivät jalkojaan ja taputtivat käsiään kun kääpiöt (ynnä viimeisenä ja lähinnä piiskoja Bilbo-raukka) säntäsivät sisään heitä ajavien hiisien huudellessa ja läiskyttäessä piiskoja heidän takanaan. Ponit olivat jo luolassa, ne kyyhöttivät yhdessä nurkassa ja kaikki heidän pakkauksensa ja tavaransa lojuivat levällään hiisien penkomisen jäljiltä, hiidet olivat kaiketi haistelleet ja sormeilleet niitä ja riidelleetkin niistä.

Valittaen minun on kerrottava että sen koommin he eivät nähneet noita erinomaisia poneja, eivätkä sitäkään vantteraa valkoista elikkoa jonka Elrond oli lainannut Gandalfille koska hevosella ei ollut asiaa vuoripoluille. Sillä hiidet syövät hevosia ja poneja ja aaseja (ja kamalampiakin tapoja niillä on) ja niillä on aina nälkä. Mutta sillä hetkellä vangit ajattelivat vain itseään. Hiidet kahlitsivat heidän kätensä selän taakse ja liittivät heidät yhteen jonoon, jonka hännänhuippuna Bilbo oli, ja raahasivat heidät luolan toiseen päähän.

Varjossa laakealla kivellä istui valtavan suuri hiisi jolla oli hirmuisen iso pää ja sen ympärillä seisoi aseistettuja hiisiä käsissään kirveet ja käyrät miekat jollaisia hiidet käyttävät. Hiidet ovat raakoja, ilkeitä ja pahoja. Mitään kaunista ne eivät osaa valmistaa, mutta käteviä esineitä kyllä. Ne osaavat kaivaa käytäviä ja louhia kiveä niin taitavasti että vain taitavimmat kääpiöt yltävät parempaan, kun vain viitsivät, vaikka tulos on yleensä epäsiisti ja likainen. Ne osaavat tehdä hyviä vasaroita, kirveitä, miekkoja, tikareita, hakkuja, pihtejä sekä myös kidutusvälineitä milloin ne eivät teetä niitä muilla omien ohjeittensa mukaan, ja pakota orjiaan ja vankejaan raatamaan kunnes nämä kuolevat ilman ja valon puutteesta. On mahdollista että ne ovat keksineet joitakin laitteita joista maailma on saanut kärsiä siitä lähtien, siis sellaisia joiden avulla voi tappaa paljon kansaa yhdellä kertaa, sillä hiidet ovat aina pitäneet rattaista ja koneista ja pamauksista ja niitä on aina kiinnostanut tehdä kaikki mahdollisimman vähällä vaivalla eikä omin käsin; mutta noihin aikoihin hiidet, jotka elivät noilla takamailla, eivät vielä olleet edistyneet (kuten asia ilmaistaan) niin pitkälle. Hiidet eivät vihanneet kääpiöitä erityisesti, sen enempää kuin ne vihasivat kaikkia ja kaikkea, etenkin järjestynyttä ja menestyvää; paikoitellen olivat pahat kääpiöt jopa käyneet liittoon niiden kanssa. Mutta Thorinin väkeä vastaan niillä oli erityistä kaunaa sen sodan takia josta olette jo kuulleet mainittavan mutta joka ei kuulu tämän tarinan piiriin, eikä hiisille sitä paitsi ole niin hirveän väliä kenet ne ottavat vangikseen, kunhan se tapahtuu viekkaasti ja salakavalasti uhrien voimatta puolustaa itseään.

»Keitä nämä surkeat otukset on?» kysyi Iso hiisi.

»Kääpiöitä ynnä yksi tämmöinen!» sanoi yksi heitä ajaneista hiisistä ja veti Bilbon ketjua niin että tämä putosi polvilleen. »Ne piti sadetta meidän pääoven edessä.»

»Mitä teillä on mielessä?» kysyi Iso hiisi kääntyen Thorinin puoleen. »Arvaan ettei mitään hyvää! Vakoilette meikäläisten puuhia, veikkaan minä! En ihmettelisi vaikka olisitte varkaita! Murhamiehiä ja haltioiden ystäviä, kuka sitä tietää! No niin! Mitä teillä on sanottavana?»

»Thorin-kääpiö palveluksessanne», vastasi Thorin — tarkoittamatta tietenkään mitä sanoi. »Kuvitelmanne ja epäilyksenne ovat vallan perusteettomat. Me haimme myrskyltä suojaa luolasta joka vaikutti siihen sopivalta, me luulimme ettei kukaan käyttänyt sitä, eikä meillä ollut millään muotoa aikomusta häiritä hiisiä.» Se ainakin oli totta!

»Höm!» sanoi Iso hiisi. »Niin sanot sinä! Kysyn vaan mitä tekemistä teillä ylipäätään oli vuorilla, mistä olette tulossa ja minne menossa? Totta puhuen mieli tekisi tietää teistä kaikki. Ei niin että siitä olisi sinulle mitään etua, Thorin Tammikilpi, minä nääs tiedän jo enemmän kuin tarpeeksi heimostasi, mutta kakista totuus ulos tai minä keksin jotakin erityisen vastenmielistä sinun osallesi!»

»Me olimme matkalla tapaamaan sukulaisiamme, veljenpoikia ja sisarentyttäriä ja serkkuja ja pikkuserkkuja ja pikkupikkuserkkuja ja muita isoisiemme jälkeläisiä jotka asuvat näiden kovasti vieraanvaraisten vuorten itäpuolella», sanoi Thorin äkkiä tietämättä mitä oikein sanoa niin kuin usein käy kun on ilmeistä että totuuden paljastaminen ei tule kysymykseen.

»Valetta, valetta kaikki tyynni, oi Mahtava», sanoi yksi pyydystäjistä. »Moni hiisi sai iskun salamasta luolassa kun me kutsuttiin näitä mokomia tänne meille alas, ja ne on nyt kuolleita kuin kivet. Eikä tästä ole kuultu mitään selitystä!» Hiisi nosti esiin miekan joka oli roikkunut Thorinin vyöllä, sen joka oli peräisin peikon luolasta.

Iso hiisi karjui raivosta nähdessään miekan ja sen soturit kiristelivät hampaitaan ja paukuttivat kilpiään ja tömistelivät jalkojaan. Ne tunsivat miekan heti. Se oli aikanaan tappanut satoja hiisiä Gondolinin kauniiden haltioiden jahdatessa niitä kukkuloilla ja taistellessa niitä vastaan kaupunkinsa muurien edustalla. Haltiat olivat kutsuneet sitä Orkristiksi, Hiidensurmaksi, mutta hiidet olivat antaneet sille nimen Hutki. Ne vihasivat sitä ja vielä enemmän ne vihasivat sen kantajaa.

»Murhaajat ja haltiamielet!» huusi Iso hiisi. »Lyökää! Lätkikää! Mätkikää! Viekää pimeisiin onkaloihin jotka on täynnä käärmeitä, niin etteivät ne ikinä näe enää päivänvaloa!» Se oli niin vihan vimmassa että se hyppäsi istuimeltaan ja ryntäsi suu auki Thorinia kohti.

Juuri sillä hetkellä sammuivat luolasta kaikki valot ja suuri nuotio puhahti ja siitä jäi jäljelle vain hohtavan sininen savupylväs joka ulottui kattoon asti ja josta tipahteli hiisien päälle polttavia valkoisia kipunoita.

Sitä huutoa ja ulvontaa, raakkumista, vaakkumista ja rähinää, ulinaa, pulinaa ja sadattelua, kiljuntaa ja karjuntaa mikä siitä seurasi! Sanat eivät riitä sitä kuvaamaan. Jos satoja villikissoja ja susia olisi kärvennetty hiljaisella tulella, ei melu olisi voinut olla kauheampi. Kipunat polttivat reikiä hiisien nahkaan ja katosta alas painuva savu teki ilman niin paksuksi etteivät edes hiisien silmät nähneet mitään. Pian hiidet alkoivat kaatuilla toistensa päälle, niitä kieri kasoina lattialla ja ne purivat ja potkivat ja tappelivat kuin olisivat tulleet hulluiksi.

Äkkiä välähti miekka joka loisti omaa valoa. Bilbo näki kuinka miekka tunkeutui vihasta jähmettyneen Ison hiiden mahaan. Se kaatui kuoliaana maahan ja kirkuen hiisisoturit säntäsivät miekkaa pakoon pimeyteen.

Miekka palasi huotraansa. »Tulkaa perässä, pian!» sanoi ääni joka oli painokas ja hiljainen, ja ennen kuin Bilbo ymmärsi mitä oli tapahtunut, hän ravasi taas minkä jaloistaan pääsi jonon viimeisenä pitkin pimeitä käytäviä hiisien luolan huutojen käydessä yhä vaimeammiksi. Heitä johti heikkona hohtava valo.

»Vauhtia! Vauhtia!» sanoi ääni. »Soihdut on pian sytytetty uudestaan.»

»Pikku hetki!» sanoi Dori joka juoksi jonon hännillä Bilbon edellä. Hän oli reilu kääpiö ja hän auttoi hobitin olkapäilleen niin hyvin kuin sidotuilla käsillään taisi ja sitten matka jatkui jälleen juosten, ketjut kilisivät ja moni kompastui koska käsillä ei voinut ottaa tukea mistään. Pitkään aikaan he eivät pysähtyneet ollenkaan ja varmaan he jo lähestyivät itse vuoren sydäntä.

Silloin Gandalf nosti sauvansa. Gandalfhan heitä tietysti johti mutta ei heistä kukaan siihen hätään kerinnyt kysyä mistä hän oli ilmestynyt. Hän veti taas miekkansa esiin ja jälleen se välähti pimeydessä. Miekassa kyti viha joka sytytti sen hehkuun aina kun hiisiä oli lähistöllä ja nyt se loisti kirkkaana kuin sininen liekki siitä ilosta että se oli saanut tappaa luolan suuren valtiaan. Miekalle ei ollut konsti eikä mikään katkoa hiidenkahleet ja se vapautti vangit mitä pikimmin. Tämän miekan nimi oli Glamdring, Vainovasara, mikäli muistatte. Hiidet kutsuivat sitä nimellä Hatka ja vihasivat sitä jos mahdollista vielä enemmän kuin Hutkia. Orkrist oli myös mukana sillä Gandalf oli pelastanut sen ja napannut sen yhden kauhistuneen vartijan kädestä. Gandalf oli sellainen että hän tuli ajatelleeksi melkein kaikkea ja vaikka hän ei osannut tehdä suorastaan mitä vain, yhtä ja toista hän kyllä pystyi tekemään pulaan joutuneen ystävän hyväksi.

»Ovatko kaikki mukana?» hän kysyi ja ojensi miekan kumartaen takaisin Thorinille. »Katsotaan: yksi – Thorin, kaksi, kolme, neljä, viisi, kuusi, seitsemän, kahdeksan, yhdeksän, kymmenen, yksitoista – missä ovat Fili ja Kili? Ai siinä! kaksitoista, kolmetoista – ja siinä oli herra Reppuli – neljätoista! Jaa jaa, pahemminkin voisivat asiat olla mutta voisivat kyllä olla paremminkin. Ei ole poneja eikä ole ruokaa eikä tietoa siitä missä tarkalleen olemme, ja kannoilla tungeksii laumoittain vihaisia hiisiä! Eteenpäin!»

He jatkoivat kulkuaan. Gandalf oli oikeassa, pian he rupesivat kuulemaan hiisien ääniä ja hyytäviä huutoja niistä käytävistä joista he olivat vasta tulleet. Vauhti parani entisestään ja koska Bilboraukka ei mitenkään voinut juosta puoliksikaan niin kovaa kuin he – kääpiöt pystyvät näet kulkemaan vimmattua vauhtia kun on tarvis – he kantoivat häntä selässä vuorotellen.

Mutta hiidet liikkuvat kääpiöitäkin nopeammin ja nämä hiidet tunsivat tiet paremmin (väylät olivat niiden itsensä tekemiä) ja olivat sitä paitsi tosi vihaisia, niin että kaikista kääpiöiden yrityksistä huolimatta hiisien huuto ja mekastus kuuluivat yhä lähempää. Pian kuului jo niiden jalkojen läpsytys, ja mikä pahinta, aivan lähimmän mutkan takaa. Soihtujen punainen valo vilkkui jo tunnelissa ja he olivat kuolemanväsyneitä.

»Miksi, oi miksi minä koskaan hylkäsin hobitinkoloni!» voivotti herra Reppuli -parka kieppuessaan Bomburin selässä.

»Miksi, oi miksi minä ikinä otin pikku hobitinketaleen mukaan aarteenetsintään!» sanoi lihava Bombur-parka, joka kompuroi eteenpäin kuumuuden ja kauhun hiki nenänpäästä tippuen.

Silloin jättäytyivät joukosta jälkeen Gandalf ja Thorin. Oltiin jyrkässä kulmauksessa. »Käännös!» huusi Gandalf. »Miekka esiin!» Se oli epätoivoinen teko, mutta se tepsi. Hiidet ryntäsivät mutkan takaa kiljuen täyttä kurkkua ja tapasivat hämmästyksekseen Hiidensurman ja Vainovasaran hehkumassa kylmää ja kirkasta valoa aivan niiden nenän edessä. Etumaiset pudottivat soihtunsa ja päästivät karjahduksen ennen kuin kuolema ne korjasi. Perässä tulevat karjuivat pitempään ja hypähtivät taaksepäin ja kaatoivat takana tulevat. »Hutki ja Hatka!» ne kirkuivat, ja pian oli koko lauma sekaannuksen vallassa useimpien pyrkiessä takaisin sinne mistä olivat tulleet.

Kesti melkoisen tovin ennen kuin kukaan niistä uskalsi uudestaan yrittää kulman ympäri. Silloin olivat kääpiöt jo poissa, he marssivat kaukana hiisien valtakunnan pimeissä käytävissä. Kun hiidet tajusivat sen, sammuttivat ne soihtunsa ja panivat pehmeät tossut jalkaan ja valitsivat joukostaan nopeimmat, tarkkakorvaisimmat ja tarkkanäköisimmät juoksijat. Nämä pinkaisivat pimeyteen vikkelinä kuin kärpät, ja ääntä ne pitivät suunnilleen yhtä paljon kuin lepakot lentäessään.

Siitä johtui ettei Bilbo sen paremmin kuin kääpiöt tai edes Gandalf kuullut niiden tuloa. Eivätkä he myöskään nähneet niitä. Mutta takaa äänettömästi juoksevat hiidet näkivät heidät, sillä Gandalf piti sauvassaan heikkoa valoa, jotta kääpiöt näkisivät mihin astua pimeässä.

Aivan yhtäkkiä joku tarttui takaapäin Doriin, joka oli nyt taas viimeisenä ja kantoi Bilboa. Dori huusi ja kaatui, ja hobitti kierähti hänen harteiltaan pimeään, iski päänsä kovaan kiveen eikä muistanut enää mitään.

Viides luku

··· ARVOITUKSIA PIMEÄSSÄ ···

KUN BILBO AVASI silmänsä, hän ei ollut varma aukesivatko ne, sillä pimeys oli yhtä musta kuin silmät kiinni. Ketään ei ollut mailla halmeilla. Kuvitelkaa kuinka hän säikähti! Hän ei kuullut mitään, ei nähnyt mitään eikä tuntenut mitään muuta kuin kivisen kamaran.

Hän kohottautui hitaasti ja konttasi sinne tänne kunnes tapasi käytävän seinän, ja hän koetteli sitä kumpaankin suuntaan tapaamatta mitään, yhtään mitään, ei merkkiäkään hiisistä, ei merkkiäkään kääpiöistä. Hänen päässään pyöri eikä hän ollut ollenkaan varma edes siitä kumpaan suuntaan he olivat olleet menossa kun hän putosi. Hänen ei auttanut muu kuin arvata ja hän ryömi hyvän matkaa käytävää pitkin kunnes hänen kätensä tapasi jotakin kylmää ja pyöreää. Käytävän lattialla oli pieni metallirengas. Tämä hetki oli hänen elämänsä käännekohta, mutta hän ei sitä tiennyt. Hän pani renkaan taskuunsa sen kummempia ajattelematta, esineellä ei todellakaan tuntunut olevan mitään käyttöä juuri nyt. Kuljettuaan sen jälkeen vain vähän matkaa hän istuutui kylmälle lattialle ja antautui täydellisen lohduttomuuden valtaan pitkäksi toviksi. Hän kuvitteli millaista oli paistaa pekonia ja munia kotona omassa keittiössä – hän tunsi näet sisikunnassaan että oli aterian aika – mutta siitä olo kävi vain entistä lohduttomammaksi.

Hän ei keksinyt mitä olisi tehnyt, eikä hän ymmärtänyt mitä oli tapahtunut, miksi hänet oli jätetty oman onnensa nojaan ja miksi hiidet eivät olleet napanneet häntä jos kerran kääpiöt olivat hylänneet hänet – hän ei tiennyt edes miksi hänen päänsä oli kipeä. Asia oli niin että hän oli jäänyt pitkäksi aikaa pimeään nurkkaan makaamaan ääneti kenenkään häntä muistamatta.

Jonkin ajan kuluttua hän koetteli taskusta piippuaan. Piippu ei ollut mennyt rikki ja olihan sekin jotain. Sitten hän koetteli massiaan ja siellä oli tupakkaa – aina parempaa. Sitten hän tutki oliko hänellä tikkuja eikä löytänyt yhtä ainutta, ja siihen sammui toivo. Onneksi, ajatteli hän kohta tultuaan järkiinsä. Mitä olisikaan tulitikun raapaisu ja tupakan tuoksu saattanut houkutella esiin tuon kammottavan paikan pimeistä loukoista! Sillä hetkellä olo oli kumminkin surkea. Mutta kun hän taputteli taskujaan ja koetteli itseään joka puolelta etsiessään tulitikkuja hänen kätensä sattui pikku miekan kahvalle – sen pikku tikarin jonka hän oli saanut peikkoluolasta ja jonka hän oli tykkänään unohtanut; hiidet eivät olleet huomanneet sitä koska hän oli työntänyt sen housunkauluksesta sisään.

Nyt hän veti sen esiin. Se hohti hänen silmiensä edessä kalpeaa heikkoa valoa. »Tämäkin on haltioiden tekemä», Bilbo ajatteli. »Ihan lähellä ei ole hiisiä mutta eivät ne varsin kaukanakaan ole.»

Mutta jotenkin hänelle tuli parempi olo. Tuntui upealta kantaa miekkaa joka oli taottu Gondolinissa niitä hiisisotia varten joista niin monissa lauluissa kerrottiin; olihan hän huomannut minkä vaikutuksen nämä aseet olivat tehneet hiisiin jotka olivat hyökänneet väijyksistä heidän kimppuunsa.

»Menisinkö takaisin?» hän mietti. »Ei missään tapauksessa! Entä sivulle? Mahdotonta! Pitäisikö lähteä eteenpäin? Mitä muutakaan! Mars eteenpäin!» Niin hän nousi ja lähti astelemaan eteenpäin pikku miekka koholla; toinen käsi kopeloi seinää ja sydän pamppaili.

Bilbo oli nyt totisesti pinteessä. Mutta meidän on syytä muistaa että tilanne ei ollut hänelle yhtä tukala kuin se olisi ollut teille taikka minulle. Hobitit eivät ole aivan meidän kaltaisiamme, ja vaikka heidän kotikolonsa ovat hauskoja ja ilmavia eivätkä muistuta ollenkaan hiisien pimeitä käytäviä, he ovat kuitenkin paljon tottuneempia tunneleihin kuin me eivätkä he aivan äkkiä kadota suunnan tajua maan alla – kunhan pää ei enää ole iskun jäljiltä sekaisin. He osaavat myös liikkua hiirenhiljaa, heillä on ilmiömäinen kätkeytymisen taito ja loukattuaan itsensä he toipuvat nopeasti; sitä paitsi heidän päässään on aimo varanto viisautta ja elämänohjeita joita ihmiset eivät ole joko kuulleetkaan tai jotka he ovat unohtaneet aikaa sitten.

Oli miten oli, minä en mielelläni olisi ollut Bilbo Reppulin housuissa. Käytävällä ei tuntunut olevan loppua ollenkaan. Hän tajusi vain että se vietti kaiken aikaa alaspäin ja vei yhteen suuntaan huolimatta muutamista mutkista. Käytäviä haarautui sivuun aina silloin tällöin, hän näki aukot miekan hohteessa tai tunsi ne seinää hipovalla kädellä. Hän ei piitannut sivukäytävistä, kiiruhti vain niiden ohi peläten että niistä ilmaantuisi hiisiä tai ties mitä mielikuvituksen loihtimia olentoja. Hän kulki ja kulki eteenpäin ja alaspäin, eikä hän edelleenkään kuullut mitään muuta ääntä kuin silloin tällöin lepakon suhahduksen korvanjuuressa – aluksi se pelotti häntä, mutta kun ääni toistui tarpeeksi usein, hän lakkasi kiinnittämästä siihen huomiota. En tiedä kuinka kauan tätä jatkui, kuinka kauan hän kulki eteenpäin uskaltamatta pysähtyä vaikka joka askel oli vastenmielinen, yhä eteenpäin, kunnes hän oli aivan poikki. Matka oli kuin tästä huomiseen ja pitempikin.

Äkkiä ja varoittamatta hänen jalkansa läiskähti veteen. Ääh! Se oli jäätävän kylmää. Hän pysähtyi siihen paikkaan. Hän ei tiennyt oliko hän astunut pelkkään lätäkköön käytävän lattialla, virtasiko polun poikki joki, vai oliko hän tullut tumman syvän maanalaisen järven rantaan. Miekka hohti tuskin lainkaan. Hän pysähtyi ja höristäessään korviaan hän kuuli että näkymättömästä katosta tippui vettä *tip tip* alla odottavaan vedenkalvoon, mutta muuta ääntä ei kuulunut.

»Tämä on siis lätäkkö tai järvi, joki se ei ole», hän ajatteli. Siltikään hän ei uskaltanut kahlata pimeyteen. Uida hän ei osannut ja hänelle tuli myös mieleen että vedessä saattoi kiemurrella ties mitä iljetyksiä isoine pullottavine sokeine silmineen. Vuortenalaisissa järvissä ja lammikoissa asuu monenmoista kummaa otusta: kaloja, joiden esi-isät ovat aikanaan uineet sisään uimatta koskaan takaisin ulos ja joiden silmät ovat paisuneet suuremmiksi ja suuremmiksi kun ne ovat yrittäneet nähdä pimeässä vuoren sisässä; ja muitakin otuksia siellä asuu, kaloja niljakkaampia. Myös hiisien tekemissä käytävissä ja luolissa asuu niiden tietämättä otuksia jotka ovat ryömineet vuoren sisään ulkomaailmasta piileksiäkseen pimeässä. Osa luolista on sitä paitsi peräisin aikojen alusta paljon ennen hiisiä, jotka ovat vain suurentaneet niitä ja yhdistäneet niitä toisiinsa käytävillä, ja alkuperäisiä asukkaita hiippailee ja nuuskii vielä joissakin nurkissa.

Syvällä vuoren uumenissa veden äärellä asui vanha Klonkku, pieni niljakas otus. Minä en tiedä mistä se oli tullut, en sitäkään kuka tai mikä se oli. Se oli Klonkku – pimeä kuin pimeys, ja sen laihoissa kasvoissa oli kaksi suurta pyöreää kelmeää silmää. Sillä oli pikkuinen vene jolla se souteli hiljaa järvellä – Bilbo oli nimittäin törmännyt järveen, laajaan ja syvään ja hyytävän kylmään. Klonkku meloi venettä läiskimättä niin että se roikotti isoja jalkojaan laidan yli. Klonkku ei roiskinut. Se tähyili kelmeillä lyhdynkaltaisilla silmillään sokeita kaloja jotka se pyydysti ajatusta nopeammilla pitkillä sormillaan. Lihasta se piti myös. Hiidenlihaa se söi mielellään kun vain sai, mutta se piti visun huolen siitä etteivät hiidet saaneet tietää sen olemassaolosta. Se kävi takaa kiinni ja kuristi hiidet jotka erehtyivät yksin lähellekään vesirajaa silloin kun se oli paikalla. Harvoin hiidet sitä tekivät, sillä ne aavistivat että syvällä vuoren uumenissa väijyi joku vihollinen. Ne olivat löytäneet järven kauan sitten ja kaivaminen oli tyssännyt siihen, mistä seurasi että sinne johtava tie oli umpiperä eikä sitä käytetty ellei Iso hiisi varta vasten käskenyt. Joskus Iso hiisi halusi saada kalaa järvestä ja välistä kävi niin että kala jäi saamatta ja hiisi palaamatta.

Klonkun pesäpaikka oli niljaisella kalliosaarella keskellä järveä. Se katseli nyt Bilboa etäältä kelmein kauas näkevin silmin. Bilbo ei nähnyt sitä mutta se ihmetteli kovasti Bilboa, sillä se näki että Bilbo ei ollut hiisi eikä mitään sinne päinkään.

Klonkku astui veneeseensä ja lähti saareltaan Bilbon istuessa rannassa aivan sekapäisenä tietämättä minne mennä tai mitä ajatella. Äkkiä hänen vieressään oli Klonkku joka kuiskasi ja sähisi:

»Sepäss sattui, aarre! Tästä saadaan kesstit, tai ainaskin soma ssuupala, *klunk!*» Puheensa lopuksi Klonkku päästi inhottavan kurkkuäänen. Siitä se oli saanut nimensä, vaikka itse se aina kutsui itseään »omaksi aarteekseen».

Hobitti melkein hyppäsi ilmaan säikähdyksestä kuullessaan tämän sähinän korvanjuuressaan ja äkkiä hän näki edessään pistävät kelmeät silmät.

»Kuka sinä olet?» hän kysyi ja tökkäsi tikaria edemmäksi.

»Mikä sse on, oma aarre?» kuiskasi Klonkku (joka puhui aina itsekseen koska sillä ei ollut ketään muuta kenelle puhua). Se oli tullut ottamaan selvää tulijasta sillä itse asiassa sillä ei ollut kovin nälkä, pikemminkin se oli utelias – muuten se olisi käynyt ensin käsiksi ja supissut vasta sitten.

»Minä olen herra Bilbo Reppuli. Minä olen joutunut eroon kääpiöistä ja joutunut eroon velhosta enkä tiedä missä olen enkä välitäkään tietää, kunhan pääsen pois.»

»Mitä sillä on käsissään?» kysyi Klonkku katsoen miekkaa josta se ei oikein pitänyt.

»Miekka, Gondolinissa taottu.»

»Ssss», sanoi Klonkku ja kävi kovin kohteliaaksi. »Mitä joss isstutaan tässsä hetki ja pikkusen jutusstellaan, aarre. Jos sse vaikka pitäisi arvoituksissta, kukatiess?» Klonkku tahtoi tehdä ystävällisen vaikutuksen ainakin toistaiseksi kunnes se oli saanut selville enemmän miekasta ja hobitista, päässyt perille oliko tulija todella yksin ja maistuisiko mokoma hyvältä ja oliko sillä itsellään ollenkaan nälkä. Arvoitukset olivat ainoa mitä sille tuli mieleen. Se ei ollut koskaan osannut muita leikkejä mutta arvoituksia se oli arvuuttanut ja arvannut toisten koloissaan asuvien pikkuisten otusten kanssa kauan kauan sitten ennen kuin se menetti kaikki ystävänsä ja joutui lähtemään pois yksin ja hiipi syvälle syvälle vuoren pimeisiin uumeniin.

»Mikä ettei», sanoi Bilbo joka ei tahtonut missään tapauksessa riitaantua ennen kuin oli saanut selville enemmän tästä otuksesta, oliko se todella yksin, oliko se vaarallinen tai nälkäinen ja oliko se hiisien ystävä.

»Kysy sinä ensin», hän sanoi koska ei siihen hätään keksinyt arvoitusta.

Niin Klonkku sihisi:

> *Sen juuria ei missään näy,*
> *vaan taivasta kohti sen nousu käy,*
> *se on korkeampi suurinta puuta, joskaan*
> *se ei kasva koskaan.*

»Helppo!» sanoi Bilbo. »Sanotaan että vuori.»

»Hyvästi arvaa, kas kas. Ssitten se ryhtyy kilpasille, eiks niin, aarre? Aarre kysyy ja jos se ei vastaa, me ssyödään se. Sse kysyy ja jos me ei vasstata, me tehdään mitä sse tahtoo, eiks niin? Näytetään ssille miten täältä pääsee poiss!»

»Kiinni veti!» sanoi Bilbo uskaltamatta olla eri mieltä ja mietti samalla päänsä puhki arvoituksia jotka pelastaisivat hänet joutumasta Klonkun suihin.

Kolmekymmentä valkoista hevosta
punaisella kukkulalla,
toiset yllä ja toiset alla
nirskuttavat ja narskuttavat
ja sitten nauttivat levosta.

Mitään muuta hänelle ei tullut mieleen — syöminen oli mielessä päällimmäisenä. Arvoitus oli vanha ja Klonkku tiesi vastauksen niin kuin varmaan tekin.

»Lassten leikkiä», Klonkku sähisi. »Hampaat, hampaat, vaikka meillä on niitä vain kuusssi!» Sitten se esitti toisen arvoituksensa:

Äänettä huutaa,
siivittä lepattaa,
hampaitta puree,
suuttomana supattaa.

»Odota vähän!» huudahti Bilbo jonka mielessä syömisen ajatus yhä ikävästi kiersi. Onneksi hän oli kerran kuullut vähän samantapaisen arvoituksen ja sai ajatuksensa kokoon ja äkkäsi vastauksen. »Tuuli, tietysti tuuli», hän sanoi ja oli niin tyytyväinen itseensä että keksi arvoituksen ihan siinä paikassa. »Tästä tuo mokoma maanallaeläjä hämmentyy», hän tuumi.

> *Silmä sinisissä kasvoissa*
> *näki silmän vihreissä kasvoissa.*
> *Sanoi ensimmäinen silmä:*
> *»Tuo on kuin tämä silmä,*
> *mutta matalalla*
> *eikä korkealla.»*

»Ss, ss, ss», sanoi Klonkku. Se oli elänyt maan alla kauan kauan ja moni seikka oli vaipunut syvälle unhoon. Mutta juuri kun Bilbossa heräsi toivo että surkimus ei pystyisi vastaamaan, Klonkun mieleen palautui loputtoman kaukaisia muistoja ajalta jolloin se oli elänyt isoäitinsä kanssa kolossa jokitörmässä. »Ss-ss-aarre», se sanoi. »Aurinko ja päivänkakkara.»

Mutta nämä maanpäälliset arkiset arvoitukset olivat sille raskaita. Ne muistuttivat sille mieleen ajat jolloin se ei ollut ollut yhtä yksinäinen ja salakähmäinen ja iljettävä ja muistot saivat sen pahalle päälle. Pahinta oli että niistä tuli sille nälkä, ja niin se esitti tällä kertaa vaikeamman ja hankalamman arvoituksen:

> *Ei sitä voi nähdä, ei tuntea voi,*
> *ei se tuoksu eikä se soi.*
> *Se on tähtien takana, vuorien alla,*
> *se täyttää tyhjänkin kaikkialla.*
> *Se tulee ensin, ja myöhemmin.*
> *Se tappaa naurun ja elämänkin.*

Pahaksi onneksi Klonkulle Bilbo oli kuullut samantapaisen arvoituksen ennenkin ja sitä paitsi vastaus oli aistittavissa joka puolella. »Pimeä!» hän sanoi päätä raapimatta ja älynystyröitä hieromatta.

Rasia saranaton, avaimeton, kanneton
ja silti sen kätkössä kultainen aarre on,

kysyi nyt Bilbo puolestaan voittaakseen aikaa. Hän piti arvoitusta aivan mahdottoman helppona vaikka hän ei ollutkaan esittänyt sitä tavallisimmassa muodossa. Mutta se olikin Klonkulle vaikea pähkinä purtavaksi. Se sihisi itsekseen mutta ei saanut vastatuksi, pärski vain ja supisi.

Jonkin ajan kuluttua Bilbo kävi kärsimättömäksi. »No, mikä se on?» hän tivasi. »Oikea vastaus ei ole kattila joka kiehuu yli niin kuin voisi päätellä äänistä joita sinä päästelet.»

»Anna kun mietin, jos se antaisi vähän miettiä, aarre-ss-sss.»

»No», sanoi Bilbo annettuaan pitkän tovin miettimisaikaa, »arvaapa nyt.»

Äkkiä Klonkku muisti miten se oli ryöstänyt linnunpesiä kauan sitten ja kuinka se oli istunut isoäitinsä kanssa jokirannassa ja opettanut isoäitiä imemään... »Munia!» se hihkaisi. »Sinä tarkoitat munia!» Sitten se arvuutti:

Hengissä hengittämättä,
kylmempi kalman kättä;
ei koskaan janoinen, juo vain aina,
eikä haarniska paljon paina.

Nyt oli Klonkun vuoro pitää arvoitusta helppona koska sillä itsellään oli vastaus aina mielessä. Se ei siihen hätään keksinyt parempaakaan koska muna-arvoitus oli ottanut koville. Mutta Bilbolle kysymys oli hankala koska hän ei ikinä ollut missään tekemisissä vesistöjen kanssa mikäli saattoi sen välttää. Te tietenkin tiedätte vastauksen tai arvaatte tuota pikaa, koska te istutte mukavasti kotona eikä pelko syödyksi tulemisesta häiritse ajatuksenjuoksua. Bilbo kakisti kurkkuaan parikin kertaa mutta ei saanut vastatuksi mitään.

Vähän ajan kuluttua Klonkku alkoi sihistä mielissään itsekseen: »Onko sse maisskis? Onko se mehukass? Miltä se maistuu kun sen pistää posskeen?» Se alkoi tuijottaa Bilboa pimeydestä.

»Hetki vain», sanoi vapiseva Bilbo. »Minä annoin sinulle äsken reilusti miettimisaikaa.»

»Ssen pitää pitää kiirettä!» hoputti Klonkku ja alkoi jo kiivetä veneestä maihin käydäkseen käsiksi Bilboon. Mutta kun se työnsi veteen pitkulaisen räpyläjalkansa ilmaan hyppäsi säikähtänyt kala ja mätkähti Bilbon varpaille.

»Hyi, miten kylmä ja limainen!» – sanoi Bilbo ja samalla hän arvasi. »Kala, kala!» hän huusi. »Se on kala!»

Klonkku pettyi pahan kerran, ja Bilbo kysyi uuden arvoituksen niin nopeasti kuin kykeni ajaakseen Klonkun takaisin veneeseen miettimään.

Jalaton yksijalkaisella, kaksijalkainen
kolmijalkaisella, nelijalkainenkin osansa saa.

Nyt ei oikeastaan ollut oikea aika eikä paikka esittää tällaista arvoitusta, mutta Bilbolla oli kiire. Klonkun olisi saattanut olla vaikea vastata siihen joskus toiste. Mutta kun juuri oli ollut puhe kalasta *jalaton* ei ollut mikään ongelma, ja sen jälkeen loppu oli helppoa. »Kala pöydällä, ihminen sen ääressä jakkaralla ja kissa sai ruodot», on tietysti oikea vastaus ja Klonkku sanoi sen varsin pian. Sitten se tuumi että oli tullut aika kysyä jotain oikein visaista. Näin se arvuutti:

> *Tämä kaiken hävittää,*
> *ei eläintä, puuta, kukkaa eloon jää,*
> *se raudan, teräksen tuhoaa,*
> *kivipaadetkin soraksi hajottaa,*
> *se murskaa kaupungit kuninkaineen*
> *ja sortaa vuoret kuin tuuli laineen.*

Bilbo-parka istui pimeässä ja yritti palauttaa mieleensä kaikkia niiden jättiläisten ja hirvitysten nimiä joista tarinoissa kerrotaan. Mutta yksikään niistä ei ollut kykenevä kaikkeen mitä arvoituksessa mainittiin. Bilbosta rupesi tuntumaan että vastaus löytyisi jostakin ihan toiselta suunnalta ja että hänen pitäisi kyllä tietää se kunhan hän vain saisi langan päästä kiinni. Häntä rupesi pelottamaan, eikä pelko edistä ajattelua ollenkaan. Klonkku oli jo tulossa veneestä pois. Se pani jalkansa veteen ja läpsytti rantaa kohti. Bilbo ei nähnyt sen lähestyviä silmiä. Bilbosta tuntui että kieli takertui kitalakeen ja hänen teki mieli huutaa: »Anna aikaa, anna enemmän aikaa!» mutta hän sai suustaan ulos vain kiljahduksen:

»Aikaa! Aikaa!»

Bilbo pelastui ihan onnen kaupalla. Sillä *aika* oli tietenkin oikea vastaus.

Klonkku pettyi taas ja nyt sitä alkoi suututtaa ja sitä paitsi se rupesi kyllästymään. Sille tuli arvausleikistä huutava nälkä. Tällä kertaa se ei enää mennyt takaisin veneeseen. Se istuutui pimeään Bilbon viereen. Hobitin olo kävi kerrassaan tukalaksi ja hänen oli lähes mahdotonta pitää ajatuksensa koossa.

»Nyt sse kyssyy kysymyksen, aarre, kysyy, kysyy. Enää ykssi kysymyss, yksi kysymysss», Klonkku sanoi.

Mutta Bilbo ei osannut keksiä mitään kysyttävää kun tuo iljettävä märkä ja kylmä otus istui hänen vieressään käpälöimässä ja tökkimässä. Bilbo raapi ja nipisti itseään mutta ei vain keksinyt mitään.

»Kysy, kysy nyt!» hoputti Klonkku.

Bilbo nipisti itseään ja läimäytti itseään, hän tarttui pikku miekkaansa, hän pani toisen käden taskuun. Taskusta hän löysi sormuksen jonka hän oli noukkinut käytävän lattialta ja unohtanut kokonaan.

»Mitä minulla on taskussa?» hän sanoi ääneen. Hän puhui itsekseen mutta Klonkku luuli että kysymys oli arvoitus ja hermostui vallan mahdottomasti.

»Ei reilua! Ei reilua!» se sähisi. »Ei reilua, aarre, ei ole reilua kysyä että mitä ssillä on niissä saasstaisissa tasskuissaan.»

Kun Bilbo huomasi mitä oli tapahtunut, hän pitäytyi kysymykseen paremman puutteessa. »Mitä minulla on taskussani?» hän kysyi lujemmalla äänellä.

»Ss-ss-ss», sihisi Klonkku. »Se saa antaa ssitten kolme arvaussta, aarre, kolme arvaussta.»

»Hyvä on», sanoi Bilbo. »Ensimmäinen!»

»Kädet!» arvasi Klonkku.

»Väärin», sanoi Bilbo joka oli onneksi juuri ottanut käden pois taskusta. »Toinen arvaus!»

»Ss-ss-ss», sanoi Klonkku entistäkin kiihtyneempänä. Se ajatteli mitä kaikkea sillä itsellään oli taskuissaan: kalanruotoja, hiidenhampaita, märkiä simpukankuoria, pala lepakonsiipeä, teräväsärmäinen kivi hampaiden teroittamiseen ynnä joukko muita inhottavia kapineita. Se yritti miettiä mitä muut mahtoivat taskuissaan säilyttää.

»Veitsi», se viimein sanoi.

»Väärin!» sanoi Bilbo jonka veitsi oli kadonnut jokin aika sitten.

»Viimeinen arvaus!»

Klonkkua hermostutti nyt paljon enemmän kuin silloin kun Bilbo oli kysynyt muna-arvoituksen. Se sähisi ja pärski ja huojutti itseään edestakaisin ja läpsytti jaloillaan maata ja kiemurteli ja vääntelehti mutta ei rohjennut käyttää viimeistä arvaustaan.

»Antaa tulla!» Bilbo sanoi. »Minä odotan vastausta.» Hän yritti kuulostaa rohkealta ja reippaalta vaikka hän ei ollut ollenkaan varma riippuiko leikin loppu siitä arvasiko Klonkku oikein vai väärin.

»Aika loppuu», Bilbo sanoi.

»Narunpätkä tai ei mitään!» sanoi Klonkku, mikä ei ollut ihan oikein sillä hän yritti ujuttaa kaksi vastausta yhteen.

»Molemmat väärin», sanoi Bilbo erinomaisen helpottuneena ja ponkaisi saman tien jaloilleen, asettui selkä vasten lähintä seinää ja ojensi pikkuista miekkaansa. Hän tiesi toki että arvuuttaminen on ikivanha ja kaikkien kunnioittama leikki ja että ilkimyksetkin varoivat petkuttamasta sitä harrastaessaan. Mutta hänestä tuntui, ettei tähän niljaiseen otukseen ollut luottamista tiukan paikan tullen. Millä tahansa tekosyyllä se luistaisi lupauksestaan. Eikä viimeinen kysymys ollut itse asiassa ollut oikea ikivanhojen sääntöjen mukainen arvoitus.

Mutta ainakaan heti Klonkku ei käynyt hänen kimppuunsa. Se näki miekan Bilbon kädessä. Se istui paikoillaan, tutisi ja supisi. Lopulta Bilbo ei enää jaksanut odottaa.

»No?» hän sanoi. »Kuinka on lupauksen laita? Minä tahdon pois. Sinun pitää näyttää minulle tie.»

»Onko me ssanottu semmoissta, aarre? Että me näytettäissiin ssille saastaiselle Reppulille miten täältä pääsee pois? Niin kai sitten. Mutta mitä ssillä on tasskuissaan? Ei narunpätkää, aarre, eikä ei mitäänkään. Kun ei niin ei! *Klunk!*»

»Älä vaivaa sillä päätäsi», sanoi Bilbo. »Lupaus on lupaus.»

»Ärtyisssä ja kärsimätön», sihisi Klonkku. »Mutta se saa odottaa, ssaa. Ei me mennä ssinne käytäviin noin vaan. Pitää ensin hakea ssitä ja tätä tarpeellissta.»

»Pidä kiirettä sitten», sanoi Bilbo helpottuneena siitä että Klonkku menisi pois. Hän arveli että selitys oli tekosyy eikä Klonkku enää tulisi takaisin. Mistä se ylipäänsä puhui? Mitä ihmeen tarpeellisia tavaroita sillä voisi olla pimeässä järvessä? Mutta Bilbo oli väärässä. Klonkulla oli aikomus palata. Se oli kiukkuinen ja sillä oli nälkä. Se oli surkea ilkeä otus ja sillä oli jo jotain mielessä.

Saari, josta Bilbo ei tiennyt mitään, ei ollut kaukana ja siellä oli Klonkun piilopaikka jossa sillä oli säilössä kaikenlaista roinaa ja yksi kaunis esine — mutta se olikin hyvin kaunis, kerrassaan ihmeellinen. Klonkulla oli sormus, kultainen sormus, kallisarvoinen aarre.

»Minun syntymäpäivälahja!» se kuiski itsekseen niin kuin se oli usein kuiskinut loputtomien pimeitten päivien aikana. »Ssitä nyt tarvitaan, selvä se, sitä tarvitaan!»

Se tarvitsi sormuksen koska se oli mahtisormus: se, joka pani sormuksen sormeensa, muuttui näkymättömäksi, niin että paljas silmä saattoi erottaa hänet vain kirkkaassa auringonpaisteessa ja pelkän varjon perusteella, joka sekin oli häilyvä ja valju.

»Minun syntymäpäivälahja. Minä sain sen syntymäpäivänä, aarre.» Niin se oli aina itselleen sanonut. Mutta kuka tietää kuinka Klonkku sen lahjan sai kauan kauan sitten, aikana jolloin sellaisia esineitä oli maailmassa enemmänkin. Ehkä sitä ei tiennyt edes sormusten hallitsija. Aluksi Klonkku oli pitänyt sitä sormessaan, mutta sitten sormuksen käyttäminen alkoi uuvuttaa otusta, ja sittemmin se säilytti sitä pussissa ihoa vasten kunnes se alkoi hiertää, ja nykyään se piti sitä yleensä piilossa kivenkolossa saarellaan ja kävi vähän väliä sitä katsomassa. Mutta yhä se pani joskus sen sormeen kun se ei enää osannut olla siitä erossa tai kun sillä oli hirmuinen nälkä ja se oli kyllästynyt kalaan. Sitten se hiippaili pimeillä käytävillä etsien joukosta eronneita hiisiä. Toisinaan se uskaltautui jopa soihtujen valaisemiin paikkoihin missä se räpytteli vihlovia silmiään tietäen olevansa turvassa. Täysin turvassa. Kukaan ei nähnyt sitä, kukaan ei huomannut sitä ennen kuin sen sormet olivat jo kiertyneet kurkkuun. Vain muutama tunti sitten Klonkku oli käyttänyt sormusta ja saanut pienen hiidenpennun. Että se oli vikissyt! Klonkulla oli jäljellä vielä muutama puoliksi kaluttu luu, mutta nyt se kaipasi jotakin mureampaa.

»Täysin turvassa, aarre», se kuiski itsekseen. »Se ei näe meitä, eihän aarre? Ei. Ei se näe ja sen ilkeä pikku miekka on ihan hyödytön, siis niin.»

Sellaista se suunnitteli ilkeässä mielessään hypähtäessään pois Bilbon viereltä ja läpsytellessään takaisin veneeseensä. Se katosi pimeään eikä Bilbo kuvitellut sitä sen koommin näkevänsä. Mutta hän odotti silti hetken sillä hänellä ei ollut aavistustakaan miten hän löytäisi yksin ulos.

Äkkiä hän kuuli kiljaisun, joka sai hänen selkäpiinsä karmimaan. Klonkku sadatteli ja ulisi pimeydessä, äänestä päätellen vain vähän matkan päässä. Se oli saarellaan, haki ja etsi ja penkoi, mutta turhaan.

»Missä se on? Misssä sse on?» kuuli Bilbo sen huutavan. »Se on poissa, aarre, kateissa, poisssa! Kirous ja kauhistus, poissa!»

»Mikä hätänä?» huusi Bilbo. »Mitä sinä olet kadottanut?»

»Se ei ssaa kysyä!» kiljui Klonkku. »Se ei ole sen asssia, ei, *klunk!* Me ei tiedetä missä se on, *klunk, klunk!*»

»Enkä minä tiedä missä minä olen», huusi Bilbo, »ja tahtoisin tietää. Minä voitin ja sinä lupasit. Tule sieltä! Tule ja vie minut ulos täältä ja jatka sitten etsintöjäsi.» Vaikka Klonkku kuulosti täysin lohduttomalta, Bilbo ei tuntenut sydämessään juuri sääliä eikä hän uskonut että mikään mitä Klonkku niin kovasti kaipasi voisi olla mitään mieluisaa. »Tule nyt!» Bilbo huusi.

»Ei, ei vielä, aarre!» vastasi Klonkku. »Me etsitään ensin kun se on kateissa nääs, *klunk.*»

»Mutta sinä et osannut arvata viimeistä kysymystä ja sinä lupasit», sanoi Bilbo.

»Viimeistä kysymystä!» toisti Klonkku. Sitten se sähähti äkkiä pimeässä. »Mitä ssillä on tasskussaan? Sano se. Sen pitää ensin sanoa se.»

Bilbolla ei tietääkseen ollut mitään syytä jättää kertomatta. Klonkun ajatus oli laukannut johtopäätökseen nopeammin kuin Bilbon, mikä ei ollut ihme, sillä Klonkulla oli ollut tämä esine mielessään kauan kauan, ja se oli aina pelännyt että sormus varastettaisiin. Mutta Bilboa viivytys suututti. Olihan hän voittanut, suhteellisen reilusti ja suuressa vaarassa. »Vastaukset piti arvata, ei niitä anneta», hän sanoi.

»Mutta se ei ollut reilu kysymys», Klonkku sanoi. »Ei se ollut arvoitus, ei se ollut, aarre.»

»Jos siirrytään tavallisiin kysymyksiin niin minä kysyin sinulta ensin. Mitä sinulta on kateissa? Kerro se!»

»Mitä ssillä on tasskussaan?» Ääni sihisi lujempana ja terävämpänä ja katsoessaan äänen suuntaan Bilbo säikähti nähdessään kaksi pientä valopistettä jotka tuijottivat häntä. Klonkun mielessä alkoi kyteä epäilys ja sen silmissä paloi kelmeä kiilto.

»Mitä sinulta on kateissa?» Bilbo tivasi.

Mutta nyt oli kiilto Klonkun silmissä vaihtunut vihreäksi tuleksi joka läheni nopeasti. Klonkku oli taas veneessään ja meloi vimmatusti kohti mustaa rantaa ja niin raivoihin oli menetys ja epäilys sen saattanut, ettei mikään miekka pelottanut sitä enää.

Bilbolla ei ollut aavistustakaan, mikä oli suututtanut tämän surkean otuksen, mutta hän käsitti mitä oli tekeillä, että Klonkku aikoi murhata hänet joka tapauksessa. Viime hetkellä hän kääntyi ja lähti juoksemaan päättömästi takaisin ylös pimeää käytävää, jota hän oli tullut, pysytellen seinän vieressä ja liu'uttaen vasenta kättään sitä pitkin.

»Mitä sillä on tasskussaan?» hän kuuli selkänsä takana ja Klonkku loikkasi veneestä niin että vesi läiskähti. »Mitähän minulla on?» hän mietti itsekseen kompuroidessaan huohottaen eteenpäin. Hän pani vasemman kätensä taskuun. Sormus tuntui kylmältä kun se liukui taskua tonkivaan etusormeen.

Sihinä kuului aivan kintereiltä. Hän kääntyi katsomaan ja näki Klonkun silmät, jotka nousivat ylämäessä kuin pienet vihreät lamput. Kauhistunut Bilbo yritti juosta kovempaa, mutta hänen varpaansa osui kohoumaan ja hän kaatui rähmälleen miekkansa päälle.

Siinä silmänräpäyksessä Klonkku oli saanut hänet kiinni. Mutta ennen kuin Bilbo ehti vetää henkeä, nousta tai heiluttaa miekkaansa, Klonkku oli mennyt ohi kiinnittämättä häneen mitään huomiota, kiroten ja supisten mennessään.

Mitä ihmettä? Klonkku näki kyllä pimeässä. Bilbo erotti jopa takaapäin sen silmien kelmeän hohteen. Hän nousta kompuroi pystyyn, pani tuppeen miekan joka loisti jälleen himmeästi, ja lähti hiipimään Klonkun perään. Muutakaan ei ollut tehtävissä. Ei auttanut mennä takaisin Klonkun järven rantaan. Ehkä Klonkku veisi hänet vahingossa pois täältä jos hän seuraisi sitä.

»Kirous! Kirous! Kirouss!» sähisi Klonkku. »Kirous Reppulille! Poissa! Mitä sillä on taskussaan? Me osataan arvata, osataan, aarre. Se on löytänyt sen, niin se on. Minun syntymäpäivälahjan!»

Bilbo höristi korviaan. Hän alkoi jo itsekin arvata. Hän juoksi vähän kovempaa ja meni niin lähelle Klonkun taakse kuin uskalsi. Klonkku kulki yhä nopeasti taakseen katsomatta, mutta se käänteli päätään puolelta toiselle minkä Bilbo havaitsi heikosta hohteesta joka lankesi vuoroin kummallekin seinälle.

»Minun syntymäpäivälahja! Kirous! Miten se sillä lailla katosi? Niin niin, aarre. Se oli se kun viimeksi käytiin tässä, kun pyydystettiin se ilkeä pikku vikisijä. Niin se on. Kirous! Se putosi sormesta, putosi kaikkien vuosien jälkeen! Se on poissa, poissa, klunk.»

Äkkiä Klonkku istuutui ja alkoi itkeä ja sen itku oli vinkuvaa ja korisevaa ja kauheaa kuulla. Bilbo pysähtyi ja painautui litteäksi käytävän seinää vasten. Jonkin ajan kuluttua Klonkku lakkasi itkemästä ja rupesi puhumaan. Kuulosti kuin se olisi kinastellut itsensä kanssa.

»Ei kantsi mennä etsimään takaisin. Ei me muisteta missä kaikissa paikoissa me on käyty. Eikä se auta. Reppulilla on se taskussaan, se ilkeä nuuskija on sen löytänyt, niin se on.

Sen arvaat, aarre, et tiedä. Ei me tiedetä yhtään ennen kuin se ilkimys on käsissä ja sitä on vähän likistetty. Eikä se tiedä mitä lahja tekee, tietääkö, mitä? Se pitää sen vaan taskussaan. Ei se tiedä eikä se pääse pitkälle. Se ei tiedä missä se on itse, ilkeä nuuskija, yh. Se ei löydä ulos. Se sanoi.

Sanoi, sanoi, mutta sillä on temppunsa. Ei se sano niin kuin asiat on. Se ei sano mitä sillä on taskussaan. Se tietää kyllä. Se tietää miten tänne tullaan sisään, ja silloin se tietää miten päästään ulos. Se on matkalla takaportille. Takaportille, niin, sinne siis.

Silloin hiidet saa sen kiinni. Ei se pääse sitä tietä ulos, aarre.

Sss-sss. *Klunk!* Hiidet! Niin mutta jos lahja on sillä, meidän aarrelahja, silloin hiidet saa sen siltä, *klunk!* Ne löytää sen, saa selville mitä se tekee. Me ei ikinä enää olla turvassa, ei ikinä, *klunk!* Yksi hiisi panee sen sormeen eikä kukaan näe sitä sitten. Se seisoo siinä eikä kukaan näe. Ei edes me nähdä ja silloin se ovela ilkimys nappaa meidät, nappaa, klunk, klunk!

Älä sitten pälpätä vaan pidä kiirettä, aarre. Jos Reppuli on mennyt siihen suuntaan, meidän pitää mennä pian ja katsoa kuinka on. Mene siitä! Ei se ole kaukana! Vauhtia!»

Klonkku ponkaisi pystyyn ja rupesi huitelemaan hurjaa vauhtia eteenpäin. Bilbo kiiruhti sen perään hiipien yhä vaikka eniten se nyt pelkäsi kompastuvansa uuteen ulkonemaan ja kaatuvansa niin että syntyisi melua. Mielessä kiersi toivo ja ihmetys. Ilmeisesti sormus oli taikasormus: näkymättömäksi tekevä sormus! Hän oli kyllä kuullut kerrottavan niistä vanhoissa tarinoissa, mutta oli vaikea uskoa että hän oli aivan sattumalta löytänyt sellaisen, ihan oikean. Mutta totta oli että Klonkku oli sivuuttanut hänet vain kahden kyynärän päästä.

He kulkivat eteenpäin, edellä läpsytti Klonkku sihisten ja sadatellen ja perässä hiippaili Bilbo niin hiljaa kuin hobitti osaa. Pian he tulivat sinne missä Bilbo oli tullessaan havainnut sivukäytäviä kummankin puolen pääväylää. Klonkku alkoi heti laskea niitä.

»Yksi vasempaan, niin. Yksi oikeaan, juu. Kaksi oikeaan, juu juu. Kaksi vasempaan, niin niin.» Ja niin edelleen.

Kun luku suureni, vauhti hidastui ja Klonkku alkoi vapista ja vetistellä, sillä järvi jäi yhä kauemmaksi ja kauemmaksi taakse ja sitä alkoi pelottaa. Hiisiä oli varmasti lähettyvillä ja se oli kadottanut sormuksensa. Viimein se pysähtyi matalan reiän eteen joka aukeni käytävän vasemmassa seinässä.

»Seitsemän oikeaan, niin. Kuusi vasempaan, juu!» se kuiski. »Tämä se on. Tästä pääsee takaportille. Tämä on se käytävä!»

Se kurkisti sisään ja vetäytyi takaisin. »Mutta ei me uskalleta mennä sisään, aarre, ei me uskalleta. Siellä on hiisiä. Hirmuisesti hiisiä. Haisee tänne asti. Ssss!

Mitä nyt tehdään? Kirous ja kauhistus! Pitää vartoa tässä, vartoa ja katsoa, aarre.»

Siihen matka pysähtyi, Klonkku oli kuin olikin tuonut Bilbon tielle, joka vei ulos, mutta Bilbolla ei ollut sille asiaa! Klonkku kyhjötti oviaukossa ja sen silmät kiiluivat kylminä huojuessaan pään mukana puolelta toiselle.

Bilbo hiipi seinänviereltä hiljaa kuin hiiri mutta heti Klonkku jäykistyi ja alkoi nuuskia ja sen silmät vihertyivät. Se sihisi hiljaa mutta uhkaavasti. Se ei nähnyt hobittia mutta se oli nyt varuillaan – sillä oli näön lisäksi muita pimeän terästämiä aisteja: kuulo ja haju. Se kykki litteät kädet maassa, pää ojossa, nenä melkein kalliossa kiinni. Vaikka se oli pelkkä musta varjo omien silmiensä kiilussa, Bilbo näki tai vaistosi, että se oli jännittynyt kuin viulunkieli, valmis hyppyyn.

Bilbo melkein lakkasi hengittämästä ja jäykistyi itsekin. Hän oli epätoivoinen. Hänen oli päästävä pois, pois tästä kamalasta pimeydestä niin kauan kuin hänellä vielä oli voimia jäljellä. Hänen oli pakko taistella. Hänen oli pakko pistää iljetystä miekalla, sammuttaa sen silmät, tappaa se. Se aikoi tappaa hänet. Se ei olisi reilu taistelu. Bilbo oli näkymätön. Klonkulla ei ollut miekkaa. Klonkku ei ollut suoranaisesti uhannut eikä yrittänyt tappaa häntä. Ja se oli surkea ja yksin ja eksyksissä. Äkkiä Bilbon sydämeen tulvahti ymmärtämys, kauhunsekainen sääli, vilaukselta hän näki loputtomat samanlaiset päivät vailla toivoa paremmasta, elämän jossa ei ollut muuta kuin kovaa kiveä, kylmää kalaa, hiiviskelyä ja supinaa. Kaikki tämä välähti hänelle lyhyessä hetkessä. Häntä puistatti. Ja sitten seuraavassa hetkessä hän loikkasi täynnä voimaa ja päättäväisyyttä.

Ei se ollut mikään ihmisen loikka, mutta hyppy pimeään se oli. Hän hyppäsi suoraan Klonkun pään yli, kolme ja puoli kyynärää eteenpäin ja puolitoista ilmaan, ja vähältä piti – vaikkei hän itse sitä tiennyt – ettei hän iskenyt päätään aukon matalaan kamanaan.

Klonkku heittäytyi taaksepäin ja huitoi ilmaa tarttuakseen hobittiin kun tämä viuhahti sen yli, mutta liian myöhään: kädet tapasivat tyhjää, ja tukeville jaloilleen tupsahtanut Bilbo lähti kiiruhtamaan uutta käytävää ulos. Hobitti ei kääntynyt katsomaan mitä Klonkku teki. Se sähisi ja sadatteli aluksi aivan Bilbon kannoilla ja pysähtyi sitten. Yhtäkkiä kuului vertahyytävä kiljahdus joka oli täynnä vihaa ja epätoivoa. Klonkku oli menettänyt pelin. Se ei uskaltanut jatkaa edemmäksi. Se oli menettänyt saaliinsa mutta lisäksi se oli menettänyt ainoan millä oli sille ollut elämässä väliä, aarteensa. Huuto sai Bilbon sydämen nousemaan kurkkuun, mutta hän jatkoi juoksuaan. Heikkona kuin kaiku mutta uhkaavana kuului ääni hänen selkänsä takaa:

»Varas, varass! Reppuli! Me vihataan ssitä ikuisesti!»

Sitten oli hiljaista. Mutta hiljaisuuskin kuulosti Bilbosta uhkaavalta. »Jos hiisiä on niin lähellä että Klonkku haistoi ne, silloin ne ovat kuulleet Klonkun kiljumisen ja kiroukset», hän mietti. »Varovasti nyt, tai edessä odottavat entistä pahemmat vaarat.»

Käytävä oli matala ja karkeatekoinen. Kulku sujui kuitenkin hankaluuksitta, kunnes Bilbo kaikesta varovaisuudesta huolimatta löi varpaansa toistamiseen lattialla oleviin ilkeisiin teräviin kiviin. »Tämä on vähän matala hiisille, ainakin isommille», ajatteli Bilbo tietämättä että jopa isot hiidet, vuorten örkit, osaavat edetä kumarassa hurjaa vauhtia kädet maata viistäen.

Pian alkoi käytävä, joka oli viettänyt alaspäin, nousta taas, ja kohta ylämäki kävi suorastaan jyrkäksi. Bilbo joutui hidastamaan kulkuaan. Mutta viimein nousu loppui ja käytävä teki mutkan ja vei taas alas ja alhaalla pienen matkan päässä Bilbo näki toisen kulman takaa häämöttävän valoa. Ei punaista valoa, lyhdyn tai nuotion hehkua, vaan vaaleaa päivänvaloa. Silloin Bilbo pinkaisi juoksuun.

Viilettäen minkä jaloista lähti hän kääntyi viimeisestä mutkasta ja tuli äkkiarvaamatta avaraan tilaan jonka valo häikäisi hänet kaiken pimeyden jälkeen. Itse asiassa valoa tuli kammioon vain hiukan oviaukosta jota sulkeva suuri kiviovi oli jätetty auki.

Bilbo räpytteli silmiään ja äkkiä hän näki hiidet: ovensuussa istui hiisiä miekat paljaina tarkkaillen silmät selällään ovea ja käytävää joka johti ovelle. Ne olivat valppaita, valmiita mihin tahansa.

Hiidet näkivät Bilbon ennen kuin Bilbo näki ne. Näkivät toden totta! Oliko tämä sattuma vai sormuksen vihoviimeinen temppu ennen kuin se otti itselleen uuden haltijan, sitä emme tiedä, mutta sormus ei ollut hänen sormessaan. Riemusta kiljaisten hiidet hyökkäsivät hobittia kohti.

Bilboa vihlaisi pelon ja menetyksen tunne joka oli kuin kaiku Klonkun surkeudesta, ja älyämättä edes vetää miekkaa hän pani kädet taskuun. Ja siellä sormus yhä oli, vasemmassa taskussa, ja luiskahti sormeen. Hiidet pysähtyivät niille sijoilleen. Hobitista ei näkynyt merkkiäkään. Hän oli kadonnut. Ne karjuivat kaksi kertaa niin kovaa kuin äsken mutta eivät yhtä riemastuneesti.

»Missä se on?» ne huusivat.

»Tutkikaa käytävä!» huusivat jotkut.

»Täällä!» huusivat eräät. »Tuolla!» huusivat toiset.

»Vartioikaa porttia», ärjyi päällikkö.

Pilleihin puhallettiin, haarniskat kolisivat, miekat kalisivat, hiidet kiroilivat, sadattelivat ja säntäilivät sinne tänne kaatuillen toistensa päälle ja käyden yhä kiukkuisemmiksi. Syntyi hirmuinen meteli, mylläkkä ja sekasorto.

Bilboa pelotti vallan mahdottomasti, mutta hänellä oli sen verran järkeä että hän käsitti mitä oli tapahtunut. Hän ryömi juomatynnyrin taakse pois jaloista niin ettei kukaan törmäisi häneen, talloisi häntä hengiltä tai saisi hänestä vahingossa otetta.

»Minun pitää päästä ovelle, minun pitää päästä ovelle!» hän toisteli itselleen, mutta kesti kauan ennen kuin hän uskalsi yrittää. Siitä tuli pelottava sokkoleikki. Joka paikka oli täynnä juoksentelevia hiisiä ja hobittiparka väisteli puoleen ja toiseen, kaatuikin kun häneen törmäsi hiisi joka ei käsittänyt mitä sen tielle oli sattunut, pakeni kontaten, pujahti juuri oikealla hetkellä päällikön jalkojen välistä, nousi pystyyn ja paineli ovelle.

Ovi oli yhä auki mutta vain raollaan, joku oli työntänyt sitä. Bilbo yritti mutta ei saanut aukkoa isommaksi. Hän koetti ahtautua ulos raosta. Hän tunki ja tunki ja jäi kiinni! Se oli aivan kauheaa. Napit olivat jääneet jumiin pielien ja oven väliin. Hän näki ulos, edessä oli pari porrasta joita myöten pääsi kapeaan laaksoon korkeiden vuorien väliin, aurinko tuli esiin pilven takaa ja paistoi täydeltä terältä, mutta hän ei päässyt mihinkään ovenraosta.

Äkkiä yksi hiisi huusi: »Ovella on varjo. Ulkona on joku!»

Bilbon sydän hypähti kurkkuun. Hän tempoili hirmuisesti. Napit sinkoilivat. Bilbo oli ulkona, takki ja liivi repaleina hän loikki portaita alas kuin vuohi hämmentyneiden hiisien noukkiessa kynnykseltä hänen komeita vaskinappejaan.

Tietysti ne kohta lähtivät Bilbon perään huutaen ja huhuten ja alkoivat jahdata häntä puiden keskellä. Mutta hiidet eivät ole mieltyneet aurinkoon, päivänvalossa niiden jalat eivät kanna ja päässä alkaa pyöriä. Eivätkä ne löytäneet Bilboa, jolla oli sormus sormessa, hän vilisti puun varjosta toisen varjoon nopeasti ja hiljaa ja pysytteli poissa kirkkaasta auringonvalosta, ja pian hiidet palasivat takaisin muristen ja sadatellen vartioimaan ovea. Bilbo oli päässyt pakoon.

Kuudes luku

··· OJASTA ALLIKKOON ···

BILBO OLI PÄÄSSYT pakoon hiisiä, mutta hänellä ei ollut aavistustakaan missä hän oli. Häneltä oli hukkunut huppulakki, viitta, ruokavarat, poni, napit ja toverit. Hän kulki kulkemistaan kunnes aurinko alkoi laskea länttä kohti – *vuorten taakse*. Polku jäi vuorien varjoon ja Bilbo katseli taakseen. Sitten hän tähyili menosuuntaan ja näki vain alenevia harjanteita ja rinteitä jotka viettivät kohti puiden välissä silloin tällöin pilkahtavia alamaita ja tasankoja.

»No jopa on!» hän huudahti. »Olen näemmä tullut Sumuvuorten toiselle puolen, Vuorentakaisten maiden laidalle. Mutta voi! missä ovat Gandalf ja kääpiöt? Kunpa eivät olisi tuolla sisällä hiisien vallassa!»

Hän jatkoi kulkemistaan ja nousi pienen laakson laidalle ja laskeutui seuraavaa rinnettä alas, mutta kaiken aikaa hänen mielessään valtasi alaa kiusallinen ajatus. Hän mietti, pitäisikö hänen nyt kun hänellä oli taikasormus mennä takaisin noihin kamalaakin kamalampiin tunneleihin etsimään tovereitaan. Hän oli juuri tullut siihen tulokseen että se oli hänen velvollisuutensa, että hänen oli tosiaan käännyttävä takaisin – ja harmitteli päätöstään – kun hän kuuli ääniä.

Hän pysähtyi ja kuunteli. Hiidet eivät pitäneet sellaista ääntä, ja hän hiipi lähemmäksi hyvin varovaisesti. Hän oli kivikkoisella kiemurtelevalla polulla jonka vasemmalla puolella kohosi kallioseinämä ja jonka alapuolella oli pensaita ja puita kasvavia painanteita. Yhdestä näistä painanteista kuului puiden alta puhetta.

Bilbo hiipi yhä lähemmäksi ja äkkiä hän näki kahden ison järkäleen välissä pään ja punaisen huppulakin: se oli Balin vartiossa. Bilbon teki mieli taputtaa käsiään ja huutaa ilosta mutta hän jätti sen tekemättä. Hänellä oli yhä sormus sormessa ikävien yllätysten varalta ja hän huomasi että Balin katsoi suoraan hänen lävitseen huomaamatta häntä.

»Minäpä yllätän heidät kaikki», Bilbo ajatteli ryömiessään pensaikkoon joka kasvoi painanteen reunalla. Gandalf oli joutunut sanaharkkaan kääpiöiden kanssa. He keskustelivat siitä mitä käytävissä oli tapahtunut ja miettivät mitä nyt pitäisi tehdä, eivätkä päässeet yksimielisyyteen. Kääpiöt panivat vastaan kun Gandalf ilmoitti että he eivät missään tapauksessa voineet jatkaa matkaa ja jättää herra Reppulia hiisien käsiin ottamatta selville oliko hän elossa ja yrittämättä pelastaa häntä.

»Hän on minun ystäväni», velho sanoi, »eikä yhtään hassumpi pikku veikko. Minä tunnen olevani hänestä vastuussa. Toivon totisesti että ette olisi hukanneet häntä.»

Kääpiöt puolestaan tahtoivat tietää miksi Bilbo oli ylipäänsä raahattu mukaan, miksi hän ei pysynyt tovereittensa matkassa vaan jäi omille teilleen ja miksi velho ei ollut valinnut jotakuta vähän runsaammalla järjellä varustettua. »Hänestä on toistaiseksi ollut enemmän harmia kuin hyötyä», sanoi yksi kääpiö. »Jos meidän täytyy mennä takaisin noihin kaameisiin käytäviin häntä hakemaan niin minun vihani hän kyllä saa päälleen.»

Gandalf vastasi vihaisesti: »Minä hänet toin enkä minä ota mukaan sellaista millä ei ole käyttöä. Joko autatte minua etsimään häntä tai minä menen ja jätän teidät selviytymään tästä sotkusta miten parhaiten taidatte. Jos löydämme hänet, te vielä kiitätte minua ennen kuin kaikki on ohi. Minkä ihmeen takia sinun piti mennä pudottamaan hänet maahan, Dori?»

»Olisit sinäkin pudottanut jos hiisi olisi äkkiä pimeässä tarttunut sinuun takaa, tempaissut koipesi ilmaan ja potkaissut sinua selkään!»

»Miksi et sitten nostanut häntä takaisin selkääsi?»

»Voi sinua! Vielä kysyt! Kun joka puolella pimeässä on tappelevia ja purevia hiisiä ja kaikki kompastuvat toisiinsa ja kaatuvat toistensa päälle ja hakkaavat toisiaan! Hyvä kun et lyönyt minulta päätä poikki Glamdringilla ja Thorinkin huiteli Orkristilla miten sattui. Sitten sinä äkkiä iskit sellaisen leimauksen joita sinä osaat tehdä ja hiidet juoksivat älähdellen pakoon. Sinä huusit: 'Seuratkaa minua joka iikka!' ja joka iikan olisi pitänyt seurata. Me luulimme että kaikki olivat mukana. Meillä ei ollut aikaa ottaa lukua, kuten hyvin tiedät, ennen kuin olimme puskeneet porttivartion läpi, sännänneet ovesta ulos ja laukanneet tänne yhtenä mylläkkänä. Ja tässä sitä ollaan – ilman voroa, mokomaa kiusankappaletta!»

»Ja tässä voro on!» sanoi Bilbo astuen heidän keskelleen ja ottaen samalla sormuksen sormestaan.

Kyllä he hätkähtivät! Sitten he kiljuivat hämmästyksestä ja ilosta. Gandalf oli yhtä yllättynyt kuin kaikki muutkin mutta varmaan ilahtuneempi kuin muut yhteensä. Hän huikkasi Balinille ja ilmoitti mitä mieltä hän oli vartiomiehestä joka päästää kutsumattomia vieraita heidän luokseen varoittamatta. Tämän jälkeen Bilbon maine kohentui todella huomattavasti kääpiöiden silmissä. Mikäli he olivat Gandalfin vakuutuksista huolimatta epäilleet ettei hän ehkä ollutkaan ensiluokkainen voro, epäilykset kaikkosivat nyt. Balin oli kaikkein pöllämystynein, ja kaikki sanoivat että Bilbo oli tehnyt hienoa työtä.

Bilboa heidän ylistyksensä ilahdutti ja hän hekotti hiljaa itsekseen eikä sanonut mitään sormuksesta ja kun he kysyivät miten hän sen teki, hän sanoi: »Mitäs minä, hiivin vain hirmuisen hiljaa ja varovasti, ei siinä muuta.»

»Se oli kyllä ensimmäinen kerta kun edes hiiri on hiipinyt hiljaa ja varovasti minun nenäni edestä minun sitä huomaamatta», sanoi Balin. »Siitä hyvästä nostan lakkia.» Ja hän nosti.

»Balin palveluksessanne», hän sanoi.

»Palvelijanne herra Reppuli», sanoi Bilbo.

Sitten he tahtoivat kuulla mitä hänelle oli tapahtunut sen jälkeen kun he olivat eksyneet toisistaan ja hän istui heidän seuraansa ja kertoi kaiken – paitsi ei sitä miten hän oli löytänyt sormuksen. (»Sen joutaa myöhemminkin», hän tuumi.) Erityisesti kaikkia kiinnosti arvoituskilpa ja he sävähtivät osaaottavasti hänen kuvaillessaan heille Klonkkua.

»Enkä minä millään keksinyt mitään kysyttävää kun Klonkku istui vieressäni», kertoi Bilbo lopuksi, »ja tulin sanoneeksi: 'Mitä minulla on taskussani?' Sillä oli kolme arvausta mutta se ei osannut vastata tähän kysymykseen. Niin minä sanoin: 'Kuinka on lupauksen laita? Näytä minulle tie ulos!' Mutta se rupesi tulemaan päälle tappaakseen minut ja minä lähdin juoksemaan mutta kaaduin, ja se meni ohitseni pimeässä. Sitten seurasin sitä koska kuulin mitä se puhui itsekseen. Se luuli että minä sittenkin tiesin miten sieltä pääsee pois ja lähti perääni ulko-ovelle. Ja sitten se istuutui käytävän aukon eteen niin että en päässyt ohi. Lopulta minä hyppäsin sen yli ja juoksin portille.»

»Entä vartijat?» he kysyivät. »Eikö siellä ollut vartijoita?»

»Oli vaikka millä mitalla, mutta minä väistin ne. Sitten jäin kiinni ovenrakoon kun ovi oli melkein kiinni ja menetin monta nappia», hän sanoi katsellen surullisena repeytyneitä vaatteitaan. »Mutta minä tungin kuin tunginkin itseni ulos – ja tässä olen.»

Kääpiöt katsoivat häntä enenevän kunnioituksen vallassa kun hän selitti miten hän oli väistänyt vartijoita, hypännyt Klonkun yli ja tunkenut ulos ovenraosta ikään kuin siinä ei olisi ollut mitään sen paremmin vaikeaa kuin pelottavaa.

»Mitä minä sanoin», sanoi Gandalf ja nauroi. »Herra Reppulissa on enemmän ytyä kuin te osasitte arvatakaan.» Samalla hän loi Bilboon merkillisen katseen tuuheiden kulmiensa alta ja hobitti mietti mahtoiko velho arvata jotakin siitä mitä hän oli jättänyt kertomatta.

Sitten oli Bilbolla itsellään kysyttävää, sillä vaikka Gandalf olisi selittänyt kaiken jo kääpiöille, Bilbo ei ollut kuullut mitään. Hän tahtoi tietää miten velho oli jälleen ilmestynyt ja missä he kaikki nyt olivat.

Totta puhuen velhoa ei yhtään harmittanut vaikka hän joutui toistamiseen kertomaan omasta nokkeluudestaan ja hän selitti Bilbolle sekä hänen että Elrondin hyvin tienneen että vuorien tuossa osassa oli pahoja hiisiä. Mutta niiden pääportti oli ennen ollut aivan toisessa, helppokulkuisemmassa solassa, jossa niillä oli ollut tapana pyydystää portin lähistöllä yöpyviä matkalaisia. Ilmeisesti kukaan ei enää kulkenut sitä tietä ja hiidet olivat varsin vastikään avanneet sisäänkäynnin sen solan suulle, jota kääpiöt olivat käyttäneet, koska tähän asti sitä oli pidetty täysin turvallisena.

»Täytyy katsoa löytyisikö joku jotakuinkin kunnollinen jättiläinen sulkemaan se», sanoi Gandalf, »tai pian käy niin ettei kenelläkään ole asiaa vuorten yli.»

Heti kun Gandalf oli kuullut Bilbon huudon hän oli käsittänyt mitä oli tapahtunut. Leimauksessa, joka surmasi häneen tarttuneet hiidet, hän puikahti halkeaman sisäpuolelle juuri ennen kuin se sulkeutui kokonaan. Hän seurasi hiisiä ja vankeja aina suuren salin laidalle ja siellä hän laati taiat parhaan kykynsä mukaan.

»Se oli herkkä viritys», hän sanoi.

Gandalf oli erityisen perehtynyt tuleen ja valoihin liittyviin taikoihin (Bilbokaan ei ollut koskaan unohtanut Vanhan Tukin keskikesän aattojuhlien ilotulituksia, kuten muistatte). Lopun me tiedämme – paitsi sen että alaportti, jota hiidet kutsuivat takaoveksi ja jossa Bilbo oli joutunut luopumaan napeistaan, oli Gandalfin tiedossa. Itse asiassa sen olemassaolon tiesivät kaikki jotka tiesivät ylipäätään mitään vuoriston näistä osista, mutta kovin monen muun kuin velhon pää ei olisi pysynyt kylmänä, ja tuskin oikea tie olisi löytynyt pimeissä käytävissä ilman häntä.

»Hiidet tekivät takaportin aikoja sitten», hän sanoi. »Osittain pakotieksi kaiken varalta ja osittain siksi että niillä olisi pääsy Vuorentakaisille maille joilla ne yhä käyvät pimeyden turvin ja saavat aikaan suurta vahinkoa. Ne vartioivat porttia yötä päivää eikä kukaan ole onnistunut tukkimaan sitä. Tämän jälkeen ne vartioivat sitä kaksin verroin valppaammin», hän nauroi.

Muutkin nauroivat. He olivat kärsineet menetyksiä mutta toisaalta he olivat surmanneet Ison hiiden ja monta pienempää, kaikki olivat päässeet pakoon ja he saattoivat syystä sanoa että tähän asti kaikki oli käynyt parhain päin.

Velho palautti heidät järkiinsä. »Meidän on nyt heti jatkettava matkaa kun olemme vähän hengähtäneet», hän sanoi. »Yön tullen ne lähtevät ajamaan meitä satapäin, ja varjot pitenevät jo. Ne vainuavat jalanjälkemme vielä monta tuntia perästäpäin. Meidän on oltava monen virstan päässä ennen hämärän tuloa. Tänä yönä valaisee kuu hiukan, mikäli ilma pysyy kirkkaana, ja se on meidän onnemme. Ei niin että hiidet kuuta kavahtaisivat, mutta me voimme suunnistaa paremmin sen valossa.»

»Totta se on!» hän vastasi hobitin kysymystulvaan. »Hiisien käytävissä mene ajan taju. Tänään on torstai ja meidät otettiin vangeiksi maanantai-iltana tai tiistaiaamuna. Olemme kävelleet virstakaupalla ja käyneet alhaalla vuoren uumenissa ja nyt olemme toisella puolen – melkoinen oikaisu. Mutta me emme ole siinä mihin sola olisi meidät tuonut, me olemme joutuneet liikaa pohjoiseen ja edessämme on vaikeakulkuista maastoa. Ja olemme yhä varsin ylhäällä. Mennään!»

»Minulla on kamala nälkä», valitti Bilbo joka tajusi äkkiä että hän ei ollut syönyt ateriaa toissapäivän jälkeen. Kuvitelkaa mikä kohtalo hobitille! Hänen vatsansa tuntui tyhjältä ja vatsanahka löysältä ja jalat olivat vetelät nyt kun jännitys oli ohi.

»Ei mahda mitään», sanoi Gandalf, »ellei mielesi tee mennä takaisin ja pyytää kiltisti hiisiltä että ne antavat takaisin ponisi ja sen selkään sälytetyn taakan.»

»No ei sentään!» Bilbo sanoi.

»Hyvä on, sitten meidän täytyy vain kiristää vyötä ja tallustella matkaan – tai meistä itsestämme tehdään illallista, ja se on paljon pahempi kohtalo kuin jäädä itse ilman.»

Heidän jatkaessaan matkaa Bilbo pälyili puolelta toiselle etsien jotain syötävää mutta karhunvatukat olivat vasta kukassa eikä pähkinöitä tietenkään näkynyt missään, ei edes orapihlajanmarjoja. Hän pureskeli suolaheinää ja joi vettä polun poikki virtaavasta vuoripurosta ja söi kolme metsämansikkaa jotka löysi puronvarresta, mutta ei niistä paljon apua ollut.

He jatkoivat kulkemistaan. Poluntapainen, jota he olivat seuranneet, hävisi. Pensaat jäivät taakse samoin kuin järkäleitten välissä kasvanut korkea heinä ja kaniinien kalvama ruoho, jäivät timjami ja salvia ja meirami ja keltaiset vuoriruusut, ja pian he seisoivat avaran jyrkän rinteen huipulla ja heidän edessään levisi kiviröykkiö, pysähtynyt maanvieremä. Kun he rämpivät alas tätä rakkaa lähti jaloissa liikkeelle pikkukiviä ja kaikenlaista roskaa, ja pian kieri kolisten alas isompiakin kivenmurikoita. Ne lähettivät lisää kiviä vierimään ja liukumaan, kunnes rinteestä irtosi kokonaisia järkäleitä, jotka pöllysivät alas mennessään ja pitivät melkoista melua. Kohta tuntui siltä kuin koko rinne niin ylä- kuin alapuolella olisi ollut liikkeessä ja he valuivat yhdessä mytäkässä keskellä liukuvia, lonksuvia ja paukkuvia kiviä ja liuskelaattoja.

Alhaalla oleva metsä pelasti heidät. He liukuivat rinteessä kasvavaan männikköön, jonka takana oli tiheämpi ja tummempi laaksometsä. Jotkut tarttuivat puun runkoon ja kiepauttivat itsensä alaoksille, toiset (kuten pikku hobittimme) menivät puun taakse suojaan vyöryviltä kiviltä. Pian oli vaara ohi, liukuma pysähtyi ja enää isoimmat vierinkivet tömähtelivät vaimeasti metsässä saniaisten ja männynjuurien keskellä kaukana heidän alapuolellaan.

»Päästiinpä vauhdilla alas», sanoi Gandalf. »Perässä tulevilla hiisillä onkin työtä tulla tästä alas äänettömästi.»

»Tosi on», murisi Bombur, »mutta niille ei ole konsti eikä mikään lähettää kiviä poukkoilemaan suoraan meidän päähämme.» Kääpiöt (ja Bilbo) olivat kaikkea muuta kuin tyytyväisiä tilanteeseen ja he hieroivat ruhjoutuneita ja kovia kokeneita jalkojaan.

»Ehei! Me käännymme sivuun vieremän tieltä. Vauhtia! Hämärä tekee tuloaan!»

Aurinko oli mennyt vuorten taa. Varjot syvenivät jo heidän ympärillään, vaikka runkojen välistä ja alempana kasvavien puiden mustien latvojen yli he näkivät että illan valo viipyi yhä alhaalla laaksoissa. He nilkuttivat nyt eteenpäin pitkin etelään vievää polkua kiiruhtaen parhaansa mukaan alas mäntymetsän loivia rinteitä. Välillä he puskivat läpi saniaispöheikköjen, joissa kourat kohosivat korkealle hobitin pään yläpuolelle, toisinaan he astelivat äänettömästi männynneulasmatolla, ja kaiken aikaa metsän hämärä syveni ja sen hiljaisuus sakeni. Sinä iltana ei ollut tuulta joka olisi tuonut edes merellisen huokauksen puiden oksistoon.

»Pitääkö vielä jatkaa?» kysyi Bilbo, kun oli niin pimeä että hän näki enää juuri ja juuri Thorinin parran heilumassa edellään ja niin hiljaista että kääpiöiden hengitys kuului selvästi. »Varpaat ovat mustelmilla ja lytyssä ja sääriä särkee ja vatsa hulahtelee kuin tyhjä säkki.»

»Vielä vähän matkaa», sanoi Gandalf.

Loputtomalta tuntuneen matkan kuluttua he saapuivat äkkiä puuttomalle aukiolle. Kuu oli noussut ja valaisi nurmea. Jotenkin paikka sai heidän olonsa tukalaksi vaikka siihen ei ollut mitään näkyvää syytä.

Äkkiä he kuulivat alhaalta ulvontaa, pitkän selkäpiitä karmivan ulinan. Siihen vastasi toinen ulina enemmän oikealta ja paljon lähempää, sitten toinen vasemmalta eikä kaukaa sekään. Sudet siellä ulvoivat kuulle, sudet kokoontuivat!

Herra Reppulin kolon lähistöllä ei elänyt susia, mutta hän tunnisti äänen. Hän oli kuullut kuvattavan sitä tarinoissa tarpeeksi monta kertaa. Yksi hänen paljon matkustellut sukulaisensa (Tukin puoleinen) oli matkinut sitä pelotellakseen häntä monet kerrat. Tuon äänen kuuleminen metsässä kuutamolla oli Bilbolle liikaa. Taikasormuskaan ei paljon auta kun vastassa on susia — etenkään kun ne ovat niitä julmia otuksia joita elää laumoina hiisien asuttamien vuorten varjossa Erämaan tuntemattomilla kairoilla. Noilla susilla on tarkempi vainu kuin hiisillä eikä niiden tarvitse nähdä ketään saadakseen sen kiinni!

»Mitä nyt tehdään, mitä tehdään?» kiljui Bilbo. »Hiisiä pakoon susien suuhun!» hän huusi ja siitä tuli sananparsi vaikka nykyään sanotaan »ojasta allikkoon» kun tarkoitetaan samaa asiaa.

»Ylös puihin ja sukkelasti!» huusi Gandalf ja he juoksivat aukion reunalle puiden alle ja yrittivät katsoa sellaisia joissa oli oksat matalalla tai jotka olivat niin solakoita että niihin saattoi kiivetä oksittakin. Puita ei kauan haeskeltu kuten arvata saattoi, ja kukin kiipesi niin ylös kuin tukevantuntuisia oksia riitti. Teitä olisi varmaan naurattanut jos olisitte nähneet (turvallisen matkan päästä) kääpiöt nököttämässä parrat roikkuen puiden oksilla kuin vanhat hupsuiksi tulleet äijät, jotka luulevat olevansa pikkupoikia. Fili ja Kili istuivat korkean lehtikuusen latvassa kuin joulukuusen koristeet. Dori, Nori, Ori, Oin ja Gloin olivat asettuneet vähän mukavammin valtavaan mäntyyn jossa oksat harottivat säännöllisin välein kuin pyörän pinnat. Bifur, Bofur, Bombur ja Thorin istuivat toisessa männyssä. Dwalin ja Balin olivat ponnistelleet ylös hoikkaan korkeaan kuuseen ja yrittivät löytää istumapaikkaa ylimpien oksien vihreyden keskellä. Gandalf, joka oli paljon muita pitempi, oli löytänyt puun johon muut eivät olisi ylettyneet kiipeämään, ison männyn aivan aukion laidassa. Hän jäi hyvin piiloon sen oksistoon, mutta hänen silmänsä erottuivat kiiluvina kuun valossa kun hän kurkisti oksien lomasta nähdäkseen.

Entä Bilbo? Hän ei ylettynyt kiipeämään yhteenkään puuhun ja kipitti rungolta toiselle kuin koiran ajama kaniini joka ei löydä koloaan.

»Sinä olet jättänyt voron taas oman onnensa nojaan», sanoi Nori Dorille katsoessaan alas.

»En kai minä voi kanniskella voroja aamusta iltaan», Dori sanoi. »Käytäviä alas ja ylös puihin! Minä sinä minua pidät? Olenko minä joku kantaja, vai?»

»Hänet syödään jos me emme tee jotain», Thorin sanoi sillä ulvontaa kuului nyt joka puolelta ja se läheni koko ajan. »Dori!» hän huusi sillä Dori istui alimpana helpoimmassa puussa. »Nopeasti nyt, auta herra Reppuli ylös!»

Dori oli toki kunnon kääpiö äksyilystään huolimatta. Bilbo-parka ei ylettynyt hänen käteensä vaikka hän kapusi alimmalle oksalle ja roikotti kättään niin alas kuin sai. Silloin Dori tuli maahan asti ja antoi Bilbon kavuta selkäänsä ja sitä kautta puuhun.

Juuri sillä hetkellä ravasivat ulvovat sudet aukiolle. Äkkiä heitä tuijottivat sadat silmät. Mutta Dori ei jättänyt Bilboa pulaan. Hän odotti kunnes Bilbo oli kiivennyt hänen harteiltaan alaoksille ja hyppäsi vasta sitten itse perään. Viime hetkellä! Hänen heilauttaessaan itseään ylös haukkasi susi hänen viittansa lievettä ja oli vähällä kiskaista hänet alas. Hetkessä oli puun ympärillä räksyttämässä kokonainen lauma susia ja ne hyppivät puuta vasten silmät loimuten ja kielet suusta roikkuen.

Mutta eivät edes villit hukat (millä nimellä Erämaan ilkeitä susia kutsutaan) osaa kiivetä puihin. Toistaiseksi matkalaiset olivat turvassa. Onneksi ilma oli lämmin eikä tuulta ollut. Puissa ei ole erityisen mukava istua pitkään muutenkaan, mutta jos on kylmä ja tuulee ja alhaalla odottaa lauma susia, olinpaikka ei voi paljon lohduttomammaksi tulla.

Puiden keskelle jäävä aukio oli ilmeisesti susien kohtaamispaikka. Niitä tuli koko ajan lisää. Ne jättivät vartijat sen puun juurelle, jossa Dori ja Bilbo olivat, ja sitten ne nuuskivat ympäriinsä kunnes olivat vainunneet kaikki puut joissa oli joku. Ne asettivat vartijat myös niiden juurelle ja loput sudet (niitä näytti olevan satoja) asettuivat aukiolle suureen kehään, jonka keskellä istui suuri harmaa susi. Se puhui niille hukkien kauhealla kielellä. Gandalf ymmärsi sitä. Bilbo ei ymmärtänyt, mutta hänestä se kuulosti kammottavalta, ikään kuin kaikki puheenaiheet olisivat olleet jotenkin raakoja ja iljettäviä, niin kuin asian laita olikin. Aina silloin tällöin kehän hukat vastasivat harmaalle päällikölle yhteen ääneen ja meteli sai hobitin melkein putoamaan puusta.

Minä kerron teille mitä Gandalf kuuli, vaikka Bilbo ei sitä ymmärtänyt. Hukat ja hiidet auttoivat usein toisiaan pimeissä puuhissaan. Hiidet eivät yleensä poistu kovin kauas vuorilta ellei niitä ajeta pois ja ne joutuvat etsimään itselleen uudet asuinsijat – toinen mahdollisuus on se että ne ovat lähdössä sotaan (mitä ei ole tapahtunut pitkään aikaan, kuten voin iloksení todeta). Mutta noihin aikoihin ne lähtivät silloin tällöin ryöstöretkille kun ne tarvitsivat ruokaa taikka orjia tekemään niille töitä. Näillä retkillä ne usein pyysivät apua hukilta ja jakoivat sitten saaliin niiden kanssa. Joskus ne ratsastivat susilla niin kuin ihmiset hevosilla. Nyt vaikutti siltä että siksi samaiseksi illaksi oli suunnitteilla suuri hiisiretki. Hukat olivat tulleet tapaamaan hiisiä ja hiidet olivat myöhässä. Myöhästymisen syy oli tietenkin Ison hiiden kuolema ja kaikki se hälinä minkä kääpiöt ja Bilbo ja velho olivat saaneet aikaan – arvattavasti hiidet olivat yhä takaa-ajossa.

Huolimatta tämän kaukaisen maan vaaroista oli sinne viime aikoina palannut etelästä rohkeita ihmisiä, jotka olivat kaataneet puita ja rakentaneet itselleen asumuksia ystävällisempien laaksojen metsiin ja jokirannoille. Heitä oli paljon, he olivat uljaita ja hyvin aseistettuja eivätkä edes hukat uskaltaneet hyökätä heidän kimppuunsa keskellä kirkasta päivää tai kun heitä oli yhdessä iso joukko. Mutta nyt olivat hukat suunnitelleet hiisien avulla hyökkäävänsä muutaman vuoria lähinnä olevan kylän kimppuun yön turvin. Jos aikeesta tulisi totta, seuraavana päivänä ei olisi elossa ketään, kaikki tapettaisiin lukuun ottamatta niitä muutamia jotka hiidet säästäisivät susien suusta ja veisivät vangeiksi luoliinsa.

Tätä puhetta oli kauhea kuunnella, ei vain urheiden metsämiesten ja heidän vaimojensa ja lastensa vuoksi vaan sen vaaran tähden joka nyt uhkasi Gandalfia ja hänen ystäviään. Hukat olivat vihaisia ja ihmeissään löytäessään heidät täältä ikiomasta kokoontumispaikastaan. Ne arvelivat heidän olevan metsänihmisten ystäviä, jotka olivat tulleet vakoilemaan mennäkseen sitten kertomaan ihmisille susien ja hiisien aikeista, niin että nämä joutuisivat tappelemaan verissä päin eivätkä voisikaan napata vangiksi ja hotkia suihinsa kesken unien yllätettyjä ihmisiä. Hukilla ei ollut aikomustakaan lähteä pois eikä päästää puissa istujia pakoon, ainakaan ennen aamua. Ja paljon ennen aamua ne odottivat hiisisotureita tuleviksi, ja hiidet osaavat sekä kiivetä puihin että kaataa niitä.

Nyt ymmärrätte, miksi Gandalf alkoi tosissaan pelätä kuunnellessaan niiden murinaa ja haukahtelua, vaikka olikin velho, ja tuumia että he olivat pahemmassa kuin pulassa ja että kuvitelmat siitä että he olivat päässeet pakoon olivat olleet ennenaikaisia. Mutta hän ei ollut valmis antamaan susille kaikessa periksi vaikka hänen oli hankala tehdä yhtään mitään kun hän istua kökötti korkealla puussa jonka alla kuhisi susia. Hän kokosi puusta isoja männynkäpyjä. Sitten hän sytytti kirkkaalla sinisellä liekillä yhden kävyn tuleen ja viskasi sen sähisevänä susien kehän keskelle. Se osui yhtä sutta selkään ja heti sen takkuinen turkki syttyi palamaan ja susi hyppeli sinne tänne ulvahdellen hirmuisesti. Gandalf viskoi alas kävyn toisensa perään, yksi paloi sinisellä liekillä, toinen punaisella, kolmas vihreällä. Ne putosivat savuten maahan kehän keskelle ja niistä sinkoili erivärisiä kipinöitä. Yksi oikein iso käpy osui johtajasutta kuonoon ja se ponkaisi ilmaan viisi kyynärää ja rupesi sitten juoksemaan kehässä purren ja näykkien muita susia pelon ja vihan vallassa.

Kääpiöt ja Bilbo huusivat ja hurrasivat. Susien raivo oli kauheata katseltavaa ja niiden mekastus täytti koko metsän. Sudet pelkäävät tulta muutenkin ja tämä oli erityisen kauheaa ja omituista tulta. Kun kipinä osui turkkiin se jäi siihen ja poltti nahkaa ja ellei susi silloin heittäytynyt heti piehtaroimaan se syttyi kokonaan tuleen. Pian sätki susia joka puolella aukiota sammuttamassa selässä palavia kipinöitä kun taas ne, jotka olivat syttyneet tuleen, ryntäilivät ympäriinsä ulvoen ja tartuttaen tulen muihin kunnes niiden omat toverit ajoivat ne pois ja ne pakenivat rinnettä alas vettä etsimään ulvoen ja kiljuen.

»Mikä meteli metsästä kuuluu tänä yönä?» kysyi kotkien ruhtinas. Se istui mustana kuun valossa yksinäisen suipon huipun nenässä vuorten itälaidalla. »Minä kuulen susien ulinaa! Ovatko hiidet metsässä pahanteossa?»

Se liukui ilmaan, ja heti kaksi sen vartijaa nousi siivilleen kalliolta sen kummaltakin puolen. Ne kaartelivat taivaalla ja katsoivat alas hukkien kehään, joka erottui alhaalla pienenä pisteenä. Mutta kotkilla on tarkat silmät ja ne näkevät kauas. Sumuvuorten kotkien ruhtinaalla oli silmät, joilla saattoi katsoa räpyttelemättä suoraan aurinkoon ja jotka näkivät kaniinin loikkivan virstan päässä jopa kuun valossa. Vaikka se ei erottanut puissa istuvia matkalaisia, se näki sekasorron ja pikkuiset tulenleimaukset ja kuuli kaukaa kantautuvan ulinan ja räksytyksen. Se näki myös, kuinka kuu kimalsi hiisien keihäillä ja kypärillä, kun tuota iljettävää väkeä marssi pitkinä jonoina alas vuorenrinteitä portilta metsään.

Kotkat eivät ole lempeitä lintuja. Niiden joukossa on raakalaisia ja pelkureita. Mutta pohjoisten vuorten ikivanhat kotkat olivat kaikista linnuista arvollisimmat, ylpeä ja väkevä ja jalosydäminen rotu. Ne eivät hiisiä rakastaneet eivätkä myöskään pelänneet. Milloin ne ylipäätään kiinnittivät niihin huomiota (mitä sattui harvoin, koska ne eivät syöneet mokomia otuksia) syöksyivät ne hiisiä kohti ja ajoivat ne kirkuen takaisin luoliinsa ja tekivät lopun kulloisestakin ilkityöstä. Hiidet vihasivat kotkia ja pelkäsivät niitä, mutta niillä ei ollut mitään keinoa kiivetä kotkien ylhäisille asuinsijoille eivätkä ne voineet ajaa niitä vuorilta pois.

Tänä iltana kotkien ruhtinas oli kovin utelias tietämään mitä oli tekeillä ja niin se kutsui seurakseen joukon muita kotkia ja ne lensivät vuorilta pois ja kaartaen hitaassa ympyrässä yhä alemmaksi ne laskeutuivat alas kohti susien kehää ja hiisien kokoontumispaikkaa.

Kaikeksi onneksi! Alhaalla oli tapahtunut kauheita. Sudet, joihin tuli oli tarttunut ja jotka olivat paenneet metsään, olivat sytyttäneet sen paikka paikoin palamaan. Oli keskikesä eikä täällä vuorten itäpuolella ollut satanut pitkään aikaan. Kellertyvät saniaiset, pudonneet oksat, paksu männynneulasmatto ja jokunen kaatunut puu olivat pian liekeissä. Tuli rätisi joka puolella hukkien aukion ympärillä. Mutta susivartijat eivät hylänneet runkoja joita ne vahtivat. Vimmoissaan ne loikkivat ja ulvoivat puiden alla ja kirosivat kääpiöitä ja niiden kielet roikkuivat suusta ja silmät paloivat yhtä punaisina ja hurjina kuin tulenliekit.

Sitten äkkiä ryntäsi paikalle liuta hiisiä huikeasti huutaen. Ne luulivat että käynnissä oli taistelu metsänihmisten kanssa, mutta pian niille valkeni mitä oli tapahtunut. Jotkut jopa istahtivat maahan nauramaan. Toiset heiluttivat keihäitään ja paukuttivat nuolilla kilpiään. Hiidet eivät pelkää tulta ja pian ne olivat keksineet suunnitelman joka huvitti niitä suuresti.

Osa hiisistä kokosi kaikki sudet yhdeksi laumaksi. Osa kantoi saniaisia ja risuja runkojen alle. Jotkut juoksentelivat pitkin metsää talloen ja tampaten, kunnes melkein kaikki liekit oli sammutettu – mutta ne eivät sammuttaneet tulta joka paloi lähinnä niitä puita joissa kääpiöt olivat. Sitä tulta ne ruokkivat lehdillä ja kuivilla oksilla ja saniaisilla. Pian ympäröi kääpiöt joka puolelta tuli ja savu; hiidet varoivat ettei se levinnyt ulospäin mutta sen sijaan ne ajoivat sitä sisemmäksi, kunnes liekit nuolivat puiden juurelle koottuja sytykkeitä. Savu kirveli Bilbon silmiä ja hän tunsi liekkien kuumuuden ja käryn läpi hän näki hiisien tanssivan piirissä kuin kokon ympärillä. Keihäin ja kirvein aseistautuneiden tanssivien sotureiden piirin ulkopuolella seisoivat sudet katsellen ja odottaen kunnioittavan matkan päässä.

Bilbo kuuli kuinka hiidet aloittivat hirveän laulun:

Oli viisitoista lintua viidessä puussa,
tuuli pöllytteli höyheniä illansuussa,
vaan kun niillä ei ollut siipiä,
oli helppo lähelle hiipiä.
Ne voi elävältä paistaa tai kattilassa keittää
ja lämpiminä vielä suuhunsa heittää.

Sitten ne lopettivat ja huusivat: »Lentäkää tiehenne, pikku linnut! Lentäkää jos voitte! Tulkaa alas, pikku linnut, taikka teidät paistetaan pesiinne! Laulakaa, laulakaa, pikku linnut! Miksi ette laula?»

»Menkää pois pikkupojat!» huusi Gandalf niille vastaukseksi. »Ei nyt ole pesimisaika. Ja sellaisten pikkupoikien jotka leikkivät tulella käy huonosti.» Hän sanoi sen suututtaakseen ne ja osoittaakseen ettei hän pelännyt – vaikka tietenkin hän pelkäsi, vaikka olikin velho. Mutta hiidet eivät piitanneet hänen puheistaan ja jatkoivat laulamistaan.

Palakaa, puumme ja saniaisemme,
käpristykää ja hiiltykää, meille soihtuja jää,
niillä valaisemme yön iloksemme.
Huhhei!

Paistakaa ja korventakaa edestä ja takaa,
kunnes joka kääpiö hiilloksessa makaa,
kunnes parta kärventyy ja näkö hämärtyy,
kunnes tukka käryää ja iho revähtää,
kunnes rasva sulaa, luista vain karsta jää
hiillokseemme!
Sen teemme!
Näin valaisemme yön iloksemme.
Huhhei!
Huhhihhuhhei!
Hohoi!

Viimeisen hohoin aikana liekit alkoivat nuolla Gandalfin puun runkoa. Hetkessä ne levisivät muiden puiden alle. Kaarna syttyi tuleen ja alimmat oksat rätisivät.

Silloin Gandalf kiipesi oman puunsa latvaan. Hänen sauvastaan leimahti äkkiä suuri valo, kun hän valmistautui hyppäämään alas hiisien keihäiden keskelle. Se olisi ollut hänen loppunsa, jos kohta hän olisi varmaan tappanut monta hiittä sinkoutuessaan puusta alas kuin pallosalama. Mutta hän ei koskaan hypännyt.

Juuri sillä hetkellä syöksyi yläilmoista kotkien ruhtinas, kaappasi hänet kynsiinsä ja oli poissa.

Hiisiltä pääsi hämmästynyt ja kimpaantunut ulina. Kovaa huusi myös kotkien ruhtinas, kun Gandalf oli puhunut sille. Ja silloin kotkan mukana lentäneet suuret linnut kaarsivat takaisin ja syöksyivät alas kuin valtavat mustat varjot. Sudet kiljuivat ja kiristelivät hampaitaan, hiidet karjuivat ja talloivat jalkojaan raivosta ja heittivät ilmaan raskaita keihäitään mutta turhaan. Kotkat kaarsivat hiisien yli ja niiden siiveniskujen tumma voima kaatoi ne maahan tai ajoi pakosalle ja kynnet repivät hiisien naamoja. Osa linnuista lensi puiden latvoihin ja nosti niistä ilmaan kääpiöt, jotka olivat kivunneet niin ylös kuin ikinä uskalsivat.

Bilbo-parka oli vähällä jälleen kerran jäädä oman onnensa nojaan! Hän ehti juuri ja juuri tarttua Dorin jalkoihin kun tämä kääpiöistä viimeisenä nostettiin ilmaan, ja yhdessä he kohosivat melskeen ja palon yläpuolelle Bilbon roikkuessa käsiensä varassa peläten niiden koko ajan katkeavan.

Kaukana alhaalla hiidet ja sudet hajaantuivat metsiin. Muutama kotka kaarteli ja syöksähteli yhä taistelukentän yllä. Liekit kohosivat äkkiä korkeimpien oksien yläpuolelle. Puut syttyivät rätisten. Kipunoita lenteli ja ilmaan nousi suuri savu. Bilbo oli pelastunut viime hetkellä!

Pian oli tulenloimu jäänyt kauas taakse, se erottui enää heikkona punaisena välkkeenä maailman mustassa lattiassa, ja he lensivät yläilmoissa kohoten yhä korkeammalle väkevissä kaarissa. Bilbo ei koskaan unohtanut sitä yötä jolloin hän roikkui Dorin nilkoista. Hän uikutti: »Käsiin sattuu!» ja Dori valitti: »Jalkoihin koskee!»

Korkeat paikat pyörryttivät Bilboa, vähäisemmätkin. Hänelle tuli kummallinen olo jo kun hän katsoi varsin vaatimattoman kallion reunalta alas, eikä hän ollut ikinä pitänyt tikkaista, puista puhumattakaan (hän ei ollut koskaan ennen joutunut hakeutumaan turvaan susilta). Voitte siis kuvitella miten hänen päässään nyt heitti kun hän katsoi alas heiluvien varpaittensa välistä ja näki tumman maan levittäytyvän allaan laajana mattona, jossa kuun heijastus kimalsi siellä täällä mäenrinteen kalliossa tai tasangon purossa.

Vuorten kalpeat huiput tulivat lähemmäksi, mustista varjoista pisti esiin kuun valaisemia teräviä särmiä. Kesä eli ei, maisema näytti kylmältä. Bilbo sulki silmänsä ja mietti jaksaisiko hän enää pitää kiinni kovin kauan. Sitten hän kuvitteli mitä tapahtuisi jos hän ei enää jaksaisi. Hän voi pahoin.

Lento loppui hänen kannaltaan juuri oikeaan aikaan, hetkeä ennen kuin hänen otteensa petti. Hän päästi irti Dorin nilkoista henkeä vetäisten ja putosi kotkanpesän rosoiselle tasanteelle. Siinä hän makasi mitään puhumatta ja hänen ajatuksissaan sekoittuivat hämmästys siitä että hän oli pelastunut palavasta puusta ja pelko siitä että hän putoaisi kapealta tasanteelta sen molemmin puolin ammottaviin varjoihin. Hänen päänsä oli mitä sekavimmassa tilassa kolmen viimeisen päivän hirveiden seikkailujen jälkeen, joiden aikana hän ei ollut saanut syödäkseen käytännöllisesti katsoen mitään, ja hän kuuli sanovansa ääneen: »Nyt tiedän miltä pekoninsiivusta tuntuu kun se äkkiä otetaan kahvelilla pannusta pois ja pannaan takaisin kaappiin!»

»Et suinkaan», hän kuuli Dorin vastaavan, »koska pekoni tietää joutuvansa pannuun takaisin ennen pitkää ja me tässä toivomme että vaara on jäänyt taakse. Eivätkä kotkat ole mitään kahveleita!»

»Eivät toki ollenkaan kehveleitä eikun kahveleita», sanoi Bilbo nousten istumaan ja pälyillen levottomana lähellä olevaa kotkaa. Hän mietti mitähän kaikkea pötyä hän oli puhunut ja oliko kot-

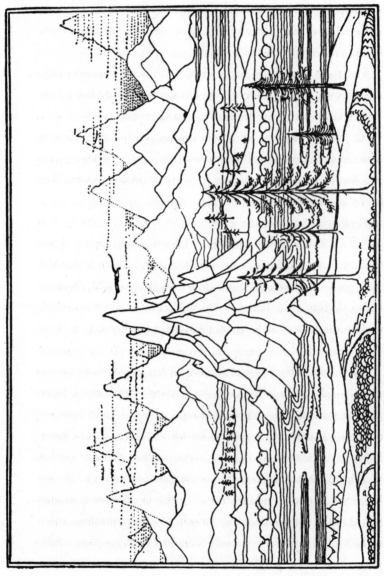

Sumuvuoret idästä Kotkanpesästä nähtynä Hiisiportille päin

ka ehkä loukkaantunut. Kotkia ei auta loukata kun ei ole hobittia isompi ja istua kököttää kotkan pesässä keskellä yötä! Kotka vain teroitti nokkaansa kiveen ja suki höyheniään eikä kiinnittänyt häneen mitään huomiota.

Pian tuli siihen toinen kotka. »Kotkien ruhtinas pyytää että toisitte vangit suurelle tasanteelle», se ilmoitti ja oli sitten taas poissa. Toinen kotka otti Dorin kynsiinsä ja lensi pois ja jätti Bilbon aivan yksin. Hänellä oli juuri sen verran voimia, että hän rupesi miettimään mitä viestintuoja oli tarkoittanut puhuessaan »vangeista» ja pelkäämään että hänet raadeltaisiin ja syötäisiin kuin kaniini, kun hänen oma vuoronsa tuli.

Kotka palasi ja otti hänet takinselkämyksestä kynsiinsä ja kiiti pois. Tällä kertaa lentomatka oli lyhyt. Pian pelosta vapiseva Bilbo laskettiin leveälle kalliotasanteelle. Sieltä ei vienyt mitään polkua alas, sinne pääsi vain lentämällä ja sieltä pääsi vain hyppäämällä jyrkänteen laidan yli. Sitten hän huomasi että kaikki muut istuivat tasanteella nojaten vuorenseinään. Siellä oli myös kotkien ruhtinas ja se puhui Gandalfin kanssa.

Näytti siltä, että loppujen lopuksi Bilboa ei sittenkään syötäisi. Velho ja kotkaruhtinas tunsivat ilmeisesti jotenkuten toisensa ja olivat jopa ystävällisissä väleissä. Totta puhuen Gandalf, joka oli monesti liikkunut näillä vuorilla, oli kerran tehnyt kotkille palveluksen ja parantanut haavan jonka niiden ruhtinas oli saanut nuolesta. Toisin sanoen sanalla »vangit» oli tarkoitettu hiisien vankeja, jotka oli nyt pelastettu, ei kotkien vankeja. Kuunnellessaan Gandalfin puhetta Bilbo tajusi, että nyt he viimein pääsisivät turvallisesti pois näiltä kauheilta vuorilta. Gandalf keskusteli Suuren kotkan kanssa siitä miten kääpiöt ja Bilbo ja velho kuljetettaisiin kauas täältä alas tasangoille, josta he voisivat jatkaa matkaansa.

Kotkien ruhtinas ei suostunut viemään heitä lähellekään ihmisten asuttamia seutuja. »Ihmiset ampuvat meitä suurilla marjakuusijousilla», se sanoi. »He kuvittelevat että me yritämme viedä heiltä lampaita. Ja jonakin toisena päivänä niin voisi ollakin. Mielellämme me tuotamme hiisille pettymyksen kesken huvin ja auliisti teemme vastapalveluksen sinulle, mutta me emme pane henkeämme alttiiksi kääpiöiden takia etelän tasangoilla.»

»Hyvä on», sanoi Gandalf. »Viekää meidät niin pitkälle kuin teille sopii ja valitsemaanne paikkaan. Me olemme jo suuressa kiitollisuudenvelassa teille. Mutta tällä hetkellä me olemme nääntymässä nälkään.»

»Minä olen jo melkein nääntynyt», inisi Bilbo niin hiljaa ettei kukaan kuullut.

»Sitä asiaa voidaan ehkä auttaa», sanoi kotkien ruhtinas.

Myöhemmin sinä yönä paloi kirkas nuotio kalliotasanteella ja kääpiöt häärivät ruoanlaitossa sen ympärillä ihanan tuoksun keskellä. Kotkat olivat tuoneet ylös kuivia oksia polttopuuksi ja ne olivat myös tuoneet kaniineja, jäniksiä ja pienen lampaan. Kääpiöt hoitivat kaikki valmistelut. Bilbo oli liian heikko heitä auttamaan eikä hän muutenkaan ollut erityisen taitava nylkemään kaniineja taikka leikkaamaan lihaa, hän kun oli tottunut saamaan lihan teurastajalta valmiiksi paloiteltuna. Gandalf loikoili myös toimettomana hoidettuaan oman osuutensa, hän oli nimittäin sytyttänyt tulen koska Oinin ja Gloinin tulukset olivat joutuneet hukkaan. (Kääpiöt eivät vielä tänäkään päivänä mielellään käytä tulitikkuja.)

Niin päättyi seikkailu Sumuvuorilla. Pian oli Bilbon vatsa taas täysi ja olo hyvä ja hänestä tuntui että hän voisi vajota tyytyväiseen uneen, vaikka hän olisikin mieluummin syönyt leipää ja voita kuin tikun nenässä paistettuja lihakimpaleita. Hän nukkui kovalle kivelle käpertyneenä sikeämmin kuin hän oli koskaan nukkunut höyhensängyssä omassa pikku kotikolossaan. Mutta yöllä hän näki unta omasta talostaan ja hän kävi unessa kaikissa huoneissa etsien jotakin josta hän ei muistanut miltä se näytti ja löytämättä sitä.

Seitsemäs luku

··· KUMMALLINEN KOTI ···

SEURAAVANA AAMUNA BILBO heräsi siihen että aikainen aurinko otti häntä silmiin. Hän ponkaisi pystyyn katsoakseen mitä kello oli ja pannakseen vesipannun tulelle – ja älysi ettei hän ollut kotona. Hän istuutui ja kaipasi turhaan pesuvettä ja hiusharjaa. Kumpaakaan hän ei saanut, eikä myöskään teetä eikä paahtoleipää eikä pekonia, aamiaiseksi oli pelkkää kylmää lammasta ja kaniinia. Ja sitten piti valmistautua lähtöön.

Tällä kertaa hän sai luvan kivuta kotkan selkään ja takertua sen siipien väliin. Ilma kohisi pään päällä ja hän sulki silmänsä. Kääpiöt huutelivat hyvästejä ja vannoivat vastapalvelusta kotkien ruhtinaalle, mikäli tilaisuus vain tarjoutuisi, samalla kun viisitoista suurta lintua nousi ilmaan vuoren kupeelta. Aurinko oli vielä maailman itälaidalla. Aamu oli viileä, laaksoissa ja painanteissa oli usvaa jota kiemurteli myös vuorten huippujen ja kärkien ympärillä. Bilbo avasi toisen silmänsä kurkistaakseen ja näki että linnut olivat jo korkealla, maailma oli kaukana ja vuoret olivat jääneet taakse. Hän sulki silmänsä ja piti tiukemmin kiinni.

»Älä nipistä!» sanoi kotka. »Ei sinun tarvitse pelätä kuin mikäkin kaniini vaikka oletkin vähän kaniinin näköinen. Aamu on kaunis eikä tuulta ole juuri ollenkaan. Mikä vetää vertoja lentämiselle?»

Bilbon teki mieli sanoa: »Lämmin kylpy ja myöhäinen aamiainen pihalla sen jälkeen», mutta hän päätti olla sanomatta mitään ja hellittää otettaan ihan hiukkasen.

Hyvän tovin kuluttua kotkat arvatenkin näkivät paikan johon ne olivat pyrkimässä vaikka lennettiin näin ylhäällä, sillä ne alkoivat kaartaa alaspäin laajoissa lenkeissä. Kierrettä jatkui jonkin aikaa ja viimein hobitti avasi taas silmänsä. Maa oli paljon lähempänä ja heidän alapuolellaan näkyi puita, ehkä tammia tai jalavia, sekä avaria niittymaita ja joki joka virtasi maiseman keskitse. Joen uomassa kohosi suuri kallio ja se kiersi molemmin puolin tuon kivisen mäen joka oli kuin kaukaisten vuorten etuvartio, jonkun jättiläisten jättiläisen tasangolle viskoma.

Tämän kallion laelle syöksyivät kotkat nopeasti yksi toisensa perään ja laskivat maahan matkustajansa.

»Hyvästi», ne huusivat. »Hyvästi kulkekaa minne menettekin kunnes saavutte pesään matkan päässä!» Se oli kotkien kohtelias sanonta.

»Kantakoon tuuli siipenne sinne missä aurinko astuu ja kuu kulkee», vastasi Gandalf joka osasi oikeat sanakäänteet.

Ja niin he erosivat. Ja vaikka kotkien ruhtinaasta tuli myöhemmin kaikkien lintujen kuningas, joka piti päässään kultaista kruunua, ja sen viidelletoista päällikölle annettiin kultainen kaulapanta (jotka oli kaikki tehty kääpiöiden lahjoittamasta kullasta), Bilbo ei koskaan enää tavannut niitä – hän näki ne vain kaukaa taivaalla Viiden armeijan taistelun aikana. Mutta tämä kaikki kuuluu tarinamme loppupuolelle enkä kerro nyt enempää.

Kivisen mäen laki oli tasainen ja sieltä johti alas jokirantaan kol_uttu polku johon oli hakattu portaita, ja joen yli toisen puolen ruohotasangolle johti valtavista laakeista kivistä tehty kahlaamo. Portaiden alla, siinä mistä kahlaamo alkoi, oli pikkuinen luola – kodikas kammio jonka lattiana oli pyöreitä kiviä. Seurue kerääntyi luolaan keskustelemaan mitä nyt pitäisi tehdä.

»Tarkoitukseni oli toimittaa teidät vuorten yli turvallisesti (mikäli mahdollista)», sanoi velho, »ja sekä neuvokkuuden että hyvän onnen avulla se on nyt tehty. Totta puhuen olemme tulleet paljon kauemmaksi itään kuin minne minulla oli aikomus teidät saattaa, tämä ei nimittäin ole minun seikkailuretkeni. Saatan vilkaista miten se sujuu ennen kuin kaikki on ohi, mutta sillä välin minulla on muita välttämättömiä asioita hoidettavana.»

Kääpiöt murisivat ja murjottivat ja Bilbo itki. He olivat ruvenneet ajattelemaan että Gandalf kulkisi heidän kanssaan perille asti ja olisi heidän mukanaan koko ajan auttamassa heitä vaikeuksien tullen. »En minä tällä siunaamalla mihinkään lähde», velho sanoi. »Voin olla kanssanne vielä päivän pari. Kenties voin auttaa teidät tämänhetkisestä ahdingostanne ja totta puhuen minä tarvitsen vähän apua itsekin. Ei ole ruokaa, ei varusteita eikä poneja joilla ratsastaa, ettekä te tiedä missä te olette. Sen minä voin teille kertoa. Olette yhä muutaman virstan liikaa pohjoiseen aiotulta reitiltä jolta jouduimme sivuun poistuessamme vuorisolasta niin kiireesti. Täälläpäin asuu hyvin vähän ihmisiä, ellei heitä ole muuttanut lisää sen jälkeen kun viimeksi kävin jokunen vuosi sitten. Mutta *eräs* minun tuttuni täällä asuu, eikä hänen kotinsa ole kaukana. Samainen henkilö hakkasi portaat kallioon – tietääkseni hän kutsuu paikkaa Kivikallioksi. Hän ei käy täällä usein eikä missään tapauksessa päiväsaikaan, eikä häntä kannata odottaa. Itse asiassa se olisi varsin vaarallista. Meidän on etsittävä hänet käsiimme, ja jos tapaaminen on suotuisa, minä eroan teistä sen jälkeen ja sanon teille kotkien tapaan: 'Hyvästi kulkekaa minne menettekin!'»

He anelivat että hän ei hylkäisi heitä. He tarjosivat hänelle lohikäärmekultaa ja hopeaa ja jalokiviä mutta hänen päätöksensä oli järkkymätön. »Katsotaan, katsotaan», hän sanoi. »Ja väittäisin että olen jo ansainnut teiltä vähän lohikäärmekultaa – kunhan saatte sen haltuunne.»

He lakkasivat pyytelemästä. Sitten he ottivat vaatteet päältään ja peseytyivät joessa joka oli kahlaamon kohdalla matala, kirkasvetinen ja kivinen. Kun he olivat kuivatelleet auringossa joka paistoi nyt vahvasti ja lämpimästi, he tunsivat olonsa virkistyneeksi jos kohta jäseniä särki ja heidän oli yhä nälkä. Pian sen jälkeen he ylittivät kahlaamon (hobitti kannettiin yli) ja alkoivat sitten marssia korkeassa heinikossa leveiden tammien ja korkeiden jalavien vieritse.

»Ja miksi sitä sanotaan Kivikallioksi?» kysyi Bilbo kävellessään velhon vieressä.

»Hän antoi sille nimen Kivikallio koska se on hänestä hyvä nimi sille. Kivinen kallio on Kivikallio, ja sillä nimellä hän sitä siis kutsuu. Hän käy täällä usein.»

»Kuka kutsuu? Kuka käy?»

»Se tuttu josta minä puhuin – erinomaisen huomattava henkilö. Teidän täytyy kaikkien olla hyvin kohteliaita kun esittelen teidät hänelle. Minä esittelen teidät hitaasti, ehkä kaksi kerrallaan, ja varokaakin ärsyttämästä häntä tai minä en takaa mitä tapahtuu. Hän voi olla aivan kamala kun hän suuttuu vaikka hän on oikein ystävällinen ollessaan hyvällä päällä. Mutta minä varoitan että hän suuttuu helposti.»

Kääpiöt kerääntyivät velhon ympärille kun he kuulivat hänen puhuvan näitä Bilbolle. »Vietkö sinä meitä paraikaa tämän henkilön luo? Etkö olisi voinut valita jotakuta jolla on vähän rauhallisempi luonne? Mitä jos selittäisit meille vähän tarkemmin?» – ja niin edelleen.

»Kyllä vien! Kun en niin en! Johan minä selitin», vastasi velho kiukkuisesti. »Jos välttämättä tahdotte tietää enemmän hänen nimensä on Beorn. Hän on hyvin väkevä ja hän on nahanvaihtaja.» »Mitä? Sellainen nahkuriko joka kutsuu kaniininkarvaa vuodaksi ja myy sen oravannahkana?»

»Voi hyvänen aika, ei, ei, ei EI EI!» sanoi Gandalf. »Hyvä herra Reppuli, älä ole hölmömpi kuin olet, äläkä missään nimessä mainitse sanaa nahkuri sadan virstan säteellä hänen talostaan äläkä myöskään sellaisia sanoja kuin vuota, talja, turkki tai muhvi eikä muitakaan siihen suuntaan viittaavia! Hän on nahanvaihtaja. Hän vaihtaa nahkaa: toisinaan hän on suuri musta karhu, toisinaan hän on iso vahva mustatukkainen mies jolla on suuret kädet ja paljon partaa. Enempää en oikein voi sanoa mutta tämän pitäisi kyllä riittää. Jotkut sanovat että hän on karhu ja polveutuu suurista muinaisista karhuista jotka asuivat vuorilla ennen kuin jättiläiset tulivat. Toiset sanovat että hän on ihminen ja polveutuu ensimmäisistä ihmisistä jotka elivät ennen kuin Smaug tai muut lohikäärmeet tulivat tähän maailman kolkkaan ja ennen kuin hiidet asuttivat pohjoisen kukkulat. Minä en tiedä, vaikka arvelen jälkimmäistä tarinaa todeksi. Hän ei ole niitä henkilöitä joilta ruvetaan kyselemään.

Muuta lumousta hänessä kumminkaan ei ole kuin hänen omansa. Hän asuu tammimetsässä ja hänellä on iso puusta rakennettu talo ja ihmisenä hän pitää karjaa ja hevosia jotka ovat melkein yhtä ihmeellisiä kuin hän itse. Ne tekevät hänelle työtä ja puhuvat hänelle. Hän ei syö niitä eikä hän myöskään syö eikä jahtaa metsäneläimiä. Hänellä on lukematon määrä pesiä joissa asuu ärhäköitä mehiläisiä ja enimmäkseen hän syö kermaa ja hunajaa. Karhuna hän samoaa laajoilla mailla. Minä näin hänen kerran istuvan yksin yöllä Kivikallion huipulla katsomassa kuinka kuu laski kohti Sumuvuoria ja kuulin hänen murisevan karhujen kielellä: 'Tulee se päivä jolloin ne kukistetaan ja minä palajan!' Sen tähden minulla on se käsitys että hän on itse kerran tullut vuorilta.»

Bilbolla ja kääpiöillä oli nyt paljon ajattelemisen aihetta eivätkä he enää kyselleet. Heillä oli yhä pitkä matka käveltävänä. He tallustivat rinnettä ylös ja laaksoa alas. Tuli kuuma. Välillä he lepäsivät puiden alla, ja silloin Bilboa vaivasi niin paha nälkä että hän olisi syönyt tammenterhoja, jos ne olisivat olleet kypsiä ja maassa.

Iltapäivän puolimaissa he alkoivat huomata kukkia jotka kasvoivat lämpäreinä ikään kuin joku olisi ne istuttanut, aina samaa lajia yhteen paikkaan. Erityisesti siellä kasvoi apilaa: alsikeapilaa ja punaapilaa ja isot alat hunajalta tuoksuvaa matalaa makeaa valkoapilaa. Ilma surisi ja sirisi ja hurisi. Kaikkialla lenteli mehiläisiä. Ja minkälaisia mehiläisiä! Bilbo ei ollut eläissään nähnyt mitään niiden kaltaista.

»Jos tuollainen pistäisi minua, minä turpoaisin kaksinkertaiseksi!» hän tuumi.

Ne olivat herhiläisiä isompia. Kuhnurit olivat suurempia kuin ihmisen peukalo, reilusti suurempia, ja keltaiset raidat leimusivat syvänmustassa keskivartalossa kuin kulta.

»Lähellä ollaan», sanoi Gandalf. »Olemme tulleet mehiläislaitumille.»

Jonkin ajan kuluttua tuli vastaan rivi suuria ikivanhoja tammia ja niiden takana oli korkea piikikäs pensasaita joka ei ollut ainoastaan läpinäkymätön vaan vaikutti myös läpipääsemättömältä.

»Paras kun odotatte tässä», sanoi Gandalf kääpiöille. »Kun minä huudan tai vihellän, tulkaa perässä — näette kyllä mistä minä menen — mutta muistakaakin tulla pareittain ja pitää viiden minuutin väli joka parin jälkeen. Bombur on paksuin ja käy kahdesta, tulkoon viimeisenä ja yksin. Tule, herra Reppuli! Jossakin täällä on portti!» Ja sen sanottuaan hän lähti kulkemaan pensasaidan viertä kuljettaen mukanaan säikähtänyttä hobittia.

Pian he tulivat korkealle ja leveälle puuportille josta näkyi puutarha ja rykelmä matalia puurakennuksia, niistä osa oli olkikattoisia ja rakennettu karkeasti veistetyistä hirsistä, oli aitta, talli, vaja ja lisäksi pitkä päärakennus. Suuren pensasaidan vieressä pihapiirin etelänpuolella näkyi rivikaupalla mehiläispesiä, joissa oli kellonmuotoiset olkihuput. Ilmassa lentelevien, pesään pyrkivien ja pesästä ryömivien jättiläismehiläisten meteli täytti ilman.

Velho ja hobitti työnsivät auki raskaan narisevan portin ja astelivat leveää käytävää myöten kohti taloa. Ruohikolta ravasi heidän luokseen pari kiiltävää ja hyvin harjattua hevosta, ne katsoivat heitä kiinteästi ja silmät mieltä täynnä, ja laukkasivat sitten rakennusten luo.

»Ne ovat menneet kertomaan hänelle että taloon on tullut muukalaisia», Gandalf sanoi.

Pian he olivat keskipihassa jota kolmelta puolelta rajasi kaksisiipinen päärakennus. Keskellä pihaa lojui suuri tammitukki josta karsitut oksat olivat vielä maassa. Tukin vieressä seisoi valtava mies, jolla oli tuuhea musta tukka ja parta, paksut paljaat käsivarret ja jonka jaloissa pullistelivat valtavat lihakset. Hänellä oli yllään polviin asti ulottuva villamekko ja hän nojasi isoon kirveeseen. Hevoset seisoivat hänen vieressään turpa hänen olallaan.

»Jaha. Siinä sitä ollaan!» hän sanoi hevosille. »Eivät näytä vaarallisilta. Voitte mennä!» Hän nauroi kovalla kaikuvalla äänellä, laski kirveen maahan ja astui lähemmäksi.

»Keitä te olette ja mitä tahdotte?» hän kysyi karskisti, ja kun hän seisoi heidän edessään hän oli paljon Gandalfiakin pitempi. Bilbo puolestaan olisi voinut kävellä miehen jalkojen välistä päätään kumartamatta koskematta silti miehen ruskean mekon helmaan.

»Minä olen Gandalf», sanoi velho.

»En ole koskaan kuullutkaan», ärisi mies. »Ja mikä tämä pikku nappula on?» hän kysyi kumartuen mulkoilemaan hobittia tuuheiden mustien kulmiensa alta.

»Se on herra Reppuli, hobitti joka tulee hyvästä perheestä ja jolla on moitteeton maine», Gandalf sanoi. Bilbo kumarsi. Hänellä ei ollut hattua jonka olisi voinut ottaa päästä ja hän oli tuskallisen tietoinen siitä että vaatteista puuttui nappeja. »Minä olen velho», Gandalf jatkoi. »Olen kuullut sinusta vaikka sinä et olisi kuullut minusta, mutta kukaties olet kuullut hyvästä serkustani Radagastista joka asuu lähellä Synkmetsän etelälaitaa?»

»Olen, eikä hän liene hassumpi mitä velhoihin tulee. Olen tavannut häntä silloin tällöin», Beorn sanoi. »Nyt tiedän siis keitä te olette tai keitä sanotte olevanne. Mitä te tahdotte?»

»Jos totta puhun me olemme vailla matkatavaroitamme ja käytännöllisesti katsoen eksyksissä ja suoraan sanoen avun tai ainakin neuvojen tarpeessa. Vuorten hiidet ovat aiheuttaneet meille aikamoisia hankaluuksia.»

»Vai hiidet?» ärisi mies ystävällisemmin. »Vai on teillä ollut hankaluuksia hiisien kanssa? Kuka käski mennä niitä lähelle?»

»Ei ollut tarkoitus. Ne yllättivät meidät yöllä solassa jota olimme ylittämässä matkallamme läntisiltä mailta näille seuduille – se on pitkä tarina.»

»Paras kun tulette sisään sitten ja kerrotte enemmän, ellei siihen mene koko päivää», sanoi mies ja meni edeltä tummasta oviaukosta joka johti pihalta taloon.

He seurasivat häntä ja tulivat avaraan saliin jonka keskellä oli tuli-sija. Vaikka oli kesä, arinalla paloi tuli ja savu kohosi kohti mustu-neita kattohirsiä ja räppänää jonka kautta se pääsi ulos. He kulkivat läpi tämän hämärän salin, jota valaisi vain tuli ja aukko katossa sen yläpuolella, ja joutuivat pienemmän oven kautta jonkinlaiselle kuis-tille joka oli rakennettu puupylväiden varaan. Se oli etelän puolella ja siellä oli yhä lämmin, länteen painuva aurinko valaisi sitä viistosti ja kultasi aivan portaille asti ulottuvan puutarhan kukkapaljouden.

He istuutuivat puupenkeille ja Gandalf aloitti tarinansa. Bilbo heilutteli jalkojaan jotka eivät ulottuneet lattiaan ja katseli puutar-han kukkia ja mietti minkänimisiä ne mahtoivat olla, sillä hän ei ollut nähnyt niistä puoliakaan ennen.

»Minä olin matkalla vuorten yli parin ystävän kanssa...» sanoi velho.

»Kuinka niin parin? Minä näen vain yhden ja sekin on pienenlai-nen», Beorn sanoi.

»Jos totta puhutaan niin en halunnut tuoda kiusaksesi enempää ennen kuin olin varma ettei sinulla ole muuta tekemistä. Jos sopii, kutsun heidät tänne.»

»Sen kun kutsut!»

Niin Gandalf päästi pitkän ja kimeän vihellyksen ja kohta tulivat Thorin ja Dori talon nurkalta puutarhakäytävää pitkin ja jäivät sei-somaan heidän eteensä ja kumarsivat.

»Pari kolme ystävää!» Beorn sanoi. »Mutta nämä eivät ole hobit-teja, nämä ovat kääpiöitä!»

»Thorin Tammikilpi palveluksessanne! Dori palveluksessanne!» sanoivat kääpiöt ja kumarsivat taas.

»En tarvitse palveluksianne, kiitos vain», Beorn sanoi, »mutta arvaan että te tarvitsette minun palveluksiani. Minä en ole erityisen ihastunut kääpiöihin, mutta jos on totta että sinä olet Thorin (Thrainin Throrin pojan poika, jos oikein muistan) ja seurueesi on kunniallinen, ja että olette hiisien vihollisia ettekä yritä tehdä mitään kolttosia maillani – millä asioilla te muuten liikutte?»

»He ovat matkalla käymään isiensä maassa, Synkmetsän itä-puolella», pisti väliin Gandalf, »ja on pelkkä sattuma että olemme ollenkaan joutuneet sinun maillesi. Me olimme ylittämässä Ylä-Solaa josta olisimme päässeet maittesi eteläpuolella kulkevalle tielle kun ilkeät hiidet kävivät kimppuumme – kuten olin kertomassa.»

»Antaa tulla!» töksäytti Beorn joka ei tuhlannut aikaa kohteliaisuuteen.

»Jouduimme hirveään myrskyyn, kivijättiläiset olivat liikkeellä ja viskoivat kiviä, ja solan suulla me haimme suojaa luolasta, minä ja hobitti ja joukko ystäviämme...»

»Kutsutko sinä kahta joukoksi?»

»No en. Totta puhuen heitä oli enemmän kuin kaksi.»

»Missä he ovat? Onko heidät tapettu tai syöty vai ovatko he palanneet kotiin?»

»Ei. Kaikki eivät näemmä tulleet kun vihelsin. Ovat kai ujoja. Meitä nimittäin nolotti tulla isolla porukalla sinun vaivoiksesi.»

»Vihellä uudestaan! Minua huvittaa pitää kestit eikä pari suuta lisää muuta asiaa», murisi Beorn.

Gandalf vihelsi taas, mutta tuskin oli vihellys päättynyt kun Nori ja Ori jo seisoivat kuistin edessä, sillä, kuten muistatte, Gandalf oli käskenyt kääpiöitä tulemaan pareittain viiden minuutin väliajoin.

»Terve!» sanoi Beorn. »Tulittepa sukkelasti. Missä te piileskelitte? Tännemmäksi vain hyvät yllätyskääpiöt!»

»Nori palveluksessanne, Ori palveluk...» aloittivat he, mutta Beorn keskeytti.

»Kiitos. Kun tarvitsen apuanne, pyydän kyllä. Istukaa niin kuullaan kuinka tarina jatkuu tai muuten ehtii tulla ruoka-aika ennen kuin se on päättynyt.»

»Kohta kun olimme vaipuneet uneen», jatkoi Gandalf, »avautui luolan takaseinään rako josta tuli sisään hiisiä ja ne kävivät käsiksi hobittiin ja kääpiöihin ja ponikaravaaniin –»

»Karavaaniin! Mikä seurue te oikein olette – kuljeksiva sirkusko? Kuinka paljon teillä oli varusteita? Vai onko sinulla tapana sanoa kuutta karavaaniksi?»

»Ei suinkaan! Totta puhuen poneja oli enemmän kuin kuusi sillä meitä oli enemmän kuin kuusi – ja siinä onkin vielä kaksi!» Juuri sillä hetkellä ilmestyivät esiin Balin ja Dwalin ja kumarsivat niin syvään että parrat viistivät kivilaattoja. Iso mies rypisti ensin otsaansa mutta kääpiöt koettivat parhaansa mukaan käyttäytyä: he nyökkäilivät ja taivuttivat selkäänsä ja heiluttivat huppulakkeja polvien edessä (kohteliaaseen kääpiötyyliin) kunnes Beornin mulkoilu lakkasi ja hän purskahti nauruun, koska kääpiöt näyttivät niin hassuilta.

»Karavaanipa hyvinkin», hän sanoi. »Tuiki huvittava karavaani. Tulkaa sisään hilpeät herrat, mitkä ovatkaan teidän nimenne? Minä en juuri nyt tarvitse palveluksianne, nimet riittävät, ja sitten voisitte istuutua ja lopettaa huitelun!»

»Balin ja Dwalin», he vastasivat uskaltamatta loukkaantua ja istahtivat lattialle jokseenkin pöllämystyneen näköisinä.

»Jatka sinä taas!» Beorn sanoi velholle.

»Missä minä olin – aivan – minuun ei kukaan kuitenkaan käynyt käsiksi. Minä tapoin yhdellä leimauksella pari hiittä –»

»Hyvä!» murisi Beorn. »Velhona olemisesta on siis jotain hyötyäkin.»

»– ja pujahdin raosta sisään ennen kuin se sulkeutui. Seurasin joukkoa alas pääsaliin joka oli täynnä hiisiä. Iso hiisi oli siellä ynnä kolme- tai neljäkymmentä aseistettua vartijaa. Ajattelin mielessäni: 'Vaikka heitä ei olisi kytketty yhteen, mitä mahtaisi tusina tätä ylivoimaa vastaan?'»

»Tusina! Ensimmäisen kerran minä kuulen sanottavan kahdeksaa tusinaksi. Vai vieläkö yllätyksiä riittää?»

»Muutama taitaa vielä olla tulossa – Fili ja Kili», Gandalf lisäsi kun nämä kaksi ilmestyivät näkyviin ja pysähtyivät hymyillen ja kumarrellen.

»Ei enää!» Beorn sanoi. »Istukaa ja olkaa hiljaa. Jatka, Gandalf!»

Niin Gandalf jatkoi tarinaa ja kertoi tappelun nujakasta pimeässä, alaportin löytymisestä ja miten he säikähtivät kun herra Reppuli oli jäänyt vuoren sisään. »Otimme luvun ja huomasimme että hobitti puuttui. Meitä oli vain neljätoista!»

»Neljätoista! Ensi kerran kuulen että kymmenestä pois yksi on neljätoista. Tarkoitat yhdeksän tai sitten et ole vielä kertonut kaikkien seuralaistesi nimiä.»

»Sinä et tosiaan ole vielä tavannut Oinia ja Gloinia. Ja kas vain! Siinähän he ovat. Toivottavasti suot heille anteeksi että he näin vaivaavat sinua.»

»Tulkoot kaikki! Tänne vain, te kaksi, istuutukaa. Mutta Gandalf, vieläkään tässä ei ole kuin sinä ja kymmenen kääpiötä ja hobitti joka puuttui. Siitä tulee yksitoista (ynnä puuttuva hobitti) eikä suinkaan neljätoista, ellei velhoilla ole omaa laskuoppia. Mutta jatka tarinaasi.» Beorn yritti olla näyttämättä kuinka paljon tarina oli alkanut häntä kiinnostaa. Hän oli aikanaan tuntenut hyvin ne vuoristoseudut joista Gandalf nyt kertoi. Beorn nyökki ja ärisi kuullessaan kuinka hobitti oli ilmaantunut takaisin ja kuinka he olivat liukuneet alas maanvieremän mukana ja joutuneet metsään susien keskelle.

Kun Gandalf kertoi miten he olivat kivunneet puihin susien juoksennellessa alla, Beorn nousi pystyyn ja käveli edestakaisin ja mutisi:»Olisinpa ollut mukana! Olisivat saaneet tuta muutakin kuin ilotulituksia!»

»Minä tein parhaani», sanoi Gandalf tyytyväisenä siihen että hänen kertomuksensa teki hyvän vaikutuksen. »Me istua nökötimme puissa, sudet riehuivat alla ja metsä oli syttymässä tuleen, ja silloin tulivat hiidet vuorilta ja huomasivat meidät. Ne huusivat riemusta ja alkoivat laulaa pilkkalauluja. *Oli viisitoista lintua viidessä puussa.*»

»No mutta», murisi Beorn. »Älä väitä että hiidet eivät osaa laskea. Se ei pidä paikkaansa. Kaksitoista ei ole yhtä kuin viisitoista ja hiidet osaavat tehdä sen eron.»

»Osaan minäkin. Bifur ja Bofur olivat siellä myös. En ole rohjennut esitellä heitä aikaisemmin mutta tässä he ovat.»

Näkyviin tulivat Bifur ja Bofur. »Ja minä myös», huohotti heidän perässään Bombur. Hän oli paksu ja häntä suututti se että hänet oli jätetty viimeiseksi. Hän ei suostunut odottamaan viittä minuuttia vaan tuli heti kahden edellisen perään.

»No, nyt teitä on viisitoista, ja koska hiisien laskupäässä ei ole vikaa, otaksun että tässä ovat kaikki jotka silloin istuivat puissa. Ehkä saamme nyt kuulla tarinan loppuun ilman keskeytyksiä.» Silloin herra Reppuli käsitti kuinka ovela Gandalf oli ollut. Keskeytykset saivat Beornin kiinnostumaan tarinasta enemmän ja tarina taas oli estänyt häntä lähettämästä kääpiöitä tiehensä epäilyttävinä kerjäläisinä. Hän vältti vieraiden kutsumista taloonsa. Hänellä oli harvoja ystäviä ja nämä asuivat hyvän matkan päässä, eikä hän koskaan kutsunut heitä kotiinsa kuin pari kerrallaan. Ja nyt hänen kuistillaan istui viisitoista muukalaista!

Kun velho lopetti tarinan kerrottuaan kuinka kotkat olivat pelastaneet heidät ja kuinka ne olivat kuljettaneet heidät Kivikalliolle, aurinko oli jo vajonnut Sumuvuorten huippujen taa ja varjot pidenneet Beornin puutarhassa.

»Mainio tarina!» Beorn sanoi. »Paras mitä olen kuullut pitkään aikaan. Jos kaikilla kerjäläisillä olisi yhtä hyvä tarina kerrottavana, he saattaisivat havaita minut ystävällisemmäksi. Voi tietysti olla että olette keksineet koko jutun, mutta niin tai näin, illallinen on tarinalla ansaittu. On aika syödä jotakin!»

»Se sopii, kiitos!» kaikki sanoivat yhteen ääneen. »Kiitos, kiitos!»

Salissa oli jo varsin pimeää. Beorn taputti käsiään ja sisään astui neljä kaunista valkoista ponia ja monta isoa hoikkaa harmaata koiraa. Beorn sanoi niille jotakin merkillisellä kielellä joka oli kuin eläinten äänistä koostuvaa puhetta. Ponit ja koirat menivät pois ja tulivat kohta takaisin kantaen suussaan soihtuja jotka ne sytyttivät tulesta ja asettivat salin keskelle tulisijaa ympäröivissä pylväissä oleviin telineisiin. Koirat osasivat seistä takajaloillaan ja kantaa tavaroita etukäpälissään. Ne ottivat näppärästi seinustoilta levyjä ja pukkeja ja pystyttivät pöytiä tulen lähelle.

Sitten kuului »mä-hä-hää!» ja sisään tuli lumivalkoisia lampaita ison sysimustan pässin perässä. Yhdellä oli valkoinen liina jonka reunoihin oli kirjailtu eläinhahmoja ja toisilla oli selässään tarjottimia joilla oli astioita ja kulhoja ja veitsiä ja puulusikoita, ja koirat kattoivat kaiken pöytään. Pöydät olivat hyvin matalia, niin matalia että ne olivat Bilbolle sopivan kokoisia. Yksi poni työnsi pöytien viereen

Beornin sali

Gandalfia ja Thorinia varten kaksi matalaselkäistä penkkiä joissa oli punottu istuin ja matalat tukevat jalat, ja pöydän päähän se työnsi Beornia varten samanlaisen mustan tuolin (jossa istuessaan hän oikaisi jalkansa pitkälle pöydän alle). Muita tuoleja hänen salissaan ei ollut ja arvattavasti ne olivat niin matalat, jotta häntä palvelevien ihmeellisten eläinten olisi helpompi tarjoilla. Millä muut sitten istuivat? Heitä ei unohdettu. Ponit kierittivät sisään pyöreitä pölleja, jotka oli höylätty ja hiottu ja jotka olivat niin matalia että Bilbokin ulottui istumaan sellaisella. Ja kohta olivat kaikki kokoontuneet Beornin pöytään eikä sellaista joukkoa ollut salissa nähty moneen vuoteen.

He nauttivat Beornin talossa aterian jonka veroista he eivät olleet saaneet lähdettyään Lännen Viimeisestä kodosta ja hyvästeltyään Elrondin. Soihtujen ja tulen liekit lepattivat ja pöydissä oli kaksi korkeaa mehiläisvahakynttilää. Koko sen ajan jonka he söivät Beorn kertoi syvällä täyteläisellä äänellään tarinoita vuorten tämänpuoleisilta erämailta, ja ennen muuta hän puhui pimeästä ja pelottavasta metsästä joka levittäytyi vain päivän ratsastusmatkan päässä niin etelään kuin pohjoiseen ja nielaisi itään vievän tien: hän kertoi heille hirveästä Synkmetsästä.

Kääpiöt kuuntelivat ja pudistivat partojaan, sillä he tiesivät että heidän oli pian uskaltauduttava tuohon metsään ja että vuorten jälkeen ennen lohikäärmeen kohtaamista tuo metsä oli pahin vaara heidän matkallaan. Kun ateria oli ohi he alkoivat kertoa omia tarinoitaan, mutta Beorn kävi uneliaaksi eikä niistä juuri piitannut. Enimmäkseen niissä oli aiheena kulta ja hopea ja jalokivet ja seppien taidokkaasti takomat esineet eikä Beorn ilmeisesti välittänyt senkaltaisista asioista: hänen talossaan ei ollut lainkaan kultaisia tai hopeisia tavaroita eikä ylipäätään juuri mitään metalliesineitä veitsien lisäksi.

He istuivat pitkään pöydässä ja joivat simaa puisista haarikois-

ta. Ilta pimeni ulkona. Salin keskellä olevaan tuleen pantiin uudet
rungot ja soihdut sammutettiin, mutta yhä he istuivat tanssivien
liekkien valossa takanaan talon korkeat pylväät jotka olivat ylhäällä
tummia kuin metsän puut. Oliko talossa taikaa, sitä Bilbo ei tien-
nyt, mutta hänestä tuntui että hän kuuli ylhäältä kattohirsistä ikään
kuin tuulen kahinan oksistossa sekä pöllöjen huutoja. Pian hän
alkoi nuokahdella ja äänet etääntyivät kunnes hän heräsi säpsähtäen.
Suuri ovi oli narissut ja paiskattu kiinni. Beorn oli poissa. Kää-
piöt istuivat jalat ristissä lattialla tulen ympärillä ja nyt he alkoivat
laulaa. Jotkut säkeistöt menivät vähän tähän tapaan mutta niitä oli
enemmän ja laulua kesti pitkään:

Tuuli ulvoi pinnassa nummien,
vaan metsä oli tyyni ja hiljainen,
sinne varjot jäivät, ja yöt ja päivät
mustat olennot hiipivät alla sen.

Pian vuorien tuuli vonkui alamailla,
se metsässä mylvi meren pauhun lailla;
oksat ratisivat, puut natisivat
ja olivat kohta lehtiä vailla.

Lännestä itään jatkoi matkaansa tuuli,
ja metsän taas elottomaksi luuli,
vaan yli soiden ja kukkuloiden
sen ujelluksen yhä kuuli.

Ruohikko suhisi, mättäissä kahisi,
kaislikko rahisi — tuuli taas pakeni
yli lammikon, ali auringon,
joka pilvien rippeistä pilkotti.

Se ylitti Vuoren alastoman
ja kohtasi lohikäärmeen luolan oman,
missä lojuivat kummat kivipaadet tummat,
savu samensi ilman valottoman.

Se jätti maailman tavallisuuden,
lensi yli yön merien, avaruuden.
Kuu kiiti päin yötä sen viiman myötä,
se tähtiinkin lietsoi valon uuden.

Bilbon pää alkoi jälleen nuokkua. Äkkiä Gandalf nousi pystyyn.
Hän sanoi:

»Meidän on aika panna maata, vaikka Beorn valvoo. Tässä salissa
voimme nukkua kaikessa rauhassa, mutta varoitan teitä unohtamas-
ta mitä Beorn sanoi ennen lähtöään: teidän ei pidä hortoilla ulos
ennen kuin aurinko on noussut, taikka teidän käy huonosti!»

Bilbo huomasi että salin laitaan oli jo sijattu vuoteet eräänlaiselle
lavalle ulkoseinän ja pylväiden väliin. Häntä odotti pikkuinen olki-
patja ja villaiset vällyt. Hän käpertyi peiton alle ilomielin vaikka oli
kesä. Tuli paloi pienellä liekillä ja hän nukahti kohta. Mutta yöllä
hän heräsi. Tulesta oli jäljellä pari hehkuvaa kekälettä ja hengityk-
sestä päätellen kääpiöt ja Gandalf nukkuivat; korkealla kumottava
kuu heitti katossa olevasta savuräppänästä valkean läiskän lattiaan.

Ulkoa kuului murinaa ja kuulosti siltä kuin ovella olisi touhunnut jokin iso eläin. Bilbo mietti mikä se mahtoi olla ja oliko se ehkä Beorn lumotussa muodossa ja tulisiko hän sisään karhuna ja tappaisi heidät. Hän sukelsi vällyjen alle ja veti päänsäkin sisään ja nukahti uudestaan peloista huolimatta.

Aamu oli jo valjennut kun hän heräsi. Joku kääpiöistä oli kierinyt hänen ylitseen omalta paikaltaan ja pudonnut tömähtäen lavalta alas. Se oli Bofur ja hän manasi lattialla putoamistaan kun Bilbo avasi silmänsä.

»Ylös laiskuri», hän sanoi, »tai jäät ilman aamiaista.»

Bilbo ponkaisi pystyyn. »Aamiaista!» hän huusi. »Onko jossakin aamiaista?»

»Enimmäkseen meidän mahassamme», vastasivat kääpiöt joita liikkui salissa. »Mutta kuistilta löydät tähteet. Me olemme etsiskelleet Beornia siitä lähtien kun aurinko nousi mutta miestä ei näy missään vaikka heti ulos mentyämme huomasimme valmiiksi katetun aamiaispöydän.»

»Missä Gandalf on?» Bilbo kysyi ja kipitti ovelle päästäkseen mitä pikimmin syömään.

»Ulkona», vastasivat kääpiöt. Mutta Bilbo ei nähnyt koko päivänä velhosta vilaustakaan ennen kuin ilta tuli. Juuri ennen auringon laskua Gandalf marssi saliin jossa hobitti ja kääpiöt söivät illallista Beornin ihmeellisten eläinten palvellessa heitä niin kuin ne olivat tehneet koko päivän. Beornia ei ollut näkynyt eikä kuulunut edellisen illan jälkeen ja he alkoivat häkeltyä.

»Missä meidän isäntämme on ja missä sinä olet ollut koko päivän?» he tivasivat.

»Yksi kysymys kerrallaan – eikä yhtä ainutta ennen kuin olen syönyt! En ole syönyt muruakaan aamiaisen jälkeen.»

Viimein Gandalf työnsi sivuun lautasensa ja tuoppinsa – hän oli syönyt kaksi kokonaista limppua (ja vaikka millä mitalla voita ja hunajaa ja paksua kermaa leivän päällä) ja juonut ainakin kaksi kannua simaa – ja otti esiin piippunsa. »Minä vastaan jälkimmäiseen kysymykseen ensiksi», hän sanoi »– mutta totisesti! täällähän on hyvä puhaltaa savurenkaita!» Eivätkä he vähään aikaan saaneet hänestä mitään irti kun hän vain puhalteli savurenkaita, pani ne väistelemään pylväitä ja muutti niiden muotoa ja väriä ja lähetti ne viimein toisiaan takaa ajaen räppänästä ulos. Ulkoa katsoen näky oli varmaan melko omituinen: toinen toisensa perään katosta putkahti vihreitä, sinisiä, punaisia, hopeanharmaita, keltaisia, valkoisia, isoja ja pieniä renkaita, ja aina välillä jokin pieni pujahti ison läpi ja toiset liittyivät yhteen kahdeksikoiksi kunnes koko joukko liiti pois kuin lintuparvi.

»Minä olen tutkinut karhunjälkiä», Gandalf sanoi viimein. »Täällä on ollut kaikesta päätellen melkoinen karhujen kokous viime yönä. Käsitin kohta että Beorn ei ole voinut tehdä kaikkia jälkiä, niitä oli niin paljon ja sitä paitsi ne olivat erikokoisia. Tekisi mieli väittää että täällä on ollut pieniä karhuja, suuria karhuja, tavallisia karhuja ja aivan jättiläismäisiä karhuja ja että kaikki ovat tanssineet talon ulkopuolella pimeän tulosta aamunkoittoon. Niitä on tullut melkein joka suunnasta paitsi ei lännestä joen takaa ja vuorilta. Siihen suuntaan johtavat vain yhdet jäljet – eikä sieltäpäin tule ainuitakaan. Minä seurasin niitä Kivikalliolle saakka. Siellä jäljet katosivat jokeen mutta virta oli minun ylitettäväkseni liian vuolas. Muistanette hyvin että tältä rannalta pääsee Kivikalliolle helposti kahlaamoa myöten, mutta toisella puolella kohoaa kallio pyörteisestä väylästä jyrkkänä. Sain kävellä virstakaupalla ennen kuin löysin paikan jossa joki oli niin leveä ja matala että pääsin kahlaamaan ja uimaan sen yli ja sen jälkeen sain kävellä samat virstat takaisin ennen kuin löysin jäljet uudestaan. Sitten olikin jo niin myöhä etten voinut seurata niitä kovin pitkälle. Ne johtivat suoraan kohti Sumuvuorten itälaidalla kohoavaa mäntymetsää jossa meillä oli mukava kohtaaminen hukkien kanssa toissayönä. Ja nyt olen käsittääkseni vastannut myös ensimmäiseen kysymykseen», lopetti Gandalf puheensa ja istui sitten pitkään vaiti.

Bilbo arveli tietävänsä mitä velho tarkoitti. »Mitä me teemme», hän huudahti, »jos Beorn johdattaa kaikki sudet ja hiidet tänne? Me jäämme kiikkiin ja meidät tapetaan! Minä kun luulin sinun sanoneen ettei hän ole niiden ystävä.»

»Niin sanoin. Älä ole hölmö! Paras kun menet nukkumaan, järjenjuoksusi reistailee.»

Hobittia tämä puhe masensi, ja kun mitään muutakaan ei näyttänyt olevan tehtävissä, hän noudatti neuvoa ja nukahti kääpiöiden lauluun miettien yhä mielessään Beornia, ja hän näki unta jossa sadat mustat karhut tanssivat hitaasti pitkin pihaa kuun valossa. Kun kaikki muut jo nukkuivat, hän havahtui ja kuuli samaa kaapimista ja raapimista ja nuuhkimista ja mörinää kuin edellisenä yönä.

Seuraavana aamuna heidät herätti Beorn itse. »Täälläkö te yhä olette?» hän jylisi. Hän nosti hobitin pystyyn ja nauroi: »Sinua ei ole näemmä syönyt hukka eikä hiisi eikä kauhea karhu.» Ja hän tökki herra Reppulin liiviä mitä epäkunnioittavimmin. »Pikku pupu on lihonut saatuaan leipää ja hunajaa», hän hohotti. »Tule niin saat lisää.»

Kaikki menivät aamiaiselle hänen kanssaan. Beorn oli vaihteeksi oikein hilpeä, hän näytti olevan mitä parhaalla tuulella ja nauratti heitä hauskoilla tarinoillaan, eikä heidän tarvinnut jäädä miettimään missä hän oli ollut taikka miksi hän oli heille niin ystävällinen, koska hän kertoi itse. Hän oli ollut joen toisella puolen, vuorilla asti – mistä voitte päätellä että hän pystyy karhuna matkaamaan melkoista vauhtia. Susien kärventyneellä aukiolla hän oli pian saanut selville että heidän tarinansa oli ollut siltä osin tosi, mutta hän oli saanut selville enemmänkin. Hän oli ottanut kiinni hukan ja hiiden, jotka harhailivat metsissä, ja oli saanut näiltä tietoja: hiisipartiot jahtasivat yhä hukkien kanssa kääpiöitä ja ne olivat suuren vihan vallassa sekä Ison hiiden surman että johtajasuden kuonon kärventymisen takia kuin myös sen vuoksi että moni sen tärkeimmistä alaisista oli saanut surmansa. Tämän kaiken Beorn puristi niistä ulos, mutta hän arveli että pahempaakin oli vireillä ja että ne suunnittelivat kokonaisen susiliittolaisilla vahvistetun hiisiarmeijan retkeä vuorten juurelle tarkoituksena joko löytää kääpiöt tai ainakin kostaa niillä tienoilla asuville ihmisille ynnä muille, joiden arveltiin suojelevan kääpiöitä.

»Tarinanne oli mainio», Beorn sanoi, »ja minä pidän siitä vielä enemmän kun tiedän että se on tosi. Suokaa anteeksi ettei sananne riittänyt. Jos itse eläisitte lähellä Synkmetsän laitaa, ette uskoisi kenenkään sanaa ellette tunne häntä kuin omaa veljeänne ja paremminkin. Voin vain sanoa että olen palannut kotiin kiireimmän kaupalla nähdäkseni että olette turvassa ja tarjotakseni kaikkea mahdollista apua. Tämän jälkeen pidän kääpiöitä suuremmassa arvossa.» Hän hekotti pahanilkisesti itsekseen. »Pistivät hengiltä Ison hiiden, kas mokomia!»

»Mitä sinä teit hukalle ja hiidelle?» kysyi Bilbo äkkiä.

»Tulkaa katsomaan!» Beorn sanoi ja he seurasivat häntä talon kulman taakse. Kepin nenään portin pieleen oli pistetty hiiden pää ja viereiseen puuhun oli naulattu hukannahka. Beorn oli vihollisena julma. Mutta heille hän oli ystävä ja Gandalf katsoi parhaaksi kertoa hänelle koko tarinan ja paljastaa matkan aiheen jotta he saisivat häneltä parhaan mahdollisen avun.

Tämän kaiken hän lupasi: metsän reunaan asti hän antaisi kunkin käyttöön ponin ja Gandalfille hevosen ja antaisi heille mukaan usean viikon muonavarat (säännöstellen käytettäväksi) pakattuna matkaa silmälläpitäen: pähkinöitä, jauhoja, kuivattuja hedelmiä purkeissa, hunajaa punaisissa keramiikkapytyissä ja uunissa kuivattuja korppuja jotka olivat hyvin säilyviä ja joita syötyään matkalainen jaksoi kulkea pitkän matkan. Näiden korppujen valmistustapa oli yksi hänen salaisuutensa, hunajaa niissä oli niin kuin melkein kaikessa hänen ruoassaan ja ne olivat hyvänmakuisia joskin niistä tuli jano. Hän sanoi ettei heidän tarvitsisi kuljettaa vettä mukanaan metsän tällä puolella, sillä matkan varrella oli puroja ja lähteitä. »Mutta matka halki Synkmetsän on valoton, vaarallinen ja vaikea», hän sanoi. »Sieltä ei löydy helpolla vettä eikä ruokaa. Pähkinät eivät ole vielä kypsyneet (mutta kuka tietää vaikka ne olisivat ylikypsiä ennen kuin olette ehtineet toiseen laitaan) eikä metsässä pähkinöiden lisäksi kasva juuri mitään syötäväksi kelpaavaa, kaikki on siellä pimeää, outoa ja villiä. Minä annan teille nahkaleilit veden kuljettamista varten ja annan myös jousia ja nuolia. Mutta epäilen kovasti, tokko mitään mitä Synkmetsässä tapaatte, on hyvä syödä tahi juoda. Tien poikki kulkee tietämäni mukaan yksi virta ja se on musta ja vuolas. Siitä teidän ei pidä juoda eikä siinä peseytyä, sillä olen kuullut että vedessä on lumous joka aiheuttaa suuren uneliaisuuden ja unohduksen. Enkä usko, että te tuon metsän hämärissä varjoissa saatte ammutuksi mitään – syötävää eli ei – poikkeamatta polulta. Ja polulta EI SAA poiketa, ei mistään syystä.

Tämän enempää neuvoja en teille anna. Metsässä minusta ei ole paljonkaan apua, saatte luottaa onneenne ja rohkeuteenne ja ruokaan jolla teidät varustan. Joudun pyytämään että lähetätte takaisin ponini ja hevoseni metsän portilta. Mutta toivon että matkanne taittuu joutuisasti; kotini on aina teille avoin jos jolloinkin kuljette taas tätä kautta.»

He kiittelivät häntä tietysti kovasti, kumarsivat ja heiluttivat huppulakkejaan ja sanoivat yhä uudestaan: »Palveluksessanne, oi suuren puusalin valtias!» Mutta hänen vakavat sanansa painoivat mielialan alas ja heistä rupesi tuntumaan että retki oli paljon vaarallisempi kuin he olivat etukäteen ajatelleet ja – mikä pahinta – vaikka he selviäisivät ehjin nahoin matkan vaaroista, sen päässä heitä odotti lohikäärme.

Koko sen aamun he valmistelivat tarmokkaasti lähtöä. Pian puolenpäivän jälkeen he söivät viimeisen kerran Beornin kanssa ja aterioituaan he nousivat hänen lainaamiensa ratsujen selkään ja hyvästelivät hänet moneen kertaan, ratsastivat ulos hänen portistaan ja lähtivät matkaan hyvää vauhtia.

Niin pian kuin Beornin maita idässä rajoittavat korkeat pensasaidat olivat jääneet taakse he kääntyivät kohti pohjoista ja jatkoivat sitten matkaa luoteeseen. Beornin neuvosta he eivät lähteneet pyrkimään hänen maittensa eteläpuolella kulkevalle varsinaiselle metsätielle. Jos he olisivat tulleet solan kautta, vuorilta tuleva polku olisi tuonut heidät puronvartta suurelle joelle monen virstan päähän etelään Kivikalliolta. Joessa oli sillä kohden syvä kahlaamo, jonka ylittäminen olisi ehkä onnistunut ponien kanssa. Kahlaamolta tie vei metsän reunaan siihen missä vanha metsätie alkoi. Mutta Beorn oli varoittanut heitä ja sanonut että hiidet käyttivät usein nykyään sitä tietä, sitä paitsi itse metsätie oli hänen kuulemansa mukaan itäisestä päästään käyttämätön, sen väitettiin kasvaneen umpeen ja johtavan ylipääsemättömille soille joilta kaikki polut olivat kadonneet. Tie tuli idässä metsästä ulos hyvän matkaa Yksinäisen vuoren eteläpuolella ja heillä olisi ollut edessä vielä pitkä ja hankala taival pohjoiseen. Kivikallion pohjoispuolella Synkmetsä ulottui lähemmäksi Suuren virran rantaa, tosin myös vuoret olivat siinä kohden lähempänä. Beorn neuvoi heidät sinne, koska muutaman päivän ratsastuksen päästä Kivikalliolta pohjoiseen lähti Synkmetsän halki tie, jota ei juuri lainkaan tunnettu ja joka vei melkein suoraan Yksinäiselle vuorelle.

Beorn sanoi: »Hiidet eivät uskalla ylittää Suurta virtaa alle sadan virstan päässä Kivikalliolta pohjoiseen eivätkä tulla lähellekään minun taloani – se on hyvin vartioitu öisin! – mutta teinä minä ratsastaisin nopeasti, sillä jos ne lähtevät kohtapuoliin sotaretkelleen, ne ylittävät joen etelässä ja haravoivat koko metsän laidan katkaistakseen teidän reittinne, ja hukat laukkaavat poneja nopeammin. Silti teidän on turvallisempaa lähteä pohjoiseen, vaikka vaikuttaa siltä kuin olisitte menossa kohti niiden pesäpaikkoja, sillä sitä ne vähiten odottavat ja saadakseen teidät kiinni ne joutuvat kulkemaan pidemmän matkan. Menkää, ja joutukaa nopeasti!»

Sen tähden he ratsastivat nyt keskittyneesti ja vaiti, he kannustivat ratsut laukkaan milloin maasto oli tasainen ja kasvoi ruohikkoa, ja vuoret häämöttivät tummina heidän vasemmalla puolellaan ja kaukana erottuva jokiranta puineen tuli vähä vähältä lähemmäksi. Auringon kaari oli vasta taittunut länttä kohti kun he aloittivat matkansa ja iltaan saakka se loisti kultaisena maiden yllä. Oli vaikea kuvitella, että heidän jäljessään olisi takaa-ajavia hiisiä, ja kun matkaa Beornin taloon oli kertynyt useampi virsta, he alkoivat taas jutella ja laulaa ja edessä odottava synkkä metsätie rupesi unohtumaan. Illan hämärissä, vuorten piirtyessä tummina auringonlaskua vasten, he pystyttivät leirin ja asettivat vartiot ja moni nukkui levottomasti nähden unia joissa takaa ajavat sudet ulvoivat ja hiidet kiljuivat.

Mutta seuraava aamu valkeni kirkkaana ja kauniina. Maan yllä leijui syksystä kertovaa valkeaa usvaa ja ilma oli kirpeä, mutta pian nousi aurinko idästä ja usva häipyi, ja he lähtivät matkaan varjojen ollessa vielä pitkät. Niin he ratsastivat vielä kaksi päivää eivätkä he koko aikana nähneet muuta kuin ruohoa ja kukkia ja lintuja ja jonkin puun ja muutamia pieniä peuralaumoja syömässä tai lojumassa varjossa keskipäivän aikaan. Bilbo näki peurojen sarvien pistävän esiin korkeasta ruohosta ja aluksi hän luuli niitä kuiviksi puiden oksiksi. Kolmantena iltana heillä oli suuri into jatkaa matkaa, koska Beorn oli sanonut että he tulisivat tien alkuun varhain neljäntenä päivänä, ja he ratsastivat vielä hämärän tulon jälkeen kuun valossa yöhön asti. Valon kadotessa Bilbo kuvitteli nähneensä oikealla tai sitten vasemmalla suuren karhun epäselvän hahmon kontimassa samaan suuntaan kuin he. Mutta kun hän uskalsi mainita näkemästään Gandalfille, velho sanoi vain: »Shh! Älä ole huomaavinasi!»

Seuraavana päivänä he lähtivät liikkeelle ennen auringonnousua vaikka yö oli ollut lyhyt. Niin pian kuin tuli valoisaa, näytti kuin metsä olisi tullut kohti, heitä vastaan, tai odottanut heitä kuin musta pelottava muuri. Maa rupesi nousemaan ja hobitista tuntui että hiljaisuus alkoi tiivistyä. Lintujen laulua oli vähemmän. Peuroja ei enää ollut, he eivät nähneet edes kaniineja. Iltapäivän tullen he olivat saapuneet Synkmetsän laitaan ja lepäsivät melkein sen uloimpien puiden isojen oksien alla. Niiden rungot olivat valtavat ja kyhmyiset, oksat käkkyräiset ja lehdet pitkänomaiset ja tummat. Puiden rungoilla ja maassa kasvoi murattia.

»No niin, tämä on Synkmetsä», sanoi Gandalf. »Suurin pohjoisen metsistä. Toivon että se miellyttää teitä. Nyt teidän on lähetettävä takaisin nämä mainiot ponit jotka olette saaneet vain lainaksi.» Kääpiöiden teki mieli panna vastaan mutta velho moitti heitä tyhmyydestä. »Beorn ei ole niin kaukana kuin te ehkä luulette, ja paras on joka tapauksessa pitää lupaukset, sillä hän on ikävä vihollisena. Herra Reppulilla on tarkemmat silmät kuin teillä, mikäli te ette ole nähneet joka ilta pimeäntulon jälkeen suuren karhun kulkevan etäällä rinnallamme taikka istuvan kaukana kuutamossa tarkkailemassa leiriämme. Se ei ole ainoastaan vartioinut ja opastanut teitä, se on myös pitänyt silmällä poneja. Beorn saattaa olla ystävänne, mutta eläimiään hän rakastaa kuin omia lapsiaan. Te ette käsitä miten suuren armon te olette saaneet hänen silmissään kun hän sallii kääpiöiden ratsastaa niillä näin kauas tällaista vauhtia, ettekä näy ymmärtävän miten teidän käy jos yritätte viedä niitä metsään.»

»Entä hevonen?» kysyi Thorin. »Et puhu sen takaisin lähettämisestä mitään.»

»En puhu, koska en lähetä.»

»Kuinka on sitten sinun lupauksesi laita?»

»Siitä pidän minä huolen. En lähetä hevosta takaisin koska minä ratsastan sillä takaisin!»

Silloin he käsittivät, että Gandalf aikoi hyljätä heidät Synkmetsän rajalla ja se herätti heissä epätoivoa. Mutta mikään puhe ei saanut velhoa muuttamaan mieltään.

»Tämä kaikki on jo puitu Kivikalliolla», hän sanoi. »Turha väitellä. Minulla on, kuten olen teille kertonut, tärkeitä asioita toimitettavana etelässä, ja olen jo myöhässä sen takia että olen katsonut teidän peräänne. Kenties tapaamme ennen kuin kaikki on ohi,

Kummallinen koti

vaikka toisaalta on tietenkin mahdollista että emme tapaa. Se riippuu onnestanne ja rohkeudestanne ja siitä onko teillä järkeä päässä – ja minä annan teille mukaan herra Reppulin. Olen sanonut teille ennenkin, että hänessä on enemmän ytyä kuin päältä näkee, ja sen te saatte ennen pitkää havaita. Piristy siis, Bilbo, äläkä näytä niin myrtyneeltä! Reippaampi ilme, Thorin, ja koko joukko! Teidän retkennehän tämä on. Ajatelkaa aarretta joka teitä odottaa matkan päässä ja jättäkää metsä ja lohikäärme mielestänne edes huomiseen!»

Kun huominen tuli, hän sanoi yhä samaa. Heidän ei auttanut muu kuin täyttää nahkaleilit vedellä läheltä tien alkua löytämästään lähteestä ja purkaa ponien pakkaukset. He jakoivat varusteet niin tasapuolisesti kuin taisivat, vaikka Bilbosta kyllä tuntui että hänen osuutensa oli tappavan raskas eikä häntä ollenkaan houkutellut ajatus että hänen pitäisi tarpoa virstakaupalla kaikki se kama selässään.

»Älä huoli!» Thorin sanoi. »Pakkaukset kevenevät liiankin pian! Ennen pitkää saattaa itsekukin haaveilla että hänen kantamuksensa olisi raskaampi, nimittäin kun ruokavarat alkavat huveta.»

Sitten he viimein hyvästelivät ponit ja käänsivät niiden turvat kotia kohti. Ponit kiihdyttivät hilpeään raviin iloiten silminnähden siitä että saivat kääntää häntäpuolen kohti Synkmetsän varjoa. Niiden kadotessa näkyvistä Bilbo olisi voinut vannoa, että hän näki jonkin karhuntapaisen erkanevan puiden varjoista ja tallustavan kiireesti niiden perään.

Sitten heitti Gandalf hyvästit. Bilbo istui maassa, hänellä oli erinomaisen kurja olo ja hän toivoi olevansa korkean hevosen selässä istuvan Gandalfin rinnalla. Hän oli käynyt metsänreunassa heti syötyään aamiaista (jossa ei ollut kehumista) ja metsä oli näin aamullakin ollut pimeä kuin yö ja käsittämätön; »Se ikään kuin väijyy», kuvaili hän vaikutelmaa itselleen.

»Näkemiin», sanoi Gandalf Thorinille. »Näkemiin kaikki, näkemiin! Kulkekaa nyt suoraan metsän poikki. Älkää poiketko tieltä! Sen jos teette, niin tuhat yhtä vastaan ette löydä enää takaisin ettekä ikinä pääse pois Synkmetsästä, missä tapauksessa en minä eikä kukaan muukaan enää näe teitä.»

»Täytyykö meidän ihan totta mennä metsän läpi», valitti hobitti.

»Kyllä täytyy», sanoi velho, »mikäli tahdotte päästä sen toiselle puolelle. Teidän on joko mentävä metsän läpi tai luovuttava aikeestanne. Enkä minä salli että sinä nyt lähdet takaisin, hyvä herra Reppuli. Hävettää puolestasi että mietitkin semmoista. Sinun tehtäväsi on nyt pitää huolta näistä kääpiöistä», hän nauroi.

»Ei ei», sanoi Bilbo, »ymmärsit väärin. Tarkoitin että eikö metsää voi kiertää?»

»Voi, jos taivaltaa noin kaksisataa ylimääräistä virstaa pohjoiseen ja marssii kaksi kertaa sen verran takaisin etelään. Mutta sekään ei ole turvallinen tie. Täälläpäin maailmaa ei turvallisia teitä olekaan. Muistakaa, että olette Erämaan puolella ja minne tahansa täällä kulkee, kaikenlaista ohjelmaa on tiedossa. Jos lähtisitte kiertämään Synkmetsän pohjoispuolitse, joutuisitte Harmaavuorten rinteille ennen kuin huomaisittekaan, ja siellä suorastaan vilisee hiisiä, hirmuja ja örkkejä, kaikki pahinta lajia. Jos taas yrittäisitte kiertää etelän kautta, joutuisitte Noidan maille, eikä minun tarvitse sanoa enempää siitä mustasta manaajasta edes sinulle, Bilbo. En neuvo menemään lähellekään paikkoja joihin hänen mustasta tornistaan näkee! Pysytelkää metsätiellä, säilyttäkää rohkea mieli, toivokaa parasta, niin ehkä te parhaalla mahdollisella onnella tulette ulos metsästä sen toisessa laidassa ja näette alhaalla levittäytyvät Isot rämeet ja niiden takana kaukana idässä Yksinäisen vuoren jossa rakas ystävämme Smaug asustaa, vaikka toivoa sopii että se ei arvaa odottaa teitä.»

»Sinäpä puhut rohkaisevasti», nurisi Thorin. »Näkemiin vain! Jos et tule kanssamme, paras kun painut tiehesi pitemmittä puheitta!»

»Näkemiin siis toden teolla!» Gandalf sanoi ja käänsi hevosensa ja ratsasti pois länttä kohti. Mutta ei hän voinut vastustaa kiusausta sanoa viimeinen sana. Ennen kuin hän oli kuulomatkan ulkopuolella, hän kääntyi, pani kämmenet torveksi suun eteen ja huusi. Kaukaa he kuulivat heikosti hänen äänensä: »Näkemiin! Olkaa kunnolla ja pitäkää huoli itsestänne – ÄLKÄÄKÄ POIKETKO POLULTA!»

Sitten hän laukkasi pois ja oli kohta kadonnut näkyvistä. »Näkemiin vain ja ala painua!» murisivat kääpiöt joita suututti sitä enemmän siksi että hänen lähtönsä aiheutti heissä kouristavaa pelkoa. Nyt alkoi koko matkan vaarallisin osa. Kukin heitti olalle osakseen tulleen raskaan kantamuksen ja vesileilin, ja he kääntyivät valosta pois ja tunkeutuivat metsään.

Kahdeksas luku

··· HÄMÄHÄKKEJÄ ···

HE TARPOIVAT YHDESSÄ jonossa. Metsän seinämässä oli kaareva auk-
ko joka johti synkkään käytävään kahden toisiinsa nojaavan puun
alle, ja puut olivat niin vanhoja ja muratin kuristamia ja jäkälän peit-
tämiä, ettei niissä kasvanut kuin muutama mustunut lehti. Itse väylä
oli kapea ja kiemurteli sinne tänne puunrunkojen lomassa. Pian oli
aukon valo enää pieni kaukainen reikä heidän takanaan ja hiljaisuus
oli niin syvä että tuntui kuin puut olisivat kumartuneet kuuntele-
maan heidän kaiuttomia askeleitaan.

Silmien tottuessa hämärään he rupesivat erottamaan jotakin
tummanvihreässä hohteessa polun sivuilla. Toisinaan pisti heidän
edessään maahan ohuena ja kirkkaana kaita auringonsäde, joka oli
onnistunut pujahtamaan jostakin aukosta ylhäällä lehvistössä ja jota
toisiinsa kietoutuneet isot ja pienet oksat eivät olleet pysäyttäneet.
Mutta sitä sattui harvoin ja kohta ei enää ollenkaan.

Metsässä oli mustia oravia. Vähitellen Bilbon tarkat uteliaat sil-
mät erottivat vilaukselta oravia puikkimassa tieltä pois ja juoksente-
lemassa runkojen takana. Kummallisia ääniä hän kuuli myös, alus-
kasvillisuuden seasta ja maata paikka paikoin paksuna peittävän leh-
timaton alta kuului urahduksia, vilinää ja suhahtelua, mutta äänten
aiheuttajia hän ei nähnyt. Vähiten heitä näkemästään miellyttivät
tummat tiheät hämähäkinverkot joissa oli tavattoman paksut seitit
ja joita oli kudottu puiden alaoksille ja runkojen väliin kummankin
puolen kulkijoita. Polun poikki niitä ei ollut punottu, eivätkä he
tienneet oliko tie auki jonkin taian takia vai jostakin muusta syystä.

Ei kestänyt kauankaan, kun he alkoivat vihata metsää yhtä sydämensä pohjasta kuin he olivat vihanneet hiisien tunneleita ja heistä tuntui, että metsästä olisi vielä vaikeampi päästä pois. Mutta matkaa oli pakko jatkaa vielä senkin jälkeen kun halu nähdä taivas ja aurinko ja tuntea tuuli kasvoilla oli niin vahva että se teki kipeää. Oksakaton alla ilma ei värähtänytkään, siellä oli iankaikkisen liikkumatonta ja pimeää ja tunkkaista. Kääpiötkin kärsivät siitä ja he ovat sentään tottuneet maanalaisiin käytäviin ja voivat elää pitkiä aikoja vailla auringon valoa, mutta hobitti (joka, vaikka hän mielellään teki kodin koloon, ei suinkaan viettänyt sisällä kesäisiä päiviä) koki vähitellen tukehtuvansa.

Yöt olivat pahimmat. Oli pilkkopimeää – eikä pimeys ollut sellaista mihin te olette tottuneet vaan umpipimeää jossa ei näe mitään, pelkkää mustaa. Bilbo yritti heilutella kättä nenänsä edessä eikä nähnyt sitä ollenkaan. Ehkä on väärin sanoa että he eivät nähneet mitään, sillä he näkivät silmiä. He nukkuivat kiinni toisissaan ja pitivät vuorotellen vartiota, ja kun Bilbon vuoro tuli, hän erotti pimeässä kiiluvia täpliä: häntä saattoi vähän matkan päästä tuijottaa keltainen tai punainen tai vihreä silmäpari, joka himmeni hiljalleen ja alkoi vähitellen hohtaa jossakin toisessa paikassa. Toisinaan niitä kiilui oksistossa hänen yläpuolellaan ja se oli todella kammottavaa. Mutta eniten häntä inhottivat kelmeät ja pullottavat silmät. »Tulee mieleen hyönteinen», hän ajatteli, »ei niinkään nelijalkainen – mutta ei hyönteisellä voi olla noin isot silmät.»

Vaikka ei ollut vielä kovin kylmä, he yrittivät sytyttää yöksi vartiotulia, mutta luopuivat yrityksestä pian. Tuli tuntui tuovan heidän ympärilleen satamäärin silmiä, vaikka otukset, mitä lienevätkin olleet, varoivat visusti koskaan näyttäytymästä liekkien heikossa lepattavassa valossa. Mutta pahempaa oli se että tuli houkutteli tuhansia tummanharmaita ja mustia yöperhosia, joista jotkut olivat melkein ihmiskämmenen kokoisia, ja ne lepattivat ja kieppuivat matkalaisten korvissa. Ne olivat aivan sietämättömiä, ja inhottavia olivat myös valtavat lepakot jotka olivat mustia kuin silkkipytyt, ja niin he lakkasivat sytyttämästä nuotioita ja istuivat ja torkkuivat yönsä suuressa vastenmielisessä pimeydessä.

Kaikkea tätä jatkui hobitin mielestä loputtomiin, ja aina hänen oli nälkä, sillä he säännöstelivät tarkasti muonavarojaan. Silti heitä alkoi hermostuttaa, kun päivä seurasi toista ja metsä oli ja pysyi samanlaisena. Ruoka ei riittäisi ikuisesti ja alkoi itse asiassa jo huveta. He yrittivät metsästää oravia ja menettivät monta nuolta ennen kuin yksi niistä oli kaadettu polulle. Mutta kun se oli paistettu, kävi ilmi että se maistui aivan kamalalta, eivätkä he sen jälkeen enää ampuneet oravia.

Janokin heillä oli, sillä vettä ei ollut liikaa eikä missään näkynyt jokea tai lähdettä. Tässä tilassa he olivat, kun eräänä päivänä polun katkaisi virtaava vesi. Se virtasi nopeasti ja voimakkaasti mutta ei kovin leveänä juuri heidän tiensä poikki, ja se oli musta tai näytti hämärässä mustalta. Hyvä että Beorn oli varoittanut heitä siitä, muuten he olisivat juoneet sen vettä väristä piittaamatta ja täyttäneet jo tyhjennet leilit. Nyt he miettivät vain miten pääsisivät sen yli kastelematta itseään sen vedessä. Joen yli oli joskus vienyt puusilta, mutta se oli lahonnut ja romahtanut; jäljellä oli vain muutama katkennut paalu rannan tuntumassa.

Bilbo laskeutui polvilleen äyräälle ja katsoi joen poikki ja huusi: »Vastarannalla on vene! Olisi nyt ollut tällä rannalla!»

»Kuinka kaukana se on, mitä sanot?» kysyi Thorin, sillä he tiesivät jo että Bilbolla oli joukon tarkimmat silmät.

»Ei ollenkaan kaukana. Matkaa on ehkä kuusi syltä.»

»Kuusi syltä! Minä olisin arvannut vähintään viisitoista, mutta silmäni eivät ole yhtä hyvät kuin sata vuotta sitten. Ikävä vain että kuusi syltä on meille sama kuin virsta. Sellaista väliä ei loikata eikä uiminen tai kahlaaminen tule kysymykseen.»

»Osaako kukaan teistä heittää köyttä?»

»Mitä apua köydestä on? Vene on varmasti kiinni vaikka saisimmekin heitetyksi siihen koukun, mitä sitäkin epäilen.»

»En usko että se on kiinni», Bilbo sanoi, »vaikka tässä valossa on vaikea sanoa varmasti. Minusta näyttää että se on vain vedetty polun päässä olevaan matalaan rantaan.»

»Dori on meistä vahvin, mutta Fili on nuorin ja hänellä on paras näkö», Thorin sanoi. »Tule tänne, Fili, näetkö veneen josta herra Reppuli puhuu?»

Fili arveli näkevänsä ja tuijotettuaan venettä kauan suunnan varmistamiseksi hän pyysi tovereiltaan köyttä. Köysiä oli mukana useita ja pisimmän päähän he sitoivat ison rautakoukun jota oli käytetty pakkausten olkaremmien kiinnittämiseen. Fili otti koukun, punnitsi sitä hetken kädessään ja heitti joen poikki.

Loiskis! Koukku putosi veteen! »Jäi lyhyeksi!» sanoi Bilbo joka tähysi vastarantaan. »Vain kyynärä lisää, niin se olisi pudonnut veneeseen. Yritä uudestaan. Tuskin lumous on niin vahva että märkään köyteen koskeminen ketään haittaa.»

Fili otti koukun vedettyään sen takaisin, mutta he näkivät että häntä epäilytti. Tällä kertaa hän käytti enemmän voimaa.

»Nyt tarkkana!» Bilbo sanoi. »Se lensi metsään asti. Vedä varovasti takaisin.» Fili lappoi köyttä kevyesti ja kohta Bilbo sanoi: »Varovasti! Se on veneen päällä, toivotaan että koukku ottaa kiinni.»

Se otti. Köysi kiristyi ja Fili kiskoi sitä turhaan. Kili tuli avuksi ja sitten Oin ja Gloin. He vetivät vetämistään ja äkkiä kaikki kaatuivat selälleen. Bilbo oli varuillaan ja sai köydestä kiinni ja pysäytti kepillä pienen mustan veneen kun se huristi joen poikki. »Apua!» hän huusi ja Balin ehti juuri ja juuri tarttua veneeseen ennen kuin virta vei sen mennessään.

»Se oli sittenkin kiinni», Balin sanoi nähdessään katkenneen köydenpätkän veneen kokassa. »Hyvin vedetty, pojat, hieno juttu että meidän köytemme oli kestävämpi.»

»Kuka menee ensimmäiseksi yli?» Bilbo kysyi.

»Minä», Thorin sanoi, »ja sinä tulet minun kanssani samoin kuin Fili ja Balin. Sen enempää veneeseen ei kerralla mahdu. Sen jälkeen Kili ja Oin ja Gloin ja Dori, sitten Ori ja Nori sekä Bifur ja Bofur ja viimeisinä Dwalin ja Bombur.»

»Minä olen aina viimeinen, se ei ole reilua», Bombur sanoi. »Tänään on jonkun toisen vuoro.»

»Kuka käskee olla niin paksu. Sen takia sinut sijoitetaan viimeiseen ja kevyimpään veneelliseen. Älä sinä vastusta määräyksiä tai sattuu jotakin ikävää.»

»Airoja ei ole. Miten te aiotte saada veneen vastarannalle?» hobitti kysyi.

»Anna toinen köysi ja toinen koukku», Fili sanoi ja kun koukku oli köydessä kiinni hän heitti sen pimeyteen eteen ja ylös kaikin voimin. Koska se ei pudonnut alas he päättelivät sen takertuneen oksiin. »Veneeseen», komensi Fili. »Yksi vetää tästä köydestä joka on tarttunut puuhun. Joku toinen pidelköön ensimmäistä koukkua niin että kun olemme turvallisesti vastarannalla hän voi kiinnittää sen taas veneeseen ja te voitte hilata veneen takaisin.»

Näin menetellen he olivat pian kaikki turvallisesti lumotun joen toisella rannalla. Dwalin oli juuri kömpinyt veneestä köysikäärö käsivarrella ja Bombur (joka äksyili yhä) valmistautui astumaan hänen peräänsä kun sattui jotakin ikävää. Edestäpäin tieltä kuului kopinaa. Hämärästä ryntäsi äkkiä esiin pakeneva peura. Se juoksi päin kääpiöitä ja kaatoi heidät ja valmistautui hyppyyn. Se loikkasi korkealle ja ylitti joen mahtavassa kaaressa. Mutta se ei päässyt vastarannalle ehjin nahoin. Päinvastoin kuin muut, Thorin oli pysynyt jaloillaan ja pitänyt päänsä kylmänä. Heti maihin päästyään hän oli jännittänyt jousensa ja asetellut siihen nuolen siltä varalta että jostakin ilmaantuisi veneen vartija. Nyt hän lennätti nuolen varmasti ja nopeasti hyppäävään peuraan. Vastarannalle laskeuduttuaan se kompastui. Varjot nielaisivat sen pian, mutta he kuulivat sen hoiperteleevan vähän matkaa, sitten oli hiljaista.

Mutta ennen kuin he ehtivät onnitella Thorinia täysosumasta, kuului Bilbon suunnasta kauhea valitus joka vei kaikki ajatukset pois peurapaistista. »Bombur on pudonnut veteen! Bombur hukkuu!» Ikävä kyllä se oli totta. Bomburilla oli ollut vain toinen jalka rannassa kun peura kaatoi hänet ja hyppäsi hänen ylitseen. Kääpiö oli menettänyt tasapainonsa ja potkaissut veneen etäämmäksi rannasta, hän oli pulahtanut tummaan veteen eikä ollut saanut otetta rannan limaisista juurista ja vene oli liukunut pois virran mukana hitaasti pyörien.

Huppulakki näkyi yhä veden pinnalla kun he juoksivat rantaan. Nopeasti he heittivät koukulla varustetun köyden Bomburia kohti. Hän sai siitä otteen ja he vetivät hänet rantaan. Hän oli tietenkin kastunut päästä varpaisiin mutta se ei ollut pahinta. Heidän laskiessaan hänet maahan hän oli jo täydessä unessa ja puristi toisella kädellä köyttä niin tiukasti etteivät he saaneet sitä irti, eikä häntä saatu hereille millään keinolla.

He seisoivat yhä hänen ympärillään kiroten huonoa onneaan ja Bomburin kömpelyyttä ja harmitellen veneen menetystä joka esti heitä menemästä peuraa hakemaan, kun metsästä kantautui vaimeata torvien toitotusta ja kaukaista koirien haukkua. Silloin he vaikenivat ja istuutuivat maahan ja heistä kuulosti kuin polun pohjoispuolella olisi liikkunut suuri metsästysseurue vaikka siitä ei näkynyt vilaustakaan.

Siinä he istuivat pitkään uskaltamatta liikahtaakaan. Bombur nukkui autuas hymy pulleilla kasvoillaan ikään kuin heitä painavat huolet eivät enää koskisi häntä. Äkkiä ilmestyi polulle peuraemä vasojen kanssa ja ne olivat yhtä lumivalkoisia kuin hirvas oli ollut tumma. Ne hohtivat varjoissa. Ennen kuin Thorin ehti huutaa oli kolme kääpiötä ponkaissut jaloilleen ja lennättänyt nuolet jousistaan. Yksikään ei näyttänyt osuneen. Peurat kääntyivät ja katosivat puiden sekaan yhtä hiljaa kuin olivat tulleet ja turhaan kääpiöt ampuivat nuolia niiden perään.

»Seis! Seis!» huusi Thorin, mutta se oli myöhäistä, kiihkoissaan kääpiöt olivat hukanneet viimeiset nuolensa eikä Beornin heille antamilla jousilla ollut enää mitään virkaa.

Sinä iltana he olivat synkkä seurue ja synkemmiksi he kävivät tulevien päivien myötä. He olivat ylittäneet lumotun joen, mutta sen toisella puolen tuntui polku jatkuvan aivan samanlaisena eikä metsässä voinut havaita mitään muutosta. Mutta jos he olisivat tunteneet metsää vähän paremmin ja päätelleet jotakin metsästyksestä ja valkoisen peuran ilmestymisestä tielle, he olisivat älynneet että he viimein lähestyivät metsän itälaitaa, ja jos heidän rohkeutensa ja toivonsa ei olisi pettänyt, he olisivat pian saaneet nähdä puiden kasvavan harvemmassa ja auringon pilkahtavan esiin sieltä täältä.

Mutta sitä he eivät tienneet ja lisähuolena heillä oli Bomburin raskas ruho, jota he joutuivat kantamaan mukana miten parhaiten taisivat. Neljä kerrallaan joutui tähän raskaaseen työhön sillä aikaa kun muut kantoivat omiensa lisäksi heidän pakkauksensa. Jos ne eivät olisi keventyneet liiankin kanssa muutamien edellisten päivien aikana, matkasta ei olisi tullut mitään, mutta uinuva ja hymyilevä Bombur ei ollut mitenkään mieluisampaa kannettavaa kuin ruokapakkaukset, vaikka kuinkakin raskaat. Muutaman päivän kuluttua heillä ei ollut enää juuri mitään syötävää tai juotavaa. Metsässä ei näyttänyt kasvavan mitään ruoaksi kelpaavaa, vain sieniä ja kelmeälehtisiä kasveja jotka haisivat pahalta.

Neljän päivän matkan päässä lumotulta joelta he tulivat seudulle jossa kasvoi enimmäkseen pyökkejä. Aluksi he ilahtuivat muutoksesta, sillä aluskasvillisuutta ei ollut eikä pimeys ollut yhtä synkkä. Heitä ympäröi vihertävä valo ja toisinaan he saattoivat nähdä jonkin matkaa polun kummallekin sivulle. Mutta valo paljasti vain harmaiden runkojen loputtomat rivistöt, jotka olivat kuin jonkin valtavan hämärän salin kannatinpylväitä. Ilmassa kävi henkäys ja tuuli humisi, mutta jotenkin surullisesti. Muutama lehti putosi kahahtaen maahan ja muistutti että metsän ulkopuolella syksy teki tuloaan. Heidän jalkansa rahisivat kuivissa lehdissä jotka lukemattomat aikaisemmat syksyt olivat pudottaneet ja jotka olivat kinostuneet tielle.

Bombur nukkui yhä vain ja he alkoivat uupua perin pohjin. Toisinaan he kuulivat hermostuttavaa naurua. Joskus etäällä laulettiin myös. Nauru oli hyvien olentojen naurua, ei hiisien, ja laulu oli kaunista, mutta kaikki kuulosti oudolta ja omituiselta eikä ilahduttanut heitä, pikemminkin heidän teki mieli käyttää viimeiset voimansa viemään heidät mitä pikimmin pois.

Kaksi päivää myöhemmin he havaitsivat, että tie alkoi viettää alaspäin, ja ennen pitkää he olivat laaksossa joka kasvoi melkein pelkästään mahtavia tammia.

»Eikö tämä kovan onnen metsä ikinä lopu?» Thorin kysyi. »Joku saa nyt kiivetä puuhun ja yrittää työntää päänsä metsän katon yläpuolelle ja tähyillä mitä sieltä näkyy. Katsotaan mikä puu on korkein tässä polun vieressä.»

Kun sanottiin »joku» tarkoitettiin tietenkin Bilboa. He valitsivat hänet, koska tähystäjän piti saada päänsä ylimpien lehtien yläpuolelle ja hänen oli siis oltava niin kevyt, että korkeat ja ohuet yläoksat kantaisivat häntä. Herra Reppuli -paralla ei ollut kovinkaan paljon kokemusta puissa kiipeilemisestä, mutta he hilasivat hänet keskellä polkua kasvavan mahtavan tammen alaoksille ja siitä hän sai kavuta ylemmäksi miten parhaiten taisi. Hän ponnisteli ylös pikkuoksien läiskiessä häntä kasvoille, puun haaroista häneen tarttui vihreää limaa ja useammin kuin kerran hän lipesi ja sai oksasta otteen viime hetkellä, mutta lopulta, kun hän oli aikansa ähkinyt hankalassa paikassa, jossa ei tuntunut olevan yhtäkään sopivaa oksaa, hän tuli puun latvaan. Hän mietti koko ajan oliko puussa hämähäkkejä ja miten hän pääsisi takaisin alas (muuten kuin putoamalla).

Lopulta hän pisti päänsä ylimpien lehtien yläpuolelle ja silloin hän tapasi kuin tapasikin hämähäkkejä. Mutta ne olivat pieniä ja tavallisenkokoisia ja niitä kiinnostivat lähinnä perhoset. Valo melkein sokaisi Bilbon silmät. Hän kuuli kääpiöiden huutelevan kaukana alhaalla mutta hän ei pystynyt vastaamaan, hän vain piti kiinni puusta ja räpytteli silmiään. Aurinko paistoi täydeltä terältä ja kesti kauan ennen kuin hän sieti sitä. Kun hän lopulta saattoi katsoa, hän näki joka puolella ympärillään tummanvihreän meren jota tuuli silloin tällöin huojutti, ja kaikkialla oli perhosia, satamäärin. Ne lienevät olleet sitä lajia, jota kutsutaan nimellä violetti häiveperho ja joka viihtyy tammimetsien latvustoissa, mutta nämä eivät olleet violetteja vaan tumman sametin mustia ja vailla mitään kuvioita.

Bilbo katseli perhosia kauan ja nautti viimasta hiuksissaan ja kasvoillaan mutta viimein kääpiöt, jotka jo polkivat jalkaa kärsimättömyyksissään, huusivat niin kovaa että hän muisti mille asialle hänet oli lähetetty. Turha vaiva. Vaikka hän kuinka tuijotti, puut ja lehdet eivät näyttäneet loppuvan millään suunnalla. Hänen sydämensä, jota auringon näkeminen ja tuulen tunteminen oli ilahduttanut, synkistyi: alhaalla ei ollut mitään ruokaa odottamassa.

Itse asiassa he eivät olleet kovin kaukana metsän reunasta, kuten olen teille kertonut, ja jos Bilbolla olisi ollut älyä nähdä, hän olisi käsittänyt että puu johon hän oli kiivennyt kasvoi laakson pohjalla vaikka olikin itsessään korkea, ja siitä seurasi että sen latvasta katsoen lehvistöt kohosivat joka puolella kuin maljan reunat. Eihän sellaisesta paikasta voi nähdä kuinka pitkälle metsää riittää. Mutta tätä Bilbo ei älynnyt ja hän kapusi alas lohduttomana. Viimein maahan tupsahti naarmuinen ja hikinen ja surkea hobitti, joka ei nähnyt mitään jouduttuaan takaisin hämärään. Pian hänen kuvauksensa siitä mitä hän oli nähnyt tartutti saman surkeuden muihinkin.

»Metsä jatkuu loputtomiin kaikkiin suuntiin! Mitä me nyt teemme? Ja mitä kannatti lähettää hobitti ylös?» he valittivat ikään kuin asia olisi ollut Bilbon syy. Viis he veisasivat perhosista ja entistä enemmän he kimpaantuivat kun hän kertoi heille ihanasta tuulenhenkäyksestä, koska he olivat niin painavia etteivät voineet kiivetä sitä kokemaan.

Sinä iltana he söivät vihoviimeiset tähteet ja murut ja herätessään seuraavana aamuna he tajusivat ensinnäkin että heitä kalvoi yhä nälkä ja toiseksi että metsänpohja oli sieltä täältä märkä mikä merkitsi että satoi. Siitä heille tuli mieleen oma kauhea janonsa mutta mitään apua sateesta ei siihen asiaan ollut koska janoa ei voi sammuttaa niin että seisoo isojen tammien alla odottamassa että kielelle putoaisi pisara. Ainoan iloisen yllätyksen aiheutti Bombur.

Hän heräsi äkkiä ja nousi istumaan päätään raapien. Hän ei käsittänyt ollenkaan missä hän oli eikä miksi hänellä oli hirmuinen nälkä, sillä hän oli unohtanut kaiken mitä oli tapahtunut sen jälkeen kun he aloittivat matkansa toukokuisena aamuna kauan sitten. Hänen viimeinen muistonsa oli juhla hobitin luona ja heillä oli täysi työ saada hänet uskomaan kaikki mitä sen jälkeen oli sattunut.

Kun hän kuuli, ettei heillä ollut mitään syötävää, hän istui maahan ja itki, sillä hän tunsi itsensä hyvin heikoksi eivätkä hänen jalkansa kantaneet kunnolla. »Minkä tähden minä heräsin!» hän valitti. »Minä näin kauniita unia. Näin unta että kävelin vähän tämäntapaisessa metsässä, mutta sitä valaisivat puihin kiinnitetyt soihdut ja oksissa keikkuvat lyhdyt ja maassa palavat nuotiot, ja oli käynnissä suuret kemut joilla ei ollut loppua. Siellä oli metsänkuningas jolla oli lehtikruunu ja kaikki lauloivat iloisesti enkä minä osaa luetella enkä kuvata kaikkea mitä siellä syötiin ja juotiin.»

»Älä yritäkään», Thorin sanoi. »Suoraan sanoen, voisit pitää suusi kiinni jos et osaa puhua mistään muusta. Me olemme saaneet sinusta jo muutenkin tarpeeksemme. Jos et olisi herännyt, olisimme totisesti jättäneet sinut metsään näkemään älyttömiä uniasi; sinun kantamisesi ei ole mitään leikkiä vaikka olet ollut monta viikkoa vähällä muonalla.»

Heidän ei auttanut muu kuin kiristää vyönsä tyhjien vatsojen päälle ja nostaa tyhjät pussit ja pakkaukset selkään ja lähteä tallustamaan polkua myöten vailla kovin suurta toivoa siitä että he pääsisivät metsän laitaan ennen nälkäkuolemaa. He jatkoivat kulkemista koko päivän, matka sujui hitaasti ja vaikeasti ja Bombur valitti koko ajan että hänen jalkansa eivät kantaneet ja että hän tahtoi paneutua maahan nukkumaan.

»Et nuku!» sanoivat toiset. »Saakoot jalkasi osansa, me olemme jo kantaneet sinua tarpeeksi.»

Sitten Bombur äkkiä kieltäytyi astumasta enää askeltakaan ja heittäytyi maahan. »Jatkakaa matkaa jos teidän on pakko», hän sanoi. »Minä jään tähän makaamaan ja näen unta ruoasta kun en kerta voi sitä muuten saada. Toivottavasti en herää enää milloinkaan.»

Juuri sillä hetkellä huusi hiukan muiden edellä kulkenut Balin: »Mitä nyt? Kuulkaa, taisin nähdä metsässä valonpilkahduksen.»

Kaikki katsoivat ja toden totta, jonkin matkan päässä vilahti punainen valo ja sitten toinen ja kolmas. Jopa Bombur nousi pystyyn ja he kiiruhtivat valojen suuntaan viis veisaten vaikka siellä olisivat odottaneet peikot ja hiidet. Valot vilkkuivat edessäpäin, polun vasemmalla puolella, ja kun he olivat tulleet niiden kohdalle, vaikutti varsin ilmeiseltä että puiden alla paloi soihtuja ja tulia, jos kohta melkoisen matkan päässä polulta.

»Näyttää kuin uneni toteutuisi», huohotti Bombur joka tuli viimeisenä. Hän tahtoi rynnätä suoraa päätä metsään. Mutta muut muistivat erinomaisen hyvin velhon ja Beornin varoitukset.

»Kemuista ei ole paljon iloa jos emme palaa niistä elossa», Thorin sanoi.

»Mutta myöskään ilman kemuja emme pysy kovin kauan elossa», sanoi Bombur, ja Bilbo oli totisesti samaa mieltä. He käntelivät asiaa puoleen ja toiseen pitkän aikaa kunnes he viimein päättivät lähettää pari vakoojaa valojen luo ottamaan niistä selkoa. Mutta he eivät päässeet yksimielisyyteen siitä kenet he lähettäisivät – kukaan ei ollut erityisen innokas asettumaan alttiiksi sille vaaralle että eksyisi ja joutuisi ikiajoiksi eroon tovereistaan. Lopulta nälkä ratkaisi asian heidän puolestaan vastoin varoituksia, sillä Bombur selitti selittämistään mitä kaikkea hyvää metsän juhlissa paraikaa unesta päätellen syötiin, ja niin kaikki poistuivat polulta ja tunkeutuivat metsään yhdessä.

He hiipivät ja ryömivät ja kurkistivat sitten runkojen takaa aukiolle josta oli kaadettu puita ja jossa maata oli tasattu. Siellä oli paljon väkeä, haltioita näöstä päätellen, ja kaikilla oli vihreät ja ruskeat vaatteet ja he istuivat matalilla pölleillä suuressa ympyrässä. Keskellä paloi nuotio ja ympäröiviin puihin oli kiinnitetty soihtuja, mutta ihaninta kaikesta oli se että he söivät ja joivat ja nauroivat iloisesti.

Paahdetun lihan tuoksu oli niin vastustamaton että pysähtymättä kysymään toinen toisiltaan he lähtivät kömpimään kohti kehää mielessään vain yksi ajatus: pyytää ruokaa. Tuskin olivat ensimmäiset astuneet esiin kun valot sammuivat kuin taikaiskusta. Joku potkaisi tulta, siitä sinkosi kimaltavia kipinäsuihkuja ja sitten se katosi. He olivat äkkiä täysin valottomassa pimeässä löytämättä edes toisiaan pitkään aikaan. He kompuroivat sekapäisiä pimeydessä kompastellen pölleihin, törmäillen puihin, huutaen ja huhuillen niin että kaikki metsän asujaimet monen virstan säteellä varmasti heräsivät, ja saivat kuin saivatkin joukkonsa kokoon ja laskivat lukumäärän koettelemalla. Mutta siinä vaiheessa he olivat tietenkin jo täydellisesti unohtaneet millä suunnalla tie oli, he olivat pahan kerran eksyksissä eikä heillä ollut mitään käsitystä minne mennä ainakaan ennen aamua.

Heidän ei auttanut muu kuin asettua yöksi niille sijoilleen, mutta he eivät uskaltaneet edes etsiä ruoantähteitä ympäriltään etteivät vain joutuisi taas erilleen toisistaan. He eivät olleet ehtineet kauan-

kaan maata – Bilbo oli vasta saamassa unen päästä kiinni – kun
Dori, jolla oli ensimmäinen vahtivuoro, kuiskasi kovalla äänellä:
»Valot ovat tulossa takaisin ja niitä on entistä enemmän.»
Kaikki ponkaisivat pystyyn. Aivan oikein, valoja välähteli tusi-
noittain vain vähän matkan päässä ja he kuulivat äänet ja naurun
varsin selvästi. He hiipivät varovasti valoja kohti jonossa niin että
seuraava kosketti koko ajan edellä kulkevan selkää. Kun he olivat
päässeet valojen lähelle, Thorin sanoi: »Tällä kertaa ei sitten tör-
mäillä! Kukaan ei astu piilosta esiin ennen kuin minä sanon. Minä
lähetän herra Reppulin ensin puhumaan heidän kanssaan. Häntä he
eivät pelkää ('Entä jos minä pelkään heitä?' mietti Bilbo) – ja toivon
että he eivät tee hänelle mitään pahaa.»

Kun he olivat päässeet valopiirin laitaan Bilboa tuupattiin äkkiä
selkään. Ennen kuin hän ehti panna sormusta sormeen hän oli jo
tupsahtanut nuotion ja soihtujen häikäisevään valoon. Turha vaiva.
Taas sammuivat kaikki valot ja tuli pilkkopimeää.

Jos edellisellä kerralla oli ollut hankalaa saada joukkoa kokoon,
se oli vielä vaikeampaa tällä kertaa. Ja hobittia he eivät löytäneet
ollenkaan. Joka kerta kun he laskivat lukumäärän tulokseksi tuli
kolmetoista. He huusivat ja huhuilivat: »Bilbo Reppuli! Hobitti,
hoi! Sinä onneton hobitti! Hoi, hobitti, kirottu kapine, missä sinä
olet?» ynnä muuta samansuuntaista, mutta vastausta ei vain kuulu-
nut.

He olivat jo luopumassa toivosta kun Dori törmäsi Bilboon ihan
onnen kaupalla. Hän kompastui pimeässä johonkin mitä hän kuvit-
teli puunrungoksi mutta se olikin maahan käpertynyt hobitti täy-
dessä unessa. Bilboa saatiin ravistella toisenkin kerran ennen kuin
hän heräsi, ja kun hänet sitten oli saatu valveille, hän ei ollut ollen-
kaan tyytyväinen.

»Minä näin suloista unta», hän marisi, »söin paraikaa mitä ihaninta päivällistä.»

»Voi taivas! On tullut samanlaiseksi kuin Bombur», kääpiöt sanoivat. »Älä puhu meille unista mitään. Uniaterioista ei ole mitään apua, eikä niitä voi jakaa toisten kanssa.»

»Sen parempia aterioita tässä kamalassa paikassa ei saa», mutisi Bilbo asettuessaan makuulle kääpiöiden viereen. Hän yritti nukahtaa ja nähdä taas samaa unta.

Mutta he eivät nähneet valoja metsässä viimeistä kertaa. Myöhemmin aamun jo lähetessä heidät herätti Kili jolla oli sillä kertaa vahtivuoro ja sanoi:

»Siellä loistaa niin kirkkaita valoja että ihan häikäisee — satoja soihtuja ja tulia on syttynyt kuin taianiskusta ihan yhtäkkiä ja lähellä. Ja kuulkaa laulua ja harppujen soittoa!»

Maattuaan jonkin aikaa kuulostelemassa he eivät pystyneet vastustamaan kiusausta mennä lähemmäksi yrittääkseen vielä kerran saada apua. He nousivat jälleen jaloilleen ja tällä kertaa seuraukset olivat tuhoisat. Kemut olivat entistä isommat ja upeammat ja juhlijoiden joukossa parhaalla paikalla istui metsänkuningas lehväkruunu kultaisilla hiuksillaan ja muistutti suuresti Bomburin kuvausta hahmosta jonka hän oli nähnyt unessa. Haltiaväki antoi maljojen kiertää kädestä käteen ja nuotioiden yli ja jotkut soittivat harppua ja monet lauloivat. Kimmeltäviin hiuksiin oli punottu kukkia, kauluksissa ja vöissä kimalsi vihreitä ja valkeita jalokiviä, ja kasvot ja laulut uhkuivat iloa. Laulut kaikuivat lujaa ja kirkkaina ja kauniina kun Thorin astui heidän keskelleen.

Hiljaisuus lankesi kesken sanan. Kaikki valot sammuivat. Nuotiot syöksähtivät ilmaan mustana savuna. Kääpiöiden silmiin lensi tuhkaa ja taas metsä raikui heidän metelöintiään ja huhuiluaan.

Bilbo juoksenteli ympyrässä (niin hän luuli) huutaen »Dori, Nori, Ori, Oin, Gloin, Fili, Kili, Bombur, Bifur, Bofur, Dwalin, Balin, Thorin Tammikilpi!» Hän ei nähnyt muita eikä törmännyt kehenkään mutta hän kuuli muiden huutavan samaa litaniaa joka puolella (paitsi että he huikkasivat aina silloin tällöin väliin: »Bilbo!»). Mutta muiden huudot jäivät yhä kauemmaksi, ne heikkenivät ja sitten hänestä kuulosti että ne vaihtuivat etäällä kiljahduksiksi ja avunhuudoiksi ja lopulta äänet hukkuivat kokonaan ja hän jäi yksin täydelliseen pimeyteen ja hiljaisuuteen.

Hetki oli lohdutontakin lohduttomampi. Mutta pian hän tuli siihen tulokseen että ei kannattanut tehdä mitään ennen kuin aamu toisi vähän valoa eikä varsinkaan lähteä säntäilemään metsään ja kuluttamaan voimiaan vailla mitään tietoa aamiaisesta. Hän siis istuutui selkä puuta vasten ja vajosi ajattelemaan kaukaista hobitinkoloaan ja sen hyvinvarustettuja ruokakomeroita – eikä viimeistä kertaa. Hän mietti kiinteästi mielessään munia ja pekonia ja paahtoleipää ja voita kun hän tunsi että jokin kosketti häntä. Hänen vasenta kättään vasten painui jotakin, ikään kuin vahvaa tahmeaa narua, ja kun hän yritti liikkua hän tajusi että jalat oli jo sidottu samaisella nuoralla, mistä seurasi että hän kaatui heti ylös noustuaan.

Silloin ilmestyi hänen takaansa suuri hämähäkki, joka oli sitonut hänet hänen torkkuessaan, ja tuli kohti. Bilbo näki otuksesta vain silmät, mutta hän tunsi sen karvaiset jalat sen yrittäessä kietoa iljettäviä seittejään hänen ympärilleen. Onneksi Bilbo oli havahtunut ajoissa. Pian hän ei olisi kyennyt liikkumaan enää ollenkaan. Nytkin hän sai ponnistella kaikin voimin ennen kuin pääsi irti. Hän hakkasi otusta käsillään pitääkseen sen loitolla – saadakseen hänet pysymään aloillaan se yritti myrkyttää hänet niin kuin pienet hämähäkit myrkyttävät kärpäsiä – mutta sitten hän muisti miekkansa ja veti sen esiin. Silloin hämähäkki hypähti taaksepäin ja Bilbo sai tilaisuuden katkaista jalkoja sitovat narut. Sitten olikin Bilbon vuoro hyökätä. Hämähäkki ei selvästikään ollut tottunut olentoihin jotka kantoivat kupeellaan mokomia pistimiä, muuten se olisi kiiruhtanut pois pikemmin. Bilbo kävi sen kimppuun ennen kuin se ehti pakoon ja iski sitä miekalla suoraan silmiin. Hämähäkki tuli aivan sekapäiseksi ja loikki ja hyppi ja sätkytteli kammottavasti jalkojaan kunnes Bilbo iski toisen kerran ja tappoi sen, ja sitten hän kaatui maahan eikä muistanut mitään pitkään aikaan.

Kun hän palasi tajuihinsa, häntä ympäröi metsän tuttu hämärä harmaus. Hämähäkki makasi kuolleena hänen vierellään ja hänen miekkansa terä oli tahriintunut mustaksi. Jotenkin se että hän oli yksin pimeässä tappanut jättiläishämähäkin ilman velhon tai kääpiöiden tai kenenkään apua muutti kaiken. Hän tunsi olevansa eri henkilö, hurjempi ja rohkeampi kuin entinen Bilbo, huolimatta tyhjästä vatsasta, ja hän pyyhki miekkansa ruohoon ja pani sen takaisin tuppeen.

»Minä annan sinulle nimen», hän sanoi. »Tästä lähtien olet oleva *Piikki*.»

Sitten hän rupesi tutkimaan ympäristöään. Metsä oli yrmeä ja hiljainen mutta hänen ensimmäinen tehtävänsä oli tietenkin etsiä käsiinsä kääpiöt jotka eivät voineet olla kovin kaukana, mikäli haltiat (tai jotkut kamalammat otukset) eivät olleet ottaneet heitä vangeiksi. Bilbosta tuntui että ei olisi turvallista huutaa ja hän seisoi pitkän aikaa paikallaan ja mietti missäpäin polku mahtoi olla ja mihin suuntaan hänen olisi viisainta mennä ensiksi etsimään kääpiöitä.

»Voi! Olisi pitänyt ottaa vaarin Beornin ja Gandalfin varoituksista», hän valitti. »Olemmepa nyt sievässä jamassa! Ketkä me? Kun tässä olisikin *me* – on kauheata olla yksin.»

Hämähäkkejä

Lopulta hän arvasi parhaan kykynsä mukaan miltä suunnalta avunhuudot olivat kuuluneet edellisenä yönä – ja hyvää onneaan (jota hänelle oli syntymässä jaettu runsaanlaisesti) hän arvasi melko lailla kohdalleen, kuten tulette huomaamaan. Päätöksen tehtyään hän lähti hiipimään niin taitavasti kuin osasi. Hobitit osaavat liikkua hiljaa, etenkin metsässä, kuten olen jo kertonut, ja sitä paitsi Bilbo oli sujauttanut sormuksen sormeensa ennen kuin lähti. Siitä johtui että hämähäkit eivät nähneet eivätkä kuulleet hänen tuloaan.

Hän oli edennyt varovasti jonkin matkaa kun hän huomasi edessäpäin tiheän tumman varjon, joka oli pimeä jopa Synkmetsän mittapuulla, kuin läiskä keskiyötä joka ei ollut väistynyt päivän tieltä. Lähestyessään sitä hän näki että vaikutelma syntyi toinen toisensa perään ja päälle ja sisään kudotuista hämähäkinverkoista. Äkkiä hän näki myös, että hänen yläpuolellaan oksistossa istui hirveitä suurensuuria hämähäkkejä, ja vaikka hänellä oli sormus sormessa hän vapisi peläten että ne havaitsisivat hänet. Hän seisoi puun takana ja tarkkaili hämähäkkejä jonkin aikaa ja metsän liikkumattomassa hiljaisuudessa hän tajusi, että nämä otukset puhuivat toisilleen. Niiden ääni oli ritisevää sihinää, mutta hän sai selvää varsin monesta sanasta. Ne keskustelivat kääpiöistä!

»Oli se tappelu mutta kyllä kannatti», sanoi yksi. »Ikävän paksu nahka niillä on, mutta luulisi että ne ovat sisältä mehukkaita.»

»Kyllä niistä herkkua tulee kun vähän riiputetaan», sanoi toinen.

»Älkää riiputtako liian pitkään», sanoi kolmas. »Eivät ole niin lihavia kuin voisivat olla. Ovat olleet vähällä ruoalla viime aikoina, arvaan ma.»

»Tapetaan ne heti», sähisi neljäs, »tapetaan heti ja riiputetaan raatona.»

»Ties vaikka olisivat kuolleita jo», ensimmäinen sanoi.

»Eivät ole. Minä näin kun yksi kiemurteli ihan äsken. Tulevat tuntoihinsa nukuttuaan ii-hanasti. Minä näytän.»

Sen sanottuaan lihava hämähäkki kipitti pitkin erästä köyttä kunnes tuli kohtaan jossa korkeasta oksasta roikkui rivissä tusina nyyttejä. Bilbo kauhistui, nyt vasta hän huomasi varjoissa riippuvat mytyt ja näki että yhdestä pisti esiin kääpiön jalka, toisesta nenänpää, kolmannesta parrankärki tai hupunhäntä.

Hämähäkki meni isoimmalle mytylle – (»varmaan Bomburraukka», tuumi Bilbo) – ja nipisti esiin pistävää nenää. Mytystä kuului tukahtunut kiljahdus ja esiin tuli jalka joka potkaisi hämähäkkiä lujanlaisesti. Bomburissa oli yhä eloa. Potku tussahti kuin puolityhjään jalkapalloon, raivostunut hämähäkki putosi oksalta ja sai viime hetkellä kiinni omasta langastaan.

Muut nauroivat. »Olit oikeassa», ne sanoivat, »liha on elossa ja potkii hyvin!»

»Siitä minä teen pian lopun», sähisi kimpaantunut hämähäkki kiivetessään takaisin oksalle.

Bilbo käsitti että hänen oli tehtävä jotakin ja pian. Hän ei voinut kiivetä ylös petojen kimppuun eikä hänellä ollut millä ampua, mutta katsoessaan ympärilleen hän näki että maassa oli runsaasti kiviä kuin kuivuneen joen uomassa. Bilbo osasi heittää kivellä melkoisen tarkasti eikä kestänyt kauankaan kun hän oli löytänyt pienen munanmuotoisen sileän murikan joka sopi hyvin käteen. Poikasena hän oli harjoitellut kivellä heittämistä kunnes kaniinit ja oravat ja jopa linnut väistivät salamannopeasti nähdessään Bilbo-vesselin kumartuvan, ja aikamiehenäkin hän oli kuluttanut paljon aikaa tikan ja renkaan heittoon, keilaamiseen ynnä muihin rauhallisiin peleihin, joissa ajatuksena oli tähtääminen ja osuminen – totta puhuen hän osasi paljon muutakin kuin puhaltaa savurenkaita ja arvuuttaa ja tehdä ruokaa, vaikka minulla ei ole ollut aikaa kertoa. Eikä aikaa ole nytkään. Bilbon noukkiessa maasta kiviä hämähäkki kiipesi takaisin Bomburin luo, joka nyt oli vaarassa menettää henkensä mitä pikimmin. Mutta silloin Bilbo heitti. Kivi kopsahti suoraan hämähäkin päähän ja otus putosi tajuttomana puusta ja lätsähti maahan jalat kippurassa.

Seuraava kivi lentää suhahti ison verkon läpi, katkaisi joitakin nyörejä ja pudotti verkossa kököttävän hämähäkin, *ryskis,* kuoliaaksi maahan. Sen jälkeen syntyi hämähäkkiseurakunnassa melkoinen hämminki ja ne unohtivat kääpiöt vähäksi aikaa, ja onko tuo nyt ihme. Bilboa ne eivät nähneet mutta ne osasivat päätellä mistäpäin kivet tulivat. Salamannopeasti ne lähtivät tulemaan hobittia kohti huiskien pitkiä seittejään joka puolelle kunnes ilma tuntui olevan täynnä viuhuvia nuoria.

Mutta Bilbo puikahti pian toiseen paikkaan. Hän keksi mitä tekisi: hän yrittäisi johdattaa hämähäkit yhä kauemmaksi kääpiöiden luota, hän herättäisi niiden uteliaisuuden ja kiihdyttäisi ne samalla raivoihinsa. Kun niitä oli noin viisikymmentä siinä mistä Bilbo oli vastikään lähtenyt, hän heitti lisää kiviä niiden sekaan sekä myös jälkeen jääneiden päälle, ja sitten hän tanssi puiden keskellä ja alkoi laulaa laulua niiden kiusaksi ja houkutellakseen ne peräänsä sekä myös sen tähden että kääpiöt kuulisivat hänen äänensä.

Näin hän lauloi:

Vanha paksu hämähäkki
jaksaa puussa kutoa!
Varo, paksu hämähäkki,
  ettet sieltä putoa!
Minä näen sinut, mutta yritäpä nähdä minut!

Vanha tyhmä paksukainen,

minua et näekään!

Vanha tyhmä hämähämähäkki,

näkymättömäksi jään!

Minua et puuhusi saa, voit vain itsesi pudottaa!

Laulu ei ehkä ollut kovin kummoinen, mutta muistakaa että hän joutui sepittämään sen varsin vaikean hetken innoituksessa. Vaikutus oli kuitenkin toivottu. Laulaessaan hän viskoi vielä lisää kiviä ja tömisti jalallaan maata. Silloin lähes kaikki hämähäkit lähtivät hänen peräänsä, toiset pudottautuivat maahan ja toiset kipittivät oksia pitkin ja heilauttivat itsensä puusta puuhun ja heittivät uusia seittejä aukkopaikkojen poikki. Ne seurasivat Bilbon metelöintiä paljon vikkelämmin kuin hän oli osannut kuvitella. Ne olivat kauhistuttavan vihaisia. Jos jätetään kivet sikseen, ketään hämähäkkiä ei ole koskaan kutsuttu hämähämähäkiksi ja tyhmäksi paksukaiseksi nimittely nyt loukkaa ketä tahansa.

Bilbo vilisti uuteen paikkaan mutta nyt hämähäkkejä oli hajaantunut eri puolille niiden asuttamaa aukiota ja ne kutoivat kiivaasti täyttääkseen verkoilla kaikki puiden väliset aukot. Kohta olisi hobitti tiheän verkkoaidan sisällä – se ainakin oli hämähäkkien aikomus. Bilbo seisoi kutovien ja takaa-ajavien hyönteisten keskellä ja kokosi rohkeutensa ja aloitti uuden laulun:

Laiska Löpi ja hölmö Pöpi

minut verkkoon tahtovat kääriä.

Olen ruokana itse maukkaus, vaan hukkaan menee haukkaus,

kun ne katsovat paikkoja vääriä!

Hämähäkkejä

Tässä olen minä, pikku kärpänen,
te lihavat, laiskat siellä.
Ette minua saa, joko harmittaa
kun en ole verkkojenne tiellä?

Sitten hän kääntyi ja havaitsi että viimeinen aukko kahden puun välissä oli kudottu umpeen – mutta onneksi ei kovin tiuhaan, hämähäkit olivat vain vetäneet kaksinkertaista seittinyöriä häthätää aukon poikki. Bilbo veti esiin pikku miekkansa. Hän katkoi narut kappaleiksi ja jatkoi laulamistaan.

Hämähäkit näkivät miekan, vaikka tuskin ne tiesivät mikä se oli, ja siinä samassa ryntäsi koko joukko hobittia kohti pitkin maata ja oksia myöten karvaiset jalat harittaen, nipistimet ja kehruuelimet naksuen, silmät pullottaen, vihasta kuolaten. Bilbo juoksi niiden edellä metsään kunnes ei enää rohjennut mennä pitemmälle. Sitten hän hiipi takaisin hiljaa kuin hiiri.

Hän tiesi että aika oli täpärällä, sillä pian hämähäkit kyllästyisivät ja palaisivat takaisin niiden puiden luo joihin kääpiöt oli ripustettu. Hänen oli pelastettava heidät sitä ennen. Tehtävän vaikein osa oli kivuta pitkälle oksalle josta mytyt roikkuivat. Tuskin hän olisi ylös päässytkään ellei joku hämähäkki olisi jättänyt puuhun roikkumaan seittinarua, ja vaikka se pureutui kipeästi kämmeneen, Bilbo sai sen avulla kivutuksi ylös oksalle – törmätäkseen siellä hitaaseen ilkeään paksuruhoiseen hämähäkkiin, joka oli jäänyt vartioimaan vankeja ja oli kuluttanut aikaansa nipistelemällä heitä nähdäkseen kuka oli mehukkain. Se oli suunnitellut aloittavansa kestityksen sillä aikaa kun muut olivat poissa, mutta herra Reppulilla oli kiire, ja ennen kuin hämähäkki tiesi mitä oli tapahtunut, Bilbon piikki pisti ja se kierähti kuolleena oksalta alas.

Seuraavaksi Bilbon oli vapautettava joku kääpiö. Mutta kuinka? Jos hän katkaisisi kääpiötä kannattavan köyden, onneton pelastettava tömähtäisi maahan, jonne oli melkoinen pudotus. Hän hivuttautui oksaa pitkin pidemmälle (ja sai kääpiöressut kieppumaan ja keikkumaan köysiensä jatkona kuin kypsät hedelmät) ja tuli viimein ensimmäisen mytyn kohdalle.

»Fili tai Kili», hän päätteli nähdessään mytyn yläpäästä pilkistävän sinisen huppulakin kärjen. »Sanoisin että Fili», hän täsmensi huomattuaan seittien keskeltä pilkistävän terävän nenänkärjen. Hän onnistui oksalta kurottautuen katkomaan suurimman osan vahvoista tahmeista seittinaruista ja eikö vain – pinnistys ja potku! – Fili ilmaantunut esiin. Minun on tunnustettava että Bilboa nauratti kun hän näki Filin nykivän jäykkiä käsivarsiaan ja jalkojaan kuin mikäkin sätkynukke roikkuessaan kainaloista hämähäkin seitissä.

Yhteisvoimin he keinottelivat Filin oksalle ja sitten kääpiö alkoi auttaa hobittia parhaan kykynsä mukaan vaikka hämähäkinmyrkky sekä puolen yön ja puolen päivän riippuminen tiukoissa köysissä, joista pisti esiin pelkkä nenä hengittämistä varten, olivat jättäneet hänelle kamalan oksettavan olon. Kesti iät ajat ennen kuin hän sai iljettävän töhnän pois silmistään ja kulmakarvoistaan ja parta hänen oli leikattava melkein kokonaan pois. Sitten he rupesivat hilaamaan kääpiöitä oksalle yksi kerrallaan ja katkomaan heidän köysiään. Kukaan ei ollut Filiä paremmassa kunnossa ja osa oli jopa huonommassa. Joidenkin oli ollut vaikea ylipäätään hengittää (joskus pitkästä nenästä on hyötyä) ja toiset olivat saaneet enemmän myrkkyä.

Näin he pelastivat Kilin, Bifurin, Bofurin, Dorin ja Norin. Bombur-parka oli niin heikko – hän oli paksuin ja häntä oli kaiken aikaa nipistelty ja tyrkitty – että hän kierähti oksalta ja putosi maahan, mutta kaikeksi onneksi alla oli lehtiä. Oksassa roikkui kuitenkin yhä viisi kääpiötä, kun hämähäkkejä alkoi tulla takaisin, ja nyt ne olivat entistä vihaisempia.

Bilbo meni heti oksan rungonpuoleiseen päähän pitämään loitolla ylös kiipeäviä hämähäkkejä. Hän oli ottanut sormuksen sormestaan pelastaessaan Filiä ja unohtanut panna sen takaisin, ja hämähäkit pärskivät ja sähisivät nyt:

»Mepäs nähdään sinut nyt, pikku ilkimys! Nyt me syödään sinut ja ripustetaan puuhun luut ja nahka. Hää! Onko sillä piikki, mitä? Kyllä me se silti kiikkiin saadaan ja sitten ripustetaan se roikkumaan pää alaspäin päiväksi tai pariksi!»

Samaan aikaan auttoivat vapautetut kääpiöt tovereitaan irti ja katkoivat veitsin heidän köysiään. Pian olisivat kaikki vapaita, mutta mitä sitten tapahtuisi, sitä he eivät tienneet. Hämähäkit olivat saaneet heidät edellisenä yönä varsin helposti kiinni, jos kohta yllättäen ja pimeässä. Tällä kertaa näytti olevan tiedossa hirveä taistelu.

Äkkiä Bilbo huomasi että osa hämähäkeistä oli kerääntynyt maahan Bomburin ympärille, ne olivat sitoneet hänet uudestaan ja raahasivat häntä paraikaa pois. Hän kiljaisi ja huitaisi miekalla edessään olevia hämähäkkejä. Otukset väistivät ja hän kapusi ja lipesi alas puusta ja tupsahti keskelle maassa olevaa joukkoa. Hänen pienen miekkansa pistot olivat hämähäkeille uusi kokemus. Miten Piikki suihki puoleen ja toiseen! Se säihkyi siitä ilosta että sai pistellä hämähäkkejä. Puoli tusinaa sai surmansa, sitten loput vetäytyivät ja jättivät Bomburin Bilbolle.

»Tulkaa alas! Alas!» Bilbo huusi kääpiöille. »Älkää jääkö odottamaan että joudutte verkkoon!» Hän näki että hämähäkkejä kuhisi jo joka puussa ja kiipeili kääpiöiden yläpuolella olevilla oksilla.

Kääpiöt kapusivat ja pudottautuivat alas kaikki yksitoista yhteen mylläkkään; useimmat olivat varsin vaisuja ja kykenemättömiä käyttämään jalkojaan. Siinä he viimein olivat, kaikki kaksitoista, kun mukaan laskettiin Bombur-parka jota hänen serkkunsa Bifur ja veljensä Bofur pitelivät pystyssä, ja Bilbo hyppeli heidän ympärillään heilutellen Piikkiä ja ylhäällä ja ympärillä kuhisi satapäinen lauma hämähäkkejä silmät pullottaen ja vihasta pihisten. Tilanne näytti aika toivottomalta.

Taistelu alkoi. Joillakin kääpiöillä oli veitsi ja toisilla keppi, kivet olivat kaikkien ulottuvilla ja Bilbolla oli haltiatikarinsa. Kerran toisensa perään hämähäkit torjuttiin ja monet niistä saivat surmansa. Mutta kauan sitä ei olisi voinut jatkua. Bilbo oli jo melkein voimaton väsymyksestä ja vain neljän kääpiön jalat kantoivat tukevasti – pian olisivat hämähäkit nitistäneet heidät kuin nuutuneet kärpäset. Ne olivat jo ruvenneet kutomaan verkkojaan heidän ympärilleen puusta puuhun.

Lopulta Bilbo ei keksinyt muuta neuvoa kuin paljastaa kääpiöille sormuksen salaisuus. Se harmitti häntä mutta asiaa ei voinut auttaa. »Minä katoan nyt», hän sanoi. »Minä houkuttelen hämähäkit pois jos voin, pysytelkää te yhdessä ja pyrkikää vastakkaiseen suuntaan. Menkää vasemmalle, jossakin siellä päin näimme viimeksi haltiatulia.»

Bilbon oli vaikea saada pölähtäneitä kääpiöitä ymmärtämään mitä hän sanoi kaiken huudon ja huitomisen ja heittelyn keskellä, mutta viimein hänestä tuntui että hetkeä ei voinut enää lykätä – hämähäkkien piiri tiukkeni kaiken aikaa. Äkkiä hän sujautti sormuksen sormeen ja katosi kääpiöiden sureksi hämmästykseksi.

Pian kuului oikealta puiden keskeltä huutelua hämähäkeistä. Hämähäkit harmistuivat toden teolla. Niiden eteneminen pysähtyi ja osa lähti äänen suuntaan. Laiska Löpi suututti ne ihan järjiltään. Silloin Balin, joka oli muita paremmin käsittänyt Bilbon suunnitelman, johti kääpiöt hyökkäykseen. He kerääntyivät tiiviiksi ryhmäksi ja lennättivät kivisuihkun hämähäkkien päälle ja marssivat vasemmalle niitä kohti ja puhkaisivat piirin. Kaukana niiden takana lakkasi laulu ja huutelu yhtäkkiä.

Toivoen sydämestään että Bilbo ei ollut joutunut kiinni kääpiöt jatkoivat matkaansa. Mutta he eivät liikkuneet tarpeeksi nopeasti. He olivat sairaita ja väsyneitä ja kulku kävi heiluen ja horjuen vaikka kannoilla oli hämähäkkejä. Aina silloin tällöin he joutuivat kääntymään ja taistelemaan kun ne saavuttivat heidät, ja puissa heidän yläpuolellaan oli jo myös hämähäkkejä jotka heittelivät alas pitkiä takertuvia seittejään.

Tilanne näytti jälleen erinomaisen uhkaavalta, kun Bilbo äkkiä palasi heidän luokseen ja hyökkäsi yllättäen sivusta hämähäkkien kimppuun.

»Eteenpäin! Mars mars!» hän huusi. »Minä hoidan miekkahommat!»

Sen hän myös teki. Hän syöksähteli eteen ja taakse ja katkoi hämähäkinseittejä, löi otuksia jalkoihin ja pisteli niitä lihaviin ruhoihin mikäli ne tulivat liian lähelle. Hämähäkkien viha yltyi yltymistään ja ne pärskivät ja kuolasivat ja sähisivät hirveitä kirouksia, mutta ne olivat ruvenneet pelkäämään Piikkiä kuollakseen eivätkä enää uskaltaneet tulla kovin lähelle nyt kun Bilbo oli tullut takaisin. Kirosivat ne vaikka kuinka, niiden riista pakeni hitaasti mutta varmasti. Meno oli hirveän raskasta, tuntui kuin sitä olisi kestänyt monta tuntia. Mutta lopulta, Bilbon jo ajatellessa ettei hän jaksaisi nostaa kättään enää yhteenkään iskuun, hämähäkit luopuivat yhtäkkiä eivätkä enää seuranneet heitä vaan palasivat karvain mielin synkkään yhdyskuntaansa.

Silloin kääpiöt huomasivat tulleensa paikalle jossa oli palanut haltiatulia. He eivät tienneet oliko se yksi niistä joihin he olivat törmänneet edellisenä iltana. Mutta vaikutti siltä että tämänkaltaisiin paikkoihin liittyi jokin hyvä taika joka suuresti kiusasi hämähäkkejä. Ainakin valo oli täällä vihreämpää ja lehvistö ohuempi ja vähemmän uhkaava, ja heille tarjoutui tilaisuus levätä ja vetää henkeä.

He makasivat maassa jonkin aikaa huohottaen ja läähättäen. Mutta pian he rupesivat kyselemään. Katoaminen oli heille huolellisesti selvitettävä ja heitä kiinnosti sormuksen löytyminen siinä määrin, että he unohtivat hetkeksi omat huolensa. Balin varsinkin vaati saada kuulla yhä uudestaan tarinan Klonkusta arvoituksineen kaikkineen unohtamatta sormusta. Mutta jonkin ajan kuluttua alkoi hämärtää ja tuli uusien kysymysten aika. Missä he olivat, missä oli polku, mistä saataisiin ruokaa, mitä he nyt tekisivät? He kysyivät ja kysyivät samoja kysymyksiä ja odottivat saavansa vastaukset pikku Bilbo-paralta. Siitä voitte päätellä kuinka perusteellisesti he olivat muuttaneet mieltään herra Reppulista ja miten he olivat alkaneet kunnioittaa häntä (kuten Gandalf oli ennustanut). He eivät kyselleet pelkkää pahantuulisuuttaan, he kuvittelivat tosissaan että hänellä olisi jokin nerokas suunnitelma heidän auttamisekseen. He tiesivät paremmin kuin hyvin, että ilman hobittia he olisivat kaikki olleet kuoleman omia, ja he kiittivät häntä moneen kertaan. Jokunen jopa nousi seisomaan ja kumarsi maahan saakka hänen edessään vaikka kupsahti kyllä kumoon niin tehdessään eikä päässyt vähään aikaan pystyyn. Vaikka katoamisen salaisuus oli heille nyt paljastunut, se ei yhtään vähentänyt Bilbon arvoa heidän silmissään, sillä he käsittivät että hänellä oli paitsi onnea ja taikasormus myös älliä — joista kaikista kolmesta on suurta hyötyä omistajalleen. Totta puhuen hän rupesi ylistysten ryöpyssä pitämään itseään sittenkin uljaana seikkailijana, vaikka hän olisi kyllä tuntenut itsensä huomattavasti uljaammaksi jos heillä olisi ollut jotakin syötävää.

Mutta mitään ei ollut, ei kerrassaan mitään, eikä kukaan heistä ollut siinä kunnossa että olisi voinut lähteä etsimään ruokaa taikka tutkimaan missä kadonnut polku mahtaisi olla. Kadonnut polku! Mitään muuta ajatusta Bilbon väsyneeseen päähän ei mahtunut. Hän vain istui tuijottaen eteensä silmänkantamattomiin jatkuvia puita, ja jonkin ajan kuluttua kaikki taas vaikenivat. Kaikki paitsi Balin. Kauan sen jälkeen kun muut olivat lakanneet puhumasta ja sulkeneet silmänsä, hän mutisi ja hekotteli itsekseen.

»Vai Klonkku! Kaikkea sitä kuulee! Sillä lailla sitä siis hiivittiin Balinin ohitse. Nytpähän tiedän! Hiivittiin vain ihan hiljaa, joopa joo. Ja nappeja kynnyksellä! Vanha kunnon Bilbo — Bilbo — bo — bo — bo —» Ja hän vajosi uneen ja pitkään oli täydellisen hiljaista.

Aivan äkkiä Dwalin avasi toisen silmänsä ja katsoi muita. »Missä Thorin on?» hän kysyi.

Se oli hirveä järkytys. Heitähän oli vain kolmetoista, kaksitoista kääpiötä ja yksi hobitti. Missä oli Thorin? He miettivät mitä kauheaa hänelle oli tapahtunut, oliko hänet ehkä taiottu tai olivatko pimeän hirviöt vieneet hänet, ja heitä puistatti maatessaan siinä eksyksissä hämärässä metsässä. Vähitellen illan tummetessa mustaksi yöksi itsekukin vajosi levottomaan uneen ja kauheisiin painajaisiin, ja meidän on nyt vähäksi aikaa jätettävä heidät nukkumaan uupuneen unta vailla vartiomiestä tai vahtivuoroja.

Thorin oli joutunut kiinni paljon ennen muita. Muistatteko että astuessaan valopiiriin Bilbo oli vajonnut syvään uneen? Seuraavaksi oli Thorin astunut esiin ja valojen sammuessa hän oli kaatunut kuin tukki. Hän ei ollut kuullut yöhön eksyneiden kääpiöiden huhuilua, ei avunhuutoja heidän joutuessaan hämähäkkien vangiksi eikä seuraavan päivän taistelun melskettä. Sitten olivat metsähaltiat tulleet, sitoneet hänet ja vieneet pois.

Juhlijat olivat tietenkin olleet metsähaltioita. He eivät ole pahaa väkeä. Heidän vikansa, jos sitä viaksi voi kutsua, on se että he eivät luota muukalaisiin. Vaikka heillä oli hallussaan vahvat taiat, he olivat noinakin aikoina äärimmäisen varovaisia. He olivat erilaisia kuin Lännen suurhaltiat, arvaamattomampia eivätkä yhtä viisaita. Sillä suurin osa heistä (samoin kuin heidän vuorilla ja kukkuloilla hajallaan asuvista sukulaisistaan) polveutui niistä muinaisista heimoista jotka eivät koskaan menneet Lännen Haltiamaahan. Sinne matkasivat valohaltiat ja mestarihaltiat ja merihaltiat ja elivät siellä kauan ja kaunistuivat ja viisastuivat ja saivat oppia, ja ennen kuin osa heistä palasi Avaraan maailmaan, he löysivät sieltä taikojen salaisuudet ja hankkivat taidon tehdä kauniita ja ihmeellisiä esineitä. Metsähaltiat jäivät Avaraan maailmaan, meidän kuumme ja aurinkomme alle, mutta eniten he rakastivat tähtiä, ja he vaelsivat suurilla saloilla, joita kasvoi ja kukoisti nyt jo kadonneilla mailla. Tavallisesti he asuivat metsän laidalla, josta he pääsivät sekä jahtiin että ratsastamaan tai kirmailemaan kuun ja tähtien valaisemille aukeille maille, ja ihmisten tulon jälkeen he viihtyivät entistä enemmän illan ja aamun hämärässä. Mutta he olivat ja ovat silti haltioita, ja haltiat ovat hyvä kansa.

Suuressa luolassa muutaman virstan päässä Synkmetsän rajalta sen itälaidassa eli tuohon aikaan heidän suurin kuninkaansa. Hänen kivisten porttiensa editse virtasi joki metsän ylängöiltä ulos alaville soille. Luola, josta aukeni lukemattomia pieniä luolia joka puolelle, ulottui pitkälle maan sisään ja siihen kuului monia käytäviä ja avaria saleja, mutta se oli valoisampi ja hyvänoloisempi kuin ikinä mikään hiidenpesä, eikä se ollut yhtä syvä eikä yhtä vaarallinen. Totta puhuen tämän kuninkaan alamaisista suurin osa eli ja metsästi ulkoilmassa, ja heillä oli metsässä talonsa ja majansa, kenellä maassa, kenellä puussa. Pyökit olivat heille puista rakkaimpia. Kuninkaan luola oli hänen palatsinsa ja hänen aarteittensa säilö ja hänen kansansa linnake vihollisia vastaan.

Siellä oli myös hänen vankityrmänsä. Thorin siis raahattiin luolaan – eikä kovin helläkätisesti, sillä haltiat eivät rakastaneet kääpiöitä ja pitivät Thorinia vihollisena. Entisinä aikoina he olivat sotineet kääpiöiden kanssa joiden he sanoivat ryöstäneen heidän aarteitaan. Kohtuuden nimessä on kerrottava että kääpiöiden kertomus oli toisenlainen, he sanoivat ottaneensa vain sen mikä heille kuului, sillä haltiakuningas oli sopinut heidän kanssaan siitä että he muokkaisivat hänen raakakultaansa ja -hopeaansa, mutta ei ollut sitten suostunut maksamaan kääpiöille. Haltiakuninkaalla oli heikkous aarteisiin, erityisesti hopeaan ja valkeisiin jalokiviin, ja vaikka hänen aarrekammiotaan ei voinut sanoa tyhjäksi, hän oli aina halukas hankkimaan lisää, sillä hänen aarteensa ei vielä ollut yhtä suuri kuin muilla entisaikojen suurilla haltiaruhtinailla. Hänen väkensä ei louhinut kaivoksissa eikä työstänyt metallia eikä jaloja kiviä, eikä heitä varsin huvittanut kaupankäyntikään tai maanviljely. Tämä oli tuttua kaikille kääpiöille, joskaan Thorinin suvulla ei ollut mitään tekemistä sen vanhan riidan kanssa josta äsken mainitsin. Niinpä kun haltiat purkivat lumouksen ja Thorin tuli tolkkuunsa, häntä suututti saamansa kohtelu, ja hän päätti myös visusti etteivät haltiat saisi kiskotuksi hänestä irti sanaakaan kullasta tai jalokivistä.

Kuningas katsoi Thoriniin ankarasti kun kääpiö tuotiin hänen eteensä ja esitti hänelle monia kysymyksiä. Mutta Thorin sanoi vain, että hän oli nääntymässä nälkään.

»Miksi sinä ja väkesi yrititte kolmesti hyökätä väkeni kimppuun kesken ilonpidon?» kuningas kysyi.

»Emme me käyneet kenenkään kimppuun», Thorin vastasi, »me tulimme kerjäämään koska meidän on nälkä.»

»Missä ovat toverisi nyt ja mitä he tekevät?»

»En tiedä, kaiketi nääntyvät metsässä nälkään.»

»Mitä te metsässä teitte?»

»Etsimme ruokaa ja juomaa, koska olimme näännyksissä.»

»Mutta mikä teidät ylipäätään toi metsään?» kysyi kuningas kiukkuisesti.

Silloin Thorin sulki suunsa eikä suostunut sanomaan enää sanaakaan.

»Hyvä on!» kuningas sanoi. »Viekää hänet pois ja pitäkää hyvässä säilössä kunnes hänelle tulee tarve kertoa totuus, vaikka siihen menisi sata vuotta.»

Haltiat sitoivat hänet ja sulkivat hänet yhteen sisimmistä tyrmistä jossa oli vahvat puuovet ja jättivät hänet sinne. He antoivat hänelle ruokaa ja juomaa, kumpaakin runsaasti jos kohta ei ehkä parasta laatua, sillä metsähaltiat eivät olleet mitään hiisiä ja kohtelivat vankejaan suhteellisen hyvin, vaikka nämä olisivat heidän pahimpia vihollisiaan. Jättiläishämähäkit olivat maailman ainoat olennot, joita kohtaan heiltä ei liiennyt mitään armoa.

Siellä kuninkaan tyrmässä virui siis Thorin, ja kun hän ei enää ollut pelkästään kiitollinen saamastaan leivästä ja lihasta ja vedestä, hän rupesi pohtimaan mitä hänen onnettomille ystävilleen oli tapahtunut. Ei kestänyt kovinkaan kauan kun hän sai sen tietää, mutta se kaikki kuuluu jo seuraavaan lukuun ja siitä alkaa uusi seikkailu, jossa hobitti jälleen kerran osoittaa tarpeellisuutensa.

Yhdeksäs luku

··· TYNNYRIKYYDILLÄ TYRMÄSTÄ ···

HÄMÄHÄKKIEN KANSSA KÄYDYN taistelun jälkeisenä päivänä Bilbo ja
hänen toverinsa yrittivät viimeisen epätoivoisen kerran päästä polul-
le ennen nääntymistään nälkään ja janoon. He nousivat pystyyn ja
hoipertelivat suuntaan jolla kahdeksan kolmestatoista arveli polun
olevan, mutta he eivät koskaan saaneet tietää oliko suunta oikea. Päi-
vänvalo, jos sellaisesta voi metsässä puhua, oli jälleen tummumas-
sa yön pimeydeksi kun heidän ympärilleen ilmaantui äkkiä soihtu-
ja jotka loistivat kuin sadat punaiset tähdet. Puiden takaa hypähti
esiin metsähaltioita jousineen ja keihäineen ja he vaativat kääpiöitä
pysähtymään.

Taistelu ei tullut kääpiöiden mieleenkään. Vaikka he eivät oli-
si olleet sellaisessa tilassa että heistä oli suorastaan mukavaa joutua
vangiksi, pienistä veitsistä, heidän ainoista aseistaan, ei olisi ollut
paljon apua haltioiden nuolia vastaan, joilla nämä osuivat vaik-
ka linnun silmään pimeässä. He siis pysähtyivät siihen paikkaan ja
istuutuivat maahan ja jäivät odottamaan mitä tuleman piti – kaikki
paitsi Bilbo, joka sujautti sormuksen sormeensa ja hypähti sivuun.
Kun haltiat sitten sitoivat kääpiöt pitkään jonoon toinen toisensa
perään ja laskivat saaliinsa, hobitti ei ollut luvussa mukana.

Eivätkä haltiat myöskään kuulleet tai muuten tajunneet hänen
tallustelevan heidän jäljessään reilun matkaa soihtujen takana kun
he johdattelivat vankejaan metsään. Kunkin kääpiön silmät sidot-
tiin, mutta se oli jokseenkin turhaa, sillä ei edes Bilbo tarkkoine
silmineen nähnyt minne he olivat menossa, eikä hän sitä paitsi sen

Haltiakuninkaan portti

paremmin kuin kukaan kääpiöistä tiennyt mistä he olivat lähteneet. Bilbolla oli täysi työ pysytellä soihtujen perässä, sillä haltiat pakottivat kääpiöt kulkemaan niin nopeasti kuin nämä sairaina ja uupuneina kykenivät. Kuningas oli käskenyt heidän pitää kiirettä. Äkkiä soihdut pysähtyivät ja hobitti sai ne juuri ja juuri kiinni ennen kuin ne lähtivät ylittämään siltaa. Tämä silta vei joen yli kuninkaan ovelle. Vesi virtasi tummana ja vuolaana ja väkevänä heidän allaan ja sillan toisessa päässä avautui suuren luolan suu jyrkän metsän peittämän rinteen kupeessa. Suuria pyökkejä kasvoi vesirajaan asti.

Haltiat tuuppivat vankinsa tämän sillan yli ja perässä tuleva Bilbo oli kahden vaiheilla. Luolansuu ei miellyttänyt häntä ollenkaan ja kun hän lopulta päätti, ettei hän jättäisi ystäviään pulaan, se tapahtui viime hetkellä ja hän ehti juuri ja juuri kipittää sillan yli viimeisen haltian kannoilla, ennen kuin kuninkaan suuret portit sulkeutuivat kalahtaen heidän takanaan.

Ovien sisäpuolella käytäviä valaisi punainen soihtujen valo ja haltiavartijat lauloivat kulkiessaan kiemurtelevissa, risteilevissä ja kaikuvissa käytävissä. Ne eivät muistuttaneet ollenkaan hiisiyhdyskuntien tunneleita: nämä olivat pienempiä, ne eivät olleet yhtä syvällä maan sisässä ja ilma oli niissä puhtaampaa. Suuressa salissa, jonka kattoa kalliosta louhitut pylväät kannattivat, istui puusta veistetyllä tuolillaan haltiakuningas. Päässään hänellä oli marjoista ja punaisista lehvistä sidottu kruunu, sillä syksy oli taas tullut. Keväällä hän kantoi hiuksissaan metsäkukkia. Kädessä hänellä oli tammesta veistetty sauva.

Vangit tuotiin hänen eteensä ja vaikka hän katsoi heitä ankarasti, käski hän miestensä avata siteet, sillä vangit olivat kurjia ja väsyneitä. »Eivätkä he sitä paitsi täällä mitään köysiä tarvitse», hän sanoi. »Minun lumotuista ovistani ei pakene kukaan joka kerran on tuotu niistä sisään.»

Kauan ja perusteellisesti hän kyseli kääpiöiltä heidän tekemisistään ja minne he olivat menossa ja mistä olivat tulossa, mutta hän ei saanut heistä paljonkaan enemmän irti kuin Thorinista. He olivat nyrpeitä ja vihaisia eivätkä yrittäneetkään olla kohteliaita.

»Mitä me olemme tehneet, oi kuningas?» kysyi Balin, vanhin jäljellä olevista. »Onko rikos eksyä metsään, olla nälkäinen ja janoinen, joutua hämähäkkien ansaan? Ovatko hämähäkit teidän kotieläimiänne tai peräti lemmikkejänne kun noin suututte niiden surmaamisesta?»

Mokomasta kysymyksestä kuningas tietenkin kimpaantui entisestään ja vastasi: »On rikos kulkea valtakunnassani ilman lupaa. Unohdatteko että olitte minun valtakunnassani ja käytitte minun miesteni tekemää tietä? Ettekö kolmasti vainonneet ja kiusanneet väkeäni metsässä ja ärsyttäneet hämähäkkejä liikkeelle melullanne ja melskaamisellanne? Kaiken sen häiriön jälkeen mitä te olette saaneet aikaan minulla on oikeus tietää mikä teidät tuo tänne ja jos ette kerro minulle nyt, minä pidän teitä kaikkia vankilassa kunnes olette saaneet järkeä päähänne ja oppineet käytöstapoja!»

Sitten hän määräsi, että kukin kääpiö oli pantava eri selliin ja että heille oli annettava ruokaa ja juomaa, mutta että heillä ei ollut asiaa tyrmiensä ovista ulos ennen kuin ainakin yksi oli halukas kertomaan hänelle kaiken mitä hän tahtoi tietää. Mutta hän ei kertonut heille että Thorin oli myös hänen vankinaan. Sen sai selville Bilbo.

Herra Reppuli -parka – hän vietti pitkän ja raskaan ajan noissa luolissa ypöyksin ja piileskellen, uskaltamatta ottaa sormusta pois, rohjeten tuskin nukkua kaikkein kaukaisimpaankaan nurkkaan käpertyneenä. Jotakin tehdäkseen hän otti tavakseen kuljeskella haltiakuninkaan palatsissa. Portit toimivat taialla mutta toisinaan hän onnistui pujahtamaan ulos, jos hän oli tarpeeksi nopea. Silloin tällöin ratsasti porteista ulos metsähaltiaseurue, jonka kärjessä oli toisinaan itse kuningas, menossa metsälle tai toimittamaan muita asioita saloille tai itäisille maille. Jos Bilbo silloin osasi olla oikein sukkela, hän saattoi livahtaa ulos aivan seurueen jäljessä, vaikka vaarallista se oli. Useammin kuin kerran hän oli vähällä jäädä ovien väliin kun ne kolahtivat yhteen viimeisen haltian mentyä, mutta varjonsa vuoksi hän ei uskaltanut marssia seurueen keskellä (vaikka varjo olikin soihtujen valossa häälyvä ja hailea) eikä senkään vuoksi, että joku olisi saattanut törmätä häneen ja paljastaa hänet sillä tavalla. Ja kun hän meni ulos, mitä ei kovin usein tapahtunut, hänellä ei ollut siitä paljon iloa. Hän ei tahtonut hylätä kääpiöitä, eikä hän toden totta tiennyt mihin olisi mennytkään ilman heitä. Hän ei pysynyt metsästävien haltioiden perässä kovin pitkään eikä oppinut tuntemaan metsää, vähän väliä hän jäi vaeltamaan yksin puiden keskelle peläten kuollakseen että eksyisi, kunnes tuli tilaisuus palata takaisin. Luolien ulkopuolella hän näki sitä paitsi nälkää kun taas sisällä hänen onnistui pysytellä jotenkuten hengissä nappaamalla ruokaa kaapeista ja pöydiltä kun ketään ei ollut näkemässä.

»Minä olen kuin sisään lukittu voro, joka ryöstää päivästä päivään kyllästymiseen asti samaa taloa», hän ajatteli. »Tämä on kyllä tämän onnettoman, uuvuttavan, lohduttoman seikkailun tylsin ja tympäisevin osa! Olisinpa omassa hobitinkolossani oman lämpöisen takkani ääressä palavan lampun vieressä!» Usein hän myös toivoi että saisi jotenkin lähetetyksi avunpyynnön velholle, mutta se oli tietenkin aivan mahdotonta; ja pian hän käsitti, että jos joku aikoi tehdä jotakin, se joku oli väistämättä herra Reppuli, yksin ja vailla apua.

Vietettyään viikon kaksi tällaista salakähmäistä elämää Bilbo onnistui vähitellen vartijoita seuraamalla ja tarkkailemalla ja asettumalla välillä melkoisille vaaroille alttiiksi saamaan selville missä kutakin kääpiötä pidettiin. Hän löysi kaikki kaksitoista selliä eri puolilta ja jonkin ajan kuluttua hän oppi kulkemaan palatsissa eksymättä. Kuvitelkaapa hänen hämmästystään, kun hän eräänä päivänä kuullessaan joidenkin vartijoiden puhuvan keskenään käsitti että haltioilla oli vankinaan vielä yksi kääpiö jota säilytettiin erityisen syvällä pimeässä tyrmässä. Hän oletti tietenkin heti, että kyseessä oli Thorin, ja pian hän sai selville että hän oli olettanut oikein. Monien vaikeuksien jälkeen hän pääsi sellin oven taakse niin että ketään muita ei ollut lähettyvillä ja sai vaihdetuksi joitakin sanoja kääpiöiden päällikön kanssa.

Thorin oli niin surkea ettei jaksanut enää olla vihainen vastoinkäymistensä vuoksi ja suunnitteli jo kertovansa kuninkaalle aarteestaan ja tehtävästään (mistä voitte päätellä kuinka masentunut hän oli) kun hän kuuli Bilbon äänen avaimenreiästä. Hän uskoi tuskin korviaan. Pian hän kuitenkin tuli siihen tulokseen, että hän ei ollut erehtynyt, ja meni ovelle ja puhui pitkään kuiskaten oven toisella puolella olevan hobitin kanssa.

Ja niin Bilbo pääsi välittämään Thorinin viestin salaa kaikille muille vangituille kääpiöille, kertomaan että heidän päällikkönsä Thorin oli vankina aivan heidän lähellään ja että kenenkään ei pitänyt paljastaa heidän matkansa tarkoitusta kuninkaalle, ei vielä, ei ennen kuin Thorin antaisi luvan. Sillä Thorin oli reipastunut kuultuaan kuinka hobitti oli pelastanut hänen toverinsa hämähäkkien kynsistä ja päättänyt että hän tarjoaisi kuninkaalle lunnaiksi osaa aarteesta vasta jos kaikki toivo paosta muilla tavoin olisi mennyt, toisin sanoen jos huomattava herra Näkymätön Reppuli (jota hän rupesi pitämään tuiki korkeassa arvossa) epäonnistuisi tykkänään eikä keksisi mitään ovelaa juonta.

Muut kääpiöt olivat kovasti samaa mieltä saatuaan viestin. Kaikilla oli mielessä oma osuutensa aarteesta (jota he jo pitivät omanaan huolimatta senhetkisestä ahdingosta ja siitä että lohikäärme oli vielä voittamatta) ja se että osuus pienenisi pahan kerran jos haltiakuningas vaatisi päästä jaolle; ja kaikki luottivat Bilboon. Juuri niin kuin Gandalf oli ennustanut. Ehkä Gandalf oli lähtenyt ja jättänyt heidät oman onnensa nojaan osaksi tästä syystä.

Mutta Bilbo ei ollut lähestulkoonkaan yhtä toiveikas kuin kääpiöt. Hän ei pitänyt siitä että kaikki oli hänen varassaan ja hän toivoi että velho olisi ollut mukana. Se oli turha toivo: arvattavasti heidät erotti koko Synkmetsän synkkyys. Bilbo tuumi ja tuumi, kunnes hänen päänsä oli haljeta, mutta ei keksinyt mitään. Yksi näkymättömäksi tekevä sormus oli mainio asia, mutta paljonko siitä oli iloa neljälletoista. Kuten olette varmaan arvanneet, loppujen lopuksi hän kuitenkin pelasti ystävänsä ja näin se tapahtui.

Kuljeksiessaan ja nuuskiessaan luolissa Bilbo sai eräänä päivänä selville mielenkiintoisen seikan: suuret portit eivät olleetkaan ainoa sisäänpääsytie luoliin. Palatsin alla virtasi maanalainen joki joka yhtyi Metsävirtaan vähän matkan päässä itään jyrkästä rinteestä jossa pääovi oli. Siinä missä tämä vesiväylä tuli esiin kukkulan kyljestä oli vesiportti. Uoman kivinen katto ulottui aukon kohdalla matalalle lähelle veden pintaa ja siinä oli laskettava ristikko estämässä ketään tulemasta tai menemästä sitä kautta. Mutta ristikko oli usein ylhäällä, sillä portin kautta kulki paljon liikennettä sisään ja ulos. Jos joku olisi tullut sisään tästä aukosta, hän olisi joutunut ensiksi pimeään karkeatekoiseen käytävään, joka johti syvälle kukkulan uumeniin, mutta eräiden luolien alapuolella käytävän kattoon oli tehty reikiä ja niihin sovitettu suuret tammiset luukut. Nämä aukenivat ylös kuninkaan kellareihin. Kellareissa oli tynnyreitä, lukemattomia tynnyreitä, sillä metsähaltiat ja erityisesti heidän kuninkaansa olivat kovin mieltyneitä viiniin, vaikka noilla maailman kolkilla viiniköynnös ei kasvanut. Viini kuten monet muut tarvikkeet tuotiin haltioiden palatsiin etelästä heidän sukulaistensa asuinsijoilta taikka ihmisten viinitarhoista kaukaisilta mailta.

Bilbo piileskeli ison tynnyrin takana ja sai selville luukkujen olemassaolon ja miten niitä käytettiin, ja kuuntelemalla kuninkaan palvelijoiden puheita hän sai tietää että viini ja muu tavara tuotiin ensin jokia ylös taikka maata myöten Pitkäjärvelle. Hän sai sen käsityksen että siellä oli menestyvä ihmisten kaupunki joka oli rakennettu paaluille veden päälle kaikenlaisten vihollisten varalta, erityisesti Vuoren lohikäärmeen vuoksi. Järvikaupungista tynnyrit tuotiin palatsiin Metsävirtaa ylös. Usein ne vain sidottiin yhteen lautoiksi ja sauvottiin tai soudettiin vastavirtaan, toisinaan ne lastattiin mataliin ruuhiin.

Kun tynnyrit olivat tyhjenneet, haltiat heittivät ne alas lattialuukuista ja avasivat vesiportin ja tynnyrit ajelehtivat ulos poukkoillen virrassa joka kuljetti ne kauas alavirtaan jokeen työntyvälle kapealle niemelle lähelle Synkmetsän itäreunaa. Siellä ne kerättiin ja köytettiin yhteen ja uitettiin takaisin Järvikaupunkiin joka sijaitsi Pitkäjärvessä lähellä Metsävirran suuta.

Bilbo pohti aikansa tätä vesiporttia ja mietti voisivatko hänen ystävänsä paeta jotenkin sen kautta, ja niin hänen mielessään kehkeytyi suunnitelman epätoivoinen alku.

Vangeille oli viety ilta-ateria. Vartijat kävelivät käytäviä myöten pois vieden soihdut mukanaan ja jättivät tyrmät pimeiksi. Bilbo kuuli kuninkaan hovimestarin tervehtivän päävartijaa.

»Tule mukaan», hän sanoi, »niin saat maistaa uutta vastatullutta viiniä. Minun pitäisi raivata kellareista pois tyhjät tynnyrit ja se on melkoinen urakka, voisimme ottaa vähän viiniä ennen työhön ryhtymistä.»

»Sopiihan se», nauroi vartijoiden päällikkö. »Minä maistan sitä kanssasi ja katson onko se kelvollista kuninkaan pöytään. Tänä iltana on juhlat eikä käy laatuun että siellä juotaisiin huonoa viiniä!»

Kuultuaan tämän Bilbo kiihtyi hirmuisesti, sillä hän käsitti että onni oli myötä ja että hänellä olisi mahdollisuus kokeilla heti epätoivoista suunnitelmaansa. Hän seurasi kahta haltiaa, kunnes he menivät pieneen kellariin ja istuutuivat pöydän ääreen, jolle oli nostettu kaksi isoa kannua. Pian he alkoivat juoda ja nauraa iloisesti. Silloin Bilboa potkaisi harvinainen onni. Viinin on oltava todella vahvaa ennen kuin se saa metsähaltian uneliaaksi, mutta nähtävästi tämä viini oli Dorwinionin suurten puutarhojen satoa, jota ei ollut tarkoitettu sotilaille eikä palvelijoille vaan ainoastaan kuninkaan juhliin ja hovimestarin suuria kannuja pienemmistä astioista tarjottavaksi.

Pian nuokahti vartijan pää ja hän laski sen pöydälle ja vajosi sikeään uneen. Hovimestari nauroi ja jutteli itsekseen vähän aikaa nähtävästi huomaamatta mitä oli tapahtunut mutta pian vajosi hänenkin päänsä pöytään ja hän nukahti ja alkoi kuorsata niin kuin ystävänsä. Silloin hobitti hiipi esiin. Eipä aikaakaan kun vartija oli ilman avaimia ja Bilbo kipitti minkä jaloista pääsi käytäviä myöten sellejä kohti. Suuri avainnippu painoi käsivarrella ja sydän hypähti vähän väliä kurkkuun sormuksesta huolimatta sillä hän ei mitenkään voinut estää avaimia silloin tällöin kilisemästä ja kalisemasta tavalla joka sai hänet vapisemaan.

Ensiksi hän avasi Balinin sellin oven ja pani sen sitten huolellisesti takaisin lukkoon heti kun kääpiö oli tullut ulos. Balin oli kuin ällikällä lyöty kuten voitte kuvitella, mutta vaikka hän oli iloinen

HOBITTI ELI SINNE JA TAKAISIN

päästessään pois kyllästyttävästä kivikopista, hän tahtoi pysähtyä kyselemään ja kuulla yksityiskohtia myöten mitä Bilbo aikoi. »Ei ole aikaa!» hobitti sanoi. »Seuraat vain minua! Meidän on pysyteltävä yhdessä ja varottava ettemme joudu erillemme. Joko kaikki pääsevät pakoon tai sitten ei kukaan, ja tämä on meidän viimeinen tilaisuutemme. Jos jäämme kiinni, taivas tietää minne kuningas teidät seuraavaksi telkeää, ja laitattaa teille tietysti samalla kahleet käsiin ja jalkoihin. Älä pane vastaan niin olet kiltti kääpiö!»

Niin he kulkivat ovelta ovelle kunnes Bilbon perässä vaelsi kaksitoista kääpiötä – joista kukaan ei liikkunut pimeydessä erityisen ketterästi pitkän vankina virumisen jälkeen. Bilbon sydän hypähti joka kerta kun kääpiö törmäsi toiseen tai älähti tai kuiskasi jotakin pimeässä. »Että on meluisaa sakkia», hän ajatteli itsekseen. Mutta kaikki meni hyvin eivätkä he kohdanneet vartijoita. Sattui niin että sinä iltana vietettiin metsässä ja ylhäällä kuninkaan saleissa suuria syysjuhlia. Melkein kaikki väki oli ilonpidossa.

Viimein he tulivat melkoisen törmäilyn jälkeen syvälle palatsin uumeniin Thorinin sellin luo, joka kaikeksi onneksi ei ollut kovin kaukana kellarista.

»No jo on!» sanoi Thorin kun Bilbo käski kuiskaten häntä tulemaan ulos ja liittymään tovereittensa seuraan. »Gandalf puhui totta, kuten tavallisesti! Sinä olet kuin oletkin mainio voro kun sellaista tarvitaan. Me olemme ikuisesti palveluksessasi, mitä ikinä tämän jälkeen tapahtuukaan. Mutta mitä tapahtuu nyt seuraavaksi?»

Bilbo käsitti, että oli koittanut hetki jolloin hänen oli selostettava suunnitelmansa kääpiöille niin hyvin kuin osasi, mutta hän ei ollut ollenkaan varma, miten he ottaisivat sen vastaan. Hänen pelkonsa olivat perustellut, sillä kääpiöt eivät pitäneet siitä alkuunkaan ja rupesivat vänkäämään kovaäänisesti vastaan vaarasta huolimatta.

»Me kolhiinnumme ja hölskymme hengiltä ja hukumme kaiken kukkuraksi, ei epäilystäkään!» he murisivat. »Me luulimme että sinulla oli jokin järkevä ehdotus mielessäsi kun anastit avaimet. Mutta tämä on hulluutta!»

»Hyvä on», sanoi Bilbo masentuneena ja vihaisenakin. »Tulkaa niin pääsette takaisin mukaviin selleihinne ja minä panen taas ovet lukkoon ja te voitte istuksia kaikessa rauhassa miettimässä parempaa suunnitelmaa – mutta tuskinpa minä enää koskaan saan avaimia käsiini – mikäli huvittaa yrittääkään.»

Tällaista puhetta ei kukaan kestänyt kuulla ja kääpiöt rauhoittuivat. Lopulta heidän oli tietenkin pakko tehdä juuri niin kuin Bilbo oli ehdottanut, koska kuka tahansa käsitti, että oli mahdotonta lähteä yrittämään pakoon yläsalien kautta tai raivata tappelemalla tie taioin suljetusta portista ulos, eikä ollut myöskään mitään järkeä seistä siinä riitelemässä kunnes heidät saataisiin kiinni. He siis seurasivat hobittia alimpaan kellariin. He ohittivat oviaukon josta he näkivät päävartijan ja hovimestarin kuorsaamassa tyytyväinen hymy kasvoillaan. Dorwinionin viinistä saa kauniit ja syvät unet. Seuraavana päivänä päävartijan kasvoilla olisi aivan toisenlainen ilme, vaikka Bilbo kävi ystävällisesti pujottamassa avainnipun takaisin hänen vyöhönsä.

»Säästyy pahimmilta ikävyyksiltä», sanoi herra Reppuli itsekseen. »Ei hän ollut hassumpi veikko ja kohteli vankeja kelvollisesti. Sitä paitsi kaikki saavat ihmettelemisen aihetta. Kuvittelevat että meillä on hallussamme vahva taika jonka avulla voimme kulkea suljetuista ovista ja kadota. – Kadota! Nyt on pidettävä kiirettä jos on aikomus kadota!»

Balinin käskettiin pitää silmällä vartijaa ja hovimestaria ja varoittaa mikäli he liikahtaisivat. Muut menivät viereiseen kellariin jossa puuluukut olivat. Aikaa ei ollut hukattavana. Bilbo tiesi että ennen pitkää oli eräiden haltioiden määrä tulla alakertaan ja auttaa hovimestaria laskemaan tyhjät tynnyrit luukuista jokeen. Tynnyrit olivatkin jo riveissä keskilattialla odottamassa alas työntämistä. Osa oli viinitynnyreitä eikä niistä ollut paljon apua, koska niitä oli hankala avata aiheuttamatta melkoista melua, eikä niitä ollut helppo sulkea tiiviisti uudestaan. Mutta siellä oli monia muita tynnyreitä joissa oli kuljetettu kuninkaan palatsiin kaikenlaista muuta tavaraa: voita, omenia ja sen sellaista.

Pian he olivat löytäneet kolmetoista niin tilavaa tynnyriä, että niihin mahtui kääpiö kuhunkin. Totta puhuen jotkut olivat liiankin tilavia ja sisään kömpiessään kääpiöt ajattelivat levottomina millaisen höykytyksen ja hölskytyksen he saisivat, vaikka Bilbo yrittikin parhaan kykynsä mukaan tunkea tynnyreihin olkia ja muita pehmikkeitä ja pakata kääpiöt niihin niin mukavasti kuin lyhyt aika salli. Viimein oli kolmetoista kääpiötä saatu tynnyreihin. Thorin oli ollut hankala, hän oli kiemurrellut ja kääntyillyt purtilossaan ja murissut kuin iso koira pienessä kopissa kun taas Balin, jonka vuoro oli viimeisenä, nosti äläkän ilmarei'istä ja valitti tukehtuvansa vaikka kansikaan ei ollut vielä kiinni. Bilbo tukki tynnyrien reiät parhaan kykynsä mukaan ja kiinnitti kannet niin tiiviisti kuin mahdollista ja sitten hän oli taas yksin, juoksenteli pitkin kellaria viimeistelemässä pakkaustyötään ja toivoen toivomasta päästyään että hanke onnistuisi.

Työ ei ollut tehty hetkeäkään liian aikaisin. Vain pari minuuttia sen jälkeen kun kansi oli kiinnitetty Balinin tynnyriin, Bilbo kuuli ääniä ja näki soihtujen lepattavaa kajoa. Kellariin tuli joukko haltioita nauraen ja jutellen ja loilottaen laulunpätkiä. He olivat poistuneet hauskoista juhlista yläkerrasta ja olivat aikeissa palata niihin mitä pikimmin.

»Missä on hovimestari Galion?» kysyi yksi. »En ole nähnyt häntä tänään juhlapöydässä. Hänen pitäisi olla täällä näyttämässä meille mitä pitää tehdä.»

»Minä suutun jos se mattimyöhäinen ei kohta tule», sanoi toinen. »Ei tee mieli tuhlata täällä aikaansa kun ylhäällä lauletaan!»

»Hah hah», huudettiin kauempaa. »Täällä se kelmi rötköttää pää kannussa! Hän on juhlinut yksityisesti ystävänsä vartiopäällikön kanssa.»

»Ravistakaa! Herättäkää!» huusivat toiset kärsimättömästi.

Galion ei pitänyt ollenkaan siitä että häntä ravisteltiin ja heräteltiin ja vielä vähemmän hän piti siitä että hänelle naurettiin. »Te olette itse myöhässä», hän sanoi. »Minä odotan ja odotan täällä sillä aikaa kun te kallistatte maljoja ja pidätte hauskaa ja unohdatte tehtävänne. Mikä ihme se on jos minä väsymystäni nukahdan!»

»Ei mikään ihme, kun selityskin on kannussa ihan käden ulottuvilla», he sanoivat. »Annapa meidänkin maistaa unijuomaasi ennen kuin alamme työn. Ei kannata herättää arvoisaa avaimenkilistäjää. Hän on näöstä päätellen jo oman osansa saanut.»

Sitten he joivat kierroksen ja tulivat äkkiä vallan hilpeiksi. Mutta järki säilyi sentään tallella. »Sinäpä tempun teit, Galion!» huusivat jotkut. »Sinä aloitit juhlimisen niin varhain että pääsi pehmeni! Olet pannut joukkoon täysiä tynnyreitä tyhjien sijasta, mikäli painosta voi mitään päätellä.»

»Tehkää työnne», ärisi hovimestari. »Mitä painosta ymmärtää juoppolalli? Nämä ovat oikeat tynnyrit, sanon minä. Tehkää työtä käskettyä!»

»Hyvä on, hyvä on», he vastasivat ja pyörittivät tynnyreitä aukkoa kohti. »Sinä vastaat sitten pääläsi jos kuninkaan täydet voisammiot ja paras viini viskataan jokeen Järven väen ilmaiseksi nautittavaksi!»

Vierikää, vierikää, vierikää,
aukosta alas kierikää!
Hii-op! Molskis, polskis!
Alas vain, polskis, molskis!

Näin he lauloivat ensin yhden ja sitten toisen tynnyrin vyöryessä kohti tummaa aukkoa ja pulahtaessa kylmään veteen parin kyynärän päässä. Jotkut tynnyrit olivat todella tyhjiä, toisissa oli kussakin siististi pakattu kääpiö, mutta kaikki viskattiin yksitellen alas ryskyen ja rytisten, ja ne putosivat toistensa päälle, molskahtivat veteen, poukkoilivat vasten käytävän seinämiä, törmäilivät toisiinsa ja tempautuivat virran mukana pois.

Juuri sillä hetkellä Bilbo käsitti mikä oli hänen suunnitelmansa heikko kohta. Te olette tietenkin huomanneet sen jo jonkin aikaa sitten ja olette nauraskelleet hänelle, mutta epäilen olisitteko selvinneet samassa asemassa puoleksikaan niin hyvin kuin hän. Tietenkään hän ei ollut itse tynnyrissä, eikä hänellä ollut ketään joka olisi pakannut hänet vaikka siihen olisi tarjoutunut tilaisuus! Näytti siltä että nyt hän todellakin joutuisi eroon ystävistään (melkein kaikki tynnyrit olivat jo kadonneet pimeästä lattialuukusta) ja jäisi tyystin oman onnensa nojaan ja saisi hiippailla ikuisesti haltialuolissa vakinaisena vorona. Sillä vaikka hän olisi päässyt saman tien pakenemaan yläporttien kautta, hänen mahdollisuutensa yhtyää kääpiöt uudestaan olivat pienet. Hän ei tiennyt miten maata myöten päästiin paikkaan johon tynnyrit kerättiin. Hän mietti miten kääpiöiden kävisi ilman häntä, sillä hänellä ei ollut ollut aikaa kertoa heille kaikkea tietämäänsä eikä mitä hän oli aikonut tehdä metsästä pois päästyä.

Bilbon näitä miettiessä haltiat kävivät jälleen hilpeiksi ja rupesivat laulamaan luukun ympärillä. Jotkut olivat jo menneet kiskomaan vesiportin ristikon köysiä päästääkseen tynnyrit ulos heti kun ne olivat kaikki alhaalla joessa.

Alas vuolasta tummaa virtaa mennen
te palaatte maille jotka tunsitte ennen!
Jättäkää salit ja luolat syvät,
jättäkää vuoret yhä jyrkentyvät,
missä varjot harmaat ja kummat
peittävät metsät laajat ja tummat!
Kellukaa sivuitse puiden vain
luo tuulien vaimeain kuiskinain,
ohitse ruoikon vihreän seinän,
ohi suorantojen heiluvan heinän,
läpi lampien usvan valkean,
yli järven yön varjoja kuvastelevan!
Tähdissä teillä on oppaat oivat,
ne kylmällä taivaalla karkeloivat;
kääntykää kun sarastaa,
kosken särkkien poikki matkatkaa
etelään, yhä etelään!
Aurinkoa etsimään!
Niityille vihreinä hohtaville,
hiehojen, härkien laitumille,
taas kukkuloiden puutarhojen luo,

missä jokainen marja veden kielelle tuo!

Aurinkoa siis etsimään!

Etelään, yhä etelään!

Alas vuolasta tummaa virtaa mennen

te palaatte maille jotka tunsitte ennen!

Nyt vieritettiin vihoviimeistä tynnyriä luukulle! Epätoivoissaan, keksimättä muutakaan, Bilbo-ressu tarrautui siihen ja tuli työnne- tyksi alas sen mukana. Hän putosi – loiskis! – kylmään tummaan jokeen, ja tynnyri putosi hänen päälleen.

Hän pulahti pintaan pärskien ja takertui tynnyriin kuin rotta, mutta vaikka hän kuinka yritti, hän ei päässyt sen päälle. Joka kerta tynnyri kierähti ja hän jäi taas sen alle. Se oli yksi oikeasti tyhjistä ja keikkui pinnalla kevyenä kuin korkki. Vaikka Bilbon korvat oli- vat täynnä vettä, hän kuuli yhä haltioiden laulun ylhäällä kellarissa. Sitten äkkiä luukut jysähtivät kiinni ja äänet vaimenivat. Hän oli pi- meässä tunnelissa ja ajelehti hyisessä vedessä yksin – onhan sellaisia tovereita, jotka on suljettu tynnyreihin, vaikea ottaa lukuun.

Pian ilmestyi pimeyteen harmaa läiskä. Bilbo kuuli kuinka vesi- portti kirskui kun sitä vedettiin ylös ja havaitsi pulikoivansa keskellä keikkuvia ja törmäileviä tynnyreitä jotka kertyivät sumaksi matalan aukon edustalle ennen pääsyä avaraan jokeen. Hänellä oli täysi työ varoessa ettei hän survoutunut ja kolhiutunut hengiltä, mutta vii- mein suma alkoi purkautua ja tynnyrit tempautuivat yksitellen kivi- kaaren alitse ulkoilmaan. Silloin hän huomasi, ettei hänellä siitä oli- si ollut hyötyä vaikka hän olisikin päässyt ratsastamaan tynnyrillä, koska tynnyrin ja porttia kohti jyrkästi alenevan katon väliin ei jää- nyt edes hobitinmentävää rakoa.

He tulivat ulos joen molemmin puolin kasvavien puiden alle. Bilbo mietti, miltä kääpiöistä mahtoi tuntua ja vuotivatko tynnyrit pahasti. Jotkut hänen ohitseen hämärässä keikkuvat tynnyrit uivat melkoisen syvällä ja hän arveli, että niissä oli kääpiö sisällä.

»Toivottavasti kiinnitin kannet kunnolla!» hän ajatteli, mutta ennen pitkää hänellä oli niin paljon huolta itsestään, ettei hän ehtinyt ajatella kääpiöitä. Hän sai pidetyksi päänsä pinnalla mutta hän tärisi kylmästä ja mietti paleltuisiko hän kuoliaaksi ennen kuin hänen onnensa kääntyisi, kuinka kauan hän enää jaksaisi pitää kiinni ja olisiko hänen kaiken uhalla parasta hellittää otteensa ja yrittää uida rannalle.

Mutta pian onni kääntyikin: pyörteilevä virta kuljetti useita tynnyreitä lähelle rantaa, jossa ne pysyivät vähän aikaa paikoillaan vedenalaisen juuren varassa. Bilbo käytti tilaisuutta hyväkseen ja kipusi tynnyrinsä päälle kun se oli juuttunut toista vasten. Hän rämpi sen päälle kuin uitettu rotta ja makasi siinä raajat levällään ettei menettäisi tasapainoaan toivoen hartaasti ettei hän kierähtäisi taas veteen tynnyrien lähtiessä uudestaan liikkeelle.

Kohta tynnyrit irtautuivat, ne kääntyilivät ja heittelehtivät takaisin valtavirtaan. Ihan niin kuin Bilbo oli pelännyt hänen oli vaikea pysyä tynnyrin päällä, mutta jotenkuten se sujui vaikka mukavuudesta ei siinä kurjuudessa voinut puhua. Onneksi hän oli kevyt, kun tynnyri taas oli iso ja tukeva ja vuoti sen verran että oli jo siemaissut vähän vettä. Silti olo oli kuin olisi ratsastanut ilman suitsia tai jalustimia pyöreämahaisella ponilla, jolla on pelkkä piehtarointi mielessä.

Niin herra Reppuli viimein saapui paikkaan jossa puut harvenivat joen kummankin puolen. Kalpea taivas pilkotti niiden välissä. Tumma väylä leveni äkkiä ja yhtyi Metsävirran pääuomaan joka virtasi vuolaana kuninkaan suurelta portilta. Hän näki himmeän vedenkalvon, jota puut eivät varjostaneet, ja sen vilistävään pintaan heijastuivat särkyneinä kuvina pilvet ja tähdet. Sitten Metsävirran voimakas vuolle heitti tynnyrit joen pohjoisreunaan johon se oli syönyt laajan poukaman. Poukaman ranta oli somerikkoa, sen takana kohosi jyrkkä törmä ja idässä sitä rajasi veteen työntyvä kapea kallioniemeke. Matalikossa suurin osa tynnyreistä karahti pohjaan, vaikka muutama poukkoili kalliolle saakka.

Rannoilla oli haltioita odottamassa. He työnsivät tynnyrit nopeasti kekseillä yhteen paikkaan matalikolle ja laskettuaan ne köyttivät ne yhteen ja jättivät odottamaan aamua. Kääpiöparat! Bilbolla oli sentään melko mukavat oltavat. Hän liukui alas tynnyriltä ja kahlasi rantaan ja hiipi lähellä näkemiensä mökkien luo. Häntä ei enää epäilyttänyt millään lailla napata omin luvin syötävää kun vain tilaisuus tarjoutui, koska hän oli joutunut pakosta menettelemään niin pitkän aikaa ja hän tiesi liiankin hyvin millaista oli olla todella nälkäinen, ei pelkästään kohteliaan kiinnostunut hyvin varustetun ruokakomeron herkuista. Hän oli nähnyt vilaukselta nuotion puiden lomassa ja se houkutteli myös, koska märät ja resuiset vaatteet tuntuivat iholla kylmiltä ja nahkeilta.

Hänen senöisistä seikkailuistaan ei kannata paljon kertoa, sillä heidän matkansa itään lähestyy loppuaan ja edessä on viimeinen ja suuri seikkailu, ja me kiiruhdamme sen vuoksi. Aluksi hän pärjäsi tietenkin oikein hyvin taikasormuksensa avulla, mutta sitten hänen märät jalanjälkensä ja vesinoro kaikkialla missä hän liikkui paljastivat hänet ja sitä paitsi hän alkoi vilustua ja pidäteltyjen aivastusten hirmuiset pyrskäykset antoivat ilmi hänen piilopaikkansa. Pian vallitsi jokirannan kylässä melkoinen hämminki, mutta Bilbo pakeni metsään mukanaan kokonainen limppu ja nahkaleilillinen viiniä ja piirakka, jotka olivat toisen omaisuutta. Lopun yötä hän sai viettää märkänä ja kaukana nuotiosta, mutta leili auttoi, ja totta puhuen hän torkahti vähäksi aikaa kuiville lehdille vaikka syksy oli jo tulossa ja ilma oli viileä.

Hän heräsi tavallista rajumpaan aivastukseen. Harmaa aamu oli jo valjennut ja joelta kuului hilpeä melske. Haltiat sitoivat tynnyreitä lautaksi joka lautturien oli määrä viedä alavirtaan Järvikaupunkiin. Bilbo aivasti uudestaan. Hänestä ei enää valunut vettä, mutta hän oli kovasti kylmissään. Hän kompuroi alas niin nopeasti kuin jäykiltä jaloiltaan pääsi ja ehti nipin napin tynnyrien luo kenenkään huomaamatta häntä yleisen touhun keskellä. Onneksi aurinko ei paistanut ja kiusallinen varjo puuttui, eikä hän myöskään aivastanut pitkään aikaan.

Haltiat työnsivät sauvoilla olan takaa. He seisoivat matalassa vedessä ja heivasivat ja tuuppivat. Yhteen köytetyt tynnyrit hiertyivät kirskuen toisiaan vasten.

»Kyllä ovat raskaita!» valittivat jotkut. »Nämä uivat liian syvässä – lienevätkö kaikki tyhjiä. Jos ne olisivat tulleet valoisaan aikaan, olisi voitu vilkaista sisään», he sanoivat.

»Nyt ei ole aikaa!» huusi lautturi. »Työntäkää!»

Niin matka jatkui taas, aluksi hitaasti kunnes lautta oli sivuuttanut niemenkärjen jossa seisovat haltiat estivät keksein tynnyreitä törmäämästä siihen, ja sitten yhä nopeammin lautan saavuttaessa keskivirran ja lähtiessä viilettämään alas kohti Järveä.

He olivat päässeet pakoon kuninkaan tyrmistä, metsä oli takana, mutta nähtäväksi jää, olivatko he elossa.

Kymmenes luku

··· LÄMMIN VASTAANOTTO ···

PÄIVÄ KÄVI VALOISAMMAKSI ja lämpimämmäksi sitä mukaa kuin matka edistyi. Jonkin ajan kuluttua joki kiersi jyrkän harjanteen, joka työntyi sen eteen vasemmalta. Harjanne nousi kallioista joita vasten vahva virta kuohui ja läiskyi. Äkkiä kallio loppui. Ranta madaltui. Puita ei enää ollut. Ja tällaisen näyn Bilbo näki:

Hänen ympärillään avautui avara vetinen seutu jossa joki hajaantui sadaksi kiemuraiseksi väyläksi, hän näki seisovaa vettä, soita ja lammikoita ja pikkuisia saaria, mutta kaiken keskellä virtasi silti voimakas valtaväylä. Ja repaleisten pilvien keskellä häämötti etäällä synkkä vuorenhuippu. Koillisessa kohoavat naapurivuoret sen paremmin kuin vuoria yhdistävä kallioinen ylämaa ei ollut näkyvissä. Tämä vuori kohosi aivan yksin ja hallitsi soita ja metsää sen tällä puolen. Yksinäinen vuori! Bilbo oli tullut kaukaa ja kokenut monet seikkailut sen nähdäkseen, eikä hän pitänyt alkuunkaan siitä mitä näki.

Kuunnellessaan lautturien puheita ja kootessaan yhteen tiedonhippuja hän käsitti pian että vuoren näkeminen oli melkoinen ihme. Jos kohta vankeus oli ollut lohduton eikä hänen nykyinen tilansa ollut kehuttava (puhumattakaan kääpiöiden ahdingosta), heillä oli ollut enemmän onnea kuin hän oli älynnytkään. Haltioiden puheet koskivat kauppaa jota käytiin vesireiteillä ja kävi ilmi että liikenne oli vilkastunut joella sen jälkeen kun idästä Synkmetsään vievät tiet olivat hävinneet tai jääneet käytöstä. Haltiat keskustelivat myös erimielisyyksistä joita järveläisillä ja metsähaltioilla oli Metsävirran perkauksesta ja rantojen hoidosta. Seutu oli muuttunut suuresti siitä kun kääpiöt olivat eläneet Vuoressa, ja se aika eli mielissä enää hämäränä perimätietona. Muutoksia oli tapahtunut jopa aivan viime vuosina, sen jälkeen kun Gandalf oli saanut täältä viimeksi tietoja. Suuret tulvat ja sateet olivat nostattaneet itään virtaavat vedet ja maanjäristyksiä oli ollut useampi kuin yksi (monet olivat valmiita syyttämään lohikäärmettä – johon viitattiin kirouksella ja pahaenteisellä nyökkäyksellä vuorta kohti). Suot ja rämeet olivat vallanneet alaa joka puolella. Monia polkuja ei enää ollut ja moni kulkija ja ratsumieskin oli kadonnut yrittäessään löytää olematonta tietä soiden poikki. Kääpiöiden Beornin neuvosta valitseman metsän halki vievän tien tämä pää oli epämääräinen ja vähän käytetty; vain joki tarjosi enää varman pääsyn Synkmetsän pohjoisilta liepeiltä vuorien varjostamille tasangoille, ja jokea vartioi metsähaltioiden kuningas.

Bilbo oli siis tullut perille ainoaa kelvollista tietä. Tynnyreiden päällä hytisevää herra Reppulia olisi saattanut lohduttaa tieto, että Gandalf oli saanut kuulla näistä seikoista ja että hän oli huolissaan ja oli itse asiassa päättänyt jättää muut toimensa (jotka eivät kuulu tähän tarinaan) ja suunnitteli lähtevänsä etsimään Thorinia ja hänen tovereitaan. Mutta sitä Bilbo ei tiennyt.

Hän tiesi vain että joki näytti jatkuvan jatkumistaan loputtomiin ja että hänen oli nälkä ja että hänellä oli ilkeä nuha, eikä häntä miellyttänyt Vuori joka näytti mulkoilevan häntä sitä uhkaavammin mitä lähemmäksi se tuli. Jonkin ajan kuluttua joki kuitenkin kääntyi hiukan etelään ja Vuori alkoi taas etääntyä, ja viimein myöhään iltapäivällä rannat muuttuivat kivikkoisiksi ja joki kokosi harhailevat vetensä syväksi ja väkeväksi virraksi ja lautta kiiti eteenpäin hyvää vauhtia.

Aurinko oli laskenut kun uusi mutka itään toi Metsävirran Pitkäjärveen. Joen suu oli leveä, ja sen kahden puolen kohosi kallioportti jonka alla oli somerikkoa. Pitkäjärvi! Bilbo ei ollut koskaan kuvitellut että mikään muu kuin meri voisi olla niin suuri. Se oli niin leveä, että vastarannat häämöttivät pieninä ja kaukaisina, ja pituutta siinä oli niin paljon että pohjoispää, joka kurottui Vuorta kohti, ei erottunut ollenkaan. Vain kartan perusteella Bilbo tiesi että siltä suunnalta missä Otavan tähdet jo tuikkivat, virtasi Laaksosta Vuolas virta ja että yhdessä Metsävirran kanssa se täytti tämän altaan joka joskus aikoinaan lienee ollut syvä kalliolaakso. Järven eteläpäässä kahden joen yhdistyneet vedet purkautuivat korkeista putouksista kiiruhtaakseen tuntemattomille maille. Illan hiljaisuudessa putousten kohina kuului kaukaisena jylynä.

Merkillinen kaupunki, josta Bilbo oli kuullut haltioiden puhuvan kuninkaan kellarissa, ei sijainnut kaukana Metsävirran suulta. Sitä ei ollut rakennettu rannalle, jossa seisoi vain muutama rakennus ja mökki, vaan veden päälle tyyneen lahteen jota suojasi järveen purkautuvan joen kuohuilta kallioinen niemi. Rannasta johti suuri puusilta elämää kuhisevaan kaupunkiin, joka oli rakennettu metsän puista hakattujen valtavien paalujen varaan, eikä se ollut haltioiden kaupunki vaan ihmisten, ihmisten jotka uskalsivat yhä asua kaukaisen lohikäärmevuoren varjossa. Heidän elinkeinonaan oli edelleen kauppa: suurta jokea myöten saapui etelästä tavaraa joka kuljetettiin putousten ohi maitse heidän kaupunkiinsa, mutta maineikkaina entisinä aikoina, kun Laakson kaupunki pohjoisessa oli vauras ja kukoistava, heillä oli ollut valtaa ja rikkautta ja vesillä oli liikkunut kokonaisia laivastoja lastinaan sekä kultaa että sotaväkeä, ja siihen aikaan oli käyty sotia ja tehty tekoja joita enää taruissa muistettiin. Kuivina aikoina kun järven pinta laski, tuli näkyviin nykyistä suuremman kaupungin lahoavia paaluja.

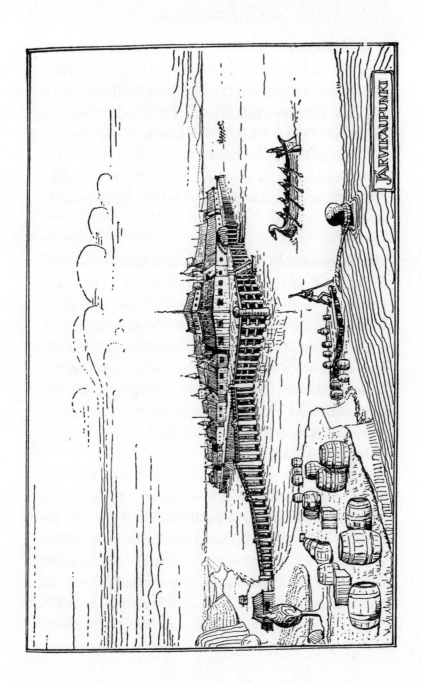

Mutta ihmiset eivät muistaneet tästä kaikesta juuri mitään vaikka jotkut vielä lauloivat vanhoja lauluja Vuoren kääpiökuninkaista, Durinin heimon Throrista ja Thrainista, sekä lohikäärmeen tulosta ja Laakson ruhtinaitten kukistumisesta. Oli sellaisiakin lauluja joiden mukaan Thror ja Thrain tulisivat takaisin jonakin päivänä, ja silloin virtaisi kuulemma kultajoki vuorenporteista ja kaikki maa täyttyisi uusista lauluista ja uudesta naurusta. Mutta tällä mieluisalla tarulla ei ollut mitään merkitystä heidän jokapäiväisessä elämässään.

Heti kun tynnyrilautta tuli näkyviin, sousi paalujen luota veneitä ja niistä tervehdittiin huudoin lauttureita. Köysiä heitettiin ja airoja kiskottiin ja pian oli lautta vedetty Metsävirran vuolteesta erilleen ja hinattu kallioniemen ympäri Järvikaupungin pieneen lahteen. Lautta kiinnitettiin lähelle suuren sillan rannanpuoleista päätä. Piakkoin odotettiin järvelle tulevaksi etelän ihmisiä, jotka veisivät osan tynnyreistä mennessään ja täyttäisivät loput tavaralla, jota he olivat tuoneet kuljetettavaksi jokea ylös metsähaltioille. Siksi aikaa tynnyrit jätettiin kellumaan ja lautturit ja venemiehet menivät Järvikaupunkiin pitämään hauskaa.

He olisivat totisesti hämmästyneet, jos he olisivat nähneet mitä rannassa tapahtui kun he olivat menneet pois ja illan varjot olivat laskeutuneet. Bilbo aloitti irrottamalla joukosta tynnyrin, sitten hän työnsi sen rantaan ja avasi sen. Sisältä kuului voivotusta ja esiin ryömi mitä surkein kääpiö. Hänen virttyneestä parrastaan pisti märkiä olkia, hän oli jäykkä ja jäseniä särki, ja niin kolhuilla ja kuhmuilla hän oli että pystyi töin tuskin seisomaan ja kompuroimaan matalasta vedestä rantaan makaamaan ja valittamaan. Hän oli nälkiintyneen ja villin näköinen kuin koira joka oli kytketty koppiin ja unohdet-

tu viikoksi. Hän oli Thorin, mutta sen saattoi päätellä vain kulta-
ketjusta ja likaantuneen ja rähjääntyneen huppulakin taivaansinises-
tä väristä ja tummuneesta hopeatupsusta. Kesti jonkin aikaa ennen
kuin hän suostui suhtautumaan hobittiin siivosti.

»No, oletko elossa vai kuollut?» kysyi Bilbo kiukkuisesti. Hän
oli nähtävästi unohtanut, että hän oli nauttinut ainakin yhden kun-
non aterian enemmän kuin kääpiöt ja että hän oli voinut käyttää
vapaasti jalkojaan ja käsiään, puhumattakaan suuremmasta annok-
sesta hengitysilmaa. »Oletko yhä vankilassa, vai oletko vapaa? Jos
tahdot ruokaa ja jos tahdot jatkaa tätä typerää seikkailua – sinun-
han se on eikä minun – hakkaa käsiäsi ja hiero jalkojasi ja tule aut-
tamaan minua että saamme muut pois tynnyreistä kun se vielä on
mahdollista!»

Thorin tietenkin ymmärsi järkipuhetta ja voivoteltuaan vielä
vähän hän nousi ja auttoi hobittia parhaan kykynsä mukaan. Pi-
meän keskellä kylmässä vedessä rämpien ei ollut helppoa eikä haus-
kaa yrittää saada selville mitkä olivat oikeat tynnyrit. Koputtelemal-
la ja huutelemalla he löysivät kuusi kääpiötä jotka pystyivät vastaa-
maan. Heidät otettiin ulos ja autettiin rantaan jossa he istuivat ja
makailivat kiukutellen ja voivottaen; he olivat niin märkiä ja mus-
telmilla ja krampissa että he eivät oikein ymmärtäneet pelastuneensa
eivätkä osanneet olla siitä asiaankuuluvasti kiitollisia.

Dwalin ja Balin olivat joukosta surkeimmat eikä heiltä kannatta-
nut pyytää mitään apua. Bifur ja Bofur olivat kolhiintuneet ja kas-
tuneet vähemmän, mutta he paneutuivat silti maahan eivätkä suos-
tuneet tekemään mitään. Sen sijaan Fili ja Kili jotka olivat nuoria
(kääpiöiksi) ja jotka Bilbo oli pakannut paremmin – pehmustanut
hyvin oljilla ja sijoittanut pienempiin tynnyreihin – tulivat esiin
enemmän tai vähemmän tyytyväinen ilme naamallaan; he olivat saa-

neet vain muutaman mustelman ja jäykkyys lähti jäsenistä tuota pikaa.

»Toivottavasti minun ei tarvitse ikinä enää haistella omenien hajua!» Fili sanoi. »Minun purtiloni pursui sitä. Vähemmästäkin tulee hulluksi kun joutuu vetämään henkeensä omenien hajua eikä pääse liikkumaan, on kylmissään ja sairas nälästä. Minä voisin tällä hetkellä syödä ihan mitä tahansa ja tuntitolkulla – mutta en yhtä ainutta omenaa!»

Filin ja Kilin suosiollisella avustuksella Thorin ja Bilbo lopulta löysivät muut seurueen jäsenet ja saivat heidät ulos tynnyreistä. Lihava Bombur-parka oli unessa tai tunnoton, Dori, Nori, Ori, Oin ja Gloin olivat perusteellisesti uitettuja ja näöstä päätellen henkihieverissä; heidät kaikki piti yksitellen kantaa maihin ja laskea rannalle.

»No niin! Tässä ollaan!» Thorin sanoi. »Ja arvatenkin meidän tulee kiittää tähtiämme ja herra Reppulia. Hänellä on käsittääkseni oikeus odottaa kiitoksia, vaikka olisin toivonut että hän olisi järjestänyt meille mukavamman kyydin. Joka tapauksessa – kaikin tavoin palveluksessasi jälleen kerran, herra Reppuli. En epäile ettemmekö tunne tarvittavaa kiitollisuutta kunhan olemme syöneet ja toipuneet. Sitä odotellessa – mitä nyt?»

»Minä ehdotan Järvikaupunkia», Bilbo sanoi. »Mitä muutakaan?»

Mitään muuta ei oikein voinut ehdottaakaan, ja niin Thorin ja Fili ja Kili ja hobitti jättivät muut kääpiöt siihen ja kävelivät rantaa myöten suurelle sillalle. Sen päähän oli asetettu vartijat, mutta he eivät olleet kovin valppaita sillä heillä ei ollut ollut mitään virkaa ikimuistoisiin aikoihin. Lukuun ottamatta jokitulleista silloin tällöin syntyviä rähinöitä järveläiset olivat hyvissä väleissä metsähaltioiden kanssa. Haltiat olivat heidän ainoat naapurinsa ja jotkut kaupungin nuorisoon kuuluvat epäilivät avoimesti oliko Vuoren sisässä lohikäärmettä ollenkaan ja nauroivat harmaaparroille ja ämmille, jotka väittivät nuorina nähneensä sen lentävän taivaalla. Ihmekös tuo jos vartijat ryyppäsivät ja nauroivat töllissään takan ääressä eivätkä kuulleet kun kääpiöitä purettiin tynnyreistä eivätkä heidän neljän tiedustelijansa lähestyviä askeleita. Suuri oli heidän hämmästyksensä, kun Thorin Tammikilpi astui ovesta sisään.

»Kuka sinä olet ja mitä tahdot?» he huusivat ponkaisten pystyyn ja hapuillen aseitaan.

»Thorin, Thrainin Throrin pojan, Vuorenalaisen kuninkaan poika!» sanoi kääpiö kovalla äänellä ja siltä hän näyttikin huolimatta repeytyneistä vaatteistaan ja rähjääntyneestä huppulakistaan. Kulta kimalsi hänen kaulallaan ja vyötäisillään, hänen silmänsä olivat tummat ja syvät. »Minä olen tullut takaisin. Tahdon tavata kaupunkinne Isännän!»

Syntyi hirmuinen hämminki. Pari typerystä ryntäsi saman tien ulos vartiotuvasta kuvitellen että Vuori muuttuisi kultaiseksi yhdessä yössä ja järven vedet kävisivät keltaiseksi saman tien. Vartioston päällikkö astui häntä kohti.

»Entä keitä nämä ovat?» hän kysyi ja osoitti Filiä ja Kiliä ja Bilboa.

»Isäni tyttärenpoikia», vastasi Thorin. »Fili ja Kili Durinin heimoa sekä herra Reppuli joka on kulkenut kanssamme aina lännestä asti.»

»Jos tulette rauhan miehinä, laskekaa aseenne!» sanoi päällikkö.

»Meillä ei ole aseita», Thorin sanoi ja puhui totta – metsähaltiat olivat ottaneet heiltä veitset pois samoin kuin arvokkaan Orkristin. Bilbolla oli lyhyt miekkansa joka oli kuten tavallisesti piilossa, mutta hän ei sanonut siitä mitään. »Me jotka palaamme viimein ottamaan omamme, niin kuin kerrottu on, emme tarvitse aseita. Miten me taistelisimmekaan ylivoimaa vastaan. Viekää meidät isäntänne luo!»

»Hänellä on juhlat», sanoi päällikkö.

»Sitä suuremmalla syyllä», pisti väliin Fili jonka kärsivällisyyttä kaikki tämä juhlallisuus koetteli. »Me olemme uupuneita ja nälissämme pitkän matkan jälkeen ja osa tovereistamme on sairaita. Pitäkää kiirettä, jo riittävät puheet, tai isäntänne saattaa löytää teistä moitteen aihetta.»

»Hyvä on, seuratkaa minua», sanoi päällikkö ja hän vei heidät kuuden miehen saattamana sillan yli ja porteista sisään kaupungin torille. Se oli laaja ja pyöreä allas jota ympäröiville korkeille paaluille oli rakennettu isoja taloja, ja pitkiltä laitureilta johti portaita ja tikkaita alas vesirajaan. Eräästä suuresta salista loisti monia valoja ja he kuulivat ääntensorinaa. He menivät ovesta sisään ja seisoivat silmiään räpytellen kirkkaassa valossa ja katselivat pitkiä pöytiä joiden ääressä istui paljon väkeä.

»Minä olen Thorin, Thrainin Throrin pojan, Vuorenalaisen kuninkaan poika! Minä palaan!» huusi Thorin ovelta kovalla äänellä ennen kuin päällikkö ehti sanoa mitään.

Kaikki hyppäsivät pystyyn. Kaupunginisäntä ponkaisi suuresta tuolistaan ylös. Mutta eniten hämmästyivät pöydän alapäässä istuvat haltialautturit. He tunkeutuivat Isännän pöydän eteen ja huusivat:

»Nämä ovat meidän kuninkaamme vankeja jotka ovat päässeet karkuun, vaeltelevia pahantekijöitä joilla ei ole mitään hyvää sanottavana itsestään sen jälkeen kun ovat hiiviskelleet metsässä kiusaamassa haltiaväkeä!»

»Onko se totta?» kysyi Isäntä. Suoraan sanoen hän piti haltiain kertomusta paljon todennäköisempänä kuin sitä että Vuorenalainen kuningas olisi palannut, mikäli sellaista henkilöä koskaan oli ollut olemassakaan.

»On totta että haltiakuningas pidätti meidät matkallamme vääryydellä ja vangitsi syyttä kulkiessamme kohti omaa maatamme», Thorin vastasi. »Mutta ei lukko eikä salpa voi pidättää kotiinpaluuta josta kerrottu on. Eikä tämä kaupunki kuulu metsähaltioiden valtakuntaan. Minä puhun järveläisten kaupungin Isännälle enkä kuninkaan lauttureille.»

Silloin Isäntä epäröi ja katsoi kysyvästi ympärilleen. Haltiakuningas oli näillä maailmankolkilla hyvin mahtava mies eikä Isäntä halunnut mitään vihollisuuksia hänen kanssaan, eikä hän liiemmin arvostanut vanhoja lauluja, häntä kun enemmän kiinnostivat kauppa ja tullit, lastit ja kulta, ja juuri sen takia hän oli siinä asemassa missä oli. Mutta muut olivat toista mieltä, ja pian oli asia päätetty ilman häntä. Tieto oli levinnyt salin ovelta kulovalkean tavoin. Ihmiset huusivat salin sisä- ja ulkopuolella. Laitureilla juoksenneltiin. Jotkut alkoivat laulaa osia laulusta joka kertoi Vuorenalaisen kuninkaan paluusta – se, että tulija oli Throrin pojanpoika eikä Thror itse, oli pikkuseikka. Muut yhtyivät lauluun ja se raikui yli koko järven.

Kivikuningas alta vuorien,
  missä hopeavirta on vuolain,
omansa hakemaan saapuen
  nousee piilosta luolain!

Hän kantaa taas kruunuansa,
  hänen harppunsa viritetään avulla taikain,
hänen saleissaan kuulla saa taas kansa
  kultalauluja menneiden aikain.

Metsä vuorilla huojuu taas toki
ja ruoho alla auringon;
hänen rikkautensa virtaa kuin joki,
joka purokin täynnä kultaa on.

Virtojen juoksua ei mikään estä,
järvet hohtavat kultaansa, purppuraansa,
mikään murhe ei enää kauan kestä,
kun Vuoren kuningas saa oman maansa!

Tähän tapaan he lauloivat, mutta säkeistöjä oli paljon enemmän ja lauluun sekoittui huutoa ja harppujen ja viulun soittoa. Vanhin vaarikaan ei muistanut että kaupungissa olisi tällä tavalla riehaannuttu. Jopa metsähaltiat ihmettelivät sitä ja heitä rupesi vähän pelottamaan. Hehän 'eivät tienneet miten Thorin oli päässyt karkuun ja heistä rupesi tuntumaan, että kuningas oli tehnyt vakavan virheen. Mitä Isäntään tulee, hän käsitti että ei auttanut muu kuin alistua yleiseen meteliin ainakin toistaiseksi ja olla uskovinaan että Thorin oli sitä mitä väitti olevansa. Niin hän luovutti Thorinille suuren tuolinsa ja asetti Filin ja Kilin hänen rinnalleen kunniapaikoille. Bilbokin sai paikan pääpöydässä eikä kukaan kysellyt yleisen sekaannuksen keskellä mikä hänen osuutensa oli – missään laulussa ei viitattu häneen millään tavalla.

Pian sen jälkeen tuotiin muut kääpiöt kaupunkiin yleisen innostuksen vallassa. Heitä hoivattiin ja ruokittiin ja heille annettiin majapaikka ja heitä ihan hemmoteltiin. Thorinia ja hänen seuruettaan varten tyhjennettiin iso talo, heidän käyttöönsä annettiin veneitä ja soutajia ja talon ulkopuolella istui kansanjoukko joka lauloi lauluja kaiken päivää ja hurrasi jos joku kääpiö näytti nenäänsäkään.

Osa lauluista oli vanhoja mutta joukossa oli upouusia; niissä kerrottiin luottavasti lohikäärmeen tulevasta äkkikuolemasta ja runsaista lahjalasteista, joita jokea myöten tulvisi Järvikaupunkiin. Näiden laulujen alkuunpanija oli useimmiten Isäntä, eivätkä ne ollenkaan miellyttäneet kääpiöitä, mutta muuten he olivat tyytyväisiä ja tokenivat ja pulskistuivat nopeasti. Totta puhuen he olivat viikon kuluttua täysin entisellään, ja kulkivat ylpein askelin parhaasta kankaasta ommelluissa oikean värisissä vaatteissa, parrat leikattuna ja kammattuna. Thorin käveli sen näköisenä kuin kuningaskunta olisi jo saatu takaisin ja Smaug pilkottu pieniksi kappaleiksi.

Kuten Thorin oli arvellut, kääpiöiden lämpimät tunteet Bilboa kohtaan kasvoivat päivä päivältä. Enää ei kuulunut valitusta eikä voivotusta. He kohottivat hänelle maljoja ja taputtivat häntä selkään ja tekivät hänestä suuren numeron, mikä sopi hyvin koska hän ei tuntenut oloaan lainkaan hilpeäksi. Hän ei ollut unohtanut miltä Vuori näytti, eikä lohikäärme ollut karannut hänen mielestään, ja sitä paitsi hän oli vilustunut pahan kerran. Kolme päivää hän aivasti ja yski eikä hänestä ollut ulosmenijäksi ja senkin jälkeen hänen puheensa juhlapäivällisillä rajoittuivat lauseeseen: »Giidogsia oigein baljod.»

Sillä välin olivat metsähaltiat palanneet lasteineen Metsävirtaa ylös ja kuninkaan palatsissa syntyi melkoinen mekkala. Tietooni ei ole tullut kuinka vartiopäällikön ja hovimestarin kävi. Sinä aikana jonka kääpiöt viettivät Järvikaupungissa, avaimia ja tynnyreitä ei mainittu sanallakaan ja Bilbo varoi visusti ryhtymästä näkymättömäksi. Mutta rohkenen väittää että enemmän arvattiin kuin ääneen lausuttiin vaikka herra Reppulin osuus jäikin hämärän peittoon. Joka tapauksessa kuningas tiesi nyt millä asialla kääpiöt liikkuivat tai kuvitteli tietävänsä ja hän sanoi itsekseen:

»Hyvä on! Sepä nähdään. Synkmetsän halki ei kuljetella aartei-
ta niin ettei minulla ole siihen mitään sanottavaa. Mutta minä luu-
len että heidän käy köpelösti yrityksessään ja se on heille oikein!»
Hän ei todellakaan uskonut että kääpiöt rupeaisivat taistelemaan
Smaugin kaltaista lohikäärmettä vastaan tappaakseen sen, hänellä
oli omat epäilyksensä että heillä oli jonkinlaiset vohkimiset mieles-
sä – mikä osoittaa miten viisas hän oli, viisaampi kuin kaupungin
ihmiset, vaikka hän erehtyi, kuten saamme nähdä loppujen lopuk-
si. Hän lähetti vakoojia järven rannoille ja pohjoiseen niin lähelle
vuorta kuin he suostuivat menemään ja asettui odottavalle kannalle.

Kun kaksi viikkoa oli kulunut, Thorin rupesi ajattelemaan läh-
töä. Apua oli pyydettävä niin kauan kuin kaupunkilaisissa vielä oli
intoa. Piti varoa pilaamasta asiaa viivytyksellä. Niin hän puhui Isän-
nän ja hänen neuvonantajiensa kanssa ja sanoi että hänen ja hänen
seurueensa oli jatkettava matkaa Vuorelle.

Silloin Isäntä vihdoin hämmästyi ja säikähti ja alkoi epäillä, että
Thorin todella oli entisaikojen kuninkaitten jälkeläinen. Hän ei
ollut hetkeäkään kuvitellut että kääpiöt aikoivat tosissaan käydä
lohikäärmeen kimppuun, hän oli pitänyt heitä huijareina jotka aika-
naan paljastuisivat ja joutuisivat lähtemään häntä koipien välissä.
Mutta hän oli väärässä. Thorin oli Vuorenalaisen kuninkaan pojan-
poika ja kääpiöiden uskallus on arvaamaton kun heillä on mielessä
kosto ja sen hakeminen takaisin mikä heidän on.

Mutta Isäntä ei surrut kääpiöiden lähtöä. Vieraat tulivat kalliik-
si ja heidän tulonsa oli aloittanut kaupungissa lomailun hengen niin
että työt jäivät tekemättä. »Menkööt Smaugin vaivoiksi, katsotaan
miten hän ottaa heidät vastaan!» hän ajatteli. Mutta ääneen hän
sanoi: »Tottahan toki, Thorin Thrainin, Throrin pojan, poika! Tei-
dän on mentävä ottamaan se mikä teille kuuluu. On tullut ammoin

ennustettu hetki. Saatte meiltä kaiken mahdollisen avun, ja me luotamme siihen että muistatte järveläisiä kun olette ottaneet valtakuntanne takaisin.»

Niin sitten eräänä päivänä lähti Järvikaupungista kolme isoa venettä pohjoiseen, vaikka syksy oli jo tullut ja tuulet puhalsivat kylmästi ja lehdet putosivat puista, ja veneissä oli soutajia, kääpiöitä, herra Reppuli ja runsaasti muonavaroja. Järveä kiertäviä teitä myöten oli lähetetty poneja ja hevosia, joiden oli määrä odottaa sovitussa maihinnousupaikassa. Isäntä ja hänen neuvonantajansa hyvästelivät heidät kaupungintalon isoilla veteen johtavilla portailla. Laitureilla ja ikkunoissa ihmiset lauloivat. Vesi tippui ja läiskyi valkoisista airoista ja niin he lähtivät matkansa viimeiselle taipaleelle. Ainoa joka oli läpeensä onneton sillä hetkellä oli Bilbo.

Yhdestoista luku

··· KUISTILLA ···

SOUTAEN TAUOTTA KAKSI päivää matkalaiset tulivat Pitkäjärven toiseen päähän ja jatkoivat Vuolasta virtaa ylös, ja kaikki näkivät nyt Yksinäisen vuoren kohoavan edessä synkkänä ja korkeana. Virta oli vahva ja he etenivät hitaasti. Kolmannen päivän iltana he soutivat vasempaan rantaan muutaman virstan päässä joen suulta ja nousivat veneistä maihin. Täällä heitä odottivat hevoset, joiden selässä oli lisää muonavaroja ja tarvikkeita, sekä ponit joilla heidän itsensä oli määrä ratsastaa. He lastasivat ponien selkään niin paljon tavaraa kun ne jaksoivat kantaa ja loput pantiin suureen telttavarastoon, mutta kukaan kaupunkilaisista ei suostunut jäämään edes yhdeksi yöksi näin lähelle Vuoren varjoa.

»Emme yövy täällä ainakaan ennen kuin laulut ovat käyneet toteen!» he sanoivat. Täällä erämaassa oli helpompi uskoa lohikäärmeeseen ja vaikeampi uskoa Thoriniin. Eivätkä varastot tarvinneet vartijaa koska tienoot olivat hylätyt ja autiot. Saattajat lähtivät vaikka yö teki tuloaan, nopeasti he palasivat järvelle jokea alas ja jokivarren polkuja pitkin.

Yö oli kylmä ja kolkko ja matkalaisten mieliala laski. Seuraavana aamuna he lähtivät jälleen liikkeelle. Balin ja Bilbo ratsastivat viimeisinä taluttaen kumpikin vierellään raskaasti lastattua ponia, ja muut kulkivat vähän edellä katsoen mistä oli paras mennä, sillä teitä ei ollut. He nousivat luoteeseen Vuolaalta virralta ja tulivat kaiken aikaa lähemmäksi Vuoren juurella etelään työntyvää harjannetta.

Matka oli raskas, ja he liikkuivat hiljaa ja varovasti. Ei kuulunut naurua eikä laulua eikä harppujen soittoa ja järven rannalla laulettujen laulujen heidän sydämissään herättämä ylpeys ja toivo sammuivat tähän synkkään tallustukseen. He tiesivät lähestyvänsä matkan päätä, joka saattaisi olla kauhea. Tienoo kävi ympärillä karuksi ja ankeaksi vaikka se oli kerran ollut kaunis ja viheriöivä, kuten Thorin tiesi heille kertoa. Ruohoa kasvoi maassa vain paikka paikoin ja pian olivat kaikki pensaat ja puut jääneet taakse ja vain mustuneet taittuneet rungot kertoivat että niitä oli kerran täälläkin kasvanut. He olivat tulleet lohikäärmeen hävittämään maahan ja vuosi oli lopuillaan.

He pääsivät kuitenkin Vuoren juurelle kohtaamatta vaaroja tai muuta merkkiä lohikäärmeestä kuin hävitystä täällä sen pesän lähettyvillä. Vuori häämötti edessä äänettömänä ja liikkumattomana ja yhä korkeampana. Ensimmäisen leirinsä he pystyttivät Vuoren juurelta etelään työntyvän suuren harjanteen länsirinteeseen. Harjanteen huipun nimi oli Korppikallio. Siellä oli kerran sijainnut vartiopaikka, mutta he eivät uskaltaneet kiivetä sinne koska se oli liian suojaton.

Ennen kuin he lähtivät etsimään Vuoren länsirinteiltä kätkettyä ovea jonka varassa heidän kaikki toivonsa lepäsi, Thorin lähetti partion vakoilemaan Vuoren eteläpuolta jossa Pääportti sijaitsi. Tähän tehtävään hän valitsi Balinin ja Filin ja Kilin, ja Bilbo meni heidän mukaansa. He marssivat harmaiden ja hiljaisten harjanteiden alitse Korppikallion juurelle. Siellä joki, joka oli tehnyt suuren mutkan Laakson yläpuolella, kääntyi pois Vuorelta ja lähti virtaamaan kohisten kohti järveä. Joen törmät olivat paljaat ja kivikkoiset ja nousivat jyrkkinä korkealle veden yläpuolelle ja kun he seisoivat törmän päällä katsellen alhaalla järkäleitten seassa vaahtoavan ja kuohuvan kapean väylän yli, avautui heidän silmiensä eteen Vuoresta työntyvän haarukan varjostama leveä laakso jossa näkyi muinaisten talojen, tornien ja muurien raunioita.

»Siinä on kaikki mitä Laaksosta on jäljellä», Balin sanoi. »Vuoren rinteet olivat metsäiset ja vihreät ja suojaisa laakso oli viljava ja viihtyisä siihen aikaan kun kellot vielä soivat tuossa kaupungissa.» Hän sanoi sen surullisesti ja synkästi, sillä hän oli ollut Thorinin mukana sinä päivänä jolloin lohikäärme tuli.

He eivät uskaltaneet seurata jokea kovin paljon lähemmäksi Porttia, mutta he kiersivät eteläisen harjanteen ja kurkistivat kallion suojasta ja näkivät Vuoresta haarautuvien harjanteiden välissä kallioseinämässä suuren ammottavan aukon. Siitä tulvivat ulos Vuolaan virran vedet, mutta sieltä purkautui myös huurua ja mustaa savua. Autiossa maassa ei ollut muuta liikettä kuin virta ja sen höyryt sekä jokunen ikävänoloinen varis, joka lensi yli silloin tällöin. Kivikossa virtaavan veden kohina ja harvakseltaan kantautuvat linnun rääkäisyt olivat ainoat äänet. Balinia puistatti.

»Mennään takaisin!» hän sanoi. »Emme me voi saada täällä mitään aikaan. Enkä minä pidä näistä tummista linnuista, ne näyttävät vakoilijoilta!»

»Savusta päätellen lohikäärme on yhä elossa vuorenalaisissa saleissa», hobitti sanoi.

»Savu ei sitä todista», Balin sanoi, »vaikka uskon että olet oikeassa. Vaikka se olisi lähtenyt pois joksikin aikaa tai makaisi vuorenrinteessä vaanimassa, portista tulisi minun käsittääkseni silloinkin savua ja huurua sillä kaikki vuoren kammiot ovat varmasti täynnä sen kamalaa löyhkää.»

Pääportti

Näissä synkissä mietteissä ja raakkuvien varisten seuratessa heitä kaiken aikaa he palasivat takaisin leiriin. Kesäkuussa he olivat olleet vieraina Elrondin kauniissa talossa, ja vaikka syksy oli vasta vaihtumassa talveksi, heistä tuntui kuin tuosta miellyttävästä ajasta olisi kulunut vuosia. He olivat yksin vaarallisessa autiomaassa eikä heillä enää ollut toivoa, että he saisivat mistään mitään apua. He olivat tulleet matkansa päähän, mutta tehtävän loppuun saattaminen tuntui olevan yhtä pitkän matkan päässä kuin tähänkin asti. Intoa ei ollut enää juuri kenelläkään.

Merkillistä kyllä Bilbo oli muita rohkeammalla mielellä. Hän lainasi usein Throrin karttaa ja tuijotti sitä ja mietti riimujen ja Elrondin lukemien kuukirjainten merkitystä. Hän sai kääpiöt lopulta aloittamaan salaisen oven vaaralliset etsinnät läntisillä rinteillä. He siirsivät leirinsä pitkään laaksoon, joka oli kapeampi kuin se eteläinen laakso johon Pääportti aukesi ja jota reunustavat harjanteet olivat matalammat, joskin jyrkät. Vuoren länsipuolella näkyi vähemmän merkkejä lohikäärmeen hävitystyöstä ja siellä kasvoi vähän ruohoa jota ponit saattoivat syödä. Sijaintinsa vuoksi leiri oli kaiket päivät varjossa ja aurinko osui sinne vasta laskiessaan metsänrajaan. Päivä toisensa perään he lähtivät pieninä ryhminä etsimään vuorta ylös vieviä polkuja. Mikäli kartta piti paikkansa, jossakin korkealla laakson päässä kohoavan kallioseinämän yläpuolella sijaitsi salainen ovi. Mutta päivät kuluivat ja aina he palasivat tyhjin toimin leiriin.

Viimein he löysivät yllättäen etsimänsä. Fili ja Kili ja hobitti kulkivat eräänä päivänä laaksossa ja kompuroivat vierivien kivien keskellä lähellä sen eteläreunaa. Päivä oli puolessa ja Bilbo kiersi suurta yksinäistä kalliopylvästä kun hän näki sen takana karkeatekoiset ylös johtavat portaat. Hän lähti kääpiöiden kanssa nousemaan niitä kiihtyneenä ja he löysivät kapean polun joka vähän väliä katosi mutta löytyi aina uudestaan ja johti eteläharjanteen huipulle ja toi heidät kapealle ulokkeelle, joka taittui pohjoiseen siinä missä harjanne loppui ja vuori alkoi. Katsoessaan alas he huomasivat olevansa ylhäällä laakson päässä ja erottivat alhaalla oman leirinsä. Pidellen kiinni oikealla kohoavasta kallioseinämästä he lähtivät kulkemaan jonossa ulokkeella kunnes seinämään ilmestyi aukko ja he tulivat jyrkkäseinäiselle tasanteelle jossa kasvoi ruohoa. Heidän juuri löytämäänsä suuaukkoa ei voinut nähdä alhaalta, koska se jäi kallionkielekkeen taakse, ja kauempaa katsoen se oli niin pieni ettei se näyttänyt halkeamaa kummemmalta. Paikka ei ollut luola, siinä ei ollut kattoa, mutta sen toisessa päässä oli tasainen seinä joka alareunastaan oli sileä ja pystysuora kuin kivenhakkaajan jäljiltä, mutta vailla minkäänlaisia näkyviä saumoja tai rakoja. Mistään pielestä tai kamanasta tai kynnyksestä ei ollut tietoakaan sen paremmin kuin salvasta tai säpistä tai avaimenreiästä, mutta he eivät epäilleet hetkeäkään, ettei tämä ollut ovi jota he etsivät.

He paukuttivat ovea, työnsivät ja painoivat sitä, anelivat sitä aukeamaan, lausuivat avausloitsuja, mutta mikään ei liikkunut. Viimein he lepäsivät nurmikolla sen edustalla ja aloittivat illansuussa pitkän matkan alas.

Sinä iltana leirissä vallitsi innostus. Aamulla he valmistautuivat lähtemään mitä pikimmin. Vain Bombur ja Bofur jätettiin vartioimaan poneja ja joelta leiriin tuotuja varastoja. Muut menivät alas laaksoon ja ylös vasta löydettyä polkua ja kapealle ulkonemalle. Kielekkeellä ei voinut kantaa nyyttejä eikä pakkauksia, sillä se oli kapea, ja kulku oli henkeäsalpaavaa koska sen vieressä avautui kolmenkymmenen sylen pudotus teräväsärmäisiin kiviin, mutta kukin otti rei-

lun köysivyyhden ja kietoi sen tiukasti vyötäisilleen, ja viimein he
saapuivat vastoinkäymisittä pienelle suojaiselle ja ruohoa kasvavalle
tasanteelle.

Sinne he pystyttivät kolmannen leirinsä hilattuaan ylös köysien
avulla mitä tarvitsivat. Samaa tietä he saattoivat silloin tällöin laskea
jonkun pirteän kääpiön kuten Kilin vaihtamaan kuulumisia, mikäli
niitä oli, tai osallistumaan alhaalla varaston vartioimiseen sillä aikaa
kun Bofur oli yläleirissä. Bombur ei suostunut tulemaan ylös, ei pol-
kua pitkin eikä köysihissillä.

»Minä olen liian lihava leikkimään kärpästä», hän sanoi. »Minua
rupeaisi pyörryttämään ja minä talloisin parralleni ja sitten tei-
tä olisi taas kolmetoista. Eivät köydet jaksa kantaa minua.» Hänen
onnekseen niin ei ollut laita, kuten saatte nähdä.

Sillä välin osa kääpiöistä tutki, minne kieleke vei aukon toisella
puolen, ja he löysivät polun joka vei ylemmäksi, yhä ylemmäksi vuo-
ren kylkeen, mutta he eivät uskaltaneet seurata sitä kovin kauas eikä
se tuntunut tarpeelliseltakaan. Ylhäällä vallitsi hiljaisuus jota ei rik-
konut lintu eikä mikään muu ääni kuin kivenkoloissa vinkuva tuu-
li. He puhuivat hiljaisella äänellä eivätkä kertaakaan huutaneet tai
laulaneet, sillä joka kivessä tuntui vaanivan vaara. Ne jotka yrittivät
ratkoa oven arvoitusta eivät onnistuneet yrityksissään sen parem-
min. He olivat niin intoa täynnä, etteivät vaivautuneet miettimään
riimujen tai kuukirjoituksen merkitystä vaan yrittivät sen sijaan saa-
da selville oven täsmällisen paikan sileässä kiviseinämässä. He olivat
tuoneet Järvikaupungista monenmoisia hakkuja ja muita työkaluja
ja aluksi he yrittivät käyttää niitä. Mutta heidän iskiessään kiveä työ-
kalujen kahvat menivät säilöille ja kädet saivat aika tällin tai sitten
teräskärjet lohkesivat tai taipuilivat kuin lyijy. Heille valkeni, ettei

louhimalla auttanut yrittää avata taikaa joka sulki tämän oven, ja sitä paitsi hakkaamisen kaiku hirvitti heitä.

Bilbosta tämä kuistilla kököttäminen oli yksinäistä ja raskasta – mitään kuistia ei tietenkään ollut, mutta he kutsuivat seinämän ja aukon välissä olevaa ruohoa kasvavaa tasannetta kuistiksi pilan päiten, koska he muistivat Bilbon sanoneen kauan sitten hobitinkolon odottamattomassa juhlassa että he voisivat kököttää kuistilla kunnes keksisivät jotakin. Ja he istuivat ja he miettivät, kuljeksivat edestakaisin ja tulivat yhä synkemmiksi.

Polun löytyminen oli nostanut mielialaa vähän, ja nyt se oli vajonnut varpaisiin asti, mutta silti he eivät tahtoneet luopua ja lähteä pois. Hobitti ei ollut enää yhtään kääpiöitä reippaampi. Hän ei suostunut muuta kuin istumaan selkä kalliota vasten ja tuijottamaan aukosta länteen kallionkielekkeen taakse ja avarien maiden yli Synkmetsän mustaa muuria ja sen takaisia maita kuvitellen, että hän silloin tällöin näki vilaukselta Sumuvuoret kaukana ja pikkuisina. Jos kääpiöt kysyivät häneltä mitä hän teki, hän vastasi:

»Te sanoitte että kuistilla kököttäminen ja miettiminen olisi minun työtäni, sisäänmenosta nyt puhumattakaan, ja tässä minä nyt kökötän ja mietin.» Mutta minun täytyy tunnustaa että ei hän miettinyt miten ovi avattaisiin, hän ajatteli sinisen kaukaisuuden kätkemiä rauhallisia läntisiä maita ja Kukkulaa ja hobitinkoloa sen sisässä.

Ruohikossa oli iso harmaa kivi ja hän tuijotti nyrpeästi sitä ja tarkkaili suuria etanoita. Tuntui siltä että ne olivat erityisen ihastuneita tähän suojaiseen paikkaan jossa oli viileät kiviseinät, niitä kipusi seinämillä tahmeina ja sankoin joukoin.

»Huomenna alkaa syksyn viimeinen viikko», Thorin sanoi eräänä päivänä.

»Ja syksyn jälkeen tulee talvi», sanoi Bifur.

»Ja uusi vuosi», Dwalin sanoi, »ja partamme kasvavat kunnes ne roikkuvat kallionkylkeä alas laaksoon saakka ennen kuin täällä saadaan mitään aikaan. Mitä tekee voro hyväksemme? Hänellä on näkymättömäksi tekevä sormus ja hän on tietojemme mukaan taitava veikko, ja minä alan olla sitä mieltä että hän voisi mennä Pääportista sisään ja vakoilla vähän!»

Bilbo kuuli tämän – kääpiöt olivat kalliolla juuri hänen yläpuolellaan – ja hän ajatteli: »Hui kamala! Siitäkö suunnasta tuuli nyt puhaltaa! Minä saan pelastaa heidät pälkähästä joka kerta ainakin nyt kun velho ei enää ole kanssamme. Mitä minä teen? Olisi pitänyt tietää, että lopulta minulle käy kalpaten. En todellakaan tahdo enää nähdä Laakson lohdutonta kaupunkia enkä varsinkaan sitä höyryävää porttia!»

Sinä yönä hänellä oli kurja olo eikä hän juuri nukkunut. Seuraavana päivänä kääpiöt lähtivät kukin kulkemaan eri suuntiin, jotkut menivät laaksoon pitämään huolta että ponit saivat liikuntaa, toiset vaeltelivat Vuoren rinteillä. Bilbo istui koko päivän synkkänä ruohosyvennyksessä tuijottaen välillä kiveä ja välillä kapeasta aukosta ulos länteen. Hänellä oli omituinen tunne että hän odotti jotakin. »Ehkä velho tulee tänään yllättäen luoksemme», hän ajatteli.

Kohottaessaan katseensa hän saattoi nähdä kaukaisen metsän. Auringon siirtyessä länttä kohti metsän etäisellä katolla oli keltainen kimallus, ikään kuin aurinko olisi valaissut syksyn viimeiset lehdet. Pian painui oranssi pallo alas hänen silmiensä tasalle. Hän meni aukolle ja näki että maailman laidalla roikkui kalpeana kapea uusi kuu.

Sillä hetkellä hän kuuli takaansa kilahduksen. Harmaalla kivellä ruohikon keskellä oli suuri rastas, melkein hiilenmusta, jonka vaaleankeltaisessa rinnassa oli tummia täpliä. Räiskis! Se oli saanut nokkaansa etanan ja rikkoi sen kuorta kiveen. Räiskis! Räiskis! Äkkiä Bilbo käsitti. Vaarasta piittaamatta hän heilutti ulkonemalta kääpiöille, huusi ja huitoi. Lähinnä olevat lähtivät loikkimaan kivien yli ja hivuttautuivat kielekettä pitkin niin nopeasti kuin mahdollista ihmetellen mitä nyt on hätänä, kun taas muut huusivat ja pyysivät että heidät hinattaisiin köysillä ylös (paitsi ei tietenkään Bombur, joka nukkui).

Bilbo selitti nopeasti. Kaikki hiljenivät. Hobitti seisoi harmaan kiven vieressä ja kääpiöt tuijottivat parrat kärsimättömyydestä vavisten. Aurinko laski yhä alemmaksi ja toivo alkoi huveta. Aurinko vajosi punaiseen pilvenkaistaleeseen ja katosi. Kääpiöiltä pääsi älähdys mutta Bilbo seisoi melkein liikkumatta. Kaita kuu upposi kohti taivaanrantaa. Ilta teki tuloaan. Silloin, kun toivo oli jo sammumaisillaan, karkasi auringon keltainen säde sormenpaksuisena pilvenraosta. Se tuli suoraan aukosta sisään tasanteelle ja osui sileään kallioseinämään. Vanha rastas, joka oli katsellut korkealta silmät napittaen ja pää kallellaan, päästi äkkiä rääkäisyn. Kuului kova kirskahdus. Kalliosta irtosi ohut liuskeenpala ja putosi maahan. Noin puolentoista kyynärän korkeudelle ilmestyi pieni reikä.

Kääpiöt ryntäsivät nopeasti kallion luo vavisten ja peläten mahdollisuuden liukuvan käsistä ja työnsivät kiveä – turhaan.

»Avain! Avain!» huusi Bilbo. »Missä Thorin on?»

Thorin kiiruhti heidän luokseen.

»Avain!» huusi Bilbo. »Avain joka oli kartan mukana! Koeta sitä kun vielä voit!»

Thorin astui muiden eteen ja veti kaulaketjuun kiinnitetyn avaimen esiin. Hän työnsi sen reikään. Se sopi ja kääntyi! Naps! Säde sammui, aurinko laski, kuu oli poissa ja illan tummus levisi taivaalle. Kaikki työnsivät nyt yhdessä, ja hitaasti osa seinämää antoi periksi. Siihen ilmestyi pitkiä viiruja jotka laajenivat. Seinään aukeni kahden ja puolen kyynärän korkuinen ja puolentoista kyynärän levyinen ovi, joka ääneti ja hitaasti liukui sisään päin. Pimeys tuntui virtaavan vuoren kylkeen auenneesta aukosta kuin huuru, heidän silmiensä eteen levisi syvä pimeys jossa ei voinut nähdä mitään, ammottava aukko joka johti sisään ja alas.

Kahdestoista luku

··· SISÄISIÄ TIETOJA ···

KÄÄPIÖT SEISOIVAT PITKÄÄN oven pimeyden edessä ja väittelivät kunnes Thorin viimein sanoi:

»Nyt on tullut se hetki jolloin kunnianarvoisan ystävämme herra Reppulin, joka on osoittautunut pitkällä matkallamme kelpo kumppaniksi ja hobitiksi ja jonka rohkeus ja kekseliäisyys ovat erinomaisen suuret hänen pieneen kokoonsa nähden ja jolle, jos saan sanoa, on jaettu enemmän onnea kuin meille muille keskimäärin – nyt on tullut se hetki jolloin odotamme hänen suorittavan ne tehtävät joita varten hänet alun perin liitettiin seurueeseemme, se hetki jolloin hänen on ansaittava palkkionsa.»

Thorinin puhetyyli tärkeissä tilanteissa on jo teille tuttu niin että en enää jatka, vaikka hän toki jatkoi huomattavasti pitempään. Tilaisuus oli kyllä tärkeä mutta Bilbo kävi kärsimättömäksi. Hänkin tunsi Thorinin jo melko hyvin ja tiesi mihin tämä pyrki.

»Jos tahdot sanoa että sinun mielestäsi minun pitäisi mennä salakäytävään ensimmäisenä, Thorin Thrainin poika Tammikilpi, kasvakoon partasi yhä pitemmäksi», hän sanoi vihaisesti, »niin sano se ja sillä siisti! Minä saatan kieltäytyä. Minä olen pelastanut teidät jo kahdesta pälkähästä, mikä tuskin sisältyi alkuperäiseen sopimukseen, niin että käsittääkseni minä olen jo saapa palkkiota. Mutta 'kolmas kerta toden sanoo' kuten isälläni oli tapana sanoa, niin etten minä sittenkään taida kieltäytyä. Ehkä luotan onneeni enemmän kuin ennenvanhaan», – hän tarkoitti edellistä kevättä, kotoa lähtöä edeltävää aikaa josta tuntui olevan vuosisatoja – »mutta minä

menen nyt ja vilkaisen sisään niin että sekin on sitten tehty. Kuka
tulee mukaan?»

Hän ei odottanut isoa liutaa vapaaehtoisia eikä siis pettynyt. Fili
ja Kili näyttivät noloilta ja seisoivat yhdellä jalalla, mutta muut eivät
yrittäneet teeskennelläkään mitään, paitsi Balin, vartiomies, joka oli
kiintynyt hobittiin. Hän sanoi että hän tulisi ainakin oven sisäpuo-
lelle ja ehkä vähän matkaa mukaankin voidakseen huutaa apua jos
tarvetta ilmenisi.

Kääpiöiden puolustukseksi voimme nyt sanoa enintään sen että
heillä oli vakaat aikeet maksaa Bilbolle ruhtinaallisesti hänen pal-
veluksistaan, he olivat ottaneet hänet mukaan likaisen työn teki-
jäksi eikä heillä ollut mitään sitä vastaan että pikku hobitti suostui
tekemään sen; mutta mikäli hän joutuisi pulaan, he tietenkin tekisi-
vät kaikkensa hänen pelastamisekseen niin kuin he olivat jo tehneet
kohdatessaan peikot seikkailun alussa ennen kuin heillä oli mitään
erityistä syytä olla hänelle kiitollisia. Nyt on kertakaikkiaan niin
että kääpiöt eivät ole mitään sankareita vaan laskelmoivaa väkeä jol-
la on selvä käsitys rahan arvosta; jotkut ovat viekkaita ja petollisia
ja pahoja, toiset taas, niin kuin Thorin ja hänen seurueensa, siivoa
joukkoa kun ei odota liikoja.

Hobitin takana syttyivät tähdet vaalealle tummareunaiselle taivaalle
kun hän kulki lumotusta ovesta ja hiipi Vuoren sisään. Kulku kävi
helpommin kuin hän oli olettanut. Tämä ei ollut hiisien portti eikä
metsähaltiain karkeatekoinen luola. Kääpiöt olivat tehneet tämän
käytävän vaurautensa aikoina ja taitojensa huipulla: käytävä oli viiva-
suora, sen lattia ja seinät olivat sileät ja se johti loivaa tasaisesti ale-
nevaa rinnettä suoraan — johonkin kaukaiseen määränpäähän, joka
odotti pimeydessä.

Jonkin ajan kuluttua Balin toivotti Bilbolle »Onnea matkaan!» ja
pysähtyi niin kauan kun vielä erotti heikosti oven ääriviivat; käytä-
vän kummallinen kaiku sai aikaan sen että hän kuuli myös kuiskai-
lun oven ulkopuolelta. Sitten hobitti pani sormuksen sormeensa ja
alkoi kaikujen vuoksi hiipiä vieläkin äänettömämmin kuin hobitti
yleensä alas, alas, alas pimeään. Hän vapisi pelosta mutta hänen pie-
net kasvonsa olivat päättäväiset ja ankarat. Hän oli jo kovin erilainen
hobitti kuin se joka oli kauan sitten rynnännyt Repunpäästä ilman
nenäliinaa. Hänellä ei ollut ollut nenäliinaa ties kuinka pitkään
aikaan. Hän löysti tikaria tupessa, kiristi vyötä ja jatkoi kulkuaan.

»Sanasta miestä, Bilbo Reppuli», hän sanoi itselleen. »Kuka käs-
ki työntää lusikan silloin kotona niissä juhlissa tähän soppaan! Nyt
on myöhäistä kakistella. Minä olen ollut ja olen yksi hölmö!» sanoi
hänessä se osa jossa oli vähiten tukinsukua. »Minulla ei ole mitään
maailman käyttöä aarteille joita lohikäärme vartioi, minun puoles-
tani ne voisivat lojua täällä hamaan iäisyyteen, minä en muuta toi-
vo kuin että heräisin ja tämä kamala käytävä olisikin oma eteiseni
kotona!»

Hän ei tietenkään herännyt vaan jatkoi yhä matkaansa, kunnes
mistään ei voinut enää päätellä että takana oli ovi. Pian alkoi ilma
lämmetä. »Näenkö minä oikein, hehkuuko tuolla edessä jokin?»
hän mietti.

Oikein hän näki. Hänen edetessään kajo vahvistui, kunnes siitä
ei enää voinut olla epäilystä. Se oli punertavaa valoa, joka kävi yhä
punaisemmaksi. Nyt oli käytävässä myös suorastaan kuuma. Hän-
tä vastaan uiskenteli huurukiehkuroita ja ne leijuivat hänen ohitseen
ja hänen tuli hiki. Hän alkoi myös kuulla korvissaan jumputtavaa
ääntä, kuin ison tulella kiehuvan padan pulputusta johon sekoittui
jättiläiskissan hyrinää. Se täsmentyi jonkin ison eläimen korisevak-

si kuorsaukseksi, äänestä ei voinut erehtyä ja se oli peräisin edestä alhaalta, sieltä mistä punainen hehkukin.

Silloin Bilbo pysähtyi. Se että hän yhä jatkoi matkaansa oli hänen elämänsä rohkein teko. Mitkään sen jälkeiset valtavat tapahtumat eivät olleet mitään siihen verrattuna. Hän taisteli todellisen taistelun yksin tuossa tunnelissa ennen kuin hän edes näki mikä hirveä vaara häntä odotti. Seistyään vähän aikaa paikoillaan hän jatkoi kuin jatkoikin matkaansa ja voitte mielessänne kuvitella hänen saapuvan käytävän päähän jossa on jokseenkin samankokoinen ja samanmuotoinen aukko kuin ylhäällä. Siitä kurkistaa pieni hobitinpää. Hänen edessään avautuu suuri alimmainen kellari tai tyrmä jonka kääpiöt ovat louhineet Vuoren uumeniin. On melkein pimeää, niin että salin valtavan koon voi vain hämärästi aavistaa, mutta kivilattialla salin tällä laidalla hehkuu jokin. Se on Smaug!

Puna-kultainen Smaug makasi sikeässä unessa ja sen leuoista ja sieraimista kuului korinaa ja niistä nousi savukiehkuroita, vaikka sen tuli kyti vain heikosti. Sen ruhon, raajojen ja valtavan kiertyneen hännän alla ja joka puolella sen ympärillä levisi joka suuntaan pimeyteen kallisarvoisia esineitä, niitä oli kasoittain, käsiteltyä ja käsittelemätöntä kultaa, jaloja kiviä ja hopeaesineitä joiden väri vääristyi punaisessa valossa.

Smaug makasi siivet supussa kuin suunnaton lepakko osittain kyljellään niin että hobitti näki sen alle, hän näki sen kelmeän pitkän mahan johon oli tarttunut jalokiviä ja kullankappaleita pitkästä makaamisesta kallisarvoisella vuoteella. Lohikäärmeen takana, missä seinä oli lähinnä, Bilbo saattoi hämärästi erottaa riippumassa sotisopia, kypäriä ja kirveitä, miekkoja ja keihäitä, ja seinustalla oli maassa rivikaupalla astioita täynnä määrättömiä rikkauksia.

Jos sanon että Bilbon henki salpautui, niin se ei kerro paljon mitään. Hänen kokemustaan kuvaamaan ei ole sanoja, sillä ihmiset ovat muuttaneet kieltä jonka he oppivat haltioilta silloin kun koko maailma oli ihmeitä täynnä. Bilbo oli kuullut kerrottavan ja laulettavan lohikäärmeiden saaliista, mutta hän ei ollut ikinä käsittänyt miten loistava, himoittava ja upea tällainen aarre oli. Lumous ja kääpiöille tuttu himo lävistivät ja täyttivät hänen sydämensä, ja hän tuijotti liikkumatta määrältään lukematonta, arvoltaan laskematonta kultaa melkein unohtaen sen pelottavan vartijan.

Hän tuijotti ikuisuudelta tuntuvan ajan ennen kuin hän melkein vasten tahtoaan hiipi oven varjosta lattian poikki lähimmän aarrekummun reunaan. Ylhäällä lepäsi nukkuva lohikäärme joka oli pelottava uhka unessakin. Bilbo tarttui suureen kaksikorvaiseen maljaan, joka oli niin raskas että hän pystyi tuskin kantamaan sitä, ja vilkaisi pelokkaasti syrjäsilmällä ylös. Smaug liikautti siipeä, avasi kouran ja sen kuorsauksen korina vaihtoi sävellajia.

Silloin Bilbo säntäsi pakoon. Mutta lohikäärme ei herännyt – ei vielä – se alkoi nähdä uutta ahnetta ja väkivaltaista unta varastetussa salissaan samaan aikaan kun hobitti ravasi ylös pitkää tunnelia. Hänen sydämensä hakkasi ja jaloissa oli kuumeisempi vapina kuin alas mennessä, mutta hän puristi yhä maljaa kädessä ainoana ajatuksenaan: »Tehty! Minä onnistuin! Tällä minä näytän niille! Enemmän kauppiaan kuin voron näköinen, kyllä kai! Ne puheet loppuvat nyt.»

Ja se oli totta. Balin riemastui kun hän tuli takaisin, hän oli yhtä iloinen kuin hämmästynyt. Hän nosti Bilbon maasta ja kantoi hänet ulkoilmaan. Oli keskiyö ja pilvet peittivät tähdet, mutta huohottava Bilbo makasi silmät kiinni ja nautti raittiista ilmasta kiinnittämättä juuri huomiota kääpiöiden intoon, tuskin huomaten kuinka he ylistivät häntä ja taputtivat häntä selkään ja ilmoittivat että he ja kaikki heidän sukunsa monessa alenevassa polvessa olisivat hänen palveluksessaan.

Malja kiersi yhä kääpiöiden kädestä käteen ja he puhuivat hilpeästi aarteen takaisin saamisesta, kun alhaalta vuoren sisältä purkautui äkkiä hirmuinen jyly, ikään kuin se olisi ollut vanha tulivuori joka oli yhtäkkiä päättänyt uudestaan ruveta syöksemään tulta. He vetivät oven takanaan melkein kiinni ja panivat pönkäksi kiven, mutta silti käytävää ylös kantautui kaukaa vuoren syvyyksistä hirmuista mylvintää ja tömistelyä, joka sai maan järisemään heidän allaan.

Hetkeä aikaisemmin olivat kääpiöt riemuinneet ja kerskuneet, nyt he kyyristyivät peloissaan. Smaug oli vielä otettava huomioon. Ei sovi jättää elävää lohikäärmettä pois laskuista jos asuu sen lähellä. Lohikäärmeillä ei ehkä ole paljon käyttöä rikkauksilleen, mutta yleensä ne tietävät tarkalleen mitä kaikkea niillä on, etenkin jos saalis on ollut niillä pitkään, eikä Smaug ollut poikkeus. Se oli siirtynyt levottomasta unesta (missä kerrassaan mitättömän kokoinen mutta pistävällä miekalla ja suurella rohkeudella varustettu soturi oli esittänyt epämiellyttävää osaa) keveämpään torkkumiseen ja siitä valveille. Sen luolassa kävi outo ilmanhenkäys. Saattoiko siitä pienestä raosta tulla vetoa? Rako ei ollut koskaan miellyttänyt sitä vaikka olikin pieni ja nyt se katseli aukkoa epäluuloisesti ja mietti miksi ei ollut tullut tukkineeksi sitä. Viime aikoina se oli ollut kuulevinaan heikkoa koputusta joka kantautui kaukaa ylhäältä tuon raon kautta sen pesään. Se liikahti ja venytti niskaansa haistellakseen. Ja silloin se huomasi maljan puuttumisen!

Varkaita! Tulipalo! Murha! Tällaista ei ollut tapahtunut sen jälkeen kun se muutti Vuoreen! Sen raivo oli sanoin kuvaamaton – sellaista raivoa tapaa vain siellä missä joku tosi rikas, jolla on enemmän kuin mistä hän voi nauttia, huomaa äkkiä menettäneensä jotakin mikä hänellä on ollut kauan mutta jota hän ei ole koskaan käyttänyt tai kaivannut. Smaug röyhtäili tulta, sali savusi, vuoren juuret järkkyivät. Turhaan se yritti tunkea päätään pikku rakoon, sitten se kokosi kaiken pituutensa, ärjyi kuin maanalainen ukkonen ja ryntäsi pesästään ulos suuren oven kautta, vuorilinnan avariin käytäviin, ylös, kohti Pääporttia.

Sen ainoa ajatus oli koluta koko vuori läpikotaisin, kunnes se saisi varkaan kiinni ja voisi repiä sen kappaleiksi ja talloa maahan. Se tuli ulos Portista, vesi sihisi ja höyrysi villisti ja se singahti säkenöiden ilmaan ja asettui vuoren huipulle vihreäpunaisen lieskasuihkun keskellä. Kääpiöt kuulivat kun se tuli ulos hirmuisella metelillä ja he kyyristyivät ruohotasanteen seinämää vasten ja painautuivat kivien alle toivoen, että he jotenkin välttäisivät metsälle lähteneen lohikäärmeen kauheat silmät.

Siihen heidät olisi kaikki tapettu, jos Bilboa ei olisi ollut. Taas hän pelasti heidät. »Äkkiä! Äkkiä!» hän huohotti. »Ovesta sisään! Käytävään. Ei auta jäädä tähän!»

Bilbon sanat saivat heidät liikkeelle ja he olivat juuri kompuroimassa käytävään kun Bifur huusi: »Serkkupojat! Bombur ja Bofur — me olemme unohtaneet Bomburin ja Bofurin! He ovat alhaalla laaksossa!»

»Heidät surmataan ja ponit myös, ja kaikki varastomme ovat mennyttä», sanoivat toiset surullisina. »Me emme voi tehdä mitään.»

»Pötyä!» sanoi Thorin joka oli saanut arvokkuutensa takaisin. »Ei heitä voi jättää. Sisään siitä, herra Reppuli ja Balin ja te kaksi, Fili ja Kili, kaikkia lohikäärme ei saa! Mutta muut — missä ovat köydet? Vauhtia!»

Ne olivat ehkä hirveimmät hetket siihen mennessä. Ylhäällä vuoren onkaloissa kumisi Smaugin kauhea viha, millä hetkellä tahansa se ryntäisi säkenöiden alas tai lähtisi lentäen kiertämään vuorta ja silloin se näkisi heidät kiskomassa sekapäisinä köysiään vaarallisen jyrkänteen partaalla. Bofur saatiin ylös eikä mitään ollut vielä sattunut. Huohottava ja ähkyvä Bombur vedettiin ylös köysien nitistessä, eikä vieläkään mitään ollut sattunut. Työkaluja ja varustenyyttejä hinattiin ylös ja silloin se tuli.

He kuulivat surisevan äänen. Kivien kärkiin osui punainen valo. Lohikäärme.

He ehtivät juuri ja juuri paeta takaisin käytävään nyyttejään vetäen ja kiskoen, kun Smaug syöksyi pohjoisesta nuollen vuoren kylkiä liekeillään, hakaten suurilla siivillään niin että olisi voinut luulla myrskyn puhjenneen. Sen kuuma henkäys poltti ruohon oven edustalla ja tunkeutui ovenraosta sisään ja kärvensi kääpiöitä oven takana. Liekit lepattivat, kiviseinillä tanssivat mustat varjot. Sitten tuli pimeää, lohikäärme jatkoi matkaansa. Ponit kiljuivat kauhusta, katkaisivat liekansa ja laukkasivat pois vauhkoontuneina. Lohikäärme kaartoi alas ja lähti ajamaan niitä takaa ja oli poissa.

»Se on sitten elukkaparkojen loppu!» Thorin sanoi. »Minkä Smaug on nähnyt, ei pääse pakoon. Tässä olemme ja tässä meidän on pysyminen ellei jotakuta huvita tallustella monen virstan matkaa joelle avomaalla Smaugin silmien alla!»

Se ei ollut houkutteleva ajatus! He hiipivät syvemmälle käytävään ja siellä he makasivat ja vapisivat vaikka ilma oli lämmin ja tukahduttava, kunnes oven raosta näkyi kalpea aamunkajo. Pitkin yötä he kuulivat kuinka ärjyntä paisui ja vaimeni, läheni ja etääntyi lentävän lohikäärmeen kiertäessä vuoren kylkiä heitä etsien.

Poneista ja leirien jäljistä lohikäärme päätteli että joelta ja järveltä oli tullut joku joukko ja kiivennyt vuorelle laaksosta johon ponit oli jätetty, mutta salaovi vältti sen etsivän silmän ja pieni tasanne korkeine seinineen piti sen kuumimmat liekit loitolla. Se etsi kauan turhaan, kunnes aamunkoitto viilensi sen vihan ja se meni takaisin kultaiselle vuoteelleen nukkumaan – ja kokoamaan voimia. Se ei aikonut antaa anteeksi eikä unohtaa varkautta, ei vaikka kuluisi tuhat vuotta ja se itse olisi enää savuava kivi; sillä oli varaa odottaa. Se hiipi hitaasti ja hiljaa takaisin pesäänsä ja sulki puoliksi silmänsä.

Kun aamu koitti, kääpiöiden kauhu hellitti. He käsittivät että tämänkaltaiset vaarat olivat väistämättömiä kun aarretta vartioi se mikä vartioi, ja että ei kannattanut vielä luopua hankkeesta. Eivätkä he sitä paitsi juuri nyt voineet mihinkään mennäkään, kuten Thorin oli sanonut. Ponit olivat poissa tai kuolleita ja heidän olisi odotettava jonkin aikaa ennen kuin Smaug väsyisi sen verran vahtimiseensa, että he voisivat lähteä taittamaan pitkää matkaa jalan. Onneksi he olivat saaneet pelastetuksi varastoistaan niin ison osan että se riittäisi hyväksi aikaa.

He väittelivät pitkään siitä mitä pitäisi tehdä, mutta eivät keksineet mitään keinoa millä he pääsisivät eroon Smaugista – ja se olikin kaiken aikaa ollut heidän suunnitelmansa heikko kohta kuten Bilbon teki mieli sanoa. Sitten he alkoivat äristä hobitille niin kuin ymmälle joutuneilla on tapana ja syyttää häntä siitä mistä he ensin olivat häntä kiittäneet: että hän oli tuonut mukanaan maljan ja siten nostattanut Smaugin vihan niin pian.

»Mitä vorojen sitten teidän mielestänne kuuluu tehdä?» kysyi Bilbo vihaisesti. »Minua ei palkattu tappamaan lohikäärmeitä, se on soturien alaa, minut palkattiin varastamaan aarre. Minä aloitin työni miten parhaiten taisin. Olisiko minun pitänyt tallustella takaisin selässäni koko Throrin aarre? Jos täällä on tarkoitus esittää valituksia niin minulla olisi sana sanottavana. Teidän olisi pitänyt ottaa mukaanne viisisataa voroa yhden sijaan. Varmasti aarre on suureksi kunniaksi teidän isoisällenne, mutta turha teeskennellä että olisitte koskaan tehneet minulle selväksi kuinka suunnattoman rikas hän oli. Minulta menisi satoja vuosia kaikkien noiden kalleuksien ylös tuomiseen vaikka olisin viisikymmentä kertaa isompi ja Smaug olisi kesy kuin kani.»

Sen jälkeen kääpiöt tietenkin pyysivät häneltä anteeksi. »Mitä ehdotat että tekisimme, herra Reppuli?» kysyi Thorin kohteliaasti.

»Juuri nyt minulla ei ole mitään ehdotusta – jos kysymys on aarteen hakemisesta pois. Ennen kuin se on mahdollista tarvitaan jokin aivan uusi käänne ja Smaugista on päästävä eroon. Lohikäärmeiden poistaminen näyttämöltä ei ole ollenkaan minun alaani, mutta lupaan miettiä asiaa parhaan kykyni mukaan. Henkilökohtaisesti minulla ei ole mitään toiveita ja soisin olevani turvallisesti kotona.»

»Siitä viis juuri nyt! Mitä meidän pitäisi tehdä nyt, juuri tällä hetkellä?»

»No jos todella kaipaatte neuvoani, ehdotan että emme tee mitään, vaan pysymme tässä missä olemme. Päiväsaikaan voimme arvatenkin hiipiä turvallisesti ulos haukkaamaan raitista ilmaa. Ehkä ennen pitkää voidaan joukostamme valita yksi tai kaksi menemään varastollemme jokirantaan hakemaan täydennystä. Mutta sitä ennen kaikkien olisi syytä pysytellä käytävän sisäpuolella öiseen aikaan.

Minä teen teille tarjouksen. Minulla on sormukseni ja minä hiivin alas tänään puolenpäivän aikaan – silloin jos koska luulisi Smaugin torkkuvan – ja käyn katsomassa mitä sillä on mielessä. Ehkä jotakin ilmenee. 'Joka käärmeellä on heikko kohtansa', oli isälläni tapana sanoa, vaikka en usko että hän puhui kokemuksesta.»

Kääpiöt ottivat tarjouksen tietenkin ilomielin vastaan. He olivat jo oppineet arvostamaan pikku Bilboa. Nyt hänestä oli tullut heidän seikkailunsa varsinainen johtaja. Hänellä alkoi olla ajatuksia ja suunnitelmia omasta takaa. Puolenpäivän tullen hän valmistautui lähtemään toisen kerran Vuoren sisään. Se ei ollut hänestä tietenkään millään tavalla mukavaa, mutta ei yhtä kauheaa kuin edellisellä kerralla koska nyt hän tiesi kutakuinkin mitä odottaa. Jos hän olisi tiennyt enemmän lohikäärmeistä ja niiden kieroista tavoista, hän olisi ehkä pelännyt vähän enemmän eikä olisi pitänyt niin sanottuna, että tämä heidän yksilönsä olisi unessa.

Aurinko paistoi kun hän lähti mutta käytävässä vallitsi yön pimeys. Kapeasta ovenraosta tuleva valo oli kohta häipynyt hänen kulkiessaan yhä alemmaksi. Niin äänettömästi hän liikkui, ettei kevyen tuulen kuljettama savu olisi saanut enempää ääntä aikaan, ja hänen teki mieli olla vähän ylpeä itsestään kun hän lähestyi alaovea. Hän näki vain aivan himmeätä hehkua.

»Vanha Smaug on väsynyt ja nukkuu», hän ajatteli. »Se ei näe minua eikä se kuule minua. Rohkeasti vain, Bilbo!» Hän oli unohtanut lohikäärmeiden hajuaistin, mikäli hän oli siitä koskaan kuullut. Sitä paitsi lohikäärmeillä on kiusallinen kyky pitää nukkuessaan toista silmää puoliksi auki ja tarkkailemassa, mikäli ne ovat epäluuloisia.

Smaug näytti totisesti olevan unessa, se näytti pimeältä, melkein kuolleelta, se päästi heikon kuorsauksen joka oli pelkkä näkymätön höyrypöläys, kun Bilbo taas kerran kurkisti ovensuusta. Bilbo aikoi juuri astua lattialle kun hän huomasi äkkiä ohuen ja pistävän punaisen säteen joka tuli toisen roikkuvan silmäluomen alta. Se vain teeskenteli nukkuvaa! Kiireesti Bilbo astui takaisin ja siunasi sormustaan. Silloin Smaug puhui.

»No niin, varas! Minä haistan sinut ja minä tunnen sinun tuulahduksesi ja kuulen sinun hengityksesi. Tule esiin! Ota mitä tahdot, minulla on paljon, liiaksi asti!»

Mutta ihan niin heikot eivät Bilbon tiedot lohikäärmeopista olleet ja jos Smaug kuvitteli näin helpolla saavansa Bilbon lähemmäksi, se erehtyi. »Ei kiitos, oi Smaug Valtava!» Bilbo vastasi. »Minä en tullut lahjoja hakemaan. Teki vain mieleni nähdä sinua ja katsoa oletko todella niin suuri kuin taruissa kerrotaan. En ollut ottanut uskoakseni.»

»Uskotko nyt?» kysyi lohikäärme jota tämä puhe hiukan imarteli, vaikka se ei uskonut siitä sanaakaan.

»Laulut ja tarut jäävät toki kerrassaan varjoon totuuden edessä, oi Smaug, Suurin ja Hirvein kaikista Kamaluuksista», Bilbo vastasi.

»Varkaaksi ja valehtelijaksi sinulla on hyvät tavat», lohikäärme sanoi. »Näytät tietävän nimeni, mutta minä en muista haistaneeni sinua ennen. Kuka olet ja mistä tulet, jos saan kysyä.»

»Toki saat! Minä tulen mäen alta ja yli mäen ja ali mäen on tieni vienyt. Ja ilmojen halki. Minä olen se joka kävelee näkymättä.»

»Epäilemättä», sanoi Smaug, »mutta se tuskin on oikea nimesi.»

»Minä olen se joka arvaa oikein, seitinkatkoja, kärpänen joka pistää. Minut valittiin luvun vuoksi onnea tuomaan.»

»Viehättäviä arvonimiä!» lohikäärme ilkkui. »Mutta onnentuojalla ei välttämättä ole onni myötä.»

»Minä olen se joka hautaa ystävänsä elävältä ja hukuttaa heidät ja vetää heidät elävinä esiin vedestä. Minä tulen repun päästä mutta minun päätäni ei pantu reppuun.»

»Ei kuulosta yhtä mairittelevalta», pilkkasi lohikäärme.

»Minä olen karhujen ystävä ja kotkien vieras. Minä olen sormuksenottaja ja onnentuoja, minä olen tynnyrillä ratsastaja», jatkoi Bilbo jota hänen omat arvoituksensa alkoivat huvittaa.

»Aina parempaa!» Smaug sanoi. »Mutta varo ettei mielikuvitus karkaa omille teilleen!»

Lohikäärmeiden kanssa pitää tietenkin puhua tällä tavalla jos ei tahdo paljastaa niille oikeaa nimeään (mikä on viisasta) eikä tahdo suututtaa niitä sanoa töksäyttämällä että ei kerro (mikä on myös erinomaisen viisasta). Ei ole lohikäärmettä, joka voisi vastustaa kompapuheita ja joka ei mielellään tuhlaisi aikaansa niiden ratkomiseen. Bilbon puheissa oli paljon sellaista mitä Smaug ei ymmärtänyt alkuunkaan (vaikka te taidatte kyllä ymmärtää koska tiedätte kaiken Bilbon seikkailuista), mutta se ymmärsi mielestään tarpeeksi ja se hekotti ilkeässä sisikunnassaan.

»Sitä minä viime yönä vähän arvelin», se mietti itsekseen ja hymyili. »Järven ihmiset tässä ovat takana, tämä on jokin niiden pyttykaupalla elävien järveläisten juoni taikka minä olen sisilisko. Minä en ole käynyt niillä nurkilla ikiaikoihin, mutta se asia korjaantuu pian!»

»Hyvä on, tynnyrilläratsastaja!» se sanoi ääneen. »Ehkä ponisi nimi on Tynnyri, ehkä ei, vaikka paksu se kyllä oli. Ehkä kävelet näkymättä, mutta et kävellyt koko matkaa. Annas kun kerron: minä söin kuusi ponia viime yönä ja ennen pitkää saan kiinni ja syön loputkin. Vastalahjaksi erinomaisesta ateriasta minä annan sinulle neuvon omaksi parhaaksesi: älä ole tekemisissä kääpiöiden kanssa enempää kuin on pakko!»

»Miten niin kääpiöiden?» huudahti Bilbo muka hämmästyneenä.

»Älä yritä!» Smaug sanoi. »Minä tunnen kääpiön hajun (ja maun) – minä jos kuka. Älä yritä väittää että en erota onko kääpiö ratsastanut ponilla jonka minä syön vai ei! Sinun käy huonosti jos

kuljet sellaisten ystävien kanssa, Varas ja Tynnyrilläratsastaja. Sama
se minulle on vaikka menisit takaisin ja kertoisit niille nämä tervei-
set.» Mutta se ei kertonut Bilbolle, että se haistoi toisen hajun josta
se ei saanut mitään selkoa, hobitinhajun, joka ei kuulunut Smaugin
kokemuspiiriin ja hämmensi sitä toden teolla.

»Sait kai kelpo hinnan maljasta eilen», se sanoi. »Sano nyt, sait-
ko?» se uteli. »Et mitään! Ihan niiden tapaista! Ja ne tietenkin pii-
leksivät ulkona ja sinä saat tehdä kaiken vaarallisen työn ja ottaa
mitä irti saat kun minun silmäni välttää – niiden puolesta ja niille.
Ja reilu osuus on luvassa, vai? Älä usko! Jos elossa selviät niin hyvä
on.»

Bilbo rupesi tuntemaan olonsa oikein tukalaksi. Aina kun Smaugin
kiertävä katse joka etsi häntä varjoista osui häneen, hän värähti, ja
hänet valtasi hillitön halu juosta esiin ja paljastaa itsensä ja kertoa
Smaugille koko totuus. Itse asiassa hän oli suuressa vaarassa, sillä
lohikäärme oli vähällä lumota hänet. Mutta hän kokosi rohkeuten-
sa ja puhui taas.

»Sinä et tiedä kaikkea, oi Smaug Mahtava», hän sanoi. »Pelkkä
kulta ei tuonut meitä tänne.»

»Ha ha! Myönsit että teitä on monta», Smaug nauroi. »Mikset
saman tien sano 'meitä neljäätoista', sinä joka valittiin luvun vuok-
si. On ilo kuulla että teillä oli näille main muutakin asiaa kuin käh-
veltää minun kultani. Matkanne ei sitten ehkä olekaan hukkareissu.

En tiedä onko päähänne pälkähtänyt että vaikka saisittekin kul-
tani varastetuksi pala palalta – mihin menisi ehkä sata vuotta – ette
pääsisi sen kanssa kovin pitkälle. Miten sitä kuljetetaan vuorta alas?
Miten sitä kuljetetaan metsässä? Jaa jaa! Etkö koskaan ole tullut
ajatelleeksi mistä kiikastaa? Neljästoista osa tai jotakin sinne päin,

nekö olivat ehdot? Mutta entä toimitus? Entä rahti? Entä aseistetut vartijat ja tullit?» Ja Smaug nauroi ääneen. Sillä oli ilkeä ja kiero sydän ja se tiesi, ettei se ollut arvannut kokonaan vikaan vaikka se olettikin että järveläiset olivat suunnitelman takana ja että suurin osa saaliista oli tarkoitus kahmia Järvikaupunkiin jota sen nuoruudessa oli kutsuttu Esgarothiksi.

Teidän on ehkä vaikea uskoa sitä, mutta Bilboon tämä puhe vaikutti. Siihen asti hän oli keskittänyt ajatuksensa ja voimansa Vuorelle pääsemiseen ja sisäänkäynnin löytämiseen. Hän ei ollut koskaan vaivautunut miettimään miten aarre kuljetettaisiin pois, eikä varsinkaan miten hänelle tuleva osa, mikä sitten olikin, vietäisiin pitkien matkojen päähän Alismäkeen Repunpäähän.

Hänen päässään alkoi viritä ikävä epäluulo – olivatko kääpiöt myös unohtaneet tämän tärkeän seikan vai nauroivatko he partaansa kaiken aikaa? Sellainen vaikutus lohikäärmeen puheella on tottumattomaan. Bilbon olisi tietysti pitänyt varoa, mutta Smaugilla oli varsin voimakas luonne.

»Asia on näin», hän sanoi yrittäessään pysyä ystävilleen uskollisena ja pitääkseen yllä omaa osuuttaan keskustelusta, »että tulimme ajatelleeksi kultaa vasta myöhemmin. Me tulimme yli mäen ja ali mäen ja aaltojen ja ilmojen kautta mielessämme *kosto*. Kai käsität, oi Smaug, sanoinkuvaamattoman rikas, että menestyksesi on tuottanut sinulle joitakin katkeria vihamiehiä?»

Silloin Smaug todella nauroi – ja se oli järisyttävä ääni joka kaatoi Bilbon kumoon, ja ylhäällä tunnelin toisessa päässä kääpiöt pitelivät kiinni toisistaan ja kuvittelivat että hobitti oli kohdannut äkillisen ja ilkeän lopun.

»Kosto!» tuhisi Smaug ja sen silmien palo valaisi salin lattiasta kattoon kuin punainen salama. »Vai kosto! Vuorenalainen kuningas on kuollut ja missä ovat hänen kostoa kaipaavat sukulaisensa? Girion Laakson valtias on kuollut ja minä olen syönyt hänen väkeään kuin susi lampaita, ja missä ovat hänen pojanpoikansa jotka uskaltaisivat tulla minua lähelle? Minä tapan missä tahdon eikä minua rohkene kukaan vastustaa. Minä löin matalaksi entisaikojen soturit eikä niiden kaltaisia enää nykyisessä maailmassa ole. Ja silloin minä olin nuori ja arka. Nyt olen vanha ja väkevä, väkevä, Varjojen voro!» se uhosi.

»Haarniskani on kuin kymmenkertainen kilpikerros, hampaani kuin miekat, kynteni kuin keihäät, häntäni huiskaus kuin pallosalama, siipeni kuin pyörremyrsky ja henkäykseni yhtä kuin kuolema!»

»Olen ollut ymmärtävinäni», vinkaisi Bilbo peloissaan, »että lohikäärmeet ovat pehmeitä alta etenkin – tuota – rinnan seudulta, mutta ehkä se ei koske sinunlaisiasi hyvin varustautuneita lohikäärmeitä.»

Lohikäärme lopetti leventelynsä siihen paikkaan. »Sinun tietosi ovat vanhentuneita», se näpäytti. »Minua peittävät yltä ja päältä rautasuomut ja kovat jalokivet. Mikään miekka ei minuun pysty.»

»Olisi pitänyt arvata», Bilbo sanoi. »Ei toki missään ole Ruhtinas Smaugin, Pistämättömän, veroista. Kuinka kunniakasta on vyöttää vartalonsa timanteilla!»

»On, se on harvinaista ja ihmeellistä», sanoi Smaug typerän tyytyväisenä. Se ei tiennyt että hobitti oli jo nähnyt vilaukselta sen merkillisen vatsanpeiton edellisellä käynnillään ja että hänen teki kovasti mieli nähdä se uudestaan syistä joita hän ei paljastaisi. Lohikäärme kierähti selälleen. »Katso!» se sanoi. »Mitä sanot?»

»Häikäisevän hämmästyttävää! Täydellistä! Virheetöntä! Mykistyttävää!» huudahti Bilbo ääneen, mutta itsekseen hän ajatteli: »Voi sinua tyhmyriä! Rinnan vasemmalla puolella on kolo joka on paljas kuin etana ilman kuorta!»

Sen nähtyään herra Reppulilla oli mielessä vain poislähtö. »En todellakaan tahdo enää pidätellä sinun Ihmeellisyyttäsi», hän sanoi, »enkä estää sinua nauttimasta hyvin ansaitusta levosta. Ponien kiinniottaminen käynee työstä jos niillä on etumatkaa. Samoin vorojen», hän lisäsi ja syöksyi sisään aukosta ja pakeni käytävää ylös.

Sitä ei olisi kannattanut sanoa, sillä lohikäärme syöksi hänen peräänsä hirveitä liekkejä ja vaikka hän juoksi minkä kerkesi käytävää ylös, hän ei ollut läheskään tarpeeksi ylhäällä kun Smaug työnsi hirmuisen päänsä aukkoa vasten. Koko pää leukoineen ei onneksi mahtunut siitä sisään, mutta sieraimista purkautui hänen peräänsä tulta ja huurua johon hän oli vähällä läkähtyä, ja hän kompuroi eteenpäin kivun ja pelon sokaisemana. Hän oli ollut tyytyväinen siihen miten nokkelasti hän oli keskustellut Smaugin kanssa, mutta erehdys, jonka hän lopuksi teki, ajoi vähän järkeä hänen päähänsä.

»Elävälle lohikäärmeelle ei auta nauraa, Bilbo, senkin hölmö!» hän sanoi itselleen, ja myöhemmin siitä tuli hänelle mieluisa sanontatapa ja se muuttui suorastaan sananlaskuksi. »Seikkailu ei ole vielä lähestulkoonkaan lopussa», hän lisäsi ja oli oikeassa.

Iltapäivä oli vaihtumassa illaksi kun hän tupsahti ovesta ulos ja kaatui pyörtyneenä »kuistille». Kääpiöt elvyttivät hänet ja hoivasivat hänen palovammojaan parhaansa mukaan, mutta kesti kauan ennen kuin hänen takaraivossaan ja jalkapohjissaan jälleen kasvoi karva pahasti kipristyneen ja kärventyneen tilalle. Hänen toverinsa yrittivät kaikin keinoin virkistää häntä, ja he odottivat innokkaasti kuullakseen mitä hänellä oli kerrottavana, erityisesti heitä kiinnosti miksi lohikäärme oli pitänyt niin hirveää meteliä ja kuinka Bilbo oli päässyt pakoon.

Mutta hobittia mietitytti ja hänen oli paha olla ja heidän oli vaikea saada hänestä mitään irti. Käydessään mielessään läpi tapahtumia hän jo katui yhtä ja toista mitä oli tullut sanoneeksi lohikäärmeelle, eikä hänen tehnyt mieli toistaa sanomaansa kääpiöille. Vanha rastas istui lähellä kivellä pää kallellaan ja kuunteli kaikkea mitä sanottiin. Bilbo oli niin huonolla tuulella että koppasi maasta kiven ja heitti sillä lintua, mutta rastas vain lennähti sivuun ja palasi heti takaisin.

»Mokoma lintu!» sanoi Bilbo kiukkuisesti. »Minusta tuntuu että se kuuntelee mitä me puhumme eikä sen muoto miellytä minua!»

»Anna sen olla!» sanoi Thorin. »Rastaat ovat hyviä lintuja ja ystäviämme – ja tämä on erittäin vanha, kenties viimeinen siitä muinaisesta heimosta joka täällä eli kesynä isäni ja isoisäni aikaan. Ne olivat pitkäikäisiä ja merkillisiä rastaita, ja voi olla että tämä tässä oli elossa jo silloin parisataa vuotta sitten, ties vaikka jo sitä ennen. Laakson ihmisillä oli kyky ymmärtää niiden kieltä ja he käyttivät niitä lähetteinä viemään viestejä järveläisille ja muillekin.»

»Sillä olisi kyllä kerrottavaa Järvikaupungissa mikäli sillä on mielessä viestinvieminen», Bilbo sanoi, »vaikka on syytä pelätä ettei siellä ole enää ketään vaivaamassa päätään rastaitten kielellä.»

»Mitä? Mitä on tapahtunut?» huusivat kääpiöt. »Kerro lisää, hyvä mies!»

Niin Bilbo kertoi heille kaiken niin tarkkaan kuin muisti ja tunnusti, että hän epäili ikäväkseen lohikäärmeen arvanneen vähän liikaa kompapuheista ja nähtyään leirit ja ponit. »Se tietää takuulla että me tulemme Järvikaupungista ja että olemme saaneet sieltä apua, ja minulla on kamala tunne että se tekee seuraavan siirtonsa siihen suuntaan. Voi kun saisin pyörretyksi sanani tynnyrillä ratsastamisesta, siitä tulevat järveläiset mieleen täälläpäin maailmaa sokealle kanillekin.»

»Ei sille enää mitään voi. Vaikea on välttää virheitä kun puhuu lohikäärmeen kanssa, olen kuullut sanottavan», pisti väliin Balin joka tahtoi lohduttaa häntä. »Jos minulta kysytään, sinä olet suoriutunut erinomaisesti – saithan ongituksi selville ainakin yhden hyödyllisen tiedon ja palasit elossa takaisin mitä ei voi sanoa monestakaan joka on jutellut Smaugin tai sen kaltaisten kanssa. Ties kuinka arvokas on vielä se tieto että Käärmeen timanttiliivissä on paljas paikka.»

Balinin puhe siirsi keskustelun toisaalle ja he alkoivat puida lohikäärmeensurmia, historiallisia ja kiistanalaisia ja myyttisiä, ja niissä käytettyjä erilaisia pistoja, viiltoja ja iskuja sekä menettelytapoja, välineitä ja petollisia juonia. Yleinen mielipide oli, ettei lohikäärmeen yllättäminen torkkumasta ollut ollenkaan niin helppoa kuin miltä se kuulosti ja että nukkuvan lohikäärmeen pisteleminen ja tyrkkiminen päättyisi huonosti vielä varmemmin kuin suora hyökkäys edestäpäin. Koko heidän keskustelunsa ajan rastas kuunteli, kunnes tähdet alkoivat viimein tuikkia taivaalla, ja silloin se levitti siipensä ja lensi pois. Ja heidän puhuessaan ja varjojen pidetessä Bilbon mieliala laski laskemistaan ja paha aavistus voimistui.

Viimein hän keskeytti kääpiöiden keskustelun. »Minun mielestäni me emme ole ollenkaan turvassa», hän sanoi, »enkä ymmärrä miksi meidän pitää istua tässä. Lohikäärme on polttanut karrelle kotoisan nurmikon ja sitä paitsi yö on tullut ja on kylmä. Mutta minä tunnen luissani että tämä paikka joutuu uudestaan hyökkäyksen kohteeksi, Smaug tietää nyt mitä kautta minä tulin sen saliin ja se osaa kyllä päätellä missä käytävän toinen pää on. Se hajottaa vaikka puoli vuorta pirstaleiksi, jos on tarpeen, tukkiakseen meiltä tien sisään, ja jos meistä tulee samalla muussia, sen parempi lohikäärmeen mielestä.»

»Herra Reppuli, sinä olet kovin synkkä!» Thorin sanoi. »Jos Smaug tahtoo välttämättä pitää meidät poissa, miksi se ei ole tukkinut käytävän alapäätä? Eikä se ole tukkinut, me olisimme kyllä kuulleet.»

»En minä tiedä, en tiedä — aluksi kai siksi että se tahtoi huiputtaa minut tulemaan takaisin ja nyt ehkä siksi että se haluaa tänä yönä ensin saalistaa, tai voihan olla ettei se tahdo sotkua makuuhuoneeseensa muuten kuin pakosta — mutta voi, kun ette panisi vastaan koko ajan! Smaug tulee ulos millä hetkellä hyvänsä ja ainoa toivomme on mennä kunnolla tunnelin sisään ja sulkea ovi.»

Hän oli selvästi tosissaan ja kääpiöt noudattivat viimein hänen kehotustaan, vaikka he eivät suostuneet sulkemaan ovea heti — suunnitelma vaikutti varsin epätoivoiselta, sillä kukaan ei tiennyt miten he saisivat oven auki sisäpuolelta, jos se ylipäätään oli mahdollista, eikä heitä erityisesti houkutellut tulla suljetuksi paikkaan josta ainoa tie ulos vei lohikäärmeenpesän kautta. Kaikki vaikutti sitä paitsi hiljaiselta niin käytävän ulko- kuin sisäpuolella. He istuivat pitkään lähellä puoliavointa ovea ja puhelivat edelleen.

Puhe kääntyi lohikäärmeen kääpiöistä lausumiin ilkeisiin sanoihin. Bilboa suretti että hän oli koskaan kuullut ne ja hän toivoi että hän olisi voinut olla varma kääpiöiden rehellisyydestä, kun he nyt kilvan julistivat etteivät he olleet tulleet ollenkaan ajatelleeksi mitä sitten tapahtuisi kun aarre oli saatu takaisin. »Me tiesimme että hanke oli epätoivoinen», Thorin sanoi, »ja sen tiedämme yhä, mutta silti minusta tuntuu että kun aarre on meidän, meillä on yllin kyllin aikaa miettiä miten sen kanssa menetellään. Mitä tulee sinun osuuteesi, herra Reppuli, vakuutan että olemme enemmän kuin kiitollisia, ja sinä saat itse valita oman neljännentoista osasi heti kun meillä on mitä jakaa. Ikävää jos murehdit kuljetusta, ja myönnän että vaikeudet ovat suuret – maat eivät ajan myötä ole käyneet turvallisemmiksi, pikemminkin päinvastoin – mutta me teemme minkä voimme sinun hyväksesi ja otamme osaa kustannuksiin kun se aika tulee. Usko tai älä usko, miten tahdot!»

Sitten kääntyi keskustelu itse aarteeseen ja esineisiin joita Thorin ja Balin muistivat. He miettivät mahtoivatko ne kaikki yhä lojua alaisen salin lattialla vahingoittumattomina: aikaa sitten kuolleen suuren kuninkaan Bladorthinin armeijoille tehdyt keihäät joissa kussakin oli kolmasti karkaistu terä ja taitavasti kultaupotuksin koristeltu varsi ja jotka jäivät aikoinaan maksamatta ja toimittamatta perille; kauan sitten kuolleille sotureille taotut kilvet; Throrin suuri kaksikorvainen kultahaarikka jota koristavien lintujen silmät ja kukkien terälehdet olivat jalokiviä; kullatut ja hopeoidut sotisovat joita ei mikään terä läpäissyt; Girionin, Laakson valtiaan, viidestäsadasta ruohonvihreästä smaragdista valmistetut kaulakäädyt jotka hän antoi maksuksi kääpiöiden hänen vanhimmalle pojalleen tekemästä rengaspaidasta jonkalaista ei ollut ennen nähty, se kun oli taottu puhtaasta hopeasta vahvaksi ja kestäväksi kuin kolmasti karkaistu teräs. Mutta kaunein kaikista oli suuri valkoinen jalokivi jonka kääpiöt olivat löytäneet vuoren uumenista, Vuoren sydän, Thrainin Arkkikivi.

»Arkkikivi! Arkkikivi!» mutisi Thorin pimeässä haaveellisesti nojaten leukaa polviin. »Se oli kuin pallo jossa on tuhat särmää, tulen valossa se loisti kuin hopea, auringonpaisteessa kuin vesi, tähtien alla kuin lumi ja kuin sade kuun kumossa!»

Mutta aarteen himo ja lumous oli Bilbosta poissa. Hän kuunteli vain puoliksi kääpiöiden puheita. Hän istui lähimpänä ovea toinen korva valmiina havaitsemaan heti jos ulkoa kuuluisi jotakin ääntä, toinen tarkkaili valppaasti kaikuja, kuiskausta tai liikettä kaukaa alhaalta piittaamatta kääpiöiden mutinoista.

Pimeys tiheni ja Bilbon olo tuli yhä levottomammaksi. »Sulkekaa ovi!» hän pyysi kääpiöiltä. »Lohikäärmeenpelko kalvaa ytimiäni. Tämä hiljaisuus kauhistuttaa minua paljon enemmän kuin eilisillan melske. Sulkekaa ovi ennen kuin on liian myöhäistä!»

Jokin hänen äänessään tehosi kääpiöihin. Hitaasti Thorin havahtui haaveistaan ja nousi pystyyn ja potkaisi pois oven pönkkänä olleen kiven. Sitten he painoivat ovea ja se sulkeutui napsahtaen ja kolahtaen. Sisäpuolella ei näkynyt merkkiäkään avaimenreiästä. He olivat loukossa vuoren sisässä!

Ovi suljettiin viime hetkellä. He eivät olleet astelleet pitkällekään kun kallion kylkeen rysähti isku joka kuulosti siltä kuin jättiläiset olisivat heilutelleet tammenrungosta tehtyä junttaa. Kallio raikui, seinät halkeilivat ja katosta putosi kiviä heidän päähänsä. Ei tee mieli ajatellakaan mitä olisi tapahtunut, jos ovi olisi vielä ollut auki. He pakenivat syvemmälle käytävään iloissaan siitä että olivat vielä elossa ja kuulivat takaansa Smaugin raivon rytinän ja ryskeen. Se särki kallioita kappaleiksi, huiski kiviä ja seinämiä valtavalla hännällään kunnes heidän korkealla sijainnut leiripaikkansa – kärventynyt ruohokaistale, rastaan kivi, etanoiden peittämät seinät, kapea ulkonema – kaikki sortui siruiksi ja valui kalliolta vyörynä laaksoon.

Smaug oli hiipinyt hiljaa pesästään ja liukunut ääneti ilmaan ja liitänyt sitten raskaasti ja hitaasti pimeydessä kuin jättiläismäinen variksenkuvatus tuulen myötä Vuoren länsipuolelle siinä toivossa että yllättäisi sieltä jonkun tai jotakin ja löytäisi varkaan käyttämän käytävän toisen pään. Sen viha syttyi kun se ei tavannut ketään eikä löytänyt mitään vaikka se arvasi missä aukon oli pakko olla.

Purettuaan raivoaan tällä tavalla se tunsi olonsa paremmaksi ja tuumi mielessään että siltä suunnalta sitä ei enää kiusattaisi. Nyt sillä oli muuta kostettavaa. »Tynnyrilläratsastaja!» tuhahti Smaug.

»Rannasta ja jokea ylös sinä olet tullut, se on varma. En ehkä tunne hajuasi, mutta jos et ole järveläisiä, ne kuitenkin auttoivat sinua. Minä näytän nyt itseni niille ja minä annan muistutuksen siitä kuka on oikea Vuorenalainen kuningas!»

Se nousi siivilleen tulta syösten ja lensi etelään kohti Vuolasta virtaa.

Kolmastoista luku

··· POISSA KOTOA ···

SAMAAN AIKAAN KÄÄPIÖT istuivat pimeydessä täydellisen hiljaisuuden keskellä. He eivät juuri syöneet eivätkä puhuneet. He eivät pystyneet laskemaan ajan kulumista, ja he uskalsivat tuskin liikkua, sillä kuiskauskin kaikui ja kähisi tunnelissa. Jos he vajosivat uneen, oli heidän ympärillään herätessä sama pimeys ja sama rikkumaton hiljaisuus. Heistä tuntui että he olivat odottaneet päiväkausia ja ilmanpuute alkoi jo tukahduttaa ja pyörryttää, eivätkä he enää kestäneet. He olisivat tervehtineet iloiten sellaisiakin ääniä jotka olisivat kertoneet lohikäärmeen palanneen. He pelkäsivät pimeyden keskellä, että se oli keksinyt jonkin ovelan juonen, mutta he eivät voineet jäädä käytävään ikuisiksi ajoiksi.

Thorin puhui: »Yritetään aukeaisiko ovi! Minä menehdyn jos en saa tuntea tuulta kasvoillani. Minusta tuntuu että antaisin vaikka Smaugin murskata minut aukealla paikalla mieluummin kuin tukehdun tänne!» Moni kääpiö nousi ja he haparoivat takaisin paikkaan jossa ovi oli ollut. Mutta käytävän pää oli osittain romahtanut ja sen tukkivat irronneet kivet. Ei avain eikä taika, jota ovi oli kerran totellut, avaisi sitä enää koskaan.

»Me olemme loukussa!» he voivottivat. »Tämä on loppu. Me kuolemme tänne.»

Mutta juuri kun kääpiöt olivat epätoivoisimmillaan Bilbo tunsi sydämensä äkkiä oudosti kenevenän, ikään kuin hänen liivinsä sisältä olisi poistunut raskas taakka.

»Älkäähän nyt!» hän sanoi. »'Niin kauan kuin on elämää, on toivoa', sanoi isäni aina samoin kuin: 'Kolmas kerta toden sanoo.' Minä menen alas. Olen käynyt siellä kahdesti tietäen että käytävän päässä odottaa lohikäärme ja uskaltaudun nyt kolmanteen yritykseen tietämättä onko se siellä vai ei. Joka tapauksessa ulos vie ainoastaan tie alas. Ja minusta tuntuu että tällä kertaa te voisitte kaikki tulla minun kanssani.»

He suostuivat tuumaan paremman puutteessa ja Thorin asteli ensimmäisenä Bilbon rinnalla.

»Varovasti!» kuiskasi hobitti. »Niin hiljaa kuin ikinä! Voi olla että alhaalla ei ole Smaugia, mutta yhtä hyvin voi olla että on. Ei pidä vaarantaa mitään turhan päiten!»

He kulkivat yhä alemmaksi. Kääpiöt eivät tietenkään pärjänneet hobitille alkuunkaan mitä tulee hiipimiseen, he puhisivat ja kahistelivat ja kaiku moninkertaisti äänet pelottavasti, mutta vaikka Bilbo vähän väliä pysähtyi peloissaan kuuntelemaan sydän syrjällään, alhaalta ei kuulunut pihaustakaan. Kun oli tultu Bilbon arvion mukaan lähelle käytävän päätä, hän pani sormuksen sormeensa ja meni edelle. Mutta se oli tarpeetonta, sillä pimeys oli täydellinen ja he olivat näkymättömiä ihan sormuksista riippumatta. Totta puhuen oli niin mustaa että oviaukko yllätti hobitin, käsi osui tyhjään ja hän kompastui ja kierähti sisään pää edellä!

Hän makasi mahallaan lattialla uskaltamatta nousta, tuskin hengittäen. Mutta mikään ei liikkunut. Mitään valonhehkua ei näkynyt — ellei sitten, niin kuin vähän näytti kun hän viimein nosti hitaasti päätään, jossakin ylhäällä ja kaukana kajastanut heikko valkoinen kimallus. Mutta lohikäärmeentulen kipinä se ei missään tapauksessa ollut, vaikka käärmeen lemu leijui salissa raskaana ja hän maistoi sen katkun suussaan.

Viimein herra Reppuli ei enää kestänyt. »Vietävän Smaug,

mokoma käärme!» hän kiljaisi ääneen. »Älä leiki piiloa! Anna valoa
ja syö minut sitten jos saat kiinni!»

Näkymättömässä salissa pyörivät heikot kaiut, mutta mitään vastausta ei kuulunut.

Bilbo nousi ja huomasi ettei tiennyt mihin suuntaan olisi kääntynyt.

»Minä ihmettelen mitä Smaugilla on mielessä», hän sanoi.
»Nähtävästi se ei ole kotona tänään (tai tänä yönä, miten vain). Jos
Oin ja Gloin eivät ole hävittäneet tulusrasioitaan, me voisimme ehkä
sytyttää pienen tulen ja katsella ympärillemme ennen kuin onni
kääntyy.»

»Valoa!» hän huusi. »Kuka antaisi valoa?»

Kääpiöt olivat tietenkin säikähtäneet kun Bilbo kaatui portaissa ja
törmäsi saliin ja he kykkivät yhdessä rykelmässä käytävän päässä siinä mihin hän oli heidät jättänyt.

»Shh! Shh!» he hyssyttivät kuullessaan Bilbon äänen ja vaikka
hobitti sai sihinän avulla selville missä he olivat, kesti jonkin aikaa
ennen kuin hän sai heistä irti mitään muuta. Mutta lopulta kun Bilbo rupesi suorastaan polkemaan jalkaa ja huusi: »Valoa!» niin kovaa
kuin jaksoi kimeällä äänellään, Thorin antoi periksi ja Oin ja Gloin
lähetettiin käytävän yläpäähän nyyteilleen.

Jonkin ajan kuluttua ilmoitti valontuike että he olivat tulossa
takaisin alas. Oinilla oli kädessään pikkuinen palava mäntysoihtu ja
Gloinilla oli niitä iso nippu kainalossa. Bilbo kipitti nopeasti ovelle
ja otti soihdun, mutta hän ei saanut suostutelluksi kääpiöitä sytyttämään useampia eikä liittymään vielä hänen seuraansa. Kuten Thorin
huolellisesti selitti, herra Reppuli oli yhä virallisesti heidän murtoasiantuntijansa ja tutkimuspäällikkönsä. Mikäli hän uskalsi sytyttää

soihdun se oli hänen asiansa. He odottaisivat käytävän suulla mitä hän tulisi kertomaan. He istuivat ovensuussa ja katselivat.

He näkivät hobitin pienen mustan hahmon joka lähti kulkemaan lattian poikki pidellen korkealla pikkuista valoaan. Niin kauan kun hän oli vielä lähellä, he erottivat silloin tällöin välähdyksen ja kilahduksen kun hän kompastui johonkin kultaesineeseen. Valo pieneni sitä mukaa kuin hän etääntyi valtavassa salissa, sitten se rupesi hyppelehtien kohoamaan ylemmäksi. Bilbo kiipesi suurta aarrevuorta ylös. Pian hän seisoi sen huipulla ja jatkoi taas matkaansa. Sitten he näkivät hänen kumartuvan mutta he eivät tienneet miksi.

Syy oli Arkkikivi, Vuoren sydän. Bilbo luuli tuntevansa sen Thorinin kuvauksen perusteella; kahta sellaista jalokiveä ei todellakaan voi olla olemassa edes niin suuressa aarteessa, ei edes koko maailmassa. Hänen kiivetessään oli valkoinen valo kajastanut hänen edessään ja vetänyt hänen askeliaan sitä kohti. Vähitellen hän näki että se oli pieni pallo joka hehkui kalpeaa valoa. Sen pinnassa leikki hänen lähestyessään monivärinen lepattava kipinä, soihdun huojuvan valon heijastus, joka moninkertaistui sen särmissä. Viimein se oli aivan hänen edessään. Hänen henkensä salpautui. Suuri jalokivi oli omavaloinen mutta lisäksi tämä kivi, jonka kääpiöt olivat louhineet vuoren sydämestä aikoja sitten, muotoilleet ja hioneet, otti kaiken valon mikä siihen osui ja muutti valkoiset säteet tuhansiksi kipunoiksi joissa hohtivat sateenkaaren värit.

Äkkiä Bilbon käsi ojentui kiven lumovoiman vetämänä. Hänen pieni nyrkkinsä ei riittänyt kätkemään kiveä, sillä se oli iso ja painava, mutta hän nosti sen, sulki silmänsä ja työnsi sen syvimpään taskuunsa.

»Nyt minä olen toden totta voro!» hän ajatteli. »Vaikka kyllä minun varmaan täytyy kertoa tästä kääpiöille — kunhan aika tulee.

He sanoivat että saisin valita oman osuuteni ja luulen että valitsisin tämän vaikka he ottaisivat kaiken muun!» Mutta hänellä oli kuitenkin vähän sellainen olo, ettei tämä ihmeellinen kivi kuulunut valikoimaan josta hänen oli lupa ottaa omansa ja että se aiheuttaisi vielä ikävyyksiä.

Sitten hän jatkoi matkaansa. Hän laskeutui alas suuren kasan toista puolta ja hänen soihtunsa loiste katosi kääpiöiden silmistä. Mutta pian he näkivät sen jälleen entistä kauempana. Bilbo oli kulkemassa salin poikki.

Hän jatkoi kulkemistaan kunnes tuli suurille oville salin toisessa päässä, vastassa tuntui tuulenhenkäys joka virkisti mutta oli vähällä sammuttaa hänen soihtunsa. Hän kurkisti arasti oviaukosta ja näki vilaukselta suuria käytäviä ja ylös hämärään johtavien leveiden portaiden alapään. Mutta Smaugista ei edelleenkään näkynyt eikä kuulunut mitään. Hän aikoi juuri kääntyä takaisin, kun häntä päin syöksähti jotakin mustaa ja pyyhkäisi hänen kasvojaan. Hän hätkähti ja vinkaisi, astui pari kompuroivaa askelta taaksepäin ja kaatui. Soihtu putosi liekki edellä ja sammui!

»Ei kai se ollut lepakkoa kummempi, sopii ainakin toivoa!» hän sanoi surkeana. »Mutta mitä minä nyt teen? Missä on itä, etelä, pohjoinen, länsi?»

»Thorin! Balin! Oin! Gloin! Fili! Kili!» hän huusi minkä kurkusta lähti – ja ääni kuulosti avarassa pimeässä heikolta vikinältä. »Valo sammui! Tulkaa joku tänne, minä tarvitsen apua!» Hänen rohkeutensa oli hetkellisesti kokonaan pettänyt.

Kääpiöt kuulivat heikosti hänen huutonsa, mutta ainoa sana josta he saivat selvää oli »apua!»

»Mitähän ihmettä nyt on tapahtunut?» Thorin kysyi. »Lohikäärme se ei voi olla, silloin Bilbon vinkuminen olisi jo loppunut.»

He odottivat hetken, kaksi, mutta yhäkään ei kuulunut mitään lohikäärmeeseen viittaavaa, totta puhuen ainoa ääni oli edelleen Bilbon etäinen vikinä. »Hei, joku teistä, sytyttäkää soihtu tai kaksi!» komensi Thorin. »Meidän täytyy nähtävästi mennä auttamaan voroamme.»

»Korkea aika onkin meidän auttaa häntä», Balin sanoi. »Minä tulen mielelläni. Sitä paitsi luulen että vaaraa ei juuri nyt ole.»

Gloin sytytti useita soihtuja ja he hiipivät käytävästä ulos yksitellen ja kulkivat seinänviertä niin kiireesti kuin pystyivät. Ei kestänyt kauan kun he kohtasivat Bilbon joka tuli heitä vastaan. Hän oli tullut tolkkuunsa heti kun oli nähnyt heidän soihtujensa pilkkeen.

»Lepakko pudotti soihdun maahan, ei mitään sen pahempaa!» hän vastasi heidän kysymyksiinsä. Vaikka he olivat huomattavan helpottuneita, he murjottivat koska olivat säikähtäneet tyhjän takia, mutta mitä he olisivat sanoneet jos Bilbo olisi kertonut heille Arkkikivestä siinä ja silloin, sitä en mene arvailemaan. Pelkät vilaukset aarteesta jotka olivat ohikulkiessa sattuneet heidän silmiinsä olivat sytyttäneet kääpiösydänten palon, ja kun kulta ja jalokivet sytyttävät kääpiön sydämen, hän muuttuu äkkiä uljaaksi vaikka olisi kuinka säntillistä lajia ja saattaa heittäytyä vallan vimmatuksi.

Kääpiöt eivät enää käskemistä kaivanneet. Kaikkien teki kovasti mieli tutkia salia niin kauan kuin se oli mahdollista ja he uskoivat nyt että Smaug oli toistaiseksi poissa kotoa. Kukin tarttui palavaan soihtuun ja pelko unohtui heidän tuijottaessaan ensin salin toiselle ja sitten toiselle puolelle ja varovaisuus meni saman tien. He puhuivat ääneen ja huutelivat toisilleen nostellessaan aarteita maasta tai seiniltä, ja he pitelivät niitä valossa, hyväilivät ja sormeilivat niitä.

Fili ja Kili olivat lähes hilpeällä mielellä ja he huomasivat että seinillä riippui yhä hopeakielisiä harppuja ja he ottivat niitä alas ja

löivät niitä sormillaan, ja koska ne olivat taikaharppuja – eikä lohi-
käärme ollut koskenut niihin koska sitä ei musiikki kiinnostanut
– ne olivat yhä vireessä. Tumma sali, joka oli kauan ollut äänetön,
täyttyi soitosta. Mutta useimmat kääpiöt olivat käytännöllisempiä,
he kokosivat jalokiviä ja tunkivat niitä taskuihinsa ja päästivät huo-
kaisten sormien läpi ne joita eivät voineet ottaa mukaan. Thorin ei
jäänyt muista jälkeen, mutta kaiken aikaa hän etsi jotakin mitä hän
ei löytänyt. Hän etsi Arkkikiveä, mutta vielä hän ei puhunut siitä
kenellekään.

Nyt kääpiöt ottivat alas seiniltä sotisopia ja aseita ja varustivat
niillä itsensä. Thorin oli totisesti kuninkaallinen näky kullalla sila-
tuista renkaista punotussa paidassa, hopeakahvainen kirves työnnet-
tynä vyöhön jossa loistivat punaiset kivet.

»Herra Reppuli!» hän huusi. »Ensimmäinen erä palkkiostasi!
Heitä pois vanha nuttusi ja pue tämä päälle!»

Hän puki Bilbon päälle pikkuisen sotisovan, joka oli joskus
kauan sitten tehty jollekin haltiaprinssille. Se oli teräshopeaa jota
haltiat kutsuvat nimellä *mithril*, ja siihen kuului helmin ja vuorikris-
tallikitein koristeltu vyö. Hobitin päähän asetettiin muotoillusta
nahasta valmistettu kypärä joka oli sisältä vahvistettu teräsvantein ja
jonka lieriin oli kiinnitetty valkoisia jalokiviä.

»Olo on upea», hän ajatteli, »mutta varmaan minä näytän aika
hassulta. Kyllä kotona Kukkulalla naurettaisiin! Mutta silti ei hait-
taisi jos olisi peili mistä katsoa!»

Oli miten oli, herra Reppuli piti päänsä kylmempänä aarteen
lumoissa kuin kääpiöt. Kauan ennen kuin kääpiöt olivat väsyneet
tutkimaan aarteita hän kyllästyi touhuun ja istuutui lattialle ja hän
alkoi hermostuneesti pohtia miten kaikki päättyisi. »Minä antaisin
melko monta tuollaista kallisarvoista maljaa jos saisin juodakseni

jotakin virkistävää yhdestä Beornin puisesta tuopista!» hän tuumi.

Ääneen hän huusi: »Thorin! Entä nyt? Meillä on aseet ja varusteet mutta mitä hyötyä mokomista on koskaan ollut Smaug Kauheaa vastaan? Me emme ole vielä saaneet takaisin tätä aarretta. Me emme vielä tulleet kultaa hakemaan, nyt etsimme pakotietä, ja olemme jo koetelleet onneamme liian kauan!»

»Totta puhut!» vastasi Thorin palaten järkiinsä. »Mennään! Minä opastan. Tuhannessa vuodessakaan en unohda tämän palatsin kulkureittejä!» Hän viittoi muille ja he kokoontuivat yhteen ja astelivat ulos ammottavista ovista pidellen soihtuja ylhäällä pään päällä ja – kuten on myönnettävä – luoden useamman kuin yhden haikean katseen taakseen.

He olivat pukeneet kiiltävien haarniskoiden päälle vanhat viittansa ja peittäneet kimmeltävät kypärät hupuilla, ja yksi kerrallaan he astuivat Thorinin jäljessä niin että näkyi vain valojen juova joka pysähtyi aina kun he jäivät kuuntelemaan lähestyisikö lohikäärme.

Vaikka kaikki vanhat koristukset oli aikaa sitten rikottu tai ne olivat rapistuneet, ja vaikka hirviön tulemiset ja menemiset olivat turmelleet ja hajottaneet kaikki paikat, Thorin tunsi joka käytävän ja joka käänteen. He kipusivat ylös pitkiä portaita ja kääntyivät ja kulkivat alas leveitä kaikuvia käytäviä ja kääntyivät taas ja nousivat uusia portaita ja portaita portaitten jälkeen. Nämä olivat sileitä, ne oli hakattu kallioon leveiksi ja kauniiksi, ja yhä ylemmäksi kulkivat kääpiöt tapaamatta merkkiäkään mistään elollisesta lukuun ottamatta säikkyjä varjoja, jotka pakenivat vedossa lepattavien soihtujen edeltä.

Mutta askelmia ei ollut tehty hobitinjaloille ja Bilbosta tuntui jo että hän ei jaksaisi enää syltäkään kun katto yhtäkkiä kohosi korkealle kauas soihdunvalon ulottumattomiin. Jossakin ylhäällä oli kaukana aukko jossa erottui valkoista hohdetta ja ilma tuoksui makeammalta. Suurten ovien takaa tulvi heikosti valoa, ovet retkottivat saranoillaan vääntyneinä ja puoliksi palaneina.

»Tämä on Throrin suuri sali», Thorin sanoi, »juhlia ja neuvonpitoja varten. Pääportille ei ole pitkä matka.»

He kulkivat läpi raunioituneen salin. Siellä oli lahoavia pöytiä ja lattialla lojui kaatuneina kärventyneitä ja mätäneviä tuoleja. Maassa oli kannujen ja kulhojen ja särkyneiden juomasarvien ja pölyn keskellä luita ja kalloja. Kuljettuaan salin toisessa päässä olevista ovista he kuulivat veden huminaa ja valo voimistui äkkiä.

»Täältä saa alkunsa Vuolas virta», Thorin sanoi. »Täältä se kiitää kohti porttia. Seurataan sitä!»

Mustasta aukosta vuoren seinässä pulppusi vettä ja se virtasi pyörteinä kapeaan uomaan jonka taitavat kädet olivat muinoin hakanneet ja muotoilleet syväksi ja suoraksi. Virran viertä kulki kivetty tie, joka oli niin leveä että siihen olisi mahtunut monta miestä rinnan. He juoksivat nopeasti tätä tietä pitkin ja loivan kaarevan kulman ympäri – ja katso! heitä vastassa oli täysi päivä. Heidän edessään kohosi korkea portinkaari, jossa vielä näkyi entisen veistotaidon jäänteitä, vaikka se oli kulunut ja halkeillut ja mustunut. Sumuinen aurinko valoi vaaleaa loistettaan Vuoren haarukkaan ja kynnyksen kiveykselle osui kultaisia säteitä.

Heidän ylitseen pyyhälsi parvi savuavien soihtujen unesta säikyttämiä lepakoita, ja kun he hypähtivät edemmäksi, heidän jalkansa lipesivät lohikäärmeen sileäksi kuluttamalla ja limaamalla kiveyksellä. Edessä putosi vesi kohisten alas ja virtasi vaahdoten kohti laaksoa. He heittivät kalvenneet soihdut maahan ja seisoivat paikoillaan häikäistynein silmin. He olivat tulleet Pääportille ja katselivat alas Laaksoon.

»No niin!» Bilbo sanoi. »En ikinä kuvitellut katsovani tästä ovesta *ulos*. Enkä kuvitellut että voisin olla näin iloinen siitä että näen taas auringon ja tunnen tuulen kasvoillani. Mutta onpa tämä tuuli kylmä!»

Se oli kylmä. Puhalsi tuima itäinen viima joka tiesi talvea. Se tuiversi Vuoren haarukan harjanteiden yli ja ympäri laaksoon ja huokaili kivikossa. Vietettyään pitkän ajan lohikäärmeen hallitsemissa hautovissa syvyyksissä he värisivät kylmästä auringosta huolimatta.

Äkkiä Bilbo käsitti että hän ei ollut ainoastaan väsynyt vaan myös hirmuisen nälkäinen. »Päivä näyttää lähestyvän puolta», hän sanoi, »voisi kuvitella että on aamiaisen aika – mikäli mitään syötävää on. Mutta myöntää täytyy että en pidä Smaugin pääoven kynnystä maailman turvallisimpana ruokapöytänä. Mennään johonkin missä voimme istua vähän aikaa kaikessa rauhassa!»

»Hyvä!» Balin sanoi. »Ja minä luulen tietäväni minne päin meidän kannattaa mennä: ehdotan että pyrimme vanhalle lounaiselle vartiopaikalle.»

»Kuinka pitkä matka sinne on?» hobitti kysyi.

»Sanoisin että viiden tunnin marssi. Vaikeaa maastoa. Portilta virran vasenta rantaa kulkeva tie näyttää sortuneen kokonaan. Mutta katsokaa tuonne alas! Joki tekee äkkiä mutkan laakson poikki juuri ennen kaupungin raunioita. Siinä kohden oli ennen silta jonka toisessa päässä oikealla rannalla oli jyrkät portaat ja tie Korppikalliolle päin. Siltä tieltä vie (ainakin ennen vei) polku ylös vartiopaikalle. Siinä on kyllä melkoinen kipuaminen vaikka vanhat portaat olisivat siellä yhä.»

»Oi ja voi!» valitti hobitti. »Lisää kävelyä ja lisää ylämäkiä ilman aamiaista! Kuinkahan monta aamiaista ja muuta ateriaa meiltä on jäänyt väliin tuossa inhottavassa loukossa, jossa ei ole aikaa eikä kelloja?»

Itse asiassa oli kulunut kaksi yötä ja niiden väliin jäävä päivä (eivätkä nekään kokonaan vailla ruokaa) siitä kun lohikäärme oli hajottanut taikaoven, mutta Bilbo oli seonnut laskuissa ja hänen tietääkseen aikaa saattoi olla kulunut yhtä hyvin yksi yö kuin kokonaisen viikon yöt.

»Älähän nyt!» sanoi Thorin nauraen – hänen mielialansa oli taas alkanut kohentua ja hän kilisytti kalliita kiviä taskuissaan. »Älä sinä kutsu minun palatsiani inhottavaksi loukoksi! Odota kunhan se on siivottu ja pantu kuntoon!»

»Sitä ennen on Smaugin kuoltava», sanoi Bilbo synkästi. »Ja sanokaapa missä se on? Antaisin pois maukkaan aamiaisen siitä tiedosta. Toivon vain että se ei ole Vuoren laella ja katsele meitä paraikaa!»

Tämä ajatus hermostutti kääpiöitä melkoisesti ja he myönsivät nopeasti että Bilbo ja Balin olivat oikeassa.

»Meidän täytyy mennä pois täältä», Dori sanoi. »Minä olen ihan tuntevinani sen silmät takaraivossani.»

»Tämä paikka on kylmä ja yksinäinen», Bombur sanoi. »Juotavaa ehkä on, mutta ruoasta ei ole tietoakaan. Lohikäärmeellä joka asuu tällaisessa paikassa on varmasti aina nälkä.»

»Tulkaa! Tulkaa!» huusivat muut. »Mennään polulle josta Balin puhui!»

Oikealla kallioseinämän alla ei ollut polkua ja niin he tarpoivat joen vasemman rannan kivikossa jonka lohduttomassa autiudessa selvisi jälleen Thorininkin pää. Silta, josta Balin oli puhunut, oli aikaa romahtanut, ja suurin osa sen kivistä lojui matalassa kohisevassa virrassa, mutta he ylittivät joen kahlaamalla suuremmitta vaikeuksitta ja löysivät ammoin rakennetut portaat ja kipusivat ylös joen korkeaa törmää. Vähän ajan kuluttua he yhyttivät vanhan tien ja saapuivat pian syvään suojaisaan painanteeseen kivien keskellä. Siellä he lepäsivät vähän aikaa ja nauttivat sellaisen aamiaisen kuin niissä oloissa oli mahdollista, pääasiassa vettä ja *cramia* (jos tahdotte tietää mitä *cram* on, voin vain sanoa että minulla ei ole sen valmistusohjetta, mutta että se muistuttaa keksiä, säilyy loputtomiin, on kuulemma ravitsevaa mutta ei missään tapauksessa hyvää, pikemminkin varsin tylsää muonaa jota saa jauhaa kyllästymiseen asti. Järveläiset tekivät sitä evääksi pitkille matkoille.)

Sen jälkeen he jatkoivat taas matkaansa, ja nyt tie kääntyi länttä kohti pois jokirannasta ja harjanne lähestyi. Viimein he saapuivat polulle. Se vei jyrkästi ylös ja he tallustivat hitaasti peräkanaa, kunnes he viimein myöhään iltapäivällä saapuivat mäen huipulle ja näkivät talviauringon laskevan länttä kohti.

Rinteen harjalla oli laakea alue, se oli avoin kolmelta puolelta, mutta pohjoisreunalla kohosi kallionseinämä jossa oli oventapainen aukko. Ovelta oli laaja näköala itään, etelään ja länteen.

Balin selitti: »Täällä pidettiin aina ennen vartiomiehiä ja tuosta ovesta pääsee kallioon hakattuun kammioon joka oli heidän vahtitupanaan. Tällaisia vartiopaikkoja oli useampia vuoren eri puolilla. Mutta hyvinä aikoina me emme nähneet vartioimista mitenkään tärkeäksi, ja voi olla että vartijoiden olot järjestettiin liian mukaviksi – muuten olisimme ehkä saaneet aikaisemmin vihiä lohikäärmeen tulosta ja lopputulos olisi voinut olla toinen. Mutta nyt me voimme piileskellä täällä suojassa vähän aikaa, ja nähdä paljon tulematta nähdyksi.»

»Ei siitä ole paljonkaan apua jos meidät on nähty matkalla tänne», sanoi Dori joka tähyili alinomaa Vuoren huipulle päin kuin olisi odottanut näkevänsä siellä Smaugin kuin linnun tornin nenässä.

»Täytyy vain luottaa että niin ei ole», Thorin sanoi. »Me emme voi jatkaa matkaa tänään pitemmälle.»

»Oikein! Oikein!» huusi Bilbo ja heittäytyi maahan.

Kivikammiossa olisi ollut tilaa sadalle ja sisempänä oli vielä toinen huone jonne kylmä ulkoilma ei päässyt. Paikka oli autio ja hylätty, villieläimetkään eivät nähtävästi olleet käyttäneet sitä Smaugin hallitusaikana. He laskivat taakkansa lattialle ja osa heittäytyi maahan ja osa nukkui, mutta muut istuivat lähellä ulompaa ovea ja puivat suunnitelmia. Puheissaan he palasivat kaiken aikaa yhteen kysymykseen: missä Smaug oli? He katsoivat länteen, eikä siellä ollut mitään, idässä ei ollut mitään, eikä etelässä näkynyt merkkiäkään lohikäärmeestä, mutta sen sijaan sinne oli kerääntynyt valtavasti lintuja. Tätä parvea he katselivat ja ihmettelivät, mutta eivät ymmärtäneet asiasta yhtään enempää kun kylmät tähdet jo syttyivät.

Neljästoista luku

··· TULTA JA VETTÄ ···

Jos NYT TAHDOTTE, kuten kääpiöt, kuulla uutisia Smaugista, teidän on palattava takaisin siihen iltaan kaksi päivää aikaisemmin jolloin se hajotti oven ja lensi pois raivoa täynnä.

Järvikaupungin Esgarothin ihmiset olivat enimmäkseen sisällä taloissaan, sillä tuuli puhalsi mustasta idästä ja oli kylmä, mutta jotkut kävelivät laitureilla ja katselivat tähtien heijastumista järven tyvenissä sitä mukaa kun niitä syttyi taivaalla. Tämä oli heidän tavallinen huvinsa. Kaupungista katsoen Yksinäisen vuoren edessä olivat pohjoisrannalta kohoavat matalat mäet, joiden väliin jäävästä aukosta Vuolas virta purkautui järveen. Kirkkaalla säällä saattoi erottaa vain Vuoren korkean huipun jota ihmiset katsoivat harvoin, sillä se oli pahaenteinen ja ikävä aamuvalossakin. Nyt se oli poissa, pimeyden peitossa.

Äkkiä vuori välähti näkyviin, sitä valaisi lyhyt hehku joka kohta sammui.

»Katsokaa!» sanoi joku. »Taas valoja. Viime yönä vartiomiehet näkivät niiden syttyvän ja sammuvan keskiyöstä aamuun asti. Tuolla ylhäällä tapahtuu jotakin.»

»Ehkä Vuorenalainen kuningas takoo kultaa», vastasi joku toinen. »On jo kauan siitä kun hän lähti pohjoiseen. Lauluista on aika tulla totta.»

»Kuningas, muka», sanoi joku synkästi. »Yhtä hyvin ja paremminkin tuo voi olla rosvolohikäärmeen tuli, ainoan vuorenalaisen kuninkaan joka on meille tuttu.»

»Sinä aina povaat synkkiä!» sanoivat muut. »Alkaen tulvista päätyen myrkyllisiin kaloihin. Ajattele jotakin hauskempaa!»

Silloin ilmaantui äkkiä suuri valo alakukkuloille ja järven pää sai kultaisen hohteen. »Vuorenalainen kuningas!» he huusivat. »Hänen rikkautensa virtaa kuin joki, joka purokin täynnä kultaa on!» he huusivat ja kaikkialla avattiin ikkunoita ja ihmiset alkoivat juoksennella pitkin ja poikin.

Taas syttyi kaupungissa suuri innostus ja kiihko. Mutta synkkäpuheinen mies juoksi kiireimmän kaupalla Isännän luo. »Lohikäärme tulee nyt taikka minä olen hölmö!» hän huusi. »Sillat poikki! Aseisiin! Aseisiin!»

Äkkiä puhallettiin hälytystorviin ja kaiku kiiri kivisillä rannoilla. Riemuhuudot lakkasivat ja ilo vaihtui peloksi. Siten he eivät olleet täysin varustautumattomia lohikäärmeen saapuessa.

Niin nopea oli lohikäärmeen vauhti, että he näkivät sen pian kiitävän heitä kohti kuin tulikipuna, ja koko ajan se kävi kirkkaammaksi ja isommaksi eikä tyhminkään enää epäillyt etteivät ennustukset olisi erehtyneet pahan kerran. Mutta heillä oli vielä vähän aikaa. Joka kippo koko kaupungissa täytettiin vedellä, joka soturi otti aseensa ja joka nuoli ja vasama oli valmiina ja maalle vievä silta oli kaadettu nurin ja hajotettu kun Smaugin hirmuinen meteli jyrisi korvissa ja järvi karehti punaisena sen siipien kammottavan läiskeen alla.

Smaug lensi ihmisten yläpuolella ja he huusivat ja kiljuivat ja ulvoivat, sitten se kaarsi siltaa kohti ja pettyi pahan kerran! Silta oli poissa ja sen viholliset olivat saarella keskellä vettä joka oli sille liian kylmää ja mustaa ja syvää. Sukeltamalla veteen se olisi nostattanut niin sakean huurun ja höyryn että kaikki tienoot olisivat olleet sumun peitossa monta päivää, mutta järvi oli lohikäärmettä mahtavampi ja olisi sammuttanut sen.

Ärjyen se kaartoi takaisin kaupungin ylle. Sitä kohti lennähti tummien nuolien kuuro, ne napsahtelivat ja kolahtelivat sen suomuihin ja jalokiviin, sen hengitys sytytti ne tuleen ja ne putosivat sihahtaen järveen. Tuon illan veroisia ilotulituksia on vaikea kuvitella. Jousien helähdykset ja torvien toitotus villitsivät lohikäärmeen, kunnes se oli vihasta sokea ja sekapäinen. Kukaan ei ollut yli miesmuistiin uskaltanut lähteä taisteluun sitä vastaan, eivätkä ihmiset olisi nytkään uskaltaneet ilman synkkäpuheista miestä (nimeltään Bard) joka juoksi heidän joukossaan ja rohkaisi jousimiehiä ja painosti Isäntää että oli taisteltava viimeiseen nuoleen.

Lohikäärmeen leuoista purkautui liekkejä. Jonkin aikaa se kierteli korkealla heidän yläpuolellaan ja valaisi koko järven, rannan puut hohtivat kuin kupari tai veri ja syvänmustat varjot tanssivat niiden juurella. Sitten se syöksyi suoraan alas läpi nuolikuuron piittaamatta mistään raivossaan, yrittämättäkään kääntää suomuisia puoliaan kohti vihollisiaan, etsien vain tilaisuutta sytyttää heidän kaupunkinsa tuleen.

Kun lohikäärme heittäytyi alas, tuli tarttui olkikattoihin ja kurkihirsiin, vaikka kaikki oli valeltu vedellä ennen sen tuloa, ja lohikäärme suhahti ohi ja kiersi takaisin. Sadat kädet viskasivat vettä kohti jokaista kipinää. Lohikäärme syöksyi takaisin. Se huiskautti kerran hännällään ja Suursalin katto murtui ja putosi sisään. Yöhön kohosi roihu jota ei saatu sammumaan. Vielä syöksy ja toinen, ja talo toisensa perään syttyi tuleen ja romahti, eikä yksikään nuoli ollut vielä estänyt Smaugia millään tavalla eikä satuttanut sitä enempää kuin suokärpäsen pisto.

Joka puolella hyppi ihmisiä jo veteen. Naisia ja lapsia lastattiin veneisiin torialtaassa. Moni heitti aseet sivuun. Siellä missä äsken oli laulettu kääpiöiden tuomasta ilosta, kaikui itku ja valitus. Nyt miehet kirosivat kääpiöitä. Itse Isäntä hiippaili kohti kullattua venettään aikeissa soutaa pois sekamelskan keskeltä ja pelastaa oma nahkansa. Pian olisi koko kaupunki autio ja palaisi järven pintaa myöten.

Sitä lohikäärme toivoi. Sen puolesta ihmiset saivat vaikka kaikki siirtyä veneisiin. Sittenpähän sen olisi hyvä jahdata heitä, vesille he eivät näet voineet jäädä sillä nälkä yllättäisi ennen pitkää. Yrittäköötpä nousta maihin, Smaug olisi valmiina! Kohta se sytyttäisi rantametsän liekkeihin ja polttaisi jokikisen pellon ja laitumen. Se nautti tästä huvista enemmän kuin se oli nauttinut mistään vuosiin.

Mutta palavien talojen keskellä oli yhä joukko jousimiehiä, jotka eivät antaneet periksi. Päällikkönä heillä oli Bard, jolla oli synkät puheet ja synkät kasvot ja jota ystävät olivat syyttäneet siitä että hän povasi tulvia ja myrkyllisiä kaloja, vaikka he hyvin tiesivät minkä arvoinen mies hän oli ja kuinka rohkea. Hän polveutui suoraan Girionista, Laakson valtiaasta, jonka vaimo ja lapsi olivat paenneet Vuolasta virtaa alas kaupungin hävityksen keskeltä kauan sitten. Hän ampui suurella marjakuusijousella kunnes kaikki nuolet yhtä lukuun ottamatta oli käytetty. Liekit nuolivat jo lähellä. Toverit tekivät lähtöä hänen rinnaltaan. Hän taivutti jousensa viimeisen kerran.

Äkkiä räpytteli pimeydestä jotakin hänen olalleen. Hän hätkähti – mutta se oli vain vanha rastas. Pelotta se istui hänen korvanjuuressaan ja kertoi jotakin. Ihmeekseen Bard huomasi ymmärtävänsä sen kieltä, olihan hän Laakson heimoa.

»Malta! Malta!» sanoi rastas. »Kuu nousee kohta. Etsi kuoppaa rinnan vasemmalla puolella kun se lentää ylitsesi!» Ja kun Bard seisoi siinä ihmeissään, rastas kertoi hänelle kuulumiset Vuorelta ja kaiken mitä se oli saanut tietää.

Silloin Bard jännitti jousenjänteen korvalleen. Lohikäärme kaarteli takaisin, se lensi matalalla ja kun se oli kohdalla, nousi kuu itärannan ylle ja hopeoi sen suuret siivet.

»Nuoli!» sanoi jousimies. »Musta nuoli! Sinut minä olen säästänyt viimeiseksi. Koskaan et ole minua pettänyt, ja aina olen saanut sinut takaisin. Isältäni sinut sain ja hän oli sinut perinyt. Jos olet lähtöisin oikean Vuorenalaisen kuninkaan ahjosta, mene ja lennä nyt hyvin!»

Lohikäärme syöksyi nyt alemmaksi kuin koskaan ja kun se kääntyi ja sukelsi, loistelivat valkoiset jalokivet sen mahassa kuun valossa – paitsi yhdessä kohdin. Suuri jousi lauloi. Musta nuoli viuhui jänteestä suoraan koloon rinnan vasemmalle puolelle ojentuneen jalan viereen. Nuoli upposi lihaan, katosi kärkineen, varsineen, sulkineen, niin paljon voimaa oli sen lennossa. Lohikäärme kiljaisi niin että ihmisten korvat menivät lukkoon, puita kaatui ja kallio halkeili, se ponkaisi korkealle ilmaan, kääntyi ja rojahti hervottomana alas.

Se putosi suoraan kaupungin päälle. Sen viimeisissä kouristuksissa kaupunki sortui kipunoiksi ja hiiliksi. Järvi nieli kaupungin. Ilmaan nousi hirmuinen höyry joka loisti valkeana äkkiä pimenneessä yössä jota vain kuu valaisi. Kuului sihinää, pyörteen imu, sitten oli hiljaista. Se oli Smaugin loppu ja Esgarothin loppu, mutta ei Bardin.

Kasvava kuu nousi yhä korkeammalle ja hyinen tuuli ulvoi. Se kokosi valkoisen sumun taipuviksi pylväiksi ja kiitäviksi pilviksi ja työnsi ne länteen ja levitti riekaleina soille Synkmetsän edustalle. Silloin näkyi järvellä pieninä pisteinä lukemattomia veneitä ja tuuli toi tullessaan valituksen Esgarothin asukkaiden itkiessä kaupunkinsa ja tavaroittensa ja talojensa menetystä. Mutta heillä oli syytä kiitollisuuteen, vaikka ei ole ihme etteivät he juuri silloin ymmärtäneet sitä.

Kolme neljännestä kaupungin asukkaista oli päässyt elossa pakoon, metsät ja pellot ja laitumet ja karja ja suurin osa veneistä olivat säilyneet ilman mitään vahinkoa, ja lohikäärme oli kuollut. He eivät vielä lainkaan käsittäneet mitä se merkitsi.

He kerääntyivät murheellisina laumoina Järven länsirannalle ja hytisivät kylmässä tuulessa, ja ensimmäisten raivonpurkausten kohteeksi joutui Isäntä joka oli lähtenyt kaupungista niin varhain, kun toiset olivat vielä olleet halukkaita puolustamaan sitä.

»Liikeasioissa hänellä voi olla hyvä pää – etenkin kun on kysymys hänen omista asioistaan», mutisivat jotkut, »mutta hänestä ei ole mihinkään vakavan paikan tullen!» Ja he ylistivät Bardin rohkeutta ja hänen viimeistä nuoltaan. »Jos hän ei olisi kuollut, me olisimme tehneet hänestä kuninkaan», sanoivat kaikki. »Bard lohikäärmeentappaja, Girionin sukua! Voi että hän on kuollut!»

Kesken näiden puheiden astui varjoista pitkä hahmo. Tulija oli läpimärkä, mustat hiukset valuivat vettä tippuen kasvoille ja harteille ja silmissä paloi villi tuli.

»Bard ei ole mennyttä!» hän huusi. »Hän sukelsi Esgarothista veteen kun vihollinen oli surmattu. Minä olen Bard, Girionin sukua, minä olen se joka surmasi lohikäärmeen!»

»Kuningas Bard! Kuningas Bard!» he huusivat, mutta Isäntä kiristeli kalisevia hampaitaan.

»Girion oli Laakson valtias, ei Esgarothin kuningas», hän sanoi. »Järvikaupungissa meillä on ollut tapana valita isännät vanhojen ja viisaiden joukosta emmekä ole alistuneet pelkkien tappelupukareiden hallittaviksi. Menköön 'kuningas Bard' takaisin omaan valtakuntaansa – uljaudellaan hän on nyt vapauttanut Laakson eikä mikään estä hänen paluutaan. Ja ne ketkä tahtovat, voivat mennä hänen mukanaan, jos kylmät kivet Vuoren varjossa miellyttävät heitä enemmän kuin järven vehreät rannat. Viisaat jäävät ja ryhtyvät jälleenrakentamaan kaupunkiamme nauttiakseen kerran taas sen rauhasta ja rikkaudesta.»

»Me tahdomme kuningas Bardin!» huusivat lähellä seisovat ihmiset vastaukseksi. »Olemme saaneet tarpeeksemme äijänkäppyröistä ja rahanlaskijoista!» Ja kauempana ihmiset yhtyivät heidän huutoonsa: »Ylös Jousimies, alas Kukkaronvartija!» niin että rannat raikuivat.

»Viimeinen minä olen vähättelemään Bard Jousimiehen ansioita», Isäntä sanoi varovasti (sillä Bard seisoi nyt hänen lähellään). »Hän on tänään ansainnut itselleen tärkeän sijan kaupunkimme hyväntekijöiden luettelossa, ja sepitettäköön hänen urotyöstään kuolemattomia lauluja. Mutta miksi, oi kansa» – ja nyt Isäntä nousi seisomaan ja puhui kovalla äänellä – »miksi syytätte minua kaikesta? Mitä olen tehnyt että tahdotte syrjäyttää minut? Kuka herätti lohikäärmeen uinumasta, jos saan kysyä? Kuka sai meiltä runsaat lahjat ja paljon aulista apua ja johdatti meidät uskomaan että vanhat laulut voisivat käydä toteen? Kuka leikitteli hellällä sydämellämme ja kauniilla kuvitelmillamme? Onko jokea myöten tullut kultaa palkkioksemme? Ei! On tullut hävitys ja lohikäärmeen tuli! Keneltä vaadimme korvausta menetyksistämme, apua leskillemme ja orvoillemme?»

Kuten näette, Isäntä ei ollut saanut asemaansa ansiotta. Hänen sanojensa seurauksena ajatus uudesta kuninkaasta haihtui ihmisten mielistä ja he rupesivat muistelemaan Thorinia ja hänen seuruettaan vihalla. Joka puolella huudettiin ankaria ja katkeria sanoja ja jotkut niistä, jotka olivat aikanaan ylimpinä laulaneet vanhoja lauluja, huusivat nyt yhtä kovalla äänellä että kääpiöt olivat ärsyttäneet lohikäärmeen varta vasten heidän kimppuunsa!

»Senkin hölmöt!» sanoi Bard. »Miksi tuhlaatte sanoja ja vihaa noihin onnettomiin? Varmaan he tuhoutuivat tulessa ensimmäisinä ennen kuin Smaug ollenkaan tuli tänne.» Ja hänen puhuessaan muistui hänen mieleensä Vuoren aarre, josta tarinoissa kerrottiin ja joka nyt lojui sen uumenissa vartijatta ja omistajatta, ja hän vaikeni äkkiä. Hän ajatteli Isännän sanoja ja Laakson uudelleen rakentamista, kuinka siellä voisivat soida kultaiset kellot, jos hän vain löytäisi tarvittavat miehet.

Viimein hän puhui taas: »Nyt ei ole oikea aika pahoille puheille, Isäntä, eikä oikea hetki suunnitella suuria muutoksia. Meillä on työtä tehtävänä. Minä palvelen teitä yhä, Isäntä – vaikka jonkin ajan kuluttua saatan ehkä harkita uudelleen sanojanne ja lähteä pohjoiseen niiden kanssa jotka tahtovat seurata minua.»

Sitten hän asteli pois auttaakseen leirien järjestämisessä ja sairaiden ja haavoittuneiden hoidossa. Mutta Isäntä katsoi nyrpeästi hänen peräänsä ja jäi istumaan maahan. Hän ajatteli paljon kaikenlaista mutta ei avannut suutaan, paitsi milloin hän komensi miehiä kovaäänisesti sytyttämään hänelle tulen ja tuomaan ruokaa.

Minne tahansa Bard meni, kaikkialla kulki kulovalkean tavoin puhe valtavasta aarteesta joka oli nyt vailla vartijaa. Aarre korvaisi kohta kaikki menetykset ja sitä jäisi yli niin että he voisivat ostaa etelästä kaikenlaista tavaraa, ja tämä ajatus virkisti ihmisiä suuresti heidän ahdingossaan. Mikä olikin tarpeen, sillä yö oli pureva ja lohduton. Majoja voitiin pystyttää vain harvoille (Isännällä oli yksi) ja ruokaa oli vähän (jopa Isäntä kärsi puutetta). Moni sellainen, joka oli päässyt vammoitta pakoon kaupungin hävityksestä, sairastui kylmästä ja kosteudesta ja surusta sinä yönä ja kuoli myöhemmin; ja leirissä kärsittiin tulevina päivinä taudeista ja nälästä.

Bard otti ohjat käsiinsä ja määräsi mielensä mukaan, vaikka Isännän nimissä, ja hänellä oli yllin kyllin työtä kun hän yritti hallita kansaa ja johtaa ponnisteluja ihmisten suojelemiseksi ja asumusten rakentamiseksi. Suurin osa heistä olisi saattanut kuolla sinä talvena joka jo teki tuloaan syksyn kannoilla, elleivät he olisi saaneet apua. Mutta apua saatiin pian, sillä Bard lähetti heti nopeita viestinviejiä jokea ylös pyytämään apua Metsän haltioiden kuninkaalta, ja nämä viestinviejät tapasivat joukot jo liikkeellä vaikka oli kulunut vasta kolme päivää Smaugin surmasta.

Haltiakuningas oli saanut tietoja omilta viestintuojiltaan ja linnuilta joille hänen kansansa oli rakas, ja hän tiesi jo paljon siitä mitä oli tapahtunut. Lohikäärmeen autioittamien maiden laidoilla elävien siivekkäiden keskuudessa kävi melkoinen liikehdintä. Ilma oli täynnä kaartelevia parvia ja nopeat sanansaattajat lensivät taivaalla pitkin ja poikin. Metsän laidoilla kävi hurja vihellys, huuto ja piipitys. Korkealla Synkmetsän yläpuolella kaikui uutinen: »Smaug on kuollut!» Lehdet kahisivat ja korvat kohosivat. Jo ennen kuin haltiakuningas ratsasti joukkoineen portista, olivat uutiset kiirineet länteen Sumuvuorten mäntymetsiin saakka, Beorn oli saanut tiedon puiseen taloonsa ja hiidet pitivät neuvoa luolissaan.

»Thorin Tammikilven taru on lopussa, pahoin pelkään», sanoi kuningas. »Parempi hänen olisi ollut jäädä vieraakseni. Mutta uutiset ovat ikävät», hän lisäsi, »eivät tiedä hyvää.» Sillä hän ei ollut unohtanut tarinaa Throrin rikkauksista. Kun Bardin viestintuojat tavoittivat hänet, hän marssi metsässä keihäsmiesten ja jousimiesten kanssa, ja heidän yläpuolelleen kääntyi variksia suurin laumoin, sillä ne arvelivat että oli taas syttymässä sota jollaista niillä kolkilla ei ollut käyty pitkiin aikoihin.

Mutta kuullessaan Bardin rukoukset kuningas tunsi sydämessään sääliä, sillä hän oli hyvän ja ystävällisen kansan hallitsija, ja hän muutti marssinsa suuntaa – hän oli aikonut mennä suoraan Vuorelle – ja kiiruhti jokea alas Pitkäjärvelle. Hänellä ei ollut veneitä ja lauttoja kaikille joukoilleen ja he joutuivat kulkemaan pitempää tietä jalan, mutta hän lähetti suuret määrät tavaraa etukäteen vesitietä myöten. Mutta haltiain jalka on kevyt ja vaikka heillä ei enää ollut tottumusta Metsän ja Järven välisillä soilla ja arvaamattomilla mailla liikkumiseen, kulku kävi nopeasti. Vain viisi päivää lohikäärmeen kuoleman jälkeen he saapuivat Järven rantaan ja näkivät kaupungin rauniot. Heidät otettiin hyvin vastaan kuten odottaa sopi, ja ihmiset ja heidän Isäntänsä olivat valmiit tekemään minkälaiset kaupat tahansa tulevaisuudessa jos haltiakuningas auttaisi heitä.

Suunnitelma oli pian laadittu. Isäntä jäi rannalle naisten ja lasten, vanhusten ja raihnaisten kanssa, ja sinne jäi myös muutamia käsityöläisiä sekä haltioita jotka hallitsivat monia taitoja, ja he ryhtyivät kaatamaan puita ja kokoamaan Metsästä uitettuja tukkeja. Sitten he alkoivat rakentaa rannalle majoja lähestyvän talven varalle, ja Isännän ohjeiden mukaan he rupesivat suunnittelemaan uutta kaupunkia jonka oli määrä olla isompi ja kauniimpi kuin entinen mutta jota ei rakennettaisi samaan paikkaan. He siirsivät kaupungin pohjoisemmaksi sillä heihin jäi iäksi pelko niitä vesiä kohtaan joihin lohikäärme oli uponnut. Koskaan ei Smaug enää palaisi kultaiselle vuoteelleen, se makasi kippurassa kylmänä kuin kivi matalassa vedessä. Vielä kauan jälkeenpäin erottuivat sen valtavat luut tyynellä ilmalla vanhan kaupungin paalujen raunioissa. Mutta harva uskalsi soutaa kirotun paikan yli eikä kukaan rohjennut sukeltaa väräjävään veteen eikä noutaa sen mätänevästä ruhosta irronneita jalokiviä.

Kaikki asekuntoiset ihmismiehet ja suurin osa haltiakuninkaan joukoista valmistautuivat marssimaan pohjoiseen Vuorta kohti. Niin tapahtui, että yksitoista päivää kaupungin hävityksen jälkeen heidän joukkojensa kärki kulki järven pään kivisestä portista ja saapui autioille maille.

Viidestoista luku

··· PILVET KERÄÄNTYVÄT ···

Nyt palaamme Bilbon ja kääpiöiden luo. Kaiken yötä oli yksi heistä ollut vartiossa eikä aamuun mennessä vaarasta ollut havaittu merkkiäkään. Mutta lintujen parvet kävivät yhä sankemmiksi. Niitä tuli etelästä lisää ja lisää, ja varikset, joita Vuorella vielä asui, raakkuivat ja kiertelivät levottomina heidän yläpuolellaan.

»Jotain outoa on tekeillä!» Thorin sanoi. »Syysmuuton aika on ohi, ja nämä ovat talvehtivia lintuja, kottaraisia ja peippoja, ja etäämpänä erotan haaskalintuja ikään kuin jossakin taisteltaisiin!»

Äkkiä Bilbo osoitti sormella ja huusi: »Tuossa on taas se rastas! Se nähtävästi vältti tuhon kun Smaug runteli vuorenrinnettä, mutta etanat tuskin säästyivät.»

Tuttu rastas oli todellakin tullut ja Bilbon osoittaessa sitä se lensi heitä kohti ja istui läheiselle kivelle. Se räpytteli siipiään ja lauloi ja sitten se taivutti päänsä kallelleen kuin kuunnellakseen, ja sitten se taas lauloi ja kuunteli taas.

»Minusta tuntuu että se yrittää sanoa meille jotain», Balin sanoi, »mutta minä en ymmärrä näiden lintujen puhetta, se on nopeata ja vaikeaselkoista. Saatko sinä siitä selvää, Reppuli?»

»En juuri», Bilbo sanoi (totta puhuen hän ei ymmärtänyt höykäsen pöläystä), »mutta lintu vaikuttaa kovasti kiihtyneeltä.»

»Kunpa se olisi korppi!» Balin sanoi.

»Minä luulin että sinä et pidä korpeista! Sinä kartoit niitä minkä kerkisit viimeksi kun oltiin täälläpäin.»

»Ne olivat variksia! Ja kovasti epäilyttävää lajia ja kamalia suustaan. Kuulithan sinä miten ne meitä nimittelivät. Mutta korpit ovat toista maata. Korppien ja Throrin väen välillä vallitsi ennen luja ystävyys ja usein ne toivat meille salaisia tietoja ja me annoimme niille palkkioksi niiden himoitsemia kiiltäviä esineitä jotka ne kätkivät pesiinsä.

Korppi elää monta monituista vuotta ja sillä on pitkä muisti ja se välittää viisautensa poikasilleen. Minä olin tuttu monen korpin kanssa poikana ollessani. Tälle nimenomaiselle mäelle annettiin kerran nimi Korppikallio koska täällä rinteessä vahtituvan päällä asui kuuluisa pari, vanha Carc ja sen puoliso. Mutta tuskin sitä vanhaa rotua on täällä enää yhtäkään.»

Tuskin hän oli lakannut puhumasta kun rastas päästi rääkäisyn ja lensi heti pois.

»Me emme ehkä ymmärrä mitä tuo lintu puhuu mutta se kyllä ymmärtää meitä, ei epäilystäkään», Balin sanoi. »Pitäkää vahtia, katsotaan mitä nyt tapahtuu!»

Ennen pitkää kuului siipien havinaa ja rastas lensi takaisin mukanaan raihnainen vanha lintu. Seuralainen oli käymässä sokeaksi ja pystyi töin tuskin lentämään ja sen päälaki oli kalju. Se oli suuri iäkäs korppi. Se laskeutui jäykästi maahan heidän eteensä ja läiskytti hitaasti siipiään ja nyökkäsi Thoriniin päin.

»Oi Thorin Thrainin poika ynnä Balin Fundinin poika», se raakkui (ja Bilbo ymmärsi mitä se sanoi, sillä se ei puhunut lintujen kieltä vaan tavallista kieltä). »Minä olen Roäc Carcin poika. Carc on kuollut mutta te tunsitte hänet kerran hyvin. Sata ja kolmekuudetta vuotta on siitä kun kuoriuduin munasta, mutta en ole unohtanut mitä isäni minulle kertoi. Minä olen nyt Vuoren suurten korppien komentaja. Meitä ei ole paljon, mutta me muistamme yhä entisaikojen kuningasta. Suurin osa kansastani on liikkeellä sillä etelästä kuuluu suuria uutisia – osa niistä on teille ilosanoma, osa ei teitä ehkä yhtä lailla miellytä.

Katso! Linnut kerääntyvät jälleen Vuorelle ja Laaksoon etelästä, idästä ja lännestä, sillä sana on lähtenyt liikkeelle että Smaug on kuollut!»

»Smaug kuollut!» huusivat kääpiöt. »Kuollut! Siinä tapauksessa olemme pelänneet turhaan – ja aarre on meidän!» Kaikki ponkaisivat pystyyn ja alkoivat pomppia ilosta.

»Kuollut on», sanoi Roäc. »Rastas näki sen kuolevan, älkööt höyhenet koskaan häneltä pudotko, ja me voimme luottaa hänen sanaansa. Hän näki Smaugin sortuvan taistelussa Esgarothin ihmisiä vastaan kolme yötä tästä taaksepäin kuun noustessa.»

Kesti jonkin aikaa ennen kuin Thorin sai kääpiöt vaikenemaan ja kuuntelemaan korpin uutisia. Kun se oli kertonut juurta jaksain taistelusta, se jatkoi:

»Se iloksesi, Thorin Tammikilpi. Voit palata turvallisesti saleihisi, kaikki aarre on sinun – toistaiseksi. Mutta tänne kerääntyy muitakin lintujen lisäksi. Aarteenvartijan kuolemasta on tieto kiirinyt kauas ja laajalle eikä taru Throrin rikkauksista ole väljähtynyt kulkiessaan suusta suuhun monet vuodet. Moni olisi innokas ottamaan osaa ryöstöön. Haltia-armeija on jo matkalla tänne ja sen mukana lentää haaskalintuja odottaen taistelua ja surmatöitä. Järveläiset nurisevat että kääpiöt ovat syypäitä heidän suruunsa, he nimittäin ovat kodittomia ja moni on kuollut ja Smaug on hävittänyt heidän kaupunkinsa. Hekin haluavat korvausta aarteestanne riippumatta siitä oletteko eläviä vai kuolleita.

Oma viisautenne ratkaiskoon, mutta kolmetoista kääpiötä Durinin heimosta, joka kerran asui täällä ja on nyt hajallaan maailmalla, ei ole paljon. Jos tahdotte kuulla neuvoani, älkää luottako järveläisten Isäntään vaan enemmän siihen mieheen joka ampui lohikäärmeen jousellaan. Hän on Bard, Laakson väkeä, Girionin sukua, hän on tuima mies mutta vilpitön. Me toivomme että kerran vielä saamme nähdä rauhan vallitsevan kääpiöiden ja ihmisten ja haltiain kesken pitkän surun jälkeen, mutta te voitte joutua maksamaan sen kalliisti kullalla. Olen puhunut.»

Silloin Thorin puuskahti vihaisena: »Kiitos vain, Roäc Carcin poika. Sinua ja väkeäsi me emme unohda. Mutta varkaille emme anna hippuakaan kultaa emmekä salli väkivalloin sitä anastaa niin kauan kuin meissä henki pihisee. Jos tahdot vielä kerran ansaita kiitoksemme, tuo meille tieto mikäli joukko lähestyy. Ja jos joku teistä on vielä nuori ja vahvasiipinen, viekää viesti sukulaisillemme pohjoiseen, sekä länteen että itään tästä paikasta, ja kertokaa heille ahdingostamme. Mutta ennen muuta menkää serkkuni Dainin luo Rautavuorille, sillä hänellä on paljon hyvin aseistettua väkeä ja kääpiöistä hän asuu tätä paikkaa lähinnä. Pyytäkää että hän pitää kiirettä!»

»Minä en sano toimitko hyvin vai huonosti», Roäc raakkui, »mutta teen mitä voin.» Ja se lensi hitaasti pois.

»Takaisin Vuoreen!» huusi Thorin. »Meillä ei ole aikaa hukattavana!»

»Eikä liiemmälti ruokaa!» huusi Bilbo joka ymmärsi sen kaltaisia käytännön asioita. Joka tapauksessa hänestä tuntui että seikkailu oli nyt asiallisesti ohi kun lohikäärme oli kuollut – missä hän suuresti erehtyi – ja hän olisi ollut valmis antamaan suurimman osan omasta osuudestaan tilanteen saattamiseen rauhalliselle tolalle.

»Takaisin Vuoreen!» huusivat kääpiöt ikään kuin eivät olisi kuulleet mitä hän sanoi, ja hän sai mennä heidän mukanaan.

Koska olette jo kuulleet mitä muualla oli tapahtunut, tiedätte että kääpiöillä oli pari päivää etumatkaa. He tutkivat luolat vielä kerran ja saivat selville että vain Pääportti oli auki, kuten he olivat olettaneet; Smaug oli aikaa sitten hajottanut ja tukkinut kaikki muut portit (lukuun ottamatta salaovea) eikä niistä ollut mitään jäljellä. He alkoivat siis ahertaa Pääportin linnoittamiseksi ja rupesivat rakentamaan portilta uutta tietä. He löysivät paljon työkaluja, joita entisaikojen kaivosmiehet ja louhijat ja rakentajat olivat käyttäneet, ja sellaisessa työssä kääpiöt olivat yhä taitavia.

Heidän työtä tehdessään korpit toivat heille kaiken aikaa tietoja. Näin he saivat kuulla että haltiakuningas oli kääntynyt sivuun ja mennyt Järvelle, mikä antoi kääpiöille hengähdysaikaa. Vielä parempi uutinen oli että kolme ponia oli päässyt pakoon ja että ne harhailivat alhaalla Vuolaan virran rannassa varsin lähellä paikkaa johon loput varastot oli jätetty. Muiden jatkaessa työtä Fili ja Kili lähetettiin etsimään poneja erään korpin opastuksella ja tuomaan takaisin niin paljon tavaraa kuin he saisivat kulkemaan.

Neljä päivää oli kulunut ja he tiesivät että järveläisten ja haltiain yhtyneet armeijat etenivät pikamarssia kohti Vuorta. Mutta he olivat nyt paljon toiveikkaampia koska heillä oli ruokaa säästeliäästi käytettynä muutamaksi viikoksi – enimmäkseen tietysti *cramia* johon he olivat perusteellisesti kyllästyneet, mutta onhan *cram* parempaa kuin ei mikään – ja porttiaukon poikki kohosi jo muuri, joka oli rakennettu neliskulmaisista kivistä ilman laastia, ja joka oli korkea ja paksu. Muurissa oli reikiä joista he saattoivat katsella ulos (ja ampua) mutta ovea siinä ei ollut. He kipusivat sisään ja ulos tikkaita myöten jotka he vetivät köysillä ylös käytön jälkeen. Virtaa varten he olivat rakentaneet pienen matalan holvikaaren muurin alaosaan, mutta portin edustalla he olivat siirtäneet kapeaa uomaa niin että vuorenseinämästä ulottui laaja lammikko vesiputoukselle asti josta virta putosi kohti Laaksoa. Muuten kuin uimalla Porttia saattoi lähestyä vain kapeata kallioulkonemaa joka kulki vuoren kyljessä muurilta katsoen oikealla. He eivät olleet tuoneet poneja pitemmälle kuin portaiden päähän vanhan sillan luo, siinä he olivat purkaneet niiden taakat ja käskeneet niiden sitten palata isäntiensä luo ja lähettäneet ne ilman ratsastajia etelää kohti.

Tuli yö jolloin Laaksossa heidän alapuolellaan syttyivät äkkiä monet nuotiot ja soihdut.

»Nyt he ovat tulleet!» huusi Balin. »Ja heidän leirinsä on suuri. He ovat nähtävästi marssineet laaksoon iltahämärän turvin joen kumpaakin rantaa.»

Sinä yönä kääpiöt eivät juuri nukkuneet. Aamun kelmeässä valossa he näkivät että porttia lähestyi seurue. Muurin takaa he katselivat kuinka joukko saavutti laakson pään ja kiipesi hitaasti ylös. Vähitellen he näkivät, että seurueessa oli sekä sotavarusteisiin sonnustautuneita järveläisiä että myös haltiain jousimiehiä. Lopulta ensimmäiset nousivat kivikasojen takaa putouksen laidalle, ja suuresti he hämmästyivät nähdessään altaan ja uuden, vastahakatusta kivestä rakennetun muurin joka sulki portin.

Kun he seisoivat siinä osoitellen käsillään ja keskustellen keskenään, Thorin tervehti heitä. »Keitä olette», hän huusi suurella äänellä, »kun tulette sotaisin aikein Thorinin Thrainin pojan, Vuorenalaisen kuninkaan porteille, ja mitä tahdotte?»

Mutta he eivät vastanneet. Jotkut kääntyivät nopeasti takaisin ja muut seurasivat heitä vähän päästä tuijotettuaan ensin hetken porttia ja varustuksia. Sinä päivänä he siirsivät leirinsä joen itäpuolelle Vuoren haarukan väliin. Kallioissa kaikuivat puheet ja laulut eikä sellaista ollut tapahtunut moneen aikaan. Ylös kantautui myös haltiaharppujen helähdyksiä ja kaunista soittoa ja tuntui kuin ilma olisi lämmennyt ja ylös portille kohosi heikko metsäkukkien keväinen tuoksu.

Silloin Bilbon teki mieli paeta pimeästä linnoituksesta ja mennä alas ja liittyä iloon ja kestitykseen nuotioiden äärelle. Myös joidenkin nuorempien kääpiöiden sydämessä liikahti ja he mutisivat että heistä olisi ollut parempi, jos asiat olisivat menneet hiukan toisin ja he olisivat voineet ottaa tuon väen ystävinä vastaan, mutta Thorin mulkoili heitä vihaisena.

Silloin kääpiöt hakivat harppuja ja muita soittimia jotka he olivat saaneet takaisin haltuunsa aarteen myötä ja he soittivat saadakseen Thorinin paremmalle mielelle, mutta tämä ei ollut haltialaulua vaan paljolti samanlaista kuin se mitä Bilbo oli kuullut pikku hobitinkolossaan kauan sitten.

Kuninkaan tie pois alta mustan Vuoren johti,
ja hän kiiruhti oitis saliaan kohti!
Peto kuollut on nyt, lohikäärme hävinnyt;
niin kuolee ken häntä vastustaa tohti.

Hyvin käteen käy keihäs ja miekka, se tiedä,
portti vahva on, nuoli viestin saa viedä;
sydän leimuaa tulta kun on kohteena kulta;
enää kääpiöt eivät vääryyttä siedä.

Teki taikoja kääpiöt luolissa noissa,
ja kalke vain kaikui onkaloissa,
saivat valon pimennotkin joissa uinuivat jotkin
mustat olennot, päivänvalosta poissa.

Hopeaisia käätyjä taottiin,
valo tähtien kruunuihin liitettiin,
lohikäärme jäi mieleen, moneen harpunkieleen
sen mahtava mylvinä siirrettiin.

Kuningas hakee valtaistuintansa!
Hänen kutsunsa kuule, vaeltava kansa!
Kaikki kiiruhtamaan halki erämaan
auttamaan häntä hänen toimissansa!

Nyt huudamme kylmien vuorten takaa:
»Missä vanhojen luolien syli on vakaa?»
Täällä portilla saa kuningas odottaa,
jotta voisi kultaa ja helmiä jakaa.

Nyt kuningas taas on salissansa,
alla mustan Vuoren, sen muistaa kansa.
Viime verensä nuollut lohikäärme on kuollut;
näin kääpiöt voittavat uhkaajansa.

Tämä laulu tuntui miellyttävän Thorinia ja hän hymyili jälleen
ja kävi hilpeäksi ja rupesi laskeskelemaan etäisyyttä Rautavuorille ja sitä kuinka kauan kestäisi ennen kuin Dain ehtisi Yksinäiselle
vuorelle, mikäli hän oli lähtenyt heti viestin saatuaan. Mutta Bilbon mieli synkkeni sekä laulun että näiden puheiden tähden, sillä
molemmat kuulostivat liian sotaisilta.

Seuraavana aamuna varhain nähtiin keihäin aseistettujen miesten
ylitettyään ensin joen marssivan laaksoa ylös. Heillä oli haltiaku-

ninkaan vihreä lippu ja Järven sininen lippu ja he tulivat aina Portin poikki kohoavan muurin eteen.

Jälleen Thorin tervehti suurella äänellä: »Keitä te olette kun tulette sotaisin aikein Thorinin, Thrainin pojan, Vuorenalaisen kuninkaan porteille?» Tällä kertaa hän sai vastauksen.

Askelen muiden eteen astui pitkä mies jolla oli tummat hiukset ja synkät kasvot ja hän huusi: »Terve Thorin! Minkä tähden olette rakentaneet muurin kuin varas saaliinsa suojaksi? Me emme ole vielä vihollisianne ja iloitsemme siitä että olette hengissä, mitä emme olleet uskaltaneet toivoa. Me tulimme siinä luulossa ettei täällä olisi ketään elossa, mutta nyt kun olemme täällä, meillä on puhuttavaa ja aihetta neuvonpitoon.»

»Kuka olet ja mistä tahdot puhua?»

»Minä olen Bard, ja minun käteni kautta sai lohikäärme surmansa ja teidän aarteenne vapautui. Eikö se koske teitä? Sitä paitsi minä olen Laakson Girionin perijä ja jälkeläinen ja teidän aarteenne joukossa on paljon sellaisia esineitä jotka ovat peräisin hänen saleistaan ja kylistään ja jotka Smaug on ryöstänyt. Eikö meillä olisi tästä puhuttavaa? Ja sitten vielä Smaug tuhosi viimeisessä taistelussaan esgarothilaisten asunnot ja minä olen yhä heidän Isäntänsä palvelija. Tahdon puhua hänen puolestaan ja kysyä eikö teitä lainkaan liikuta hänen kansansa suru ja kärsimys. He auttoivat teitä kun te olitte hädässä, ja vastineeksi he ovat tähän asti saaneet vain tuhoa ja hävitystä, vaikka se ei tietenkään ole ollut tarkoituksenne.»

Bardin puhe oli kohtuullista ja totta jos kohta hänen sävynsä oli ylpeä ja tuima, ja Bilbo oletti että Thorin myöntäisi heti että hänen ehdotuksensa olivat oikeutettuja. Hän ei tietenkään odottanut kenenkään muistavan että hän se keksi lohikäärmeen heikon kohdan aivan yksin, ja hyvä niin, koska kukaan ei todellakaan muistanut. Mutta hän ei myöskään ottanut huomioon millainen mahti on kullalla, jonka päällä lohikäärme on kauan maannut, eikä ymmärtänyt kääpiöiden mielenlaatua. Viime päivinä Thorin oli viettänyt pitkiä aikoja aarrekammiossa ja kullanhimo painoi häntä raskaana. Vaikka hän oli enimmäkseen etsinyt Arkkikiveä, oli hänellä ollut silmää monelle siellä lojuvalle ihanalle esineelle johon liittyi muistoja hänen heimonsa aherruksesta ja suruistakin.

»Törkeimmän vaateenne panette viimeiseksi ja pääpaikalle», vastasi Thorin. »Kenelläkään ei ole oikeutta kansani aarteeseen sen tähden että Smaug, joka varasti sen meiltä, vei häneltä hengen tai kodin. Aarre ei kuulunut Smaugille, eikä siitä makseta korvauksia Smaugin pahoista teoista. Järveläisiltä saamiemme tavaroiden ja avun hinnan me maksamme kuten kuuluu – aikanaan. Mutta mitään me emme anna, emme puupenniäkään, niin kauan kuin meitä uhataan ja jotakin halutaan väkisin viedä. Niin kauan kuin porttiemme edustalla pitää leiriä aseistettu armeija, me pidämme teitä vihollisina ja varkaina.

Mieleni tekee kysyä minkä osuuden heille kuuluvasta perinnöstä olisitte maksaneet kääpiöiden heimolle jos olisitte tavanneet aarteen vailla vartijaa ja meidät hengettöminä.»

»Kysymys on oikeutettu», Bard vastasi. »Mutta tepä ette ole kuolleet, emmekä me ole ryöväreitä. Rikkailla on toki varaa sääliä niitä jotka osoittivat heille hyvyyttä silloin kun heillä itsellään oli puute tuijottamatta siihen mihin kenelläkin on oikeus. Ettekä ole vielä vastanneet muihin vaateisiini.»

»Kuten olen jo sanonut, minä en puhu portillani seisovien aseellisten miesten kanssa. Haltiakuninkaan väen kanssa en neuvottele ollenkaan, sillä häntä en muista hyvällä. Tässä väittelyssä heillä ei ole mitään sijaa. Menkää nyt ennen kuin nuolet alkavat lentää! Ja jos tahdotte vielä puhua kanssani, lähettäkää ensin haltioiden sotajoukko metsään minne se kuuluu ja palatkaa sitten ja muistakaa laskea aseenne ennen kuin lähestytte meidän kynnystämme!»

»Haltiakuningas on ystäväni ja hän on auttanut järveläisiä heidän hädässään, vaikka heidän avunpyynnöllään ei ollut muuta perustetta kuin ystävyys», Bard vastasi. »Me annamme teille aikaa katua sanojanne. Viisastukaa ennen kuin me palaamme!» Sitten hän poistui ja meni takaisin leiriin.

Ei ollut kulunut montakaan tuntia kun lipunkantajat palasivat ja torventoitottajat astuivat esiin ja soittivat torviaan ja yksi huusi:

»Esgarothin ja Metsän nimessä, me puhumme Thorin Thraininpoika Tammikilvelle, joka kutsuu itseään Vuorenalaiseksi kuninkaaksi, ja me pyydämme että hän tarkoin pohtisi vaatimuksia joita olemme esittäneet taikka me julistamme hänet viholliseksemme. Vähintään hänen on annettava yksi kahdestoistaosa aarteesta Bardille joka surmasi lohikäärmeen ja joka on Girionin perijä. Siitä osuudesta Bard maksaa avustusta Esgarothille, mutta mikäli Thorin tahtoo pysyä lähiseutujen asukkaiden ystävänä ja säilyttää heidän kunnioituksensa jota hänen isänsä ennen nauttivat, silloin hän antaa myös omastaan järveläisten lohduksi.»

Silloin Thorin tarttui sarvesta tehtyyn jouseen ja lennätti nuolen puhujaa kohti. Se osui kilpeen ja jäi siihen väräjämään.

»Koska vastaatte näin», huusi mies, »minä julistan Vuoren saartoon. Te ette siitä poistu ennen kuin pyydätte aselepoa ja neuvottelua. Me emme käy asein teidän kimppuunne, me jätämme teidät kultanne keskelle. Syökää sitä, jos maistuu!»

Sen sanottuaan sanansaattajat poistuivat nopeasti ja kääpiöt jäivät keskenään pohtimaan tilannetta johon olivat joutuneet. Thorin oli käynyt niin tuikeaksi että vaikka muut olisivat olleet eri mieltä, ei sitä olisi auttanut mennä sanomaan, mutta useimmat näyttivät yhtyvän hänen näkökantaansa – paitsi ehkä paksu Bombur ja Fili ja Kili. Bilbo ei tietenkään hyväksynyt ollenkaan asioiden uutta käännettä. Hän oli jo saanut enemmän kuin tarpeekseen tästä Vuoresta eikä häntä miellyttänyt joutua saarroksiin sen sisään.

»Täällä haisee lohikäärmeeltä joka paikassa», hän murisi itsekseen, »niin että voi pahoin. Ja *cram* alkaa jo takertua kurkkuun tässä vaiheessa.»

Kuudestoista luku

··· VARAS YÖLLÄ ···

PÄIVÄT MATELIVAT HITAINA ja uuvuttavina. Monet kääpiöt kuluttivat aikaansa kokoamalla aarretta kasoihin ja panemalla esineitä järjestykseen, ja nyt Thorin otti puheeksi Thrainin Arkkikiven ja käski heidän etsiä sitä ahkerasti joka kolkasta.

»Isieni Arkkikivi yksistään on arvokkaampi kuin kultajoki», hän sanoi, »ja minulle sen arvo on mittaamaton. Minä varaan aarteesta sen itselleni, ja kostoni on ankara jos joku löytää sen eikä paljasta minulle.»

Bilbo kuuli nämä sanat ja häntä alkoi pelottaa, ja hän mietti mitä tapahtuisi jos kivi löytyisi – rääsyisestä mytystä jota hän käytti tyynynään käärittynä yhteen kaikenlaisen roinan kanssa. Oli miten oli, hän ei inahtanutkaan, sillä päivien käydessä yhä raskaammiksi hänen pienessä päässään alkoi kehkeytyä suunnitelman alku.

Tätä oli jatkunut jonkin aikaa kun korpit toivat tiedon että Rautavuorilta kiiruhtava Dain marssi yli viidensadan kääpiön kanssa noin kahden päivämatkan päässä Laaksosta koilliseen.

»Mutta he eivät voi päästä Vuorelle huomaamatta», sanoi Roäc, »ja pelkään että laaksossa syttyy taistelu. Minä en pidä tästä. Vaikka kääpiöt ovat tuimaa väkeä, tuskin he voivat voittaa piiritysjoukkoja, ja jos voittaisivatkin, mitä hyötyä siitä olisi? Talvi ja lumi tulevat heidän kannoillaan. Kuinka te ruokitte itsenne ilman ympäristön asukkaiden ystävyyttä? Aarre koituu henkenne menoksi vaikka lohikäärmettä ei enää ole!»

Mutta Thorin oli järkkymätön. »Talvi ja lumi purevat myös

ihmisiin ja haltioihin», hän sanoi, »ja heille saattaa käydä kestämättömäksi pitää leiriä autiomaan keskellä. Kun ystäväni vartovat selustassa ja talvi käy päälle, ehkä he käyvät neuvotteluun taipuisampina.»

Sinä yönä Bilbo teki päätöksensä. Taivas oli musta ja kuuton. Kun oli tullut täysin pimeä, hän meni erään sisemmän kammion nurkkaan aivan portin suulle ja otti nyytistään köyden ja rääsyyn käärityn Arkkikiven. Sitten hän kiipesi muurin harjalle. Siellä ei ollut muita kuin Bombur, sillä oli hänen vahtivuoronsa ja kääpiöt pitivät vain yhtä vartiomiestä kerrallaan.

»Onpa kylmä!» sanoi Bombur. »Olisipa meillä nuotio niin kuin noilla tuolla alhaalla leirissä!»

»Sisällä on kyllä lämmin», Bilbo sanoi.

»On kai niin, mutta minun on pakko olla täällä keskiyöhön asti», nurisi lihava kääpiö. »Surkea tapaus. En toki rohkene olla eri mieltä Thorinin kanssa, kasvakoon hänen partansa yhä pitemmäksi, mutta kyllä hänellä on jäykkä niska.»

»Ei niin jäykkä kuin minun koipeni», Bilbo sanoi. »Minä olen saanut tarpeekseni portaista ja kivisistä käytävistä. Antaisin aika paljon jos saisin tuntea ruohikon jalkojeni alla.»

»Minä antaisin aika paljon jos saisin kulauttaa kurkkuuni jotakin tuhtia juomaa ja mennä pehmeään petiin hyvän illallisen jälkeen!»

»Niitä en voi sinulle tarjota niin kauan kuin piiritys jatkuu. Mutta edellisestä vahtivuorostani on aikaa, ja minä voin ottaa sinun vuorosi jos tahdot. Minua ei nukuta tänä yönä.»

»Herra Reppuli, sinä olet hyvä mies, ja minä otan ilomielin tarjouksesi vastaan. Jos jotakin sattuu, herätä minut sitten ensimmäisenä! Minä nukun vasemmanpuoleisessa sisemmässä kammiossa, ihan lähellä.»

»Mene jo», Bilbo sanoi. »Minä tulen luoksesi keskiyöllä niin voit mennä herättämään seuraavan vahdin.»

Heti kun Bombur oli mennyt Bilbo pani sormuksen sormeensa, kiinnitti köyden, liukui alas muurilta ja häipyi. Hänellä oli aikaa noin viisi tuntia. Bombur nukkuisi (hän pystyi nukkumaan koska tahansa ja metsässä sattuneen välikohtauksen jälkeen hän yritti aina tavoittaa uudestaan silloin näkemiään kauniita unia); ja kaikki muut olivat Thorinin seurassa. Ei ollut todennäköistä että heistä kukaan, edes Fili tai Kili, tulisi ulos muurille ennen omaa vahtivuoroaan.

Oli hyvin pimeää, ja sen jälkeen kun uusi polku loppui ja hän kapusi alas virran alemmalle uomalle, tie oli pian hänelle tuntematon. Viimein hän tuli mutkaan jossa hänen oli mentävä joen yli mikäli hän mieli päästä leiriin, ja se oli hänen aikomuksensa. Väylä oli matala, mutta tässä kohden se oli jo leveä, eikä sen kahlaaminen pimeässä ollut helppo tehtävä pikku hobitille. Hän oli jo melkein toisella puolella, kun hän astui harhaan pyöreällä kivellä ja putosi kylmään veteen niin että loiskahti. Tuskin hän oli rämpinyt ylös vastarannalle väristen ja pärskien, kun pimeydestä tuli haltioita kirkkaat lyhdyt kädessä etsimään äänen aiheuttajaa.

»Ei se ollut kala!» sanoi yksi. »Täällä on vakooja liikkeellä. Peittäkää lyhdyt! Niistä on sille enemmän apua kuin meille, mikäli se on se omituinen pikku otus jonka sanotaan olevan kääpiöiden palvelija.»

»Palvelija, kyllä kai!» tuhahti Bilbo ja kesken tuhahduksensa hän aivasti kovalla äänellä ja haltiat lähtivät heti ääntä kohti.

»Näyttäkää valoa!» Bilbo sanoi. »Minä olen täällä, jos minua kaipaatte!» ja hän otti sormuksen sormestaan ja hypähti esiin kiven takaa.

He tarttuivat häneen hanakasti hämmästyksestään huolimatta.

»Kuka sinä olet? Oletko sinä kääpiöiden hobitti? Mitä sinä teet? Kuinka pääsit vartiomiestemme ohi?» he kyselivät toinen toisensa perään.

»Minä olen herra Bilbo Reppuli», hän vastasi, »Thorinin toveri, jos tahdotte tietää. Tunnen hyvin ulkonäöltä kuninkaanne vaikka hän ei kenties tunne minun muotoani. Mutta Bard muistaa minut kyllä, ja Bard on se jonka nimenomaisesti tahdon tavata.»

»Vai niin!» sanoivat haltiat. »Ja mitä asiaa sinulla mahtaa olla?»

»Mitä onkin, ei kuulu teille, hyvät haltiat. Mutta jos tahdotte joskus päästä pois omiin metsiinne tästä kylmästä ankeasta paikasta», hän vastasi täristen, »viette minut nyt tästä nuotion ääreen jossa voin kuivatella – ja päästätte minut jonkun päällikkönne puheille mitä pikimmin. Minulla on aikaa vain tunti pari.»

Niin siis kävi että noin kaksi tuntia sen jälkeen kun Bilbo oli karannut Portilta, hän istui lämpimän nuotion ääressä ison teltan edessä seuranaan sekä haltiakuningas että Bard jotka tuijottivat häntä uteliaina. Hobitti haltiahaarniskassa ja kietoutuneena vanhaan huopaan oli heille suoraan sanoen uusi näky.

»Nythän on niin», sanoi Bilbo parhaaseen neuvottelutyyliin, »että tilanne on mahdoton. Minä olen henkilökohtaisesti kurkkuani myöten täynnä koko juttua. Tahtoisin palata länteen omaan kotiini, siellä on elämänmenossa enemmän tolkkua. Mutta minulla on etuja kiinni tässä asiassa – neljästoistaosa jos ollaan täsmällisiä, erään kirjeen mukaan jonka onneksi uskon säilyttäneeni.» Hän otti vanhan nuttunsa taskusta (hän piti yhä nuttua sotisovan päällä) rypistyneen ja moneen kertaan taitellun kirjeen, Thorinin viestin, jonka hän oli löytänyt takanreunustalta kellon alta eräänä tiettynä toukokuun aamuna!

»Osuus *hyödystä*, huomatkaa», hän jatkoi. »Minä tiedän mitä teen.

Henkilökohtaisesti olen valmis harkitsemaan perusteellisesti kaikkia vaatimuksianne ja vähentämään sen mikä oikein on ennen kuin esitän oman vaatimukseni. Mutta te ette tunne Thorin Tammikilpeä yhtä hyvin kuin minä. Uskokaa kun sanon, hän on aivan valmis istumaan kultakasan päällä kunnes nääntyy nälkään, niin kauan kuin te olette täällä.»

»Sen kun nääntyy!» Bard sanoi. »Mokoma hölmö joutaa kuolemaan.»

»Niin, ymmärrän näkökulmanne», Bilbo sanoi. »Mutta toisaalta talvi tekee tuloaan ja huolto käy hankalaksi – ymmärtääkseni jopa haltioille. Kohta saadaan lunta ja ties millaiset ilmat. Ja muitakin vaikeuksia on tiedossa. Oletteko kuulleet Dainista ja Rautavuorten kääpiöistä?»

»Olemme kuulleet, kauan sitten, mitä tekemistä hänellä on meidän kanssamme?» kuningas kysyi.

»Kuten arvelinkin. Minulla näyttää olevan tietoja jotka teiltä puuttuvat. Voin kertoa teille että Dain on vain kahden päivän marssin päässä ja että hänellä on mukanaan vähintään viisisataa tuimaa kääpiötä – ja monilla heistä on kokemusta hirveistä kääpiöiden ja hiisien välisistä sodista joista olette varmasti kuulleet. Kun he saapuvat, siitä ei hyvää seuraa.»

»Miksi kerrot meille? Petätkö ystäväsi vai uhkailetko?» kysyi Bard ankarasti.

»Hyvä Bard!» vinkaisi Bilbo. »Älkää hätäilkö! Kyllä pitää olla epäluuloista väkeä! Minä yritän toimia kaikkien osapuolien parhaaksi. Minä teen teille tarjouksen.»

»Antaa kuulua!» he sanoivat.

»Saatte nähdä sen», sanoi Bilbo. »Se on tämä!» Hän otti esiin Arkkikiven ja purki sen rääsyistä.

Jopa haltiakuningas, joka oli tottunut ihmeellisiin ja lumoaviin esineisiin, nousi hämmästyneenä seisomaan. Ja Bard tuijotti sitä vaiti ja ihaillen. Oli kuin pallo olisi ollut täynnä kuun valoa ja riippunut heidän edessään kuuraisten tähtien välkkeestä kudotussa verkossa.

»Tämä on Thrainin Arkkikivi, Vuoren sydän», Bilbo sanoi, »ja se on myös Thorinin sydän. Hän pitää sitä kultajokea arvokkaampana. Minä annan sen teille. Minä autan teitä kaupankäynnissä.» Sitten Bilbo ojensi ihmeellisen kiven Bardille, vaikka hän ei voinut olla värähtämättä ja luomatta siihen kaipaavaa katsetta, ja Bard piteli sitä kädessään kuin huumassa.

»Mutta millä oikeudella sinä voit sen antaa?» hän sai viimein kysytyksi.

»Jaa, tuota», sanoi hobitti kiusaantuneena. »En oikein millään, mutta jospa panisin sen oman vaateeni pantiksi. Kai minä sitten olen voro – niin väittävät vaikka minusta itsestäni ei siltä tunnu – mutta jos olen, toivon olevani rehellinen voro. Joka tapauksessa minä menen nyt takaisin ja kääpiöt saavat tehdä minulle mitä tahtovat. Toivottavasti teillä on sille käyttöä.»

Haltiakuningas katsoi Bilboa hämmästyneenä ja uusin silmin. »Bilbo Reppuli!» hän sanoi. »Sinä olet arvollisempi kantamaan haltiaprinssin sotisopaa kuin moni joka on näyttänyt komeammalta siihen pukeutuneena. Mutta epäilen tokko Thorin on samaa mieltä. Minä tiedän ehkä enemmän kääpiöistä kuin sinä. Neuvon sinua jäämään luoksemme, täällä saat kunniaa osaksesi ja olet kolmasti tervetullut.»

»Kiitos vain kovasti», Bilbo sanoi ja kumarsi. »Mutta en voi mitenkään hylätä ystäviäni kaiken sen jälkeen mitä olemme kokeneet yhdessä. Ja minä lupasin herättää Bomburin puoliltaöin! Minun täytyy tästä mennä ja vähän äkkiä.»

Millään puheella he eivät saaneet häntä jäämään, ja niin hänelle annettiin saattue ja hänen lähtiessään sekä kuningas että Bard tekivät hänelle kunniaa. Kun saattue kulki leirin läpi, nousi erään teltan ovelta pystyyn vanha tummaan viittaan kääriytynyt mies ja tuli heidän luokseen.

»Hyvin tehty, herra Reppuli!» hän sanoi ja taputti Bilboa selkään. »Sinussa on enemmän ytyä kuin kukaan osaa odottaa!» Se oli Gandalf.

Ensimmäisen kerran moneen päivään Bilbo ilahtui toden teolla. Mutta ei ollut aikaa kysymyksille joita hän olisi halunnut esittää siinä paikassa.

»Kaikki aikanaan!» Gandalf sanoi. »Seikkailu lähestyy nyt loppuaan, mikäli en ole vallan erehtynyt. Lähitulevaisuus voi olla hankala, mutta pysyttele rohkealla mielellä! Ties vaikka selviäisit ehjin nahoin. On tekeillä sellaista mistä korpitkaan eivät ole kuulleet. Hyvää yötä!»

Hämmentyneenä mutta toiveikkaammalla mielellä Bilbo jatkoi kiireesti matkaansa. Hänet ohjattiin turvalliselle ylityspaikalle ja hän pääsi joen toiselle rannalle kuivana ja sitten hän hyvästeli haltiat ja kipusi varovasti takaisin Portille. Häntä ramaisi toden teolla, mutta kello oli reilusti vaille puolen yön kun hän kiipesi takaisin köyttä myöten – se roikkui siinä mihin hän oli sen jättänyt. Hän otti köyden irti ja kätki sen, ja sitten hän istuutui muurille ja mietti levottomana mitä nyt tapahtuisi.

Keskiyöllä hän herätti Bomburin ja sitten hän käpertyi vuorostaan samaan nurkkaan kuuntelematta vanhan kääpiön kiitoksia (joita hän ei erityisemmin tuntenut ansainneensa). Pian hän oli täydessä unessa ja unohti kaikki huolensa aamuun asti. Jos totta puhutaan, hän näki unta munista ja pekonista.

Seitsemästoista luku

··· PILVET REPEÄVÄT ···

Seuraavana päivänä soivat torvet leirissä varhain. Pian nähtiin yksinäisen juoksijan kiiruhtavan kapeaa polkua ylös. Hän seisoi etäällä ja tervehti ja kysyi, kuuntelisiko Thorin mitä uudella lähetystöllä oli sanottavana koska oli saatu uutisia ja tilanne oli muuttunut. »Dainista se johtuu», sanoi Thorin tämän kuullessaan. »He ovat saaneet vihiä hänen tulostaan. Arvasin että siitä heidän mielensä muuttuu! Sano että tulkoon pieni joukko ja ilman aseita, niin minä kuuntelen», hän huusi sanantuojalle.

Puolenpäivän aikaan Metsän ja Järven lippuja kannettiin taas polkua ylös. Porttia lähestyi kahdenkymmenen hengen seurue. Kapean väylän alussa tulijat panivat pois miekat ja keihäät ja lähtivät tulemaan Porttia kohti. Ihmeekseen kääpiöt havaitsivat että sekä haltiakuningas että Bard olivat heidän joukossaan, ja heidän edellään kulki viittaan ja huppuun sonnustautunut vanha mies kantaen lujaa rautavahvisteista puukirstua.

»Terve Thorin!» Bard sanoi. »Onko mielesi muuttumaton?»

»Minun mieleni ei muutu sinä aikana kun aurinko muutaman kerran laskee ja nousee», Thorin vastasi. »Tuletteko kyselemään joutavia kysymyksiä? Haltia-armeija ei ole vieläkään poistunut niin kuin käskin! Sitä ennen tulette turhaan hieromaan kauppoja kanssani.»

»Eikö ole olemassa mitään minkä edestä luovuttaisit osankaan kullastasi?»

»Ei sellaista mitä teillä tai ystävillänne on tarjota.»

»Kuinka olisi Thrainin Arkkikivi?» Bard sanoi ja samalla hetkellä vanhus avasi kirstun ja kohotti jalokiven korkealle. Siitä sinkosi valo kirkkaana ja valkoisena päivän paisteessa.

Silloin Thorin meni mykäksi hämmästyksestä eikä tiennyt mitä ajatella. Kukaan ei sanonut mitään pitkään aikaan.

Viimein Thorin rikkoi hiljaisuuden ja hänen äänensä oli vihasta käheä. »Tuo kivi kuului isälleni ja se kuuluu minulle», hän sanoi. »Miksi kävisin kauppaa omastani?» Mutta ihmetys voitti ja hän lisäsi: »Mutta kuinka perheeni perintökalleus on joutunut teille – jos sellaista nyt tarvitsee varkailta kysyä?»

»Me emme ole varkaita», vastasi Bard. »Omanne annamme takaisin kun itse saamme omamme.»

»Miten se joutui teille?» huusi Thorin kiihtyvän raivon vallassa.

»Minä annoin!» kiljaisi Bilbo joka kurkisti muurin yli ja oli tässä vaiheessa jo hirmuisen peloissaan.

»Sinä! Sinä!» huusi Thorin, kääntyi ja tarttui häneen kaksin käsin. »Sinä hobitinkuvatus! Alimittainen – voro!» hän huusi kun ei parempaakaan keksinyt ja ravisti Bilbo-raukkaa kuin kaniinia.

»Kautta Durinin parran! Olisipa Gandalf täällä! Että hän meni valitsemaan mokoman! Harventukoon hänen partansa! Ja sinut minä paiskaan kivikkoon!» hän huusi ja nosti Bilbon ylös käsiensä varassa.

»Seis! Toiveesi on täyttynyt!» kuultiin äänen sanovan. Kirstua kantava mies heitti syrjään viitan ja hupun. »Tässä on Gandalf! Eikä nähtävästi hetkeäkään liian aikaisin. Jos et pidä vorostani, älä kuitenkaan riko häntä. Laske hänet maahan ja kuuntele mitä hänellä on sanottavana!»

»Oletteko te kaikki liitossa keskenänne!» Thorin sanoi ja pudotti Bilbon muurin harjalle. »Ikinä en enää ryhdy tekemisiin velhon ja hänen ystäviensä kanssa. Mitä sinulla on sanottavana, rottien jälkeläinen?»

»Oi voi, oi voi!» sanoi Bilbo. »Tämä on kyllä hyvin kiusallista, täytyy myöntää. Muistat varmaan sanoneesi että saisin valita oman neljästoistaosani! Ehkä otin puheesi liian sananmukaisesti – olen kuullut että kääpiöt ovat toisinaan kohteliaampia sanoissa kuin teoissa. Oli kuitenkin aika jolloin annoit ymmärtää että olin tehnyt sinulle palveluksia. Rottien jälkeläinen, kaikkea sitä kuulee! Tälläkö tavalla sinä ja sukusi ovat palveluksessani, Thorin? Katso asiaa vaikka niin että olen menetellyt oman osuuteni kanssa mieleni mukaan, ja unohda koko juttu!»

»Sen teen», sanoi Thorin tuimasti. »Minä unohdan sinut saman tien – ja toivon ettemme enää koskaan tapaa!» Sitten hän kääntyi ja puhui muurin yli. »Minut on petetty», hän sanoi. »Oikein arvasitte että en voi jättää lunastamatta takaisin Arkkikiveä, joka on perheeni perintökalleus. Siitä annan neljännentoista osan aarteen kullasta ja hopeasta, ottamatta lukuun jalokiviä, mutta se katsottakoon tälle petturille luvatuksi osuudeksi ja hän poistukoon sen osuuden kanssa, ja te saatte jakaa sen mielenne mukaan. Hänelle ei varmaan liikene siitä paljon. Ottakaa hänet, jos tahdotte että hän jää eloon, hän lähtee ilman ystävyyttäni.

Mene ystäviesi luo!» hän sanoi Bilbolle, »taikka minä heitän sinut.»

»Entä kulta ja hopea?» Bilbo kysyi.

»Tulee myöhemmin, kunhan kerkiää», Thorin sanoi. »Alas siitä!»

»Siihen asti me pidämme kiven», huusi Bard.

»Sinä et esiinny erityisen eduksesi Vuorenalaisena kuninkaana», Gandalf sanoi. »Mutta tilanne voi muuttua.»

»Niin voi», Thorin sanoi. Ja niin vahva oli aarteen vaikutus häneen, että hän jo pohti voisiko hän ehkä Dainin avulla napata Arkkikiven takaisin ja säästyä maksamasta neljättätoista osaa.

Ja niin Bilbo laskettiin muurilta alas ja hän sai lähteä ilman mitään palkkiota vaivoistaan paitsi sotisopaa jonka Thorin oli jo antanut hänelle. Useampi kuin yksi kääpiö tunsi sydämessään häpeää ja harmia hänen lähtönsä vuoksi.

»Näkemiin!» Bilbo huusi heille. »Ehkä tapaamme vielä ystävinä!»

»Pois silmistäni!» Thorin huusi. »Sinulla on ylläsi sotisopa joka on minun väkeni tekemä ja on sinulle liian hyvä. Nuolet eivät voi sitä lävistää, mutta jos et pidä kiirettä, saat tuta piston koivissasi. Pidä siis kiirettä!»

»Eipä hätäillä!» Bard sanoi. »Me annamme teille aikaa huomiseen. Puolenpäivän aikaan me tulemme takaisin ja silloin katsotaan oletteko tuoneet aarrekammiosta kiveä vastaavan osuuden. Jos teette sen petkuttamatta, silloin me poistumme ja haltia-armeija palaa takaisin metsään. Siihen asti näkemiin!»

Ja he palasivat leiriin, mutta Thorin lähetti Roäcin avulla viestin Dainille että tämä tietäisi mitä oli tapahtunut, ja kehotti häntä kiiruhtamaan.

Kului se päivä ja yö. Seuraavana päivänä tuuli kääntyi läntiseksi ja oli pimeä ja synkkä ilma. Aamu oli vielä varhainen, kun leirissä kuultiin huuto. Juoksijoita tuli ilmoittamaan että Vuoren itäharjanteiden takaa oli ilmaantunut kääpiöarmeija joka kiiruhti paraikaa Laaksoa kohti. Dain oli tullut. Hän oli marssinut koko yön ja saapunut siten odotettua aikaisemmin. Kaikilla hänen sotureillaan oli polviin ulottuva teräspaita ja ohuesta ja joustavasta metalliverkosta tehdyt sukat, joiden valmistustapa oli Dainin väen salaisuus. Kaikki kääpiöt ovat väkeviä pituuteensa nähden mutta nämä olivat kääpiöiksikin vahvoja. Taistelussa he käyttelivät raskaita kaksiteräisiä hakkuja, mutta kullakin oli lisäksi vyössä lyhyt leveä miekka ja pyöreä kilpi selässä. Parrat oli jaettu kahtia, letitetty ja tungettu vyöhön. Päässä heillä oli rautahatut ja jalassa rautakengät ja kasvot olivat tuikeat.

Torvet kutsuivat ihmiset ja haltiat aseisiin. Kohta nähtiin kääpiöiden marssivan laaksoa ylös melkoista vauhtia. He pysähtyivät joen ja itäharjanteen väliin, mutta muutama jatkoi matkaansa, ja nämä ylittivät joen ja tulivat kohti leiriä, ja sitten he laskivat maahan aseensa ja nostivat kätensä rauhan merkiksi. Bard meni heitä tapaamaan ja Bilbo meni hänen mukaansa.

»Meidät lähetti Dain Nainin poika», kääpiöt sanoivat kysyttäessä. »Me kiiruhdamme Vuoressa olevien sukulaistemme luo koska olemme saaneet kuulla että vanha kuningaskuntamme on palautettu. Mutta keitä olette te jotka olette asettuneet tasangolle kuin viholliset muurien eteen?» Tämä oli tietenkin tällaisissa tilaisuuksissa käytettävällä kohteliaalla ja jokseenkin vanhanaikaisella kielellä ilmaistuna yksinkertaisesti: »Teillä ei ole mitään tekemistä täällä! Me aiomme mennä tästä, niin että antakaa tietä tai tulee taistelu!» He aikoivat tunkeutua Vuoren ja joenmutkan välistä, sillä näytti kuin tuo kapea kaistale ei olisi ollut kovin vahvasti vartioitu.

Bard ei tietenkään sallinut kääpiöiden mennä suoraan Vuorelle. Hän tahtoi välttämättä odottaa että Arkkikiven lunnaiksi luvattu kulta ja hopea oli tuotu ulos, sillä hän ei uskonut että sitä tuotaisiin enää sitten kun linnaketta miehittäisi näin suuri ja sotaisa joukko. Kääpiöt olivat tuoneet tullessaan suuret muonavarastot, kääpiöt kun voivat kantaa raskaita taakkoja, ja melkein jokaisella Dainin soturilla oli pikamarssista huolimatta iso pakkaus aseiden lisäksi. He kestäisivät piiritystä monta viikkoa ja siihen mennessä voisi kääpiöitä tulla lisää ja sitten vielä lisää, sillä Thorinilla oli paljon sukulaisia. Ja he voisivat myös avata jonkin vanhan portin niin että piirittäjät joutuisivat levittäytymään koko vuoren ympäri, mihin heidän lukumääränsä ei riittäisi.

Nämä olivatkin todella kääpiöiden aikeet (korpit olivat kulkeneet tiuhaan Thorinin ja Dainin väliä), mutta toistaiseksi tie oli tukossa ja vihaisia sanoja lauottuaan kääpiöt perääntyivät partoihinsa mutisten. Sitten Bard lähetti heti miehiä Portille, mutta ei siellä ollut mitään kultaa eikä maksua. He saivat nuolia niskaansa heti kantaman päähän tultuaan ja kiiruhtivat tyrmistyneinä takaisin. Koko leiri kuhisi kuin taistelun edellä, sillä Dainin joukot lähestyivät itärannalla.

»Voi mitä hölmöjä!» nauroi Bard. »Tulevat tuolla tavalla Vuoren haarukan alta! Eivät he ymmärrä maanpäällistä sotimista, mitä sitten tietävätkin taistelemisesta kaivoksissa. Heidän oikean sivustansa vieressä on piilossa meidän jousi- ja keihäsmiehiämme. Kenties kääpiöiden sotisovat ovat hyvät, mutta kohta se koetellaan. Käykäämme heidän kimppuunsa nyt molemmin puolin ennen kuin he ehtivät levätä!»

Mutta haltiakuningas sanoi: »Minä viivyttelen kauan ennen kuin ryhdyn tähän sotaan kullan tähden. Kääpiöt eivät pääse ohitsemme tahtomattamme eivätkä voi tehdä mitään mikä jäisi meiltä huomaamatta. Toivokaamme yhä että tapahtuu jotakin joka tuo sovinnon. Lukumäärässä meillä on toki ylivoima jos lopulta on kumminkin iskettävä yhteen.»

Mutta hän ei ottanut kääpiöitä huomioon. Tieto siitä että Arkkikivi oli piirittäjien hallussa paloi heidän mielissään, ja he arvasivat että Bard ja hänen ystävänsä epäröisivät ja päättivät iskeä niin kauan kuin väittely oli vielä käynnissä.

Äkkiä ja ilmoittamatta he ryntäsivät hiljaa hyökkäykseen. Jouset helisivät ja nuolet viuhuivat, taistelun oli nyt alettava.

Mutta vielä äkillisemmin tuli hirveä pimeys! Musta pilvi kiiti taivaan halki. Hurjan tuulen tuoma talviukkonen nousi ja jyrisi Vuorella ja salama väläytti sen huipun näkyviin. Ja ukkosen alla kiiti toinen mustuus, mutta se ei tullut tuulen mukana, se tuli pohjoisesta kuin suuri lintujen pilvi, niin tiheä ettei siipien välistä valo vilkkunut.

»Seis!» huusi Gandalf joka ilmestyi äkkiä jostakin ja seisoi yksin käsivarret kohotettuna etenevien kääpiöiden ja heitä odottavien rivistöjen välissä. »Seis!» hän huusi ukkosenkaltaisella äänellä ja hänen sauvansa säkenöi kuin salama. »Kauhistus on kohdannut meitä kaikkia! Ah ja voi! Se on tullut nopeammin kuin osasin arvata. Hiidet ovat kimpussanne! Pohjoisen Bolg[1] on tulossa tänne, oi Dain, se jonka isän sinä surmasit Moriassa. Katsokaa! Lepakot lentävät niiden armeijan yläpuolella kuin heinäsirkkojen meri. Ne ratsastavat susilla ja hukat ovat niiden mukana.»

Joukot valtasi hämmennys ja sekaannus. Gandalfin vielä puhuessa pimeys syveni. Kääpiöt pysähtyivät ja katsoivat taivaalle. Monet haltiat huusivat.

»Tulkaa!» Gandalf sanoi. »Vielä ehdimme pitää neuvoa. Tulkoon Dain Nainin poika nopeasti luoksemme!»

Niin alkoi taistelu jota kukaan ei ollut arvannut odottaa, ja se tunnetaan nimellä Viiden armeijan taistelu, ja se oli hirveä. Toisella puolen olivat hiidet ja villit sudet ja toisella puolen haltiat ja ihmiset ja kääpiöt. Näin oli kaikki tapahtunut. Sumuvuorten Ison hiiden kuoleman jälkeen hiisien viha kääpiöitä kohtaan oli ottanut taas

---

1 Azogin poika. Ks. s. 33

tulta ja roihusi pian ilmiliekeissä. Kaikkien hiisien kaupunkien, linnakkeiden ja siirtokuntien välillä oli kulkenut viestinviejiä, sillä nyt ne päättivät ottaa itselleen pohjoisen herruuden. Ne olivat koonneet tietoja salateitä, ja kaikissa vuorissa taottiin aseita ja varustauduttiin. Sitten ne lähtivät marssimaan ja kokoontuivat kukkuloilla ja laaksoissa kulkien aina tunneleissa taikka öiseen aikaan kunnes pohjoiseen Gundabadin vuoren sisään ja ympärille (siellä sijaitsi niiden pääkaupunki) oli kokoontunut valtava armeija valmiina hetken tullen ryntäämään yllättäen etelään. Sitten hiidet saivat kuulla Smaugin kuolemasta ja ne iloitsivat sydämessään ja ne kiiruhtivat yö yön jälkeen vuorten läpi ja ilmestyivät siten viimein kenenkään aavistamatta pohjoisesta kohta Dainin kannoilla. Korpitkaan eivät tienneet niiden tulosta ennen kuin ne tulivat näkyviin murtomailla jotka erottivat Yksinäisen vuoren sen takana kohoavista kukkuloista. En osaa sanoa paljonko Gandalf tiesi, mutta missään tapauksessa hän ei ollut varautunut tähän äkkihyökkäykseen.

Tällainen suunnitelma laadittiin haltiakuninkaan ja Bardin neuvonpidossa johon myös Dain saapui. Hiidet olivat kaikkien vihollisia, ja niiden tullessa keskinäiset riidat unohtuivat. Ainoa toivo oli houkutella hiidet laaksoon Vuoren haarukkaan ja miehittää itse etelään ja itään työntyvät harjanteet. Mutta suunnitelma oli vaarallinen, sillä jos hiisien voima riittäisi Vuoren valloittamiseen, he saisivat ne kimppuunsa myös takaa ja ylhäältä; mutta ei ollut aikaa laatia muuta suunnitelmaa eikä kutsua apua mistään.

Pian meni ukkonen ohi ja vyöryi pois kaakkoon, mutta lepakkopilvi lensi takaisin entistä matalammalla Vuoren vieressä ja viuhui heidän ylitseen pimentäen valon ja täyttäen heidät pelolla.

»Vuorelle!» huusi Bard. »Vuorelle! Otetaan asemat niin kauan kuin vielä on aikaa!»

Haltiat sijoittuivat eteläiselle harjanteelle, alarinteille ja kivikkoon sen juurelle, ja itäharjanteella olivat ihmiset ja kääpiöt. Mutta Bard ja muutamat ketterimmät ihmiset ja haltiat kiipesivät itäharjanteen laelle nähdäkseen sieltä pohjoiseen. Pian he näkivät että Vuoren juurella olivat maat mustanaan juoksevia olentoja. Ennen pitkää hiisien etujoukko pyyhälsi harjankärjen takaa ja ryntäsi Laaksoon. Etujoukkoon kuului nopeimpia sudenratsastajia ja niiden huudot ja ulvaisut repivät ilmaa jo kaukana. Muutama urhea mies oli pantu ketjuun muka vastarinnaksi ja moni kaatui ennen kuin ehti vetäytyä ja paeta sivuille. Kuten Gandalf oli toivonut, kun etujoukko kohtasi vastarintaa, hiisiarmeija järjestyi sen taakse ja tulvi nyt raivoisasti laaksoon ja ryntäsi hurjistuneena ylös Vuoren haarukkaan etsien vihollista. Mustia ja punaisia lippuja oli lukematon määrä ja ne nousivat laaksoon kuin raivon ja kaaoksen vuorovesi.

Taistelu oli kauhea. Bilbon kaikista kokemuksista se oli hirvittävin ja se josta hän vähiten piti silloin kun se tapahtui – toisin sanoen hän oli siitä jälkeenpäin kaikkein ylpein ja muisteli sitä kaikkein mieluiten, vaikka hänen oma osuutensa oli varsin mitätön. Jos totta puhutaan hän pani sormuksen sormeensa varsin pian taistelun alettua ja katosi näkyvistä, vaikka hän oli tietenkin yhä vaaroille altis. Näkymättömäksi tekevä taikasormus ei tarjoa täydellistä suojaa hiisien hyökkäyksessä, eikä se estä nuolia ja keihäitä osumasta, mutta sen avulla pääsee pois tieltä ja se saa aikaan ettei sen käyttäjän pää tule vartavasten valituksi hiisimiekkamiehen huitaisun kohteeksi.

Haltiat hyökkäsivät ensin. He vihaavat hiisiä kylmällä ja katkeralla vihalla. Heidän keihäänsä ja miekkansa loistivat hämärässä hyisen liekin hehkulla, niin murhaava oli niitä käyttelevien käsien viha. Kun vihollislauma laaksossa oli tarpeeksi sankka, he lennättivät hiisien niskaan nuolikuuron, ja kukin nuoli välkkyi mennessään kuin siinä olisi palanut kuuma tuli. Nuolien perään ponkaisi tuhat keihäsmiestä ja hyökkäsi hiisien kimppuun. Karjahdukset olivat korvia huumaavat. Kiviä tahrasi pian musta hiidenveri.

Juuri kun hiidet olivat toipumassa ja haltioiden hyökkäys laantumassa, nousi laakson toiselta puolen ärjyntä joka kohosi syvältä kurkusta. Huutaen »Moria!» ja »Dain, Dain!» tunkivat Rautavuorten kääpiöt taistelun tiimellykseen heilutellen hakkujaan, ja heidän rinnallaan astelivat Järven miehet pitkine miekkoineen.

Hiidet joutuivat pakokauhun valtaan ja juuri kun ne kääntyivät kohtaamaan tätä uutta hyökkäystä, kävivät haltiat uudestaan niiden päälle vahvistetuin joukoin. Moni hiisi viiletti jo jokea alas kohti laakson suuta päästäkseen pois ansasta ja monet niiden omista susista kääntyivät niitä vastaan ja repivät kappaleiksi haavoittuneita ja kuolleita. Voitto näytti olevan käsillä, kun ylhäältä kajahti huuto.

Hiisiä oli kiivennyt Vuorelle sen toiselta puolen ja monia vilisti jo rinteillä Portin yläpuolella ja lisää liukui uhkarohkeasti alas Vuoren kylkiä huolimatta siitä että osa putosi kirkuen kallioilta ja jyrkänteiltä alas. Ne aikoivat hyökätä harjanteille ylhäällä. Kummankin laelle pääsi itse vuorelta polkua pitkin, eikä puolustajia ollut tarpeeksi pitämään näitä väyliä pitkään tukossa. Toivo voitosta meni. He olivat pysäyttäneet vasta mustan nousuveden ensimmäisen hyöyn.

Päivä kului. Hiisiä kerääntyi taas laaksoon. Sinne tuli saaliinhimoinen lauma hukkia ja niiden kanssa Bolgin henkivartiosto, joukko jättiläismäisiä hiisiä, joilla oli teräksestä taotut käyräsapelit. Pian levisi oikean illan pimeys myrskyiselle taivaalle ja suuret lepakot viuhuivat yhä haltiain ja ihmisten pään päällä ja korvissa ja pureutuivat haavoittuneisiin kuin verenimijät. Bard taisteli puolustaakseen itäharjannetta mutta antoi kaiken aikaa myöten, ja haltiaruhtinaat olivat kerääntyneet asemiin kuninkaansa ympärille eteläharjanteelle lähelle Korppikallion vartiopaikkaa.

Äkkiä kuului suuri huuto ja Portilta kaikui torven toitotus. He olivat unohtaneet Thorinin! Vipujen avulla kaatui osa muuria rysähtäen altaaseen. Esiin loikkasi Vuorenalainen kuningas ja hänen toverinsa seurasivat häntä. Huput ja viitat olivat poissa, heillä oli yllään hohtavat sotisovat ja punainen valo välkkyi heidän silmissään. Hämärässä kääpiöpäällikkö kiilsi kuin kulta hiipuvan tulen valossa.

Ylhäältä vierittivät hiidet kiviä, mutta kääpiöt eivät pysähtyneet vaan hyppäsivät putouksen alle ja ryntäsivät taisteluun. Niin sudet kuin niiden ratsastajat kaatuivat tai pakenivat heidän edellään. Thorin jakeli mahtavia iskuja kirveestään eikä mikään näyttänyt pystyvän häneen itseensä.

»Tänne! Tänne! Haltiat ja ihmiset! Tänne! Rakkaat sukulaiseni!» hän huusi ja hänen huutonsa soi laaksossa kuin torvi.

Dainin kääpiöt rynnistivät järjestyksestä piittaamatta hänen avukseen alas. Alas tuli myös monia järveläisiä joita Bard ei pystynyt hillitsemään, ja toiselta puolen tuli monia haltiain keihäsmiehiä. Jälleen kerran saivat hiidet maistaa rautaa laaksossa, ja niitä kaatui kasoittain, kunnes maa oli musta ja iljettävä ja täynnä ruumiita. Hukat hajaantuivat ja Thorin hyökkäsi päin Bolgin henkivartiostoa. Mutta sen rivejä hän ei saanut puhki.

Hänen takanaan makasi jo hiidenraatojen joukossa kuolleena moni ihminen ja moni kääpiö ja moni kaunis haltia, jonka olisi pitänyt saada elää vielä pitkään iloisena metsässä. Ja laakson levetessä hänen hyökkäyksensä hidastui hidastumistaan. Hänen joukkonsa oli liian pieni. Hänen sivustansa olivat suojattomat. Pian joutuivat hyökkääjät hyökkäyksen kohteeksi ja heidät pakotettiin suureksi piiriksi puolustautumaan hiisiä ja susia vastaan jotka kävivät päälle joka suunnalta. Bolgin henkivartiosto tuli ulvoen heitä kohti ja vyöryi riveihin kuin aalto rantakalliolle. Muut eivät voineet tulla avuksi, sillä Vuorelta rynnisti uusi hyökkäys kaksinkertaisin voimin ja molemmin puolin hakattiin maahan ihmisiä ja haltioita.

Bilbo katseli kaikkea tätä surkeana. Hän oli asettunut Korppikalliolle haltioiden luo – osittain koska sieltä pääsisi parhaiten pakoon ja osittain (ja tähän vaikutti hänen tukinsukuinen puolensa) siksi että jos hänet pakotettaisiin viimeiseen epätoivoiseen puolustukseen, mieluiten hän puolusti haltiakuningasta. Voin kertoa että Gandalf oli samassa paikassa ja istui maassa kuin syvissä mietteissä, ilmeisesti valmistellen jotakin taikaa ja jysäystä ennen lopun tuloa.

Loppu tuntui olevan lähellä. »Ei kestä enää kauan ennen kuin hiidet valtaavat Portin», ajatteli Bilbo, »ja meidät kaikki lahdataan tai ajetaan yhteen ja otetaan vangiksi. On tässä aihetta itkuun kaiken sen jälkeen mitä on kestetty. Soisin mieluummin että Smaug olisi saanut pitää kurjan aarteensa kuin että nämä iljetykset kahmivat sen itselleen ja onneton Bombur ja Balin ja Fili ja Kili ja kaikki muut saavat surkean lopun, ja Bard myös, sekä järveläiset ja hilpeät haltiat. Voi surkeutta! Minä olen kuullut lauluja monista taisteluista, ja olen aina ymmärtänyt että tappio voi olla kunniakas. Minusta siinä ei ole mitään kehumista, se on pelkästään masentava. Voi kun olisin jossakin kerrassaan muualla.»

Tuuli hajotti pilvet ja punainen auringonlaskun nauha levisi länteen. Nähdessään äkkiä tämän punerruksen kaiken synkkyyden keskellä Bilbo katsoi tarkemmin. Hän päästi kovan huudon, hän oli nähnyt jotakin joka sai hänen sydämensä hypähtämään, hän oli nähnyt pieniä mutta ylväitä tummia hahmoja vasten kaukaista hehkua.

»Kotkat! Kotkat!» hän huusi. »Kotkat tulevat!»

Bilbon silmät erehtyivät harvoin. Kotkia tuli myötätuulessa rivistö toisensa perään, niitä oli niin suuri joukko että se oli varmasti koottu kaikista pohjoisen kotkanpesistä.

»Kotkat! Kotkat!» huusi Bilbo, tanssi ja heilutti käsiään. Jos kohta haltiat eivät nähneet häntä, he kuulivat kyllä hänen äänensä. Pian he yhtyivät huutoon ja se kaikui laakson poikki. Moni ihmettelevä silmä katsoi ylös vaikka muualta kuin Vuoren etelärinteiltä ei vielä nähnyt mitään.

»Kotkat!» huusi Bilbo vielä kerran, mutta silloin ylhäältä vyöryvä kivi iskeytyi voimallisesti hänen kypäräänsä ja hän kaatui eikä tiennyt enää mistään mitään.

Kahdeksastoista luku

··· PALUUMATKA ···

KUN BILBO TULI tajuihinsa hän oli yksin. Hän makasi Korppikallion laakeilla kivillä, eikä ketään ollut lähettyvillä. Päivä oli pilvetön mutta kylmä ja se oli edennyt jo pitkälle. Hän vapisi ja paleli ytimiä myöten päätä lukuun ottamatta jota poltti kuin tulessa.

»Mitähän on tapahtunut?» hän sanoi itsekseen. »Ainakaan en ole yksi kaatuneista urhoista, mutta kenties ehdin vielä päästä heidän joukkoonsa!»

Hän nousi tuskallisesti istumaan. Hän katsoi laaksoon eikä nähnyt yhtään elävää hiittä. Vähitellen hänen päänsä selvisi hiukan ja hän oli näkevinään haltioita liikkumassa alhaalla kivien keskellä. Hän hieroi silmiään. Eikö vain vähän matkan päässä tasangolla ollut yhä leiri ja Portilla kuljettu sisään ja ulos! Siellä näyttivät kääpiöt ahertavan muurin purkutyössä. Mutta oli täysin hiljaista. Kukaan ei huutanut eikä mistään kuulunut laulua. Ilmassa tuntui suuri suru.

»Voitto siitä kai sitten tuli loppujen lopuksi!» Bilbo sanoi ja koetteli särkevää päätään. »Ei näytä kovin kummoiselta.»

Äkkiä hän tajusi että rinnettä nousi mies ja tuli häntä kohti.

»Hei siellä!» hän huusi värisevällä äänellä. »Hei siellä! Kuinka ovat asiat?»

»Mikä ääni täällä puhuu kivien keskellä?» kysyi mies ja pysähtyi ja katseli ympärilleen varsin lähellä sitä paikkaa missä Bilbo istui.

Silloin Bilbo muisti sormuksensa! »No jopas!» hän sanoi. »Tästä näkymättömyydestä on haittaakin. Ellen olisi ollut näkymätön, olisin varmaan viettänyt yöni mukavasti lämpimässä vuoteessa!»

»Minä täällä, Bilbo Reppuli, Thorinin toveri!» hän huusi ja otti kiireesti sormuksen pois sormesta.

»Hienoa että löysin teidät!» mies sanoi ja astui lähemmäksi. »Teitä kaivataan ja me olemme etsiskelleet kauan. Me olisimme jo lukeneet teidät kuolleiden joukkoon, ja heidän lukunsa on suuri, mutta velho Gandalf sanoi että äänenne kuultiin viimeisen kerran tällä paikalla. Minut lähetettiin katsomaan vielä kerran. Oletteko pahasti loukkaantunut?»

»Olen tainnut saada ilkeän iskun päähän», Bilbo sanoi. »Mutta minulla on kypärä ja kova kallo. On kyllä vähän paha olla ja jalat ovat kuin olkea.»

»Minä kannan teidät alas laakson leiriin», mies sanoi ja nosti hänet kevyesti ilmaan.

Mies oli nopea ja hänen askelensa olivat varmat. Ei kestänyt kauankaan kun Bilbo laskettiin Laaksossa maahan teltan eteen, jossa Gandalf seisoi käsi kantositeessä. Ei edes velho ollut selvinnyt vammoitta, ja vain harva koko sotajoukosta oli selvinnyt kokonaan ehjin nahoin.

Gandalf ilahtui totisesti nähdessään Bilbon. »Reppuli!» hän huudahti. »Jopa jotakin! Elossa sittenkin – kylläpä olen iloinen! Minä olin jo ruvennut epäilemään tokko sinunkaan onnesi kaikkeen riittää. Kauheaa tämä on ollut, ja vähältä piti ettei kaikki päättynyt huonosti. Mutta muut uutiset joutavat odottamaan. Tule!» hän sanoi vakavammin. »Sinua kaivataan.» Ja hän johdatti hobitin teltan sisään.

»Terve Thorin», hän sanoi sisään astuessaan, »olen tuonut hänet.»

Teltassa makasi Thorin Tammikilpi monesta paikkaa haavoittuneena, ja maassa hänen vieressään lojui repeytynyt sotisopa ja tylsynyt kirves. Hän katsoi ylös kun Bilbo tuli hänen viereensä. »Hyvästi, hyvä voro», hän sanoi. »Minä menen nyt odotuksen saleihin istuakseni isieni rinnalla kunnes maailma tehdään uudeksi. Koska nyt jätän kaiken kullan ja hopean ja menen sinne missä sillä ei ole arvoa, tahdon erota sinusta ystävänä ja otan takaisin sanani ja tekoni Vuoren portilla.»

Bilbo laskeutui yhden polven varaan ja hänet täytti suru. »Hyvästi, Vuorenalainen kuningas!» hän sanoi. »Katkera on seikkailu jos sen täytyy päättyä näin, eikä mikään kultavuori korvaa tätä. Mutta olen silti iloinen että olen saanut jakaa vaarat sinun kanssasi – se on ollut enemmän kuin kukaan Reppuli ansaitsee.»

»Ei!» sanoi Thorin. »Sinussa on enemmän hyvää kuin tiedätkään, sinä lempeän lännen lapsi. Sekä viisautta että rohkeutta ja sopivassa suhteessa. Jos useampi meistä pitäisi suuremmassa arvossa ruokaa ja huvia ja laulua kuin kulta-aarteita, olisi maailma hauskempi paikka. Mutta on mikä on, hauska eli murheellinen, minun on se nyt jätettävä. Hyvästi!»

Silloin Bilbo kääntyi pois ja meni istumaan yksin huopaan kääriytyneenä ja itki, uskokaa tai älkää, itki kunnes hänen silmänsä olivat punaiset ja ääni käheä. Hän oli kiltti pikku olento. Ja kesti kauan ennen kuin hänestä oli kertomaan kaskuja. »On se taivaan lahja että heräsin silloin kun heräsin», hän sanoi viimein itsekseen. »Kuinka toivonkaan että Thorin olisi elossa, mutta on hyvä että erosimme ystävinä. Sinä, Bilbo Reppuli, olet hölmö, ja sinä sähläsit perinpohjin Arkkikiven kanssa, ja taistelu siitä kumminkin tuli huolimatta kaikista yrityksistäsi ostaa rauhaa ja sopua, mutta tuskin sinua siitä voidaan syyttää.»

Bilbo sai myöhemmin kuulla mitä oli tapahtunut sen jälkeen kun hän oli mennyt tajuttomaksi, mutta enemmän se suretti kuin ilahdutti häntä, ja hän oli väsynyt koko seikkailuun. Hänen luitaan jäyti halu päästä lähtemään kotiin. Mutta kotimatka viivästyi, ja sitä odotellessa kerron teille jotakin siitä mitä oli tapahtunut. Kotkat olivat pitkään epäilleet hiisien kerääntyvän yhteen, sillä vuorissa tapahtuvaa kuhinaa ei voitu kokonaan salata niiden tarkoilta silmiltä. Niin olivat myös kotkat kokoontuneet suurin joukoin Sumuvuorten suuren kotkan johdolla, ja viimein, vainuten kaukaa taistelun, ne olivat kiitäneet myrskyn siivillä mukaan viime hetkellä. Ne olivat kiskoneet hiidet vuorenrinteiltä ja heittäneet ne jyrkänteiltä alas tai ajaneet ne kirkuvina ja kauhuissaan vihollisten syliin. Ei kestänyt kauan kun ne olivat puhdistaneet Yksinäisen vuoren, ja ihmiset ja haltiat saattoivat laskeutua alas harjanteilta ja yhtyä alhaalla käytävään taisteluun.

Mutta kotkien tulon jälkeenkin oli hiisillä ylivoima. Viime hetkellä oli saapunut itse Beorn — kukaan ei tiennyt kuinka ja mistä. Hän tuli yksin ja karhun hahmossa ja vihassaan hän näytti kasvaneen jättiläisen mittoihin.

Hänen ärjyntänsä jylisi kuin rummut ja pyssyt ja hän heitteli hiisiä ja susia tieltään kuin olkia ja höyheniä. Hän kävi niiden kimppuun selustasta ja katkaisi niiden ketjun kuin ukkosen nuoli. Kääpiöt puolustivat yhä ruhtinaitaan matalalla pyöreällä kummulla. Silloin Beorn kumartui ja nosti maasta Thorinin, jonka keihäät olivat lävistäneet, ja kantoi hänet pois taistelun melskeestä.

Pian hän palasi ja hänen vihansa oli paisunut kaksinkertaiseksi, niin ettei mikään voinut häntä vastustaa eikä häneen näyttänyt pystyvän mikään ase. Hän hajotti henkivartioston ja paiskasi maahan itsensä Bolgin ja surmasi sen. Silloin täytti kauhu hiidet ja ne pakenivat joka suuntaan. Mutta uupumus haihtui niiden vihollisista uuden toivon virittyä ja he ajoivat niitä takaa aivan niiden kintereillä ja estivät useimpien paon. Monia he ajoivat Vuolaaseen virtaan ja ne, jotka pakenivat etelään tai länteen, he ajoivat Metsävirran rannoilla levittäytyville soille, ja siellä niistä menehtyi suurin osa, ja ne jotka suurella vaivalla pääsivät metsähaltioiden valtakuntaan surmattiin taikka ajettiin kuolemaan syvälle Synkmetsän poluttomaan pimeyteen. Lauluissa kerrotaan että kolme neljännestä pohjoisen hiisisotureista sai surmansa sinä päivänä, ja vuorilla vallitsi pitkään rauha.

Voitto oli varmistettu ennen yön tuloa, mutta ajojahti oli yhä käynnissä kun Bilbo palasi leiriin, eikä Laaksossa ollut juuri muita kuin vaikeasti haavoittuneet.

»Missä kotkat ovat?» hän kysyi Gandalfilta sinä iltana maatessaan moniin lämpimiin huopiin kietoutuneena.

»Jotkut ovat jahdissa mukana», velho sanoi, »mutta useimmat ovat menneet takaisin pesiinsä. Eivät ne tahtoneet jäädä tänne vaan lähtivät heti aamun ensi kajossa. Dain on kruunannut niiden päällikön kullalla ja vannonut niiden kanssa ikuista ystävyyttä.»

»Ikävä juttu. Tarkoitan että olisin mielelläni tavannut ne uudestaan», sanoi Bilbo unisesti. »Ehkä minä tapaan ne kotimatkalla. Minä kai pääsen kohta lähtemään kotiin?»

»Niin pian kuin tahdot», velho vastasi.

Kesti kuitenkin joitakin päiviä ennen kuin Bilbo sitten lähti. He hautasivat Thorinin syvälle Vuoren alle ja Bard asetti Arkkikiven hänen rinnalleen.

»Olkoon siinä kunnes Vuori sortuu!» hän sanoi. »Tuokoon hyvää onnea kaikelle hänen heimolleen joka täällä tästälähin asuu!»

Hänen haudalleen haltiakuningas laski Orkristin, haltiamiekan, joka oli otettu Thorinilta vankeuden aikana. Lauluissa kerrotaan että se hohti pimeässä aina milloin vihollinen lähestyi ja että kääpiöiden linnoitukseen ei voinut kukaan yllättäen hyökätä. Dain Nainin poika asettui sinne asumaan ja hänestä tuli Vuorenalainen kuningas, ja aikanaan moni kääpiö kokoontui hänen valtaistuimensa ympärille muinaisiin saleihin. Thorinin kahdestatoista toverista oli jäljellä kymmenen. Fili ja Kili olivat kaatuneet puolustaessaan häntä omalla ruumiillaan, sillä hän oli heidän äitinsä vanhin veli. Muut jäivät Dainin luo sillä Dain jakoi aarteen viisaasti.

Enää ei ollut puhettakaan että aarre olisi jaettu osiin niin kuin oli aiottu, Balinille ja Dwalinille, Dorille, Norille ja Orille, Oinille ja Gloinille, Bifurille, Bofurille ja Bomburille — ynnä Bilbolle. Mutta Bardille kuitenkin annettiin neljästoista osa kaikesta kullasta ja hopeasta, käsitellystä ja käsittelemättömästä, sillä Dain sanoi: »Me pidämme kunniassa kuolleitten sopimukset, ja Arkkikivi on nyt hänen hallussaan.»

Jopa neljästoista osa oli suunnaton omaisuus, suurempi kuin mitä monella kuolevaisella kuninkaalla on. Aarteestaan Bard lähetti paljon kultaa Järvikaupungin Isännälle ja hän palkitsi avokätisesti seuraajansa ja ystävänsä. Haltiakuninkaalle hän antoi Girionin smaragdit, joita tämä erityisesti ihaili ja jotka Dain oli varannut Bardille.

Bilbolle Dain sanoi: »Tämä aarre on yhtä lailla sinun kuin se on minun, vaikka vanhat sopimukset eivät pidä paikkaansa koska niin monilla on esitettävänä vaatimuksia sen takaisin valtaamisen ja puolustamisen nojalla. Mutta vaikka sinä olit valmis luopumaan omasta vaateestasi, toivoni on että Thorinin sanat, joita hän katui, eivät kävisi toteen: että meiltä ei liikenisi paljon. Sinut minä tahtoisin palkita kaikkia muita runsaammin.»

»Se on kauniisti ajateltu», Bilbo sanoi. »Mutta palkkiotta lähteminen on minulle helpotus. Miten ihmeessä olisin voinut kuljettaa sellaisen aarteen kotiin villitsemättä sotaa ja murhia matkallani? Enkä ymmärrä mitä minä olisin sillä tehnyt kotiin päästyäni. Varmasti on parempi että se on sinulla.»

Loppujen lopuksi hän suostui ottamaan vain kaksi pientä arkkua joista toisessa oli hopeaa ja toisessa kultaa, sen verran kuin yksi vahva poni pystyi kantamaan. »Tämän enempää en mitenkään voi ottaa», hän sanoi.

Viimein tuli aika hyvästellä ystävät. »Näkemiin, Balin!» hän sanoi, »ja näkemiin Dwalin, ja näkemiin Dori, Nori, Ori, Oin, Gloin, Bifur, Bofur ja Bombur! Älköön teidän partanne ikänä ohentuko!» Ja sitten hän kääntyi Vuorta kohti ja lisäsi: »Näkemiin Thorin Tammikilpi! Ja Fili ja Kili! Älköön muistonne koskaan sammuko!»

Sitten kääpiöt kumarsivat syvään Portin edustalla, mutta sanat juuttuivat kurkkuun. »Näkemiin ja onnea, missä kuljetkin», sai Balin viimein sanotuksi. »Jos joskus tulet meitä tapaamaan, sitten kun salimme on korjattu kauniiksi, pidämme totisesti upeat kestit!»

»Jos joskus kuljette meilläpäin», Bilbo sanoi, »älkää vaivautuko koputtamaan! Teetä juodaan neljältä, mutta kuka tahansa teistä on tervetullut mihin aikaan tahansa!»

Sitten hän kääntyi pois.

Haltioiden sotajoukko marssi kotia kohti, ja jos kohta se oli surkeasti huvennut, moni oli silti iloinen, sillä pohjoinen maailmankolkka olisi nyt pitkään hauskempi paikka asua. Lohikäärme oli kuollut ja hiidet oli voitettu ja sydämet odottivat talven jälkeen uutta parempaa kevättä.

Gandalf ja Bilbo ratsastivat haltiakuninkaan jäljessä ja heidän rinnallaan asteli Beorn, joka oli jälleen ihmisen hahmossa, ja hän nauroi ja lauloi kovalla äänellä tietä kulkiessaan. Näin he kulkivat, kunnes he alkoivat lähestyä Synkmetsän liepeitä vähän pohjoiseen siitä paikasta missä Metsävirta tuli metsästä ulos. Siinä he pysähtyivät, sillä velho ja Bilbo olivat päättäneet olla menemättä metsään vaikka kuningas kutsui heitä vieraiksi saleihinsa. He aikoivat kulkea metsän viertä sen pohjoispuolitse autiomaahan joka jäi sen ja Harmaavuorten väliin. Tie oli pitkä ja iloton, mutta nyt kun hiidet oli murskattu, se tuntui heistä turvallisemmalta kuin puidenalaiset pelottavat polut. Sitä paitsi Beorn aikoi myös kulkea sitä kautta.

»Näkemiin, haltiakuningas!» Gandalf sanoi. »Vallitkoon ilo vihermetsässä niin kauan kuin maailma on vielä nuori! Ja iloitkoot kaikki sinun kanssasi!»

»Näkemiin Gandalf!» sanoi kuningas. »Oi että tulisit aina kun sinua eniten kaivataan ja vähiten odotetaan! Mitä useammin käyt luonani, sitä suurempi ilo minulle!»

»Minä pyydän teitä», änkytti Bilbo yhdellä jalalla seisten, »pyydän teitä ottamaan vastaan tämän lahjan!» Ja hän otti esiin hopeisen kaulanauhan johon oli upotettu helmiä ja jonka Dain oli antanut hänelle heidän erotessaan.

»Miten olen ansainnut tällaisen lahjan, oi hobitti?» kuningas kysyi.

»Tuota, minä, minä siis», aloitti Bilbo tietämättä mitä sanoisi, »minä ajattelin että ehkä jonkinlainen pieni korvaus teidän, tuota, vieraanvaraisuudestanne olisi paikallaan. Voroillakin on nimittäin tunteet. Olen juonut paljon viiniänne ja syönyt paljon leipäänne.»

»Minä otan lahjasi vastaan, oi Bilbo Mahtava!» kuningas sanoi vakavasti. »Ja minä nimitän sinut haltiamieleksi ja siunatuksi. Älköön varjosi koskaan pienentykö (ettei varastaminen käy liian helpoksi)! Näkemiin!»

Sitten haltiat kääntyivät kohti metsää ja Bilbo aloitti pitkän kotimatkan.

Hän sai kokea monia vaivoja ja seikkailuja ennen kuin hän pääsi kotiin. Erämaa oli yhä erämaa ja noihin aikoihin oli olemassa monia muitakin olentoja kuin hiisiä, mutta hänellä oli hyvä opas ja hyvä turva – velho kulki hänen kanssaan ja suurimman osan matkasta myös Beorn – eikä hän enää joutunut suureen vaaraan. Keskitalven tullen Gandalf ja Bilbo olivat taittaneet koko taipaleen metsän laitoja myötäillen Beornin talolle ja siellä he molemmat viipyivät vähän aikaa. He jakoivat siellä juleajan ilot ja lämmön ja kaukaa ja laajalta tuli sinne ihmisiä viettämään juhlaa Beornin kutsusta. Sumuvuorten hiidet olivat tätä nykyä vähissä ja arkoja ja ne piileksivät syvääkin syvemmissä koloissa, ja hukat olivat kaikonneet metsistä niin että ihmiset saattoivat kulkea mailla pelotta. Beornista tulikin myöhemmin suuri päällikkö noilla seuduilla ja hän hallitsi laajaa aluetta vuorten ja metsän välillä, ja sanotaan, että monessa sukupolvessa hänen jälkeläisillään oli kyky ottaa karhun muoto ja että osa heistä oli tuikeita ja pahoja miehiä mutta enimmäkseen heillä oli Beornin sydän, jos kohta he eivät olleet yhtä suuria ja väkeviä. Heidän aikanaan Sumuvuorilta metsästettiin viimeiset hiidet ja Erämaan laidalle rakennettiin uusi rauha.

Oli kaunis kevät ja ilmat leudot ja aurinko paistoi kirkkaana ennen kuin Bilbo ja Gandalf viimein lähtivät Beornin luota, ja vaikka Bilbo kaipasi kotiin, hänestä oli ikävä lähteä sillä Beornin kukat ja puutarhat olivat keväällä yhtä ihanat kuin keskikesällä.

Viimein he olivat matkalla ja tulivat siihen samaiseen solaan jossa hiidet olivat kerran ottaneet heidät vangiksi. Mutta he saapuivat ylös vuorien väliin aamusella ja katsoessaan taakseen he näkivät valkoisen auringon paistavan laajoille maille. Siellä takana levittäytyi Synkmetsä kaukaisuudessa sinisenä ja lähellä tummanvihreänä vaikka oli kevät. Kaukana kaukana silmänkantaman rajalla häämötti Yksinäinen vuori. Sen korkeimmalla huipulla kimalsi vielä lumi.

»Niin tulee lumi tulen jälkeen ja lohikäärmeetkin kohtaavat loppunsa!» Bilbo sanoi ja käänsi selkänsä seikkailulleen. Hänen tukilainen puolensa oli uupumassa ja Reppuli vahvistui päivä päivältä. »En enää toivo muuta kuin että saisin lojua omassa nojatuolissani!» hän sanoi.

Yhdeksästoista luku

··· VIIMEISET VAIHEET ···

TOUKOKUUN ENSIMMÄISENÄ PÄIVÄNÄ saapuivat Gandalf ja Bilbo
Rivendellin laakson laitaan ja näkivät jälleen Viimeisen (tai Ensimmäisen) kodon. Tälläkin kertaa oli ilta, ponit olivat väsyneitä, etenkin kuormaponi, ja kaikki tunsivat että lepo oli tarpeen. Kun he
ratsastivat alas jyrkkää polkua, Bilbo kuuli haltioiden laulavan puissa ikään kuin he eivät olisi lakanneetkaan sen jälkeen kun hän oli
viimeksi lähtenyt, ja niin pian kuin ratsastajat pääsivät alas laakson
metsäaukioille, haltiat puhkesivat laulamaan samantapaista laulua
kuin silloin. Jotenkin näin se meni:

Lohikäärme tuhottiin
siltä murskattiin luutkin,
sen panssari murrettiin
ja riistettiin mahdit muutkin!
Vaikka miekka on ruostunut,
ei ole kuningasta, ei prinssiä enää,
kun mies matkaan on suostunut,
ei mikään enää tee tenää.
Tänne ruoho kasvamaan jää
ja lehvät huminoivat,
vesi valkea koskissa ryöppyää,
näin vain haltiat laulaa voivat:
  Hoi! Tralalalalaa!
  Taas Laaksoon saapukaa!

Tähdet kuin timantit nähdä saan,
kun nyt nurmella makaan;
kuun hopea ei vertaistaan
löydä kuninkaan aarrearkustakaan.
Tuli takassa loimottaa,
se vuorten kultaakin kirkkaampana kimaltaa,
miksi siis matkaa jatkamaan?
Hoi! Tralala! Näin rallatamme
täällä laaksossamme.

Hoi! Minne käy matka nyt,
ja niin myöhään jää paluu?
Joka tähti on syttynyt,
joki vuolaana valuu!
Hoi! Minne noin allapäin,
alakuloisina näin?
Täällä haltiakansa
vain vartoaa vieraitansa
ja laulaa: tralalalaa.
Taas Laaksoon saapukaa,
tralalalalaa,
falalalalaa,
la-laa!

Sitten laakson haltiat tulivat esiin ja tervehtivät heitä ja veivät heidät joen poikki Elrondin taloon. Siellä he saivat lämpimän vastaanoton ja moni oli sinä iltana innokas kuulemaan heidän seikkailujensa tarinan. Gandalf hoiti puhumisen, sillä Bilbo oli käynyt hiljaiseksi ja uneliaaksi. Tarina oli hänelle suurimmaksi osaksi tuttu, koska hän oli itse ollut mukana ja hän oli kertonut siitä suuren osan velholle matkan kuluessa ja Beornin talossa, mutta aina välillä hän raotti toista silmäänsä ja kuunteli, milloin Gandalf kertoi sellaista mitä hän ei ollut tiennyt.

Näin hän sai tietää missä Gandalf oli ollut, kuunnellessaan mitä velho puhui Elrondille. Kävi ilmi että Gandalf oli ollut valkoisten velhojen suuressa neuvostossa, taruntiedon ja hyvien taikojen tuntijoiden kokouksessa, ja että he olivat viimein karkottaneet Noidan pimeästä loukostaan Synkmetsän eteläpäästä.

»Ei aikaakaan kun metsä käy mieluisammaksi samota», sanoi Gandalf. »Sopii toivoa että pohjoinen on vapaa siitä kauhusta monet vuodet. Mutta parempi olisi kun hänet olisi karkotettu koko maailmasta!»

»Siitä sietäisi iloita», Elrond sanoi, »mutta ei se taida tapahtua tähän maailmanaikaan eikä moneen sen jälkeenkään.»

Kun heidän matkojensa tarina oli kerrottu, olivat vuorossa toiset tarinat, ja niitä riitti, entisaikojen taruja ja uusia kertomuksia ja ajattomia tarinoita, kunnes Bilbon pää retkahti rinnalle ja hän rupesi kuorsaamaan nurkassa tyytyväisenä.

Herätessään hän huomasi olevansa valkoisessa vuoteessa. Kuu paistoi avoimesta ikkunasta ja ikkunan alla lauloivat haltiat virran rannassa kirkkaasti ja lujalla äänellä:

> *Nyt laulakaa, veikkoset, yhdessä täällä!*
> *Tuuli soi puissa ja nummien päällä;*
> *yhtä aikaa kukkivat tähdet ja kuu,*
> *joka ikkuna Yön tornissa kirkastuu.*

Nyt tanssikaa, veikkoset, yhdessä täällä!
Ruoho pehmeää on, kuin höyhen jalka sen päällä!
Joki hopeaa, varjoja enää näe emme;
on hauska tämä toukokuun tapaamisemme.

Nyt laulakaa hiljaa, että uneen hänet saamme!
Hänet kaikessa rauhassa nukuttakaamme!
Jo matkamies nukkuu. Olkoot pehmeät tyynyt!
Leppä ja paju! Kehtolaulu virittyy nyt!

Älä humise, mänty, ennen kuin on aamu!
Kuu, laske! Pois valon viimeinen haamu!
Hys, hiljaa, tammi ja lehdet haavan!
Vesi, solise vasta kun aamun näet saavan!

»Tervehdys, Hilpeä väki», sanoi Bilbo kurkistaen ulos ikkunasta. »Kautta kuun, mikä hetki nyt on? Teidän kehtolaulunne olisi herättänyt juopuneen hiidenkin! Mutta kiitos kuitenkin.»

»Ja sinun kuorsauksiisi olisi herännyt vaikka kivilohikäärme – mutta kiitos kuitenkin», he vastasivat nauraen. »Aamu lähestyy ja sinä olet nukkunut alkuillasta saakka. Huomenna olet kenties väsymyksestäsi toipunut.»

»Vähä uni parantaa paljon Elrondin talossa», Bilbo sanoi, »mutta aion silti käyttää hyväkseni kaiken minkä voin. Toivotan teille toistamiseen hyvää yötä, kauniit ystävät!» Ja sen sanottuaan hän meni takaisin vuoteeseen ja nukkui pitkälle aamupäivään.

Pian väsymys hellitti hänestä tuossa talossa ja hän pilaili ja tanssi laakson haltioiden kanssa aamuvarhaisesta ja iltamyöhäiseen. Mutta ei edes Rivendell voinut pidätellä häntä kauan ja hän ajatteli kaiken aikaa omaa kotiaan. Viikon kuluttua hän sen tähden heitti hyvästit Elrondille, sai vaivalla suostutelluksi hänet ottamaan vastaan pieniä lahjoja ja ratsasti pois Gandalfin kanssa.

Heidän lähtiessään laaksosta tummeni länsi heidän edessään ja heitä vastassa oli tuulta ja sadetta.

»Keväinen toukokuu, kyllä kai!» sanoi Bilbo sateen piiskatessa hänen kasvojaan. »Mutta me olemme kääntäneet selkämme taruille ja olemme matkalla kotiin. Tämä on kai sen esimakua.»

»Meillä on vielä pitkä matka edessä», sanoi Gandalf.

»Mutta se on viimeinen taival», Bilbo sanoi.

He tulivat joelle, joka virtasi Erämaan rajana, ja jyrkän äyrään alla olevalle kahlaamolle, jonka kenties muistatte. Vesi oli korkealla sekä sulaneesta lumesta näin kesän tullen että koko päivän jatkuneesta sateesta, mutta he pääsivät joen yli, vaikka eivät aivan helposti, ja jatkoivat matkaa illansuussa ja aloittivat viimeisen taipaleen.

Matka sujui melko lailla samaan tapaan kuin tullessa, paitsi että seurue oli pienempi ja vaiteliaampi eivätkä he tällä kertaa kohdanneet peikkoja. Joka kohdassa Bilbo muisti mitä vuosi sitten oli siinä paikassa tapahtunut ja sanottu – vaikka tuntui kuin aikaa olisi kulunut yli kymmenen vuotta – ja niin hän myös äkkäsi nopeasti paikan jossa poni oli pudonnut jokeen ja he olivat kääntyneet sivuun ja joutuneet ikävään seikkailuun Tomin ja Bertin ja Vilin kanssa.

Peikkojen kulta löytyi läheltä tietä sieltä minne he olivat sen haudanneet, eikä siihen ollut kukaan koskenut. »Minun rikkauteni riittävät loppuelämäksi», Bilbo sanoi kun he olivat kaivaneet sen esiin. »Ota sinä tämä, Gandalf. Sinä varmasti löydät sille käyttöä.»

»Ei epäilystäkään!» velho sanoi. »Mutta jaetaan tasan! Sinulla voi olla enemmän tarvetta kuin arvaatkaan.»

Niin he pakkasivat kullan säkkeihin ja heilauttivat ne ponien selkään mistä ponit eivät ollenkaan ilahtuneet. Sen jälkeen matka kävi hitaammin, sillä Bilbo ja Gandalf kulkivat enimmäkseen jalan. Mutta maisema oli vihreä ja maassa kasvoi ruohoa jolla hobitti tepasteli tyytyväisenä. Hän pyyhki kasvojaan punaisella silkkinenä-liinalla – hänen omistaan ei ollut jäljellä enää ainuttakaan, tämän hän oli lainannut Elrondilta – sillä kesäkuu oli tuonut kesän tulles-saan ja ilma oli jälleen kirkas ja kuuma.

Niin kuin kaikki viimein päättyy, niin tämä tarinakin, ja tuli vii-mein päivä jolloin he näkivät edessään maan jossa Bilbo oli syntynyt ja kasvanut, maan jonka muodot ja puut hän tunsi yhtä hyvin kuin omat sormensa ja varpaansa. Erään mäen päältä hän näki etäällä oman Kukkulansa, ja hän pysähtyi äkkiä ja sanoi:

Tiet vain jatkuvat jatkumistaan
   ylitse kallion, alitse puiden,
  ohi luolien, joita aurinkokaan
    ei valaise lailla paikkojen muiden,
  yli lumien, talven kylvämien,
   läpi kesäkuun kukkatarhain,
  yli ruohon ja kivikkorinteiden,
   kun kuun valo on vuorilla parhain.

Tiet vain jatkuvat jatkumistaan
   pilvien alta ja tähtien alta,
  jalat, tottuneet vaeltamaan,
   viimein kääntyvät kotiin maailmalta.
  Silmät jotka näkivät tulen ja miekan
   ja kauhut kivisten kammioiden

näkevät taas kotiharjujen hiekan,
tutun vehreyden kunnaiden noiden.

Gandalf katsoi häntä. »Bilbo hyvä! Mikä sinua vaivaa?» hän huudahti. »Sinä et ole enää sama hobitti kuin ennen!»

Ja niin he ylittivät sillan ja ohittivat jokirannan myllyn ja saapuivat Bilbon omalle kotiovelle.

»No mutta! Mitä täällä on tekeillä?» Bilbo huudahti. Hänen ovensa edessä hälisi sankka väkijoukko, kaikenlaista väkeä, kunniallista ja vähemmän kunniallista, ja monet kulkivat sisään ja ulos – pyyhkimättä edes jalkojaan mattoon minkä Bilbo harmikseen pani merkille.

Jos Bilbo oli hämmästynyt, hämmästyneempiä olivat he. Bilbo oli palannut kesken huutokaupan! Portilla riippui iso ilmoitus johon oli mustalla ja punaisella kirjoitettu, että täällä pidettäisiin alkaen kahdeskymmenestoinen kesäkuuta huutokauppa, jossa Tonkeli, Tonkeli ja Onkaloinen möisivät Hobittilan, Alismäen, Repunpään Bilbo Reppuli -vainajan jäämistön. Huutokauppa oli määrätty alkavaksi tasan kello kymmenen. Bilbon tullessa lounasaika lähestyi ja suurin osa tavaroista oli jo myyty joko halvalla tai polkuhintaan (kuten huutokaupoissa usein käy). Bilbon serkut Säkinheimo-Reppulit mittailivat parhaillaan Bilbon huoneita nähdäkseen mahtuisivatko heidän huonekalunsa sisään. Toisin sanoen Bilbo oli »julistettu kuolleeksi», eivätkä kaikki, jotka väittivät ilahtuneensa siitä että se ei pitänytkään paikkaansa, välttämättä puhuneet totta.

Herra Bilbo Reppulin paluu aiheutti melkoisen hämmingin niin mäellä kuin mäen alla ja virran toisella puolen, ja sitä ihmeteltiin reilusti yli yhdeksän päivää. Laillisten kiemuroiden selvittelyyn meni vuosia. Kesti melkoisen kauan ennen kuin herra Reppulille annettiin lupa elää. Niitä jotka olivat tehneet poikkeuksellisen hyviä kauppoja huutokaupassa saatiin vakuutella pitkään ja hartaasti, ja lopulta Bilbo aikaa säästääkseen osti takaisin suuren osan huonekaluistaan. Monia hopealusikoita oli hävinnyt salaperäisellä tavalla eikä niiden katoamista koskaan selvitetty. Bilbo itse epäili Säkinheimo-Reppuleita. He puolestaan eivät koskaan myöntäneet että takaisin tullut Reppuli oli aito, eivätkä he olleet hyvissä väleissä Bilbon kanssa koskaan sen jälkeen. Heidän oli tosiaan tehnyt kovasti mieli asua hänen kodikkaassa hobitinkolossaan.

Bilbo sai havaita menettäneensä muutakin kuin lusikoitaan – hän oli menettänyt maineensa. Hän säilyi tosiaan aina sen jälkeen haltioiden ystävänä ja kääpiöt kunnioittivat häntä, samoin kuin velhot ja muut sen kaltaiset ohikulkijat, mutta ympäristönsä silmissä hän ei ollut enää oikein kunniallinen. Lähiseudun hobitit pitivät häntä järjestään omituisena – paitsi hänen tukinpuoleiset nuoret sukulaisensa, mutta näidenkään vanhemmat eivät rohkaisseet jälkikasvuaan olemaan läheisissä väleissä hänen kanssaan.

Valitettavasti minun on kerrottava että hän viis veisasi asiasta. Hän oli elämäänsä tyytyväinen, ja vesipannun suhina takassa soi paljon suloisempana musiikkina hänen korvissaan kuin koskaan ennen odottamatonta juhlaa. Miekkansa hän ripusti takan yläpuolelle. Sotisopansa hän pani esille eteiseen (ja lainasi sen myöhemmin museoon). Kultansa ja hopeansa hän tuhlasi enimmäkseen lahjoihin, sekä hyödyllisiin että ylellisiin – mikä osaltaan selittää nuorten sukulaisten kiintymyksen. Taikasormuksensa hän piti visusti salassa, sillä hän käytti sitä enimmäkseen kun taloon tuli epätoivottuja vieraita.

Hän rupesi kirjoittamaan runoja ja kävi tapaamassa haltioita, ja vaikka monet puistelivat päätään ja naputtivat otsaansa ja sanoivat:

»Voi Reppuli-ressua!» eikä juuri kukaan uskonut sanaakaan hänen tarinoistaan, hän eli erinomaisen onnellisena päiviensä päähän, joita riitti poikkeuksellisen pitkään.

Eräänä syysaamuna joitakin vuosia myöhemmin Bilbo istui työhuoneessaan kirjoittamassa muistelmiaan – joille hän oli aikonut antaa nimeksi »Sinne ja takaisin, hobitin huviretki» – kun ovikello soi. Ovella seisoi Gandalf ja kääpiö, ja kääpiö oli kuin olikin Balin.

»Tulkaa sisään! Tulkaa sisään!» Bilbo sanoi ja pian he istuivat takan ääressä. Balin havaitsi että Bilbon liivi oli ehkä hieman entistä laajempi (ja siinä oli aidot kultanapit) ja Bilbo puolestaan näki että Balinin parta oli monta tuumaa pitempi ja että hänen jalokivikoristeinen vyönsä oli niin komea kuin olla ja voi.

He rupesivat tietenkin puhumaan yhdessä viettämistään ajoista ja Bilbo kyseli mitä Vuorelle ja lähitienoille kuului. Sinne kuului hyvää. Bard oli rakentanut uudelleen Laakson kaupungin ja sinne oli kerääntynyt ihmisiä Järveltä ja etelästä ja lännestä ja laaksoa viljeltiin jälleen ja autiuden sijaan siellä oli nyt kujerrusta ja kukkia keväällä ja hedelmiä ja elojuhlia syksyllä. Ja Järvikaupunki oli perustettu uudestaan ja oli vauraampi kuin koskaan ja Vuolasta virtaa pitkin kulki tavaraa ylös ja alas, ja haltiain ja ihmisten ja kääpiöiden välillä vallitsi siellä suuri ystävyys.

Vanha Isäntä oli saanut surkean lopun. Bard oli antanut hänelle paljon kultaa, jolla hänen oli määrä auttaa järveläisiä, mutta hän oli sitä lajia johon lohikäärmeentauti helposti tarttuu ja hän otti suurimman osan saamastaan kullasta ja lähti pakoon ja menehtyi autiomaassa tovereittensa hylkäämänä.

»Uusi Isäntä on viisaampi», Balin sanoi, »ja hänestä pidetään kovasti, sillä hän saa tietysti kiitokset nykyisestä vauraudesta. Siellä sepitetään lauluja joissa sanotaan että hänen aikanaan virtaavat joet kultaa.»

»Vanhojen laulujen ennustukset toteutuivat siis sittenkin omalla tavallaan!» Bilbo sanoi.

»Tottakai!» sanoi Gandalf. »Miksi eivät toteutuisi? Ei kai sinulta ole mennyt usko ennustuksiin siksi että olet itse ollut mukana niiden todeksi tulemisessa? Et kai sinä tosissasi kuvittele että kaikki seikkailusi ja täpärät pelastumisesi olivat pelkkää onnea, vain sinun yksityiseksi iloksesi? Sinä olet kyllä mainio henkilö, herra Reppuli, ja minä pidän sinusta kovasti, mutta sinä olet kumminkin aika pieni otus tässä avarassa maailmassa!»

»Kaikeksi onneksi!» nauroi Bilbo ja ojensi hänelle tupakkapurkkia.

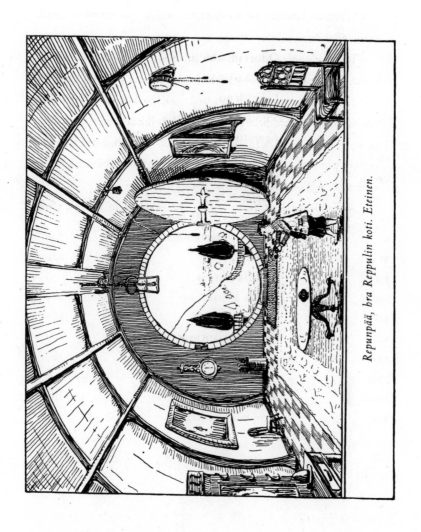

Repunpää, bra Reppulin koti. Eteinen.

Sisällys

Bilbo heräsi siihen että aikainen aurinko otti häntä silmiin

Bilbo saapumassa lautturihaltiain kylään

Keskustelu Smaugin kanssa

J. R. R. TOLKIEN
Suomennetut teokset:

Hobitti eli Sinne ja takaisin
Maamies ja lohikäärme
Taru Sormusten herrasta I–III:
I Sormuksen ritarit
II Kaksi tornia
III Kuninkaan paluu
Tom Bombadilin seikkailut
Puu ja lehti
Seppä ja Satumaa
Kirjeitä Joulupukilta
Silmarillion*
J. R. R. Tolkienin maalauksia ja piirroksia*
Keskeneräisten tarujen kirja*
Kirjeet*
Herra Bliss
Bilbon viimeinen laulu
Satujen valtakunta
Roverandom
Húrinin lasten tarina*
Kullervon tarina
Gondolinin tuho*
Kirjoituksia Keski-Maasta
Númenorin tuho

* Toimittanut Christopher Tolkien

* * *

Humphrey Carpenter:
J. R. R. Tolkien: Elämäkerta

John Garth:
J. R. R. Tolkienin maailmat

Wayne G. Hammond – Christina Scull:
Hobitti Tolkienin silmin
Taru Sormusten herrasta Tolkienin silmin

Catherine McIlwaine:
Tolkien: Mies joka loi Keski-Maan

J. R. R. TOLKIEN (1892–1973) teki merkittävän uran kielen ja kirjallisuuden tutkijana Oxfordin yliopistossa. Parhaiten hänet tunnetaan kuitenkin nykyaikaisen fantasiakirjallisuuden isänä, jonka pääteoksia ovat saturomaani *Hobitti*, sen järkälemäinen jatko-osa *Taru Sormusten herrasta* ja tarukokoelma *Silmarillion*. Tolkienin teoksia on julkaistu yli 60 kielellä ja myyty kymmeniä miljoonia kappaleita.

KERSTI JUVA (s. 1948) on yksi maamme arvostetuimmista suomentajista. Hän on kääntänyt suomeksi kaikki Tolkienin pääteokset ja saanut valtion kirjallisuuspalkinnon sekä *Tarun Sormusten herrasta* että *Hobitin* suomennoksistaan. Juva on Suomen Tolkien-seuran kunniajäsen.

Tämän laitoksen kansina on J. R. R. Tolkienin alkuperäinen suojapäälliskuva, jonka hän laati *Hobitin* ensipainokseen. Koko kirjan kannet kattavan maalauksen keskiössä on selkämystä pitkin kulkeva tie metsän halki Yksinäiselle vuorelle. Takakantta hallitsevat yö, pimeys ja kauhea lohikäärme, etukantta taas päivä, valo ja ystävällismieliset kotkat.

Jacket illustration by J.R.R. Tolkien,
reproduced courtesy of Bodleian Library, Oxford

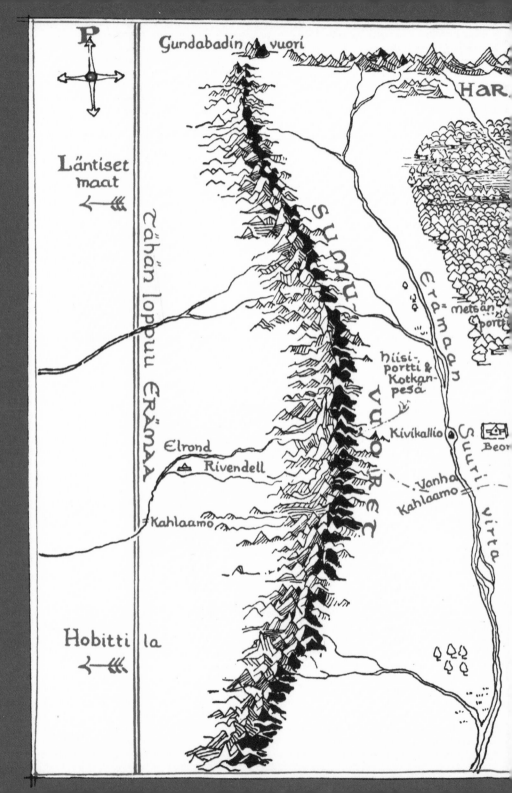